立场

LI CHANG

重建中文之美

百花洲杂志社 选编

百花洲文艺出版社
BAIHUAZHOU LITERATURE AND ART PRESS

目 录

contents

情色电影中的女人

赵荔红

情色电影，没有确切的定义。不同国家赋予这一类电影的名称不尽相同，划分“情色”的等级标准也不同。同一个国家，在电影归类和归级时浮动性也很大。譬如《亨利与琼》（*Henry&June*，又译《情迷六月花》，菲利浦·考夫曼导演）在美国，因其大量的性爱镜头与毫不掩饰的女同性恋场景，应被定为“x”级片，考虑到其良好的艺术性与纯感官色情片不同，美国电影协会改定为“NG—17”（十七岁以上人士才可观看的）电影。至于“情色”意象，变化更大。20世纪初，好莱坞电影审查制度规定，电影中“吻”的镜头不能超过四十五秒，微微开启的花瓣般的双唇特写，哪怕在屏幕上停留四十五秒，哪怕是黑白的、并不伴随性感声线，也足以让观众血脉贲张、情性激昂。一战前十年的美好年代，男人们听到上层女子衣裙的窸窣作响，握到苍白纤细的小手，瞥见黑丝袜或女子赤裸的脚踝，就几乎要昏过去，这些强烈的“性征”在后代早是稀松平常。越是禁忌，越是甘美。

但是否裸露越多，就越情色、越有诱惑力呢？《克拉之膝》（*Claire's Kniee*，侯麦导演）中少女克拉一段窄小、圆滑、灵巧的膝盖，诱惑得中产老男人吉尔米心神摇动，可是当克拉穿着比基尼在湖边走来走去时，他又不为所动，情色之味仅仅是一段裸露的膝盖；《早晨37度2》（*L'omte Grake*，又译《巴黎野玫瑰》，让·雅克·贝克斯导演）及《朝朝暮暮》（*Nui tet Jour*，导演Chantal Akerman）一出场就是全裸的身体、热烈的做爱，但橘黄色的光将肉体勾勒得相当明朗唯美，丝毫不含暧昧色情的调引意味，性器与眼睛、手、头发一样都只是美的载体；至于铃木清顺的《肉体之门》裸露的妓女实则是一种政治象征，《索多玛的120天》中横呈的肉体甚至让人恶心，这又是以性来表现政治的。

所以，探究情色电影是什么怎么分级没有意义，性与革命、暴力等等都是导演用以表达自我、探讨生命意义、人类文明的一种话语符号，仅仅是一种表达的载体。被归类为“情色”电影的有许多，被命名为“情色电影大师”的导演也有许多，本文当然不能一一涉及，仅仅挑选一些“经典情色”来讨论。而我所感兴趣的，是这些电影的文化意味及女人在其中的情感性爱历险。之所以将目光锁定在法国和日本，一是范围的缩小有助于将这些电影放置于一定的文化背景中来讨论；二是它们的确是有代表性的。

法国篇

《亨利与琼》与《布拉格之春》、《鹅毛笔》被视为菲利浦·考夫曼的“情色三部曲”，本片虽拍摄于1990年，由美国环球电影公司出品，故事背景则是20世纪30年代初的巴黎。故事是真实的：美国著名小说家亨利·米勒与其妻琼及巴黎情妇昂纳依斯的一段情爱历程。第一次世界大战后，所谓的美好年代一去不复还了，血腥的屠杀、战争的残忍活生生地呈现着西方道德原则的荒谬，从战争中存活下来的人、失去亲人的人，一下子堕进了虚无主义的狂欢享乐中。达达主义、超现实主义、立体派，艺术家们以愤怒的姿态主张全面地颠覆，质疑一切阶级、政党、意识形态、道德规范，“反正说了那么多蠢话，就是不要一切，不要一切、一切、一切！”（《疯狂年代·超现实主义宣言》）另一方面，原是小众读物的弗洛伊德性分析著作开始大行其道，许多女人不以自己的私情为耻，反而当作时髦；D.H.劳伦斯的性爱小说也风靡巴黎，“这么多年没有任何一本畅销书能比得上《查特莱夫人的情人》的轰动。天哪！街头巷尾都在议论这部书……要是在50年前，这绝对是禁书，人们肯定会对它表示唾弃；但是今天，世界完全不同了，所有的图书馆都有这本书，而且女孩子都懂得生活中要寻求欢乐：噢！多好的书。”（莫里斯·萨克斯《“屋顶之牛”的岁月——巴黎日记》，1929年4月1日）

昂纳依斯（Anais nin）1925年来到巴黎。这个受严格天主教传统教育的布尔乔亚女子，是个标准的“小白鹅”（电影里丈夫雨果叫她“小杨柳”），弱不禁风，举止优雅，气质纯净天真，介乎女人和女孩之间（乌玛瑟曼的表演恰如其分）。她被教导不要在无人陪伴下和男人接触，举动要谨慎，不可多话。在基督教那里，婚姻是为发泄性欲提供的一条合法通路，不但婚姻外的性是有罪的，就是夫妻间的性爱也是罪过，除非以繁衍后代为目的。（罗素《性爱与婚姻》）所以，少女昂纳依斯虽然爱恋表哥艾瓦多（波伏娃也是如此），也仅仅是一种“玫瑰花式的浪漫”，就像但丁对贝阿德丽采的爱恋，充满了文学和幻想的柏拉图式的纯洁，丝毫没有性的“不洁净”。后来的丈夫雨果也是如此，雨果宁可跪在床前用诗歌和言辞表达爱恋，夫妻之间的性爱基本失败。昂纳依斯虽然埋怨，也并不觉得有什么不好，一切理当如此。

直到她来到巴黎。塞纳河左岸的蒙帕纳斯当时是各国波希米亚式的艺术家和知识分子的汇合地，一处纵情之域。上世纪20年代美国的一些作家，诸如菲茨杰拉德、海明威（就因为他的小说，巴黎人开始重视美国文学，“这些‘野蛮人’居然也会写小说”，巴黎浪荡子莫里斯如是说）也纷纷从美国“出走”到巴黎。“在巴黎城内，这是最有外省气息的地方，多姆咖啡馆和洛东咖啡馆里都是人声嘈杂，到处能听到方言土语。”（莫里斯《巴黎日记》）情色、性欲等等成了日常词汇。“小白鹅”昂纳依斯初来乍到，心惊肉跳，认为巴黎肮脏、腐败、糜烂。但很快她就改变了。电影《亨利与琼》是从她的改变开始的。

她开始写情爱体验日记，如当时时髦的布尔乔亚女子，编辑读着她的日记，吻她，抚摸她，她也接受，她说她性的感觉来自书、文学（当然是弗洛伊德、D.H.劳伦斯），偶然看到的日本浮世绘也让她春情荡漾。其实所谓的自我觉醒是因为风气，因为“他们的观念”。但昂纳依斯显然愿意“沉醉于生活”，“我需要做真正生活的人”，需要改变和尝试。先从服装开始。20年代的巴黎，流行“男装女孩”，保罗·波瓦黑设计的造型包括短发、钟形帽、窄身、平底鞋、叼烟嘴、骑脚踏车，时髦、自由、独立的女子，莫不如是装扮。电影中，昂纳依斯的装扮即是如此，尽力去除女性特征和母性感觉。当年的西蒙·波伏娃也是如此，她甚至和堂妹在酒吧吸食鸦片，嘴里叼着烟嘴。昂纳依斯与琼也在灯光昏红的酒吧跳舞，眼神迷离而风情，互相将烟雾喷在脸上，沉醉于堕落的享乐中。这类叼烟嘴的女孩被称为调情的“点火器”（法碧恩·卡塔斯—洛札兹《调情的历史》）。昂纳依斯与波伏娃一样，急于摆脱自己的布尔乔亚身份，迷恋做一个放荡的自由的如琼一般的“点火器”，这样，她才觉得是“解放”了自己。但是，长期天主教教育训练下的性禁忌还存留，直到1931年结识了亨利·米勒。

亨利·米勒就是一个“真正生活的人”。后来著名的《北回归线》、《南回归线》当时都还没出版，美国经济危机后亨利混迹巴黎，在蒙帕纳斯声名狼藉却很受欢迎。他幽默，有才华，粗鲁，放荡不羁。他品尝美食、享受橙色阳光。他不说做爱，只说FUCK，他说劳伦斯太孩子气、将性爱看得太重，性爱就如吃饭、出生、死亡、阳光一般自然。一切，都深合昂纳依斯的心。亨利的妻子琼也让她着迷。琼性感、赤裸裸的邪气、来自下层的无所顾忌，昂纳依斯似乎在琼身上找到了另一个自己，她和琼是一体两面。波伏娃说，女人天生就有同性的倾向（《第二性》）。琼和昂纳依斯相互爱恋，在酒吧耳鬓厮磨，男女之间不可逾越的鸿沟，在她们之间似乎化解了；琼说要和她一起吸食鸦片，要在一起，她将自己的手镯留给了昂纳依斯。琼回美国后，昂纳依斯生了场病，在酒吧，她独自舞蹈，狂野的眼神、孤独的焰火让亨利捕捉到这个“小白鹅”渴求放纵的本心。眼神交错，不需多言。他们就在酒吧、在她丈夫雨果打鼓的时候狂乱苟合。性禁忌一打开，再没什么顾忌的了。昂纳依斯理所当然地成了亨利的情妇，与其混迹于蒙帕纳斯闹乱的酒吧。之后，她又以亨利的方式教会了表哥艾瓦多与其私通，终结了“玫瑰花式的浪漫”。

弗洛伊德说，因为所谓的伊底帕斯心理，一些男子不能与其喜爱和仰慕的女子激情交合，雨果对昂纳依斯就是如此，所以昂纳依斯要雨果将其想象为婊子琼，或在狂欢节中被他强奸，带雨果观摩妓院的性爱表演，夫妻这才找回性爱的激情。波伏娃说，“女人并非生而为女人，而是变成女人的”，昂纳依斯在性的体验中由一个女孩蜕变、成长为一个女人，尽管“成为女人的过程是痛苦的”。

20年代法国开始流行探戈舞，这种来自阿根廷的舞蹈充满火热的欲望、赤裸的挑逗，当时一些道德家被它吓坏了，说探戈舞就是对性行为的露骨模仿，探戈的舞蹈动作就是32种做爱姿势（法碧恩·卡塔斯—洛札兹《调情的历史》）。然而就是这种欲望的探戈舞,到了上世纪六七十年代的法国也成了布尔乔亚的生活方式，需要进一步被嘲讽被打破。探戈象征的“男女之间的小战争”也因其假模假式被宣告抛弃。《巴黎最后的探戈》里表达了这个情绪。

20世纪60年代的法国经历了两件事情：一是阿尔及尔战争的恐怖，年轻人被无端送到战场，每天都有惨死的人，战争给法国民众造成难以愈合的心理创伤；再是1967年开始持续到1968年5月的法国学生运动，这场左翼文化运动以蔑视布尔乔亚道德为宗旨，提出彻底的性革命，妇女解放运动、彻底的自由、性和革命被联系在了一起，“挣脱镣铐、纵情享乐”，“我愈是做爱／我就愈想参与革命／我愈是参与革命／我就愈想做爱”，大学生们在巴黎贴满这样的口号。这场运动被美国年轻人承继后形成了他们的“垮掉的一代”。

然而，革命之后怎么办？一切摧毁之后要干什么？很多人陷入迷惘与委靡之中。意大利导演贝纳多·贝托鲁奇拍摄《巴黎最后的探戈》（*Last Tango In Paris*，1972年出品）就在这个背景之下。贝托鲁奇是意大利共产党，他在学生运动之后处于极端的迷惘与颓废状态，他自己说，拍摄此片时，几乎陷于绝望之中，他试图用这部影片表达自己对所追求的“自由”、“逃避”和“自我”等的反思。如果说，由富有魅力的马龙·白兰度扮演的男一号保罗最直接地表达了贝托鲁奇绝望的精神状态的话，毋宁说，女主角让娜的迷惘更代表了他当时的思维倾向。

计娜十八岁，正是享受爱情的大好时光。她怀念并热爱在阿尔及尔战争中死去的父亲，将他视为英雄，这种追忆与怀想的恋父情结，使她一旦遭遇中年男人保罗，就迅速进入迷狂状态。但她面对的是两种情境：和一个刚刚认识的男人在一个隐秘的阴暗的房间里疯狂做爱，不知过去，也没有明天。没有名字，也没有记忆。只有行动。她以为，抛却一切禁忌，如五月花学生运动一般，“做爱，还是做爱”，性就是一切，性就是爱。但她错了，这个“没有名字的人”，内心充满愤恨与报复，只是以各种卑劣的性变态、性游戏来虐待她。没有历史就意味着没有爱。她设想爱情就是“到一个秘密的房间，脱下工作服，做爱，一个男人和一个女人”那么简单，但她自己并不能做到那么简单，不能放下一切，因为一旦她爱上了，她就开始想知道他的历史，知道未来的安顿，性并不就是爱，行动也不是一切；另一个，是一种“理想”、一种诗意的圣洁的爱情，在20年代的昂纳依斯那里文学腔调的雨果的“玫瑰花式的浪漫”在让娜的男友汤姆这里以拍电影的方式表现出来，爱情不是行动，爱情是一种模仿，一种想象，一种空洞的概念，即便是让娜想去吻汤姆也被拍摄下来，落实不到现实之中。

让娜的命运难道不会是死去的罗莎吗？影片中，保罗自杀的妻子罗莎从未出现（或者只以被鲜花围绕的僵尸的样子出现），但始终在场。她借保罗的喃喃自语、咒骂、哭泣，借被叙述，被丈夫和情人马素一起回忆反复出现，如幽灵一般。罗莎为什么突然自杀，为什么死了也不留一句话给丈夫或情人（保罗愤恨不已）？她是为了私通的羞愧？为了不再拥有的热烈爱情？为了无望的乏味的婚姻？她甚至给两个男人买一样的睡衣、一样的酒，如此独断专行，她连自杀都是极端自私的。让娜难道不可能走这条道路？和汤姆的婚姻能让她找到爱的归宿吗？在基督教道德中，罗莎私通是犯罪，她自杀也是不敬神。所以，保罗非常愤怒地说她的安葬不需要神父，她不需要祈祷，因为她的灵魂永远不进天堂。《巴黎最后的探戈》因其色情内容和自然主义的表现手法，被认为教唆人们伤风败俗，影片发布后很长一段时间被意大利当局及教会禁演，直到1987年罗马教廷才取消对它的指控。其实最根本的是，影片表现了对宗教道德的蔑视、对上帝的不敬。

爱情没有了，革命的方向是什么，对教会权威的蔑视，对世俗婚姻的不信任，性爱之外还有什么，道德全部瓦解之后怎么办？中年男人保罗只在喃喃自语回到童年乡村，回到母亲身边，才似乎找到归宿，有了点温馨的色调，他临死呼唤的是“妈妈”。此外。只有死去，灵魂才能解放。而让娜呢，她年纪轻轻就毁坏了一切。

上世纪70年代的美国，电影院放映的是《巴黎最后的探戈》及《艾曼妞》（*Emmanuelle*，1974年出品），大量裸露镜头充斥屏幕，仅仅半个多世纪前，好莱坞电影审查制度规定，电影中“吻”的镜头不能超过四十五秒。70年代在法国，堕胎已经合法化，通奸已经除罪化，离婚法也简易化，未成年人取得避孕药丸不再需要父母的许可。性问题，似乎成了个人问题。但是，《巴黎最后的探戈》中的一些性爱方式，如保罗强迫让娜肛交等，还是因其暴戾、丑恶的呈现而备受非议。到了1990年，西班牙导演比加斯·鲁纳斯（Bigas Lunas）出品的《璐璐情史》（*Edades de Lulú*，*Las*，又译《璐璐的年代》）中，这些性爱方式已是稀松平常了；重要的是，导演是以赞赏的态度，津津有味地让主人公巴布罗一步一步“教导”、“培育”纯洁少女璐璐尝试各种性爱技巧、性爱方式，3P、与哥哥的乱伦，璐璐最后一发不可收拾地堕落为妓女，差点被性虐致死。影片在结尾虽有所批评，但对巴布罗成功地培育了璐璐、改变了璐璐还是沾沾自喜的。法朗士借其书中的人物说，女人，“你是物质而我是思想，你是物体而我是灵魂，你是黏土而我是工匠”。巴布罗就是要做璐璐的上帝，要创造出一个有罪的潘多拉。从这个意义上说，70年代的性革命，并不意味着妇女的真正解放。

《巴黎最后的探戈》中让人大跌眼镜的自然还有中年老男人和十八岁女子的做爱，连让娜自己都不能理解这种“酷烈”景象，她称之为“大灰狼与小红帽”的游戏。保罗是要吞噬让娜的丑恶的大灰狼，是占有者、侵袭者，而让娜是被掠夺、被侵犯、被教唆、被欺骗的可怜兮兮的小红帽，小红帽终于奋起反抗，杀死了大灰狼。影片中，保罗与让娜的做爱空间，也是隐藏于密室中，虽有一束阳光加入，但逆光拍摄，身体在阴影中，人物面目模糊，空荡荡的房间，墙上挂着培根的画，淋漓的红色、扭曲变形的画面，也平添紧张、压抑之感。在一个妻子自杀的房间，在阴影里，一个老男人和一个少女的变态性爱，这些，都是以不美的、负面的视角展现出来。这种不伦之恋当时令舆论哗然。后来的电影中，不伦之恋的主题也是导演喜欢探索的，但视角显然有所变化。

《洛丽塔》（*Lolita*），有1962年库布里克和1997年亚德里安·林恩（Adrian Lyne）导演的两个版本，这部取材自同名小说的电影，并不比小说有更多禁忌之处，裸露的镜头并不多。但是当十四岁的洛丽塔穿着裙子坐在继父亨伯特的腿上，挪动着小屁股时，没有丝毫裸露感地让观众嗅到了浓烈的情色之味。而《情人》（*L'amant*，让·雅克·阿诺导演）中，在充满怀旧情调的湄公河边，一身白衣风度翩翩的华人富家公子（梁家辉的装扮真多情）将法国女学生接到车中，女学生的一只手按在车椅坐垫上，扭头面向窗外，梁家辉的手一点一点地接近那只“等待”的手。这中间情色之味，紧张的调情游戏，拒绝与接受的男女之间的小战争，比起后来在市声喧哗、午后阳光泻漏的密闭的房间内的做爱，还要动人，还要精致，让人屏住呼吸，等待那只手的“被握”。这两部影片诱惑者自然是老男人，但是，老男少女的不伦之恋被拍摄得非常唯美，祛除了《巴黎最后的探戈》中阴郁、压抑、酷烈的感觉。同时，作为诱惑者的老男人，也显得很容易受伤，甚至是被动的、羸弱的；反之，被诱惑者的少女却往往有着青春的冷酷。洛丽塔一方面卖弄着风情，逗引着继父，另一方面又逃脱他，憎恨他、鄙弃他的爱；而法国女学生，她戴顶奇怪的男性礼帽，如男人一般将皮带扎在裙子外面，这种不合常规的装束，实则是一种卖弄风情，她明明在诱惑着中国男人，却摆出一副蔑视、冷漠的姿态，让这个男人受伤痛苦，为自己动情羞愧。她们，已经不再是被动的惊恐的小红帽，在和大灰狼的恋爱游戏中，她们也时不时伸出折磨人的小爪子。她们调引又逃避，前进又后退，她们尝试着禁忌，又鄙视着，退缩回去，她们且退且战，表现出无辜的天真的冷酷无情。

在《克拉之膝》中，情况有所不同。十六岁的劳拉（克拉的妹妹）是诱惑者，而老男人吉尔米则是被动的，但是失去父亲的劳拉对吉尔米的喜欢和依恋仅仅出于“埃勒克特拉情结”（恋父情结），她需要的是一种父亲的温存的爱，而不是男女之爱，所以当吉尔米想吻她时，她逃避，不需要。事实上，少女的情绪飘忽不定，今天她可能很高兴，明天就很伤心，劳拉的爱恋随她的离去也会转眼消失。影片中，克拉的膝盖却唤起了吉尔米潜在的渴望和冲动，这时候，吉尔米扮演的又是无奈的诱惑者。被诱惑的是克拉，当她被一个陌生老男人抚摸膝盖时，没有回避，没有逃脱，她的眼神暴露了她既诱惑、纵容又害怕、逃脱、愤恨的非常矛盾的心情，这和《洛丽塔》与《情人》中被诱惑少女的心理是一致的。

《继父》（*Beau Pere*，又译《漂亮爸爸》、《不伦之恋》、《祸水红颜》）在探讨不伦之恋的主题时，与前面的影片视角完全不同。穷困潦倒的钢琴师雷米的妻子玛提娜遭遇车祸突然去世，十四岁的继女玛利安不愿意回到亲生父亲那里，宁可与雷米相依为命。然后玛利安明确告诉雷米，她爱他，想与他一起生活，一起做爱，想完全拥有他，像个成熟女人一样照顾雷米一辈子。雷米惊慌失措，却终于禁不住诱惑，事后又心存道德的困惑，始终处于逃脱、摇摆，内心深受谴责，又无力拒绝的状态。小女孩是主动的诱惑者，老男人则是被诱惑者，情况完全颠倒过来。并且，玛利安完全不同于《克拉之膝》中劳拉仅仅是想从老男人那里得到如父亲一般的温存体贴，只想得到一种无性的爱恋。玛利安是全方位的，她非常主动地，考虑周全地，脱光衣服，躺在雷米床上，像妻子一般等待雷米。她说她从五岁就与雷米一起生活，从小看到母亲与雷米的做爱，听到夜里母亲兴奋的呻吟，就渴望着长大，也能与雷米做爱。母亲的去世成全了她。完全拥有雷米的心灵和肉体，就是玛利安的目的，她如所有成熟的女人一般堕落进恋爱，茶饭不思，成绩下降，终日沉浸在对雷米的思念中。除了她的年龄，她和一个正常恋爱的女人有什么两样呢？

面对这一切，雷米完全乱了方寸。由法国著名男星帕特里克·杜瓦埃尔（Patrick dewaere）扮演的雷米，英俊而脆弱，善良而体贴，犹豫不决，潦倒的样子，温柔的神情，忧郁的眼睛，如同孩子一般无辜的面容，实在很能激发母性的爱怜。在这个电影中，继父雷米成了要受照顾的任性的孩子，女儿玛利安成了安排一切的冷静的主意坚决、勇敢的小妈妈。可是，一旦玛利安意识到雷米终究会因为世俗道德、内心不安而离去，和他遇到的同龄的女钢琴师结合时，玛利安伤心地与继父做爱后说了这样的话："你知道我在想，让他（你）爱我，并且天天快乐吗？我在想，我马上就十五岁了，然后就是十六岁，有一天我会成为一个让他称心如意的年轻女子，他能光明正大地带我出去。我还想，也许有一天我能给他生个孩子，他不会一辈子当继父，总是养别人的孩子……"这些话。凄婉动人，绝不亚于一个成熟女子对爱人的表白。但是雷米终于还是离开了玛利安，去当另一个小女孩的继父。而那个才五岁的女孩，静静地看着妈妈在床上与雷米做爱，她，将是一个新的玛利安。

导演贝特朗·布里耶（Bertrand Blier）是法国中生代导演的代表，影片继承了布烈松的冷静客观和简约，又有着侯麦式的温情，画面非常洁净，蒙上一层淡淡的感伤。扮演玛利安的艾里尔·贝莎（ArielBesse）气质洁净纯真，刚刚发育的身体，如蓓蕾一般柔嫩，她没有小女孩的乖戾和精灵古怪，言语不多，却很内省，有双沉思而坦白的大眼睛。而帕特里克·杜瓦埃尔在剧中戴着一条单薄的格子围巾，眼神迷茫而温情。这个影片后来获得1981年戛纳电影节提名金棕榈奖，在1982年法国恺撒奖提名最佳男主角，但忧郁的男主角却在1982年7月16日，厌倦了一切，把枪口放进嘴里，用一颗子弹结束了自己的生命，年仅三十五岁。

罗列影片是不可能的。21世纪以前的岁月中，有关性心理、性禁忌、性革命、性的探索，似乎都在电影中展现过了。但是，关于“男女之间的小战争”、性爱问题、女性问题、性与道德与政治问题，永远是探索不尽的。女人，也在屏幕上辗转反侧，随着时代不停变化着姿态。

日本篇

谷崎润一郎在《恋爱与色情》中写道，日本在平安朝的贵族生活里，虽然不能说女人可以君临于男人之上，但至少是和男人有着同样的自由的；男人对待女人的态度也不是如后世那样暴君式的，而是相当有礼貌、非常体贴的，甚至将女人奉为世上最美、最受尊重之物；只是到了武士道确立之后，才开始鄙视女人，将女人视为奴隶。谷崎润一郎是位主张复归日本传统的近代作家，对女性美无限崇拜。他认为，“对女性温柔体贴”是完全能够与“武士本色”相容的。《枕草子》所叙写的生活很能表现日本平安朝时期男女的平等状况，听清少纳言絮絮叨叨地皱着眉指责一些男子衣着、举止的不得体，读她写男子对心爱女子如何软语相求、情意缠绵，会感觉当时的女子相当自主，平安朝时其他一些日记、小说、诗歌、酬答也往往能表现女子在当时是大受男子尊敬的。还有《源氏物语》，光源氏有恋母情结，他和众多情人妃子的纠缠故事，表现了他对女性从精神到肉体的迷恋。

实际上，哪怕是在德川之后武士道盛行时期，日本女人的地位也有两面性：一方面，女人无条件服从男人，男人对女人鄙视，甚至奴役她们，一个懦弱的男子，即使娶了性情强悍的妻子，在人前，妻子也一定要做出温顺的样子；而一对夫妻再恩爱，只要父母不喜欢媳妇，丈夫也完全有义务抛弃妻子。另一方面，女人的地位又不是一成不变的，一旦女人成为母亲或婆婆，掌握了家里的财政大权，女人在家庭里的地位其实就相当高了。还有一层，男子对女性有着心理上的崇拜，这种崇拜，通过对女子之美的描画、叙写，也通过对性事的沉湎表达出来。

日本人的审美，存在着矛盾的和谐。一方面是肃穆、贞洁、宁静、黑暗的，就像他们理想中的贵族女子，贞淑的，不苟言笑的，不随意抛头露面的，云鬓高鬟，轻移莲步，这种肃穆贞静，与武士道精神是一致的；另一方面，女子肉体的妖冶与淫荡，被认作是平常、自然之美。表现在男人的行为上，日常行动是审慎、克制的，同时，又充满放纵的欲望——性的欲望，战争的欲望，杀人和自杀的欲望，都是放纵。越贞洁越淫荡，越克制肃穆越放纵肆无忌惮。而女人，也在放纵之中，扮演着貌似低贱其实崇高的地位。这种矛盾的和谐在日本的情色电影中表现得很突出。

首先要谈的是铃木清顺的《肉体之门》。早在20世纪60年代，铃木清顺就被称为日本B片的掌门人，拍摄了一系列从暴力色情的角度来反映日本战后问题的片子。当时日活公司的老板指责他专门“拍摄叫人看不明白的电影”而解雇他。铃木清顺控告该公司，得到文化界的支持，虽然获胜，却也由此十年没有新作品出来。《肉体之门》属于他的“战争三部曲”之一，另两部是《春妇传》和《暴力挽歌》。一些人是抱着猎奇心态去看《肉体之门》的，结果大失所望。因为其中的性爱场面实在太少，顶多只是裸露了女子的身体，它实在是一部非常严肃的片子。电影叙写二战后的日本，疲敝衰败，经济混乱，疾病、死亡、饥饿困扰着普通民众，而驻扎在日本的美国兵，横行霸道，奸淫掳掠，日本人敢怒不敢言。军国主义路线在战争中被证明是彻底失败的：健壮的男人多在战争中死去，即使九死一生，回到日本也无所皈依，整体委顿下来；剩下日本的女人，那些失去丈夫的妻子，失去哥哥的妹妹，失去父母的女儿，不得不靠出卖肉体为生。

铃木清顺在电影中，塑造了五个妓女的形象，她们是两种类型：一类穿了现代裙子，狂热、反叛、粗暴，彻底地“堕落”的女子，但在心灵深处，还存有处子的贞洁，还向往爱情和成为妻子的可能；另一类是即便沉沦到妓女的地位，依旧穿着和服，恪守传统，行动贞静的女子。后者是铃木清顺的理想和审美追求。他将堕落的妓女比喻为自己的祖国，说她们是“堕落了”、“陷落了”。对这样的女子，这样的日本，铃木清顺又爱又恨，又绝望又潜藏着希望。他说她们“会找到生存的方式”，他相信日本会恢复过来，这些妓女也终于会回到作为妹妹、作为妻子、作为母亲的位置去，她们的堕落不过是短暂的，日本会从衰蔽中重新振作起来。

日本是一个极其注重荣誉感的民族。失败、屈辱，给予他们的痛苦和创伤，难以言说。就是因为不能忍受失败，当西方列强第一次叩开日本大门之时，日本就进行明治维新，发愤图强。而在《肉体之门》中，铃木清顺将战争的失败与妻女遭遇沦落的耻辱等同起来，失败的感觉被推向极致，导演试图通过暴力和色情的表现，来唤醒民众，重新聚集力量，找到日本振作的方向。在影片中，铃木清顺对五个妓女的处境充满悲悯，在展现情色中表达严肃的思考，在绝望中蕴涵希望与温情。

尽管铃木清顺将沦落的女子比作战后的祖国，给予了女子至高的地位，表达了对女子的无限敬意。但“色情”在他的电影中，只是一个媒介。他并不赞美色情本身。高扬色情的日本电影大师中，今村昌平无疑是最杰出者之一了。《鳗鱼》获得金棕榈奖四年之后，今村昌平组织原班人马拍摄了《赤桥下的暖流》（也译作《红桥温泉》）。这可说是一部精美绝伦的情色片，画面沉郁透明，镜头简洁干净，绝无淫秽之处；导演喜欢蓝色和红色的基调，镜头相当诗意：忧郁的大海、飞翔的海鸥、红桥、红桥尽头的木屋、绕屋而上的一年四季开放的喇叭花，还有沉默地书写神签撑把阳伞等待远人的银发婆婆；而与穿大红衣服的模样贞静女子的疯狂做爱，洋溢着飞扬的生命力与浪漫的温情。

主人公阳介是个谨小慎微、兢兢业业的职员，原本工作、家庭都还稳定，在东京过着白领生活。突然一天失业，为了还债不得不将房屋卖了，妻子也离他而去。他茫无目的，不知道生活的方向。因了朋友之托，他去往能登半岛红桥尽头的木屋寻找金佛，却碰到了佐惠子。佐惠子体内聚集着奇异的“水”，非得通过做爱或偷盗获得刺激，将“水”释放出来。在佐惠子看来，“水”是她的痛苦之源，是难言的羞愧。在常人眼里，佐惠子是吸干男人精华的“怪物”。但是，对于在东京疲惫生活之后的阳介来说，疯狂的性爱，让他忘却了身处的郁闷繁杂、迷茫困惑。佐惠子体内的水，让他仿佛回到子宫之中，佐惠子的身体是他的母体，温暖、潮润，他在“水”中获得安宁，真切的性爱，才是生命的本源。当佐惠子和阳介做爱时，高潮到来，佐惠子高声尖叫，奇异的水激发喷射，水顺着木屋水道流下，汇入池塘，鱼儿跳跃，音乐流动。画面鲜活，一切都充满了蓬勃生机。影片结尾时，当“水”喷薄而出，天空彩虹乍现，色彩缤纷。

今村昌平有日本人对性爱的沉溺心理，认为一切极致的性爱都是常态，都不是不自然的。今村昌平无疑是愿意将自己疲惫的身体和心灵都交给蕴涵“水”的温暖的母体，愿意在性的疯狂中激发原本衰微的生命力。在他看来，这个温柔的女子佐惠子，就是挽救自己的女神，代表了母亲；而那个红桥边的木屋，就是游子回归的家园；能登小岛，远离都市的喧嚣，就是自己的归宿。他只有到了这里，才找回了本真的自我。

这种对性的极乐世界的迷恋，在池田敏春的《键》中，可说达到了极致。《键》改编自谷崎润一郎晚年创作的一部情欲小说。这部小说一经诞生，就引发各种议论；同时，从1959年至1997年间，共五次被搬上银幕。市川崑、神代辰巳、木俣尧乔都分别拍摄过《键》，意大利情色电影大师丁度·巴拉斯也于1983年拍摄了意大利版的《键》。但这些都是以纯粹的色情故事为出发点的。直到1997年池田敏春重新翻拍《键》，才真正接近于原作的幽微之美和对人性的深刻探讨。

据说。澳大利亚有一种红背蜘蛛，当雄蜘蛛与雌蜘蛛第一次交配后，绝大部分难逃一死。因为，在雄蜘蛛进入极乐状态、将精液射进雌蜘蛛体内的同时，雌蜘蛛也将消化液注入雄蜘蛛的身体，然后贪婪地吞食雄蜘蛛的腹部，一点点将它吃掉。对雄蜘蛛而言，为了心仪的雌蜘蛛，奋不顾身地奉献自己，生命的全部就是性爱和死亡。《键》中的安西教授，似乎也如雄蜘蛛一般，为了性爱快乐的极致，将生命交给妻子。郁子原是被动的、娴静的、贞洁的，甚至是性冷淡者。面对姣好的妻子，安西教授意识到自己肉体的日渐衰败，总有一天，性的欢乐将离他而去，而那种欢乐，哪怕不在肉体，也能在精神上、在意识中让人怦然心动。如何来维系这样的欢乐？如何激发这种快乐的持续？安西教授居然用的是“耻辱”与“嫉妒”的毒药来激发自己愤怒的情欲。嫉妒的游戏是如何开始的呢？

他将自己写的性日记锁在一个盒子里，故意让妻子偷了钥匙开启了偷窥。在日记中他怂恿妻子去偷情，他亲手安排妻子郁子与第三者年轻人木村的交好，在想象这样的交好中，让羞耻与嫉妒充溢于心，从而获得强烈的情欲。安西无疑有马索克倾向（受虐狂）。郁子先是偷看了日记，因了妻子的义务，顺从于丈夫变态的性爱游戏。但是钥匙打开的是欲望的潘多拉盒子，一旦欲望被打开，原先的贞静、责任、贤淑，就荡然无存。于是起了为情人“杀夫”的念头。其实安西对妻子的念头不是不知，他明明知道那是毒药，也会饮鸩止渴。他就是那雄蜘蛛，为了最后的欲望，自愿以身相许。所以，当他瘫痪了，尚且想挺直了身体接近郁子。而郁子自是明白他的念头，将衣服解开，玲珑的线条，绸缎般的肌肤，让安西浮起最后的抽搐的微笑，他是带了性的快乐幻想死去的，如那只被吞吃了的雄蜘蛛，虽然近乎恐怖，但安西是快乐的。

这个安西教授，其实是谷崎润一郎晚年的化身。当肉体行将消亡，对生命力的依恋便分外激烈，是否有欲望，意味着是否有生命力。于是无论如何，也要有最后的回光返照。除了在精神上能够充分理解谷崎润一郎之外，在审美上，池田敏春也能充分表达谷崎润一郎的审美偏好。谷崎说：“那时的男性在黑暗中耳听轻声细语，微觉衣香，抚其鬓发，触摸到肌肤，这一切感觉及至微熹，将消失地了无踪影，他们心目中的女性就是如此吧。”（《恋爱与色情》）池田敏春让川岛直美出演郁子，切合了谷崎对女性的审美偏好，“自己所热恋的女人当然是纯洁的，即使是淫妇也被看做是纯洁的、崇高的”（《女人的脸》）。在阴翳的木屋中，光线昏暗，川岛直美柔媚的胴体横呈，无一处肌肤不柔嫩，无一线条不流畅，身子绵软几近无骨，安静而激烈，洁净而淫荡，在昏暗的光线中熠熠生辉，安静地摄人魂魄。

在《键》里，是可以为性爱而奉献生命的。而在大岛渚的《感官世界》中，阿部定因为性爱，是可以杀人的。在《肉体之门》、《赤桥下的暖流》、《键》中，女性是祖国，是母亲，是生命力的源泉，这些导演都是女性崇拜者；但女性的性爱，还是出于被动的挖掘，是被诱发的。而在《感官世界》中，女人却是一个自觉的性爱的享受者和占有者。《感官世界》所叙述的“阿部定事件”发生于昭和十一年（1936年）。当时，由少壮派军官们谋划的“二二六事件”刺杀了斋藤等三名重要人物，之后，东亚战争转变成了太平洋战争，日本军国主义控制了日本。笼罩在战争阴影下的日本人处于彷徨之中，于是，如阿部定一般，疯狂地沉湎于性爱，将性爱作为世外的桃源和对战争恐慌的抵御，成为一种逃避的方式。

但是，一旦意识到这样的世外桃源有可能结束，就只能以非常手段来试图维持。影片中，阿部定并不需要别的什么，金钱、地位、名分，都不需要，只要纯粹的两个人的相互占有。她深深迷恋于与吉藏的性爱，一刻都不愿停止，乃至迷恋他的阳物；他短暂的睡眠和性爱的间歇，都让她恐惧于可能的失去，失去性爱就等于失去爱情，就等于失去她所营造的世外桃源。于是，在性爱极乐时，她勒死吉藏，将其阳具割下，藏在身上，安然游走在东京街头。她保有了最美妙的瞬间，占有了他的身体的一部分，就永恒地拥有了他的一切。当她被捕时，笑容灿烂，面色如花。影片中的阿部定对性事的态度完全是自觉的；作为男子的吉藏，反倒处于被动的位置。影片也借阿部定的口来问，她的这个状态是正常的吗？回答是正常的、自然的，不是变态的。影片给予这样极端的性爱如此的赞美和肯定，乃至后来阿部定被抓后受审讯，还得到日本国人的普遍同情。

而吉藏呢？他并非不明白与阿部定在一起的危险，从一开始，他就明明知道长此以往，可能精尽身亡。但他在短暂的犹豫后，又从妻子那里回到了阿部定身边。影片有处背景，就是吉藏茫然行走，迎面是整队而来的正要开赴战场的军人。与其死于战争，不如死于性爱的极乐。吉藏对勒他的阿部定说：“你要勒我，就不要松手，松手只会让我更痛苦。”他是宁愿为性爱殉死，带着飞蛾扑火的热情，为极乐捐躯。吉藏身上有着日本知识分子的厌倦情绪，而对死亡的迷恋，是日本的文化表征。正如《失乐园》的男女，在爱情的极乐中，双双赴死；也正如日本俳句唱的：“生命，如鲜花般脆弱，今日怒放，转瞬凋零，怎能希望花儿的芬芳，长留不散。”（《菊与刀》）

性爱、爱情、生命，都如樱花一般，灿烂无可比拟，却转眼凋零。既然如此，不如沉湎性事，而后死去。

偏见书

朱航满

观念写作的失败

——对莫言长篇小说《生死疲劳》的不同理解

每年的诺贝尔文学奖在欧洲的隆重颁布，都会在遥远的东方国度里产生一阵关注和讨论的热潮。尽管许多中国作家均以不同的姿态屡屡表达自己对这个奖项的意见，但都不能掩饰他们内心复杂的心情。而诺贝尔文学奖的评委马悦然先生曾经宣告中国有三位作家具有获得这个奖项的可能，即莫言、李锐和曹乃谦。诺贝尔文学奖对于中国作家，就像一个漩涡，更何况是这三位被看好的中国作家。那么，他们的写作很难免就会带有向某种价值体系靠近的观念写作倾向。为此，我想谈谈莫言最新的长篇小说《生死疲劳》。

《生死疲劳》是一部奇怪而混杂的小说，也是一个浮躁的失败文本。这部小说的大致内容是"靠劳动致富，用智慧发家"和自信平生没做过亏心事的地主西门闹，在上世纪中叶那场土地改革运动中被枪毙，他那不屈的灵魂满怀冤屈与仇恨大闹阎王殿，却在阎王的欺瞒下转生为驴、牛、猪、狗、猴，最后以蓝大头——蓝家第四代的身份降生人世。完成了农民与土地，时间与记忆的写作命题。看着这立意，似乎不错，但之所以是失败的，也正因为这种诺贝尔文学情结在作祟，让作家莫言没有根据地想象出一部中国的史诗出来，以满足西方读者或者专家的口味。由此，我们不妨先来简单回顾一下莫言的写作历史。在莫言的早期小说中，他是以先锋小说作家的姿态出现的，其洋溢的才华很快获得了公认，而他以西方现代小说形式的写作让西方的读者很快找到了一种熟悉的认同，这也是莫言的小说很快在同类中国作家中走出国门的原因。但另一个问题是获得成功的莫言在写下一系列的小说作品之后，是在进行没有超越的复制性写作。如果按照诺贝尔文学奖对东方作家的欣赏，从几个已经获得此奖项的东方作家来看，大致可以有两个共同的特点，一是具有东方文化的底蕴，二是有西方的现代人文精神，满足这两点，才能够符合西方文学观念的认同。为此，我以为莫言在写作长篇小说《檀香刑》的时候，才似乎逐渐明白这样一个写作的观念。

然而小说《檀香刑》尽管才华横溢，作家一改原有的写作模式，试图“大退步”回归到中国传统之中，但这部小说却又完全违反了现代小说所具备的人文精神，作家在不可控制的才华喷发中制造了感官的狂欢，而漠视了人性的存在，因此遭到了诸多批评家的批判。《檀香刑》的失败，促使莫言写作了《生死疲劳》，这部小说我以为是莫言小说的复仇之作，因此写得匆促、激烈，但可惜浪费了才华。为了使作品具有东方神韵，莫言在小说中试图书写半个世纪中国人命运的历史，于是采取中国章回小说的形式，采取了动物“六道轮回”的视角，从而用这种荒诞、夸张和神秘的方式来图解半个世纪中国人生存的命运。但可惜莫言的这部长篇小说并不具备中国传统章回小说的精神，只是简单地在小说的内文标题上做了一些文章，成为吸引外国读者的小花招而已，而所谓宣扬的“向中国古典小说和民间叙事的伟大传统致敬”则显示了作家学识上的浅薄。再者，中国传统文化中的“六道轮回”的应用，这本身应是一个极为传统而又有现代精神的视角，但莫言在写到一个地主半个世纪的轮回中，忘记了自己笔下人物角色与命运的转化，很快又进入到了自己语言狂欢的状态之中，而忘记了自己所塑造的驴、牛、猪、狗、猴等动物所具备的独特性，所有变化的角色也不过只是人披上一张动物的毛皮在继续演戏而已。这样，小说的这种回归传统的神秘文化就显得矫揉造作与浅薄潦草了，也只能成为吸引外国读者和学者的小花招而已。再说“六道轮回”，本应该是一个佛教的用语，佛说：一切众生，沉沦三界之内，由其所作之罪业不同，因而轮回六道当中。六道其实应称为“六凡”，它与“四圣”相对，佛家统称“十法界”——四圣六凡。四圣是指佛、菩萨、缘觉、声闻四种圣者的果位，乃圣者之悟界；六凡则指天、人、阿修罗、畜生、饿鬼及地狱等六界，为凡夫之迷界，亦即六道轮回的世界。为什么会有六道轮回？那是因为有情众生，起心动念。所谓一念心生，则入三界；一念心灭，则出三界是也。然而构成“六道轮回”的基础却不是荒诞的魔幻主义，它具有极缜密的逻辑关系，那就是因果业报。所谓善念生三善道，恶念生三恶道。显然，莫言并没有认真研究过宗教，而是想当然的认为“六道轮回”就是简单的畜生道，造成了人物六次轮回，而这六次轮回显然是作家疲惫地为了凑够数目而费心写作的结果，实在降低了小说写作应有的文化意蕴。

当然，仅仅把“六道轮回”的概念作为小说评判的尺度是不正确的，因为莫言并不是为了写作一部宗教小说，“六道轮回”只是小说的一个外衣而已，因此失败的外包装并不能否定整部小说。那么，我们再来读读这部小说的精神尺度。《生死疲劳》吸取了小说《檀香刑》失败的教训，在这部小说中，莫言在积极扮演一个现代启蒙知识分子的形象，试图通过自己对中国历史以及人物命运的解读，来关怀现代中国人生存的状况与个性。但我读来，依然有某种隔阂，作为农民出身的小说作家莫言，他所具备的这种西方人文精神不是从自我的内在精神中生长出来的，而是通过对西方文化的简单认知，甚至是对诺贝尔文学奖的评奖标准的简单判断得出的结论，这就造成了这部看似有启蒙与批判意识的小说背后，依然是作家的一颗冷漠与隔阂的心灵，因为它缺乏一种来自生命体验中的热力，促使作家的心灵沸腾之后完成写作。也因此，《生死疲劳》中莫言对于小说人物命运的变化采取的这种变形与夸张的处理，则带有某种猎奇的心理，完全忽视了人物性格在不同角色变化和时代环境中的人性关怀，诸如在写到变化成猪之后，作家又开始了自己狂欢化的叙述，造成了语言视觉上的奇观，那种人文精神的内在的东西被完全消解掉了。同时，在莫言所塑造的另外一个虚幻的世界中，作为统治秩序的法则同人间一样残酷与可怕，而所有的反抗则因为动物性的变化而显得无力，因此几次轮回只能成为生命的反复变化，而没有实际的现代意义，成为一种无味且没有意义的重复写作。

但莫言毕竟是有一定自觉意识的作家，善于吸收和调整自己的写作，可惜这种吸收和调整总是在仓促之中匆匆完成，而来不及咀嚼和消化，因此造成了他对很多现代精神的误解和处理失当。在小说《生死疲劳》的最后，莫言试图通过一种具有绝对现代化和超未来的结局来达到某种超越性，但这种超越性限制在作家虚无缥缈的精神范畴之中，而没有建立在作家对于中国社会和文化以及其历史发展真实和完善的分析与研究之中。莫言的写作经验来自于他的童年经验，因此他在童年农村的生活经验成为他小说中的重要资源，但他写作的内在经验是停滞的，因此在小说《生死疲劳》中，可以观察到莫言对于中国乡村的认识是没有深入变化的，而是一贯地停留在一个认识层面之上的。因此，他的小说叙述就造成了他的小说建立在有限的经验基础之上，任由想象进行虚无缥缈的虚构和创作，由此导致他的绝对超现实和后现代性的结尾在我读来就显得做作和极度的不自然。

也因此，可以看出莫言的长篇小说是一部主题先行的观念写作小说，在这部小说还没有开始创作之前，作家已经完成了自己对于小说所要表达的精神诉求进行的准备和定位，那么作家所要完成的就是进行组合与写作，而由此造成的观念写作必然是失败的文本组合。造成这种文本组合的另外一个原因，对作家莫言来说，则主要是诺贝尔情结所造成的后果，那种对于东方文化与西方人文精神和现代小说手法的简单运用，就试图来完成一部杰作的想法是可笑的，也是根本无法驾驭和完成的。因此，可以看出莫言的写作已经进入了一种观念写作的圈套，这种观念写作的圈套成为其写作失败的原因。但愿如《生死疲劳》这样奇怪而笨拙的小说不要成为作家继续复制的文本，而应该成为自己对观念写作的一个纪念碑。

中国人是不是最讲中庸的族群

摩 罗

某次刚刚下课，一位年轻学人问我：“你怎么理解中国人很中庸的说法？”

我毫不犹豫地回答：“那只是一种价值建构。而建构只是表达一种愿望，激发建构者形成这种愿望的社会现实可能与这个愿望恰恰相反。”

所谓中庸，通俗地讲，就是一种中正、温和、妥协的处世态度，这种处世态度懂得包容各种冲突，愿意化解各种矛盾，具有平衡各方意见和利益的智慧，遇事不走极端，善于与所有不同的权利主体共享权利，与所有不同的利益主体共享利益，善于与整个世界共享和平、均衡的局面。

中国古代的贤哲提出过这么一种哲学思想和道德境界，是不是因为中国古代人人都在自觉地践履中庸之道?

肯定不是这样。

动物的本性都是自私的、贪婪的，而且天生具有独占、垄断的欲望。在圈养的两只猪中，其中强势的那只猪总是四足霸占在食槽之中，不让弱势的那只猪公平进食。当那只弱势猪在食槽旁边怯怯地偷吃几口时，那只强势猪还会不断用嘴叼它，用头撞它，总之不断以武力压倒对方。这只猪垄断资源的欲望十分强烈，毫无中庸之意。

人作为动物的一种，在生命意志的自私性、垄断欲等等方面，跟其他动物并无区别。虽然人类在满足欲望、攫取利益的时候更加注重跟环境的协调，但是以自我利益为中心的特征与其他动物一样明显。即使在某人很谦让、很中庸的时候，也应该看到这并不是他的本性，而是被相应的环境逼出来的。

是不是资源足够丰富，动物之间就不会争斗？比如，每只猪每顿需要进食5斤，两只猪需要进食10斤。食槽只有8斤猪食的时候，强势猪才会出现暴力垄断。如果有10斤甚至12斤猪食，强势猪就不必要进行暴力垄断了。

事实不是如此。即使食槽里有12斤猪食，那只强势猪还是会实施暴力垄断。为什么？有两种理由。第一，多余的猪食可以留到下一顿食用，以防下一顿没有新的猪食供应，这是基于本能的危机意识；第二，垄断本身具有权力的满足感，而权力的满足感是所有动物最大的精神享受，没有哪种动物能克服追求这种精神享受的欲望。为什么人类的“朱门”宁愿“酒肉臭”还要每年掠夺那么多，而且不想顾及“路有冻死骨”的残酷现实？原因就在这里——掠夺和占有是一种精神享受。

那么，那只强势猪在什么情况下才会讲究中庸之道，学会跟别人共享资源呢？只有一种可能：那只弱势猪终于强大起来，能够跟强势猪力量相当，足堪抗衡。当强势猪的掠夺不得不付出代价时，他会在垄断与掠夺的好处和代价之间进行权衡。假如食槽里只有8斤猪食，强势猪很想全部占有，或者自己吃5斤，让弱势猪吃3斤。可是弱势猪已经强大起来，会因此对他发起进攻。一架打下来，两只猪都被对方咬出几处伤口。强势猪认为，为了多吃1斤食，却身负重伤，划不来。不如平均分，各吃4斤。肚子虽然因此有亏欠，可是这样不需付出任何代价，更加合算。此后，强势猪不再四足站在食槽里用餐，而是跟另一只猪并排站在食槽边上。两只猪和平相处、共享资源的美好局面出现了。猪圈从此和平安详，犹如得了中庸之道的真传。那只强势猪可能因此被表彰为中庸模范、道德表率。实际上这样的局面完全是由势力均衡造成的，跟两只猪的道德面貌完全无关。

可见中庸不是一种道德品质，而是一种调节自私本能、更加低成本地捍卫自己长远利益的智慧。如果走极端不需要付出高成本、高代价，那么没有哪个群体愿意中庸。如果某个群体不愿意为长远利益克服自己的自私本能、适当放弃一点眼前利益，那么这个群体也就不会奉行中庸之道。

上述两种情况，我各举一个例子。

我们知道西方建立了一套国际法体系，其中关于战争的游戏规则，有不杀平民、不虐待俘虏的规定。这种规定本身，就是针对他们在战争中老是屠杀平民、老是虐待俘虏而制定的。可见制定这个规则之前，他们是很不道德的。那么这个规定本身是不是为了挽救以前的不道德而制定的？不是。西方的这些游戏规则是为了减少自己一方的损失，他不屠杀对方的平民是为了使得对方不屠杀自己的平民，他不虐待对方的俘虏是为了使得对方不虐待自己一方被俘的士兵，而自己的平民正是战争的供养者和力量源泉，自己一方被俘的士兵也依然是自己的有生力量。

如果屠杀对方的平民和俘虏不需要付出代价呢？这时候他们会不会出于道德考虑而执行这样的国际公约？肯定不会。比如，英国殖民者占领北美纽芬兰岛之后，政府下令殖民者追猎原住民，杀人越多政府给予的奖励就越多。那些既是平民又是俘虏的原住民很快就被全部杀光了。美国独立以后，杰弗逊在给追剿印第安人的将军下达命令时，就明确指示将军要将所追剿的印第安人部落灭绝。美国人向日本投原子弹的时候，向伊拉克发射导弹的时候，都没有想过国际法中规定的“平民”的豁免权。他们对待伊拉克的俘虏，也没有按照国际法的要求执行。为什么？因为他们这样做不需要付出代价，那些遭受屠杀的群体完全没有能力对屠杀者构成任何威胁。所以，那些人道措施，都是力量均衡的主体之间相互实施的，施之于人，为的是己。中国俗话云：“有借有还，再借不难。”可见归还借物并不是基于道德要求，更深层的原因在于有利于自己日后继续得到他人的帮助。所有的人，所有的动物，他们的动机和行为，都是为着自己的利益考虑的。

被我们看作恶魔的希特勒，他虽然屠杀了600万犹太人，却严格执行国际公约，没有屠杀甚至也没有虐待二战各个交战国的战俘。为什么？因为屠杀战俘要付出代价，屠杀犹太人不需付出代价。

这是第一种类型的例子。以下再举第二种类型的例子。

中国遭遇西方殖民者入侵和掠夺以后，满族的境遇非常微妙。面对它所统御的民族，它是一只强势猪，可是在殖民者面前，它和它的国家却是一只弱势猪。为了使中国由一只弱势猪变成与西方列强并立于世的强势猪，必须迅速调整自己的社会组织模式，以便动员全民族的智慧和力量。而调整社会组织模式，势必关系到权力和利益的重新分配。19世纪70年代，郑观应明确提出英国强大的奥秘在于他们的议会政治即民主政治。王韬更是公开提倡在中国实行君主立宪、君民共治。后来汉族精英群体“宪政治国”的呼声越来越高，戊戌变法系其高潮。所谓君主立宪、君民共治，就是在保证满族皇室的权力和利益不被颠覆的前提下，让全国各族人民组成一个代表民意的议院和内阁，以此实现全国各个政治群体之间权力和利益的均衡。

当时的满族皇室，如果能够为照顾本民族本皇室的长远利益而稍稍“中庸”一下，君主立宪就可立即实现，皇室的荣华富贵不会受到影响。可是他们不愿意中庸，只愿意咬住眼前利益死死不放，满脸洋溢着独霸天下的无赖气。直到1908年，清朝才勉强颁布《钦定宪法大纲》，总算答应了立宪，不过还得等到9年之后才能实行。这个立宪步伐远远落后于全国的社会发育和政治发展。后来在各方势力的要求下，同意提前实行宪政，并于1911年5月成立了内阁。可是，他们拿出的内阁方案中，13名阁员名额被满族占了9名，皇族又占了9名中的7名。已经变成强势猪的汉族精英群体其实颇有一点中庸，他们不想将那只弱势猪咬死，只是善意地要求那只强势猪撤出食槽，跟自己并排站着共享天下美味。可是贪婪的皇族，闭眼不看汉族精英已经变成强势猪的事实，根本没有屈尊“中庸”一回的意思，依然四足站在食槽里垄断资源。

于是革命形势迅速发展。仅仅半年之后，武昌起义的枪声响起，全国立即响应。清朝皇室这才醒悟过来，赶快召见袁世凯，承诺从食槽里撤出来，并加快宪政步伐。可是，历史已经不再给他们机会。这个不愿意低成本地维护自己的长远利益的权贵群体，注定只能走向毁灭。最后的结局所有人都知道，满族皇室迅速覆亡，末代皇帝成了囚徒，子孙后代失去了所有的尊荣。

满族皇室决不妥协、非把自己玩完不可的歇斯底里心态，代表了人性的一种极端倾向，跟中庸之道完全是背道而驰。其中的教训值得我们多方面玩味。

那位年轻学人听了我讲的满族故事，接着问我：“那么，中国人是最不中庸的吗？”

我说：“也未必。如果我们说中国人最中庸，那么潜在的判断是别的民族不如我们中庸，这个判断是没有依据的。如果我们讲中国人最不中庸，那么潜在的判断就是，别的民族肯定比我们更中庸，以我目前对世界各民族的了解，不敢作出这样的判断。”

当今世界，西方民族在自己的社会内部具有平衡各方意见和利益的智慧，善于与不同的利益主体共享利益，这方面确实颇得中庸之道。但是他们作为一只强势猪，在跟全世界的弱势猪相处时，从来没有中庸过，所以我也不想把中庸作为一种稳定的智慧和性格白白送给他们。

世界上不存在一只主动中庸的强势猪。那些弱势猪一般都是愿意中庸的，可是在强势猪拒绝中庸的情况下，他们也只有选择走极端。就一个社会的文化氛围和价值取向而言，中庸的锁钥乃是掌握在强势猪手中的。为什么孔子以来所有的圣贤都是对着强者说话？因为强者永远掌握着主动权。可是强者能不能很有分寸地运用自己的主动权，在无力霸占食槽时就及时从中撤出来，这就看他有没有中庸的智慧。

说得通俗一点，所谓中庸之道，就是用最低的成本维护自己最大的、最长远的利益。而为了维护最长远的利益，就需要将业已拥有的无限膨胀的畸形特权稍稍进行一些调整。谁没有这种胸怀和智慧，谁就只能像清朝那样把自己玩儿完。

我们希望所有那些强势猪，都能认清时势，为了自己的长远利益而及时调整当下利益，也就是稍稍奉行一点中庸之道。

跟这种愿望相配合，我们依然需要像远古时代的贤哲那样建构和维护中庸的价值，呼吁人们学会中正、温和与妥协，因为这样可以减少世界的血腥和苦难。

京都记

于　坚

我从东京乘10点50分的新干线前往京都。有座位号的票是13200日圆，将在下午1点10分到达。东京的朋友说，在京都停车的时间只有两分钟，我便有些忐忑。中国生活的经验，那时候车厢里全是慌忙取过行李夺路而去的人，也许就因为互不相让而挤在过道上耽误了下车。我带着一只箱子、一个提包、一个背包，如何了得啊！但上了车，发现行李架并不能放大型的箱子，而大家也不把箱子放在自己的座位旁边，死死守着，而是集中放在车厢口，那里有一个专门放大型行李的架子。下车的时候再去取，车停的时候也不会有人跑去看是不是有人带走自己的箱子，不会发生这样的事情。放在那里的箱子并不多，两三个而已，很少有人进行我这样大辎重的旅行，乘客大多只是带着一只公文包，提一个纸盒子而已。起初我不知道那纸盒子是什么，后来才知道那是便当，就是日式快餐。便当打开，几个格子里装着米饭团、生鱼片、鸡蛋羹、生菜。大部分人西装笔挺，吃便当的方式也差不多，滴水不漏，低头各自吃尽，然后将盒子收进塑料袋，送到垃圾箱去。绝没有杯盘狼藉的情况，也没有人说话。列车奔驰，只听得见列车撕开空气时产生的巨大摩擦声。我已经是第二次乘坐新干线，从来没有听到谁高谈阔论，或者躺倒歪斜彻底放松，大家最多就是彬彬有礼地小寐一下或者看书看手机短信看电脑，风景是没法欣赏的，速度太快，一闪即逝。一眼看去，车厢就像一个大公司的工作间，新干线完全是一趟工作快车，没有丝毫的旅游气氛。列车的滚动条屏里精确地告诉乘客这是开向某地的某次列车，途经哪几个站，洗手间在第几个车厢。之后就滚动简要新闻，我看得懂这些汉字：物流、億、販、技術、知、住友銀行、逮捕，以及一个调查：中学生可以在0.7秒内记住

9个数字。坐在我旁边的男子已经吃完便当，看了一眼手机，很礼貌地睡去。他看起来三十岁左右，秃顶，西装，黑色领带，戴眼镜，黑皮鞋擦得雪亮，就像两辆拴在脚髁上的微型丰田轿车。

在公元794年到1869年之间，京都是日本的首都，叫做“平安京”。持续了1110年的首都，够平安的了，这是日本历史的特征，很少曲折，不像中国历史有这样巨大的动荡，总是分久必合，合久必分。许多人给我说，京都如何地古老，如何地就是唐代中国长安的缩影。一路上我总是想着长安的样子，许多诗句涌现出来，“长安一片月，万户捣衣声”，“秋风吹渭水，落叶满长安”，“南朝四百八十寺，多少楼台烟雨中”……播音器里响起了日语，那是报道一个车站就要到了，已经1点钟了。从时间上看，这个要到的站应该就是京都，但我看见窗子外面只是一片原始的水泥森林，一直排开到遥远天空的尽头，哪有半点长安的影子。迟疑片刻，飞快地收拾，然后向着车厢口奔去，拖出箱子，我奇怪地以为全车人都是到京都去的，并没有其他人下车，唯我而已，我肯定已经成为这一路下车者中动静最大的一位。是不是长安先不管了，我必须在这个叫京都的站下车。

我立即进入了一个超现实的车间之类的地方，幻觉中这建筑还在进行电焊，弧光闪闪，其实它已经完成了十多年，依然是焕然一新，就像昨天刚刚落成。巨大的弧形台阶和银白色的金属电梯从高处像瀑布一样流下，上面站着木偶般的人类，令我头晕目眩，惊愕不已。京都车站是一个巨大的电镀过的闪着微光的钢材交错的建筑。内部有峡谷般的空间，似乎是一只恐龙的骨骼，它的肚子捅了几个大窟窿，可以看见天空。或者像横着的埃菲尔铁塔，结构就像M.C.埃维舍尔画的迷宫。我立即被带进一架电梯，在钢铁的捆绑中升向高处，出来的时候穿过不锈钢编织成的隧道，推开一道道玻璃门，仿佛是在世界最高级的矿井中工作的矿工。隧道附近的玻璃门后面是百货公司、商店、美容厅、咖啡室，塑胶制造的模特儿在橱窗里微笑着。最后，一系列玻璃门在身后晃着，我被带进一个叫做拉面小路的馆子里坐下。少顷，一大碗热腾腾的日式拉面就端过来了，相当好吃。这钢铁恐龙的内部居然藏着一碗拉面。窗子外面，有座高举着一个圆球的塔，那是全日本都知道的京都塔。

京都车站是日本规模最大的车站，设计者是原广司。京都被誉为通向日本历史的大门。当年，车站设计方案的招标活动非常隆重，举行了国际竞赛。1991年5月，竞赛结果发布，原广司的方案被评为最优秀方案并实施。原广司认为，今日的京都依然清晰地保留着1200年前平安京时代的城市形态，其历史的一个重要内容是城市地理特征。他的方案意图表达地理上的、作为城市通向“历史之门”的聚集场所。车站的建筑设计，如果仅仅满足基本交通功能是不够的，它更应该与城市设计紧密结合，以它为载体，创造出城市公共空间，具有影响、改变人们生活方式的能量。

车站占地38076平方米，总建筑面积237689平方米，地上16层，地下3层，除了地铁车站和火车站外还包含了百货公司、购物中心、文化中心、博物馆、旅馆、地区政府办事处以及一座大型立体停车库。用于车站的面积仅占总面积的1／20。此外，还有大量室外、半室外的公共活动空间。整个建筑内各类电梯就有148台，相当于京都每年申请设置电梯总数的30%。

车站的大厅进深27米，最高处达60米，横向宽470米，呈两端高、中间低的谷状，顶部覆以曲面的金属网架和玻璃，进入大厅，人们会看到玻璃上面京都的天空。建筑师意图表现“境界存在，同时也不存在”的日本传统美学理念。这个车站建成后的调查显示，多数京都人对车站的设计持有异议，认为车站太巨大了，尺度和形式不适合京都。日本著名的城市设计专家西村幸夫说：“我个人不喜欢这个车站，可是如果制造出一个传统的楼阁，也不一定是唯一的答案。在古时候，没有这么大的车站，用传统的材料不可能做这么大的一个车站。如果我们假装材料是木头的，其实还是假的。所以你如果只是想复制传统的建筑样式，这好像并不是一个正确的答案。”车站如今成了日本著名的旅游观光景点，受到年轻人的喜爱。车站内坡型的楼梯成为京都年轻人聚集约会的场所。人们在车站内看不到列车，有些不知情者进来购物，吃喝玩耍一天，还不知道这是一个车站。

刚到京都，就撞上这样一个钢铁工厂般的庞然大物，令我晕头转向，很是失落。我本以为我将摆脱物质主义的东京，以一种古代的方式进入古老的日本。后来稍事休息，我再次参观了京都车站，它确实有强烈的震撼力，它给我的感受是空间上的勃勃野心而缺乏时间的深度，这是未来主义的建筑，与古老温和的京都格格不入。也许原广司的寓意是整体上的，但玻璃、钢材、冰冷的大理石组成的建筑材料、大量的几何型结构以及密密麻麻的线条将其深刻的寓意解构了，一个不知情的日本朋友竟告诉我说车站可能是法国人设计的。京都车站给我一种被捆绑在飞向未来的宇宙飞船中的感觉，尤其是它的上半部，那些通向天空的线条、尺寸精确的大门、孤独运转着的电梯、光滑的平台、抽象呆板的塑钢雕塑，灰冷、荒凉、冷漠、杳无人迹，人类的未来。我走了一个上午，只碰到穿着工作服正在擦洗电梯的清洁工和一两个幽灵般的过客。

离开京都车站，才发现京都并没有那么夸张，气氛温和安静，高楼大厦之间也夹杂着古老的街道和寺院，有些地方还是成片的。古老的街道，但说不上那是日本式的还是西方式的，风格含糊。一条河自南向北穿过城市，那是著名的鸭川。看起来水是清澈的，一些鸟在洗澡。河岸上有宽阔的大堤，日本朋友告诉我，这里每年都要搞“鸭川川床”的活动。“鸭川川床”就是在鸭川河岸上的纳凉平台。夏天开始的时候，在鸭川西岸上，临川的先斗町的各家餐馆就向河面搭起纳凉床，点起古式的提灯。人们躺在岸上，眺望东山，饮酒唱歌睡觉。

我住在花见小道的家庭式旅馆，紫旅馆。这是半个月前在日本的朋友通过互联网帮我预定的，只有两天的空位，两天后，我得搬到另一个旅馆。这一代是老街区，歌舞伎聚集的地区，旅游热点，旅馆价格比较贵，一个房间每天9000日圆，包早餐。虽然是9000日圆，但是一个房间，你可以一个人住，也可以一家子住。顺着四条向东，这是一条两旁都是回廊的商业大街，有19世纪的氛围，只是街上的人很少有穿和服的。转进花见小路，就进入了京都传统的街区，都是深色的两层木楼房，一楼大都是酒吧、餐馆、咖啡店的门面。下午，所有的门都关着，像是休息日，其实都在营业。后来我发现，日本的街道上没有中国那种街道上的生活。在中国，生活从房屋里蔓延到街道上，人们在那里聊天、吃饭、洗衣服、养花，玩麻将，尤其是在次要的街道，街道只是家居和日常生活之间的过道。冷清无人关着门的街道是很不吉利的，没有人气。在日本，街道只是用来交通，生活在屋内进行，因此街道总是很安静、冷清。从第三个小巷进去，远远地就看见了挂在木阁楼上的“紫”字，写得龙飞凤舞。也是两层的楼房，按了门铃，拉门犹豫不决地被撕开了，就像日语，这种语言的一句话只在最后的时刻你才知道它的意思是要肯定还是否定。一个笑容满面的老婆婆弯腰垂手站在门口，她就是旅店的女主人吉田绫子，也是唯一的服务生。进门是一个两平米的小天井，角落里摆着一盆植物。天井边是一个铺着席子的台，客人在这里就要脱鞋，换了拖鞋再进去。一楼是浴室、厨房和主人的卧室，后面还有个稍大的天井，里面有水缸和一个神龛，一点植物，盆景般的小天井。主要的客房在二楼，三个房间和一个卫生间。有的房间门口放着拖鞋，这意味着里面有人。我的房间大约七八平米，床是榻榻米式的，干净的被单上放着一套和服。榻榻米的功能就是睡觉，这样的贴着地面是否意味着不安全感？榻榻米没有上床下床这样的含义。住这样的房间，你得学会整日盘腿，站着是很不方便的。有两处窗子，一处向着别家的瓦，一处向着街道。吉田绫子66岁，有两个儿子，嫁到这家后就一直跟着丈夫开旅馆，算起来也是三四十年了。她的听觉已经非常灵敏，只要听就知道客人需要什么，在做什么。她为我放好了洗澡水，请我去沐浴。浴室是公用的，总是吉田绫子放好洗澡水，再请客人去沐浴。晚上回来的时候绫子问我，早餐几点用，我犹豫了一下，说7点到8点之间吧。她说，那就折中一下，7点半吧。我后来发现，明治维新以来以德国为榜样的日本，时间观念已经非常精确，看日头估计时间，不戴手表已经无法生活了。我看到公共汽车站的时刻表，每趟车的抵达时间精确到分。奔波一天，我本来准备睡到自然醒，然后睡眼惺忪地迷糊一下再吃早餐的，现在却紧张起来，想到7点半必须吃早餐，竟有点难以入寐了。7点25，房间里已经飘起煎鱼的香味，电话响了，绫子咕噜一阵，我猜意思是吃早餐的时间到了。还来不及衣冠楚楚，她已经敲敲拉门，抬着一盘食物，跪着进来了，将一碟碟食物摆好在比榻榻米略高的矮桌子上。每样食物都是一小碟或者一小盅，刚好可以摆满一只盘子，这样的配置决不是让你大吃大喝铺张浪费，吃饱而已。食物包括，一罐米饭，一碟渍物（泡菜），一块煎鱼——旁边配了一片红叶，好看而已，不可吃的，一只冷鸡蛋，一盅豆腐汤，一壶茶。摆好，吉田绫子悄然退去。次日的早餐，只有米饭不变，其他都换了。旅馆周围很安静，街道的尽头是一个禅寺，偶尔有汽车猛烈发动，然后一切归于寂静。我打开向着小巷的窗子，从来没有看到人。有邻居来拜访绫子，是来向她借被子的，看来也是开旅店的。有一天出门时看见吉田绫子的丈夫，老人家，鞠躬，然后就不见了。拉门锁起来，房间就消失了，看起来只是没有房间的过道。知道那是房间，是因为房间的门口有时候放着拖鞋，两双的，三双的。有时候一双都不见了。拉门将房间隐匿起来，每个人都藏在自己的格子中。放在门口的拖鞋是一个符号，表示里面有人，但里面是谁是不知道的，拖鞋都是一样的。而在中国，门就意味着住在里面的人的地位、尊卑。现代的兵营式建筑弱化了这一点，但只要可能，门一定会有暗示性。家庭旅舍并没有供客人交流的客厅之类的地方，在中国，家庭旅馆的话，大家可以在客厅里看电视，一起聊天，并参与店主人的家庭活动，比如帮他做饭。就是大宾馆，也给人似乎知道别的房间里在做什么的感觉。有些旅客的门大开着，电视的声音传到过道上。开会的时候就更热闹了，那一段的过道上的门都开着，男女同志彼此在房间里串来串去。紫，温暖，舒适，但是很隔绝，孤独，神秘，互不相干。

京都从公元794年成为日本的首都，最初名为“平安京”。古代京都仿造的是长安和洛阳的模式，以朱雀大路为中心（宽度约85米）分为左京、右京两区。南北约5.2千米，东西约4.7千米。那时候曾经拥有15万人口。现在已经有1469472人（2005年的数据。如此精确的人口数据，在中国是永远统计不出来的）。天皇居住在京都的北部，那里也是政府机关。京都是明治维新以前日本的政治中心。以天皇为首，贵族、官员、武士等都生活在这里。周边地区是政府官员的官邸，宅院井然有序，形成官邸街。古代的记载说，京都“柳树与樱花交错种植，如锦如缎”。到11世纪至12世纪之间，平安京才被称为京都。中世纪的京都，市民社会非常发达，已经作为商业都市发展成日本最大的都市。在17世纪末，东京的西阵地区已经成为世界知名的纺织业中心之一。明治时代由于政治原因，日本首都迁往东京，京都市民的抗议游行也没能阻止天皇的迁移。皇室贵族，有经济实力的市民，也陆续迁离了东京。

1944年夏天，建筑学家梁思成先生担任中国战区文物保护委员会副主任，盟军司令部请他提供了中国日占区需要保护的文物清单和地图。梁思成同时建议盟军对日本的两个城市——京都和奈良也加以保护。由于梁思成的嘱托，盟军没有轰炸京都和奈良。

在20世纪60年代中期，日本出台了一系列相关法案，将京都历史风土区和景观地区加以保护，并对建筑物高度进行限制，除市中心区域外，大部分地区都控制在20米以下。许多区域保留着传统的木结构房屋，只是全部进行了防火防震的改造。京都没有机场，地下铁路也只有两条。京都的建筑混杂着历史上的各种风格，看起来已经不那么浑然统一了。从花见小道一带的木结构的传统民居到京都车站的钢结构后现代建筑，京都给人一种魔幻的感受。

据说京都有4000多个神社，寺院有2000家以上。在日本总共有8.2万多个神社，平均每1500个人就有一座神社。据日本文部省前些年的调查统计，日本信仰各种宗教的人近2.2亿，超过了总人口数，因为日本民众中有不少具有双重或多重的宗教信仰，其中神道教信仰者有1亿多人，佛教信仰者有9000多万人。在公元5世纪的时候，中国已经盛行儒教，而日本依然是一个许多氏族和部落组成的原始社会，没有文字，部落由酋长统治。神道教起源于氏族社会对自然力量的崇拜，以万物有灵论为基础，崇拜的是神灵化的万物。古代日本人相信天上的神明会降落在大木、巨岩或高山上，并镇守着它们。从高山、大树、奇石、瀑布、海洋、田地、太阳、火、雷、各种动物到祖先的魂灵，都可以成为祭祀崇拜的对象，日本有“八百万神”之说。很多神社供奉的是土地神。泛神崇拜是任何地方古代社会的特征，但日本却保存到今天。公元五至八世纪日本吸收中国儒家与佛教学说后，佛教渐渐形成较为完整的体系。明治维新（公元1868年）前佛教盛行，神道教只处于依附地位。明治维新后日本政府为了巩固王权，兴起废佛毁释运动，许多原始宗教也遭到镇压，将神道教加以体系化的改造，尊为国教，成为国家神道。神道教是日本独有的宗教。神道教成为国家工具的同时，许多原始信仰依然保存下来。但今天在日本，神灵崇拜已经有着很现实的唯物的目的，商业的，职业的，升学什么的。在清水寺的时候，我花一百日圆求了一个签，这个签是与某月某日生的人有关，上面的签语明确具体直接，而且分类，希望如何、结婚如何、健康如何、出入如何、诉讼如何、旅行如何、生孩子如何、考试如何、就业如何等等。例如生孩子，直接就说如果生的话就是男孩。在中国，签语如果很具体明确的话，是不被信任的。寺院里的签上写着的都是朦胧诗，意义晦涩，求签者就是抽到上上吉的签，也不意味着吉祥如意的事就会很明确地告诉你，个人的领悟领会是很重要的。在京都，最魔幻的感受莫过于，在用高科技产品装饰起来的现代化大公司旁边，藏着矮小寒碜的神社，里面供奉着穿古代衣服的神灵，祭祀的方法也是千年延续下来的古法。西装革履前往公司履职的职员目不斜视地匆匆走过，它们之间没有丝毫历史联系性，时间不存在，只是些并列着的空间。明治维新以后，日本其实已经成为迷信科学的社会，东京大学的博士佐藤告诉我，迷信鬼神的人通常会被视为怪人。虽然有那么多宗教信仰者，但大多数人都受过西方高等教育，真正迷信鬼神的人并不多，宗教并非生活的支配性力量，只是文化和习俗而已。

花见小道是京都艺伎较集中的地区，街上经常可以碰到。她们引人注目，浓妆艳抹，穿着木屐，姗姗而行，看起来就像唐朝的美人，害羞似的穿过街心，消失在某扇拉门后面。日本艺伎（Geisha）产生于17世纪的东京和大阪。最初的艺妓都是男子，他们在妓院和娱乐场所以表演舞蹈和乐器为生。18世纪中叶，艺伎职业渐渐被女性取代。艺伎的服务并没有什么色情内容，服侍客人餐饮，陪客人聊天，也在宴席上以舞蹈、乐曲、乐器等表演助兴。她们并非公然的妓女，但角色暧昧也是难免的，这种暧昧是男权社会造成的，卖唱卖笑卖艺被男子们想当然地认为也卖身。在江户时代，花见小路一带有艺伎服务的茶室多达700间，艺伎有3000人。现在没那么多了，只有100名左右。日本全国现有的艺伎也不过数百人，相当稀奇，一出现在街头就有许多旅游者指指点点，像是古代遗留下来的稀有动物。在京都，找一名艺妓陪一个小时的费用是每名客人500美元。有个叫岩崎峰子的艺伎曾在花见小路上生活过二十多年，2002年，她在美国出版了《艺伎：一种生活》，此书现已畅销17个国家。她说，写这本书是想告诉人们：艺伎是日本传统文化的一部分，是女性自立的职业，而不是外界有人误解的“娼妇”。

花见小道不远就是东山。那山上有神社、寺院和古老的街区，是京都的旅游热点之一。时值深秋，日本南方正是万山红遍的时候，许多人专程赶到京都来看红叶。远远望去，红色的山冈确实很美，但不太自然，树种好像是搭配过的，颜色美丽的树木被有选择地成片种植，形成了强烈的效果。日本历史上曾经大量砍伐森林，后来又重新种植，生态恢复得很好，但在恢复的时候，也许就有了许多人为的因素，根据审美和利用对植物进行了选择。从前看日本画家东山魁夷的画，感觉日本的风景很整齐，也许就是自然被人为地设计过的原因吧。

八坂神社非常醒目，山门是橘红色的，有一种卡通的效果。里面的庙宇密集地挂着许多白色的灯笼。祈愿的时候拉动一根连接着神龛的绳子。这是日本著名的神社之一，已经不知道它是哪一年建起来的，只知道在公元877年的时候，这个神社因为显灵驱除了京都流行的瘟疫而名声大振。从那时起，八坂神社就被奉为能除瘟祛病的宝地。许多人来到京都，都要参拜八坂神社，环绕着八坂神社，附近形成一个热闹的商业区。八坂神社最著名的，是每年一度的祇园节，当年瘟疫流行的时候，人们举行祈求驱逐瘟疫的仪式，从八坂神社抬出66座神轿送往神泉苑。一千多年过去了，人们仍保留了这个古老的仪式。每年7月祭神仪式开始，要持续一个月左右才结束，是京都一大节日。作家川端康成小说《古都》中，描写过祇园节的活动。

在京都，许多古老的节日持续到今天，每个月都有节日。1月4日，在下鸭神社举办初蹴鞠，表演者互踢鹿皮制作的球使其不落地。蹴鞠在中国唐宋之际十分流行，就是杜甫诗中说过的："十年瞰鞠将雏远，万里秋千风俗同。"1月8日至12日，在惠美须神社祭祀惠美须，惠美须被日本人奉为商神。2月25日，在北野天满宫举办梅花节。4月，春舞，以歌舞来庆祝春天。5月3日，流镝马神事，是祈求天下太平、五谷丰登的祭神活动。5月15日，葵节，葵叶装饰衣服，游行，祈祷农作物的好收成。5月的第三个星期日，三船节，追忆古时王朝公卿以诗、歌、管弦等三船游乐的雅兴。6月1日至2日，京都薪能，薪能就是在篝火映照之下，表演日本传统能剧、狂言剧。7月1日至31日，祇园节。8月7日至10日，陶器节，节日期间，有陶器展销会，在五条大街上摆满了全国各地500多家陶器商店的摊位。8月16日，五山送火节，纪念阿弥陀如来佛。9月在大觉寺举办"观月黄昏"，在大觉寺的大泽池上，乘船饮茶、吹笛、赏月，游吟俳句。10月22日，在平安神宫举办时代节。大约两千人身穿着京都1100年中各时代的服装，从京都御所出发，行走3小时抵达平安神宫。10月22日，鞍马火节，意味着送走了秋天，迎来了冬天。11月的第二个星期日，岚山红叶节。12月1日，献茶节。等等。

各神社与居民区是相通的，穿过八坂神社，就是古老的街区，青石板的道路，高矮参差的两层木屋，被洗得干干净净。日本是个有洁癖的国家。我曾经看到有人搞自家门前的卫生，那不只是扫地而已，而是把大门两边墙上的每一条砖缝都抹得干干净净。这种情况，我在世界各地的旅行中是第一次见到。日本到处都是非常干净，散发着消毒液的气味，体现出对物的爱惜崇拜，偶尔看到衣着可疑的人，那必是流浪汉。我在东京上野公园曾经经过一个流浪者的露天营地，他们也是收拾得整整齐齐。现代化是一种非常深刻的对人性的改造、对生活方式的规范。日本已经见不到中国普遍的那种自由随便鲜活的脏乱差的现象，现代化的一个方面就是卫生化。但还是看得出来，过去的时代是不规范的，与四方盒子的现代房屋不同，过去的房屋盖得歪歪斜斜，高高低低，顺从着地势，如同书法。底层大都是铺子，上着门板，卸下来就是铺面，很像云南丽江的大研镇，或者拆迁以前的昆明。挂着各式各样的灯笼，铺子出售的都是旅游商品，店员热情地向行人招徕着，请你品尝他店里做的点心。旅游工艺品做得相当精致，色彩艳丽。有许多可以信任的百年老店，那就是一直都在从事某一行的老店。当然，许多店都是全国连锁了。这令人有点失望，如果任何地方都有连锁店，也就不那么珍贵了。游客摩肩接踵。蓦然回首，歌舞伎们浓如樱花，旋即逝去，坐着人力车走了。主道上游客摩肩接踵，但一拐进旁边的支路，就即刻杳无人迹，风在吹。这种热闹有一种刻意的放松，似乎是集体的没有灵魂的假面舞会。一离开旅游区，日本就回复到西装笔挺，彼此彬彬有礼的氛围中。

在古老街区的尽头，是依山而建的清水寺。清水寺是公元798年由将军坂上田村麻吕和延镇和尚主持建造的。现存的大部分建筑始建于公元1633年。深黑色的圆木，将庙宇支撑在一处悬崖的边上，被红叶密集的树林簇拥着。正殿前面是一个由139根木柱支撑的平台，离地面有五十米，京都人将它叫做“清水之舞台”。传说如果从这个舞台上跳下，没有受伤，就能实现自己的愿望；如果死去，亦能成佛。因此来这里跳崖的情人络绎不绝。为此，京都政府在1872年就颁布了跳崖禁令。本堂正殿供奉着十一面千手观音立像，每隔33年才开放参观一次，最近一次开放是在2000年。悬崖下有泉水流出，被人为地分为三股。饮泉水是游览清水寺的重要项目，随时都有人排着队在饮水。据说这三股泉水分别代表爱情、生命、财富，想求什么就喝对应的一股。饮水是用带长柄的金属瓢，伸到岩石下去接来饮。每个人饮毕，就将瓢放到旁边的金属消毒柜里，这机器一两秒钟就可以将细菌消灭了。在这样神圣的泉水边上，使用高科技设备，看起来很是怪异，不自然，人们是信任那神圣泉水的力量呢，还是信任那科技产品的魔力？大殿里立着巨大的圆柱，看上去它们要生长几百年才能长到这么粗。佛像被放置在房间的深处，都是小型的造像，看不太清楚。工作人员在不断地抹拭着神龛、地板，使圣地产生了很高的光洁度，令人几乎不敢投足。正殿门边立着小牌子，写着：土足禁入。土足就是赤脚。在日本，进入寺院一般都要脱鞋，脱鞋不是小事，它令进入寺院这件事情在身体上体验着小心翼翼，恭恭敬敬和神圣感。如果平时不注意卫生的人，现在就很自卑，要么不敢进去，为自己气味浓烈的脚而深怀内疚，也许回去后就下了决心，养成每天认真洗脚的习惯了。多年前在《外国文艺》上看过一篇日本小说，详细地描写秽物的排泄，当时很是不能理解，现在想起来，大约是被普遍的洁癖压抑所致吧。站在清水舞台上，可以看见京都，白花花的一片，就像正在熔解的银子。

京都已经相当旅游化，似乎一切方面都很在乎旅游者的感受。在著名的商业大街四条通的东段，有著名的先斗町，就是饮食一条街，相当长，恐怕有一公里。叫做街，其实只是一条小巷，两边全是酒吧、饭馆、咖啡店……一家挨着一家，每一家都精心设计橱窗、门帘、招牌，美学风格看得出都是来自古代的诗歌、书法、绘画的灵感。这条街在晚上看起来就像一个接一个的灯笼。精致而别出心裁的设计给人相当昂贵的印象，并没有中国饮食排档那样的混乱热闹，便宜而不讲卫生，铺面会沿街涣漫出来，伙计们吆五喝六，食客成群结队。在这里，一切都在拉门后面静谧地进行；街上看起来很冷清，其实正是生意红火的街道，食客到了这里，立即被装到各式各样的格子里去。与中国饮食的热闹渲染、大吃大喝比起来，日本的饮食给人低语的感觉，饮食好像很不好意思，含着羞耻似的。日本有无数的格子，这是我的深刻印象，就是一份普通的便当，也是分为几格。

先斗町过去不远是京都著名的新京极市场，一个城市最能看出它的真相的地方，莫过于菜市场。日常生活的许多部分都可以包装起来，但菜市场太日常了，与大地的关系太直接了，是很难包装的。令我惊讶的是，我看不出新京极市场有菜市场这样的地方，一切都被包装好了，洗得干干净净，没有一点泥巴，这是完全与大地断绝了关系的市场，什么都被透明的塑料包裹着，就像无数的避孕套。像昆明那样，许多蔬菜还带着泥巴，在这里简直不可思议。很多摊子都在卖渍物（泡菜）。泡菜在中国，大多数来自外祖母的瓦罐，这是私人家庭的秘方，但这里的渍物，统一包装，有商标，我估计是大批量在流水线上生产出来的。我想，这样的菜市场恐怕已经没有“新鲜菜”。在昆明，人们并不信任包裹在塑料袋里的食品，人们喜欢活着的鱼、带着露水的白菜、糊着泥巴的葱和藕。如果你把泥巴完全去掉洗得干干净净的话，人们反而会怀疑你的藕是否已经死去多日，质量出现问题。在新京极市场的后面，是日本的农业，那是一条自动的流水作业线，大地的产物与私人的种植无关，一切都是工业化的，没有什么直接来自自然，一切都经过工业的设计、洗礼。新京极市场的蔬菜水产部给我一种隔膜感。但你不必担心小偷，人们可以把钱包放在外衣兜里。新京极市场最精彩的商店是卖刀具的店，各式各样的刀具，发出灰暗的光，打制得非常精美，令人产生购买的欲望。但冷静一想，买了干什么呢？在中国我从来没有看到过这样专业的刀具店。

旅游是全球化的良药，对治疗旧世界的脏乱差、自然随便、不讲卫生相当有效。旅游被当做了标准，永不撤销的检查团，居民普遍自觉地讨好游客，这其中当然有商业的动机，日积月累，是否会令城市完全丧失自己黑暗的私人生活？一切都很光明，彬彬有礼，热情好客，干净卫生，整个城市就像一只巨大的旅游纪念品，一览无遗，一切都为旅游而设计，节日、工艺品、宗教活动、饮食、旅馆、交通、艺术，也许还包括做爱……在这一点上，我以为东京比较自然，好像并不怎么在乎旅游者，有许多黑暗、不适合观光的地方，爱看不看，就这么的。

南禅寺建于1289年。门楼很大气，浑厚，据说那就是唐的风格。但顶很沉，像是重量过度的帽子，我发现这是因为建筑的下部没有中国建筑那种隐约的楔型。土木结构和楔型使建筑稳如泰山。南禅寺的门楼给我头重脚轻、摇摇欲坠的感觉，其实它已经挺立了几百年。黑乌鸦在古老的屋顶上盘旋，很像宋徽宗的一幅画。它们已经非常熟悉这个顶。黯淡的建筑，被时间磨出细腻的光。购票，每个人发一个塑料袋，脱了鞋装进去，各人自己拎着，像是兜着自己的不良纪录似的。登楼远眺，正是日落时分。大地苍茫。苍茫是没有国界的，这就是诗歌可以随便越境的原因，颇有回到长安的感觉，就想起那两句：大漠孤烟直，长河落日圆。这不会是脱掉鞋写出来的吧。我对进门就要脱鞋很不适应，这个行为使生活忽然中断，进入了一个正式场合似的，随便自然的生活忽然结束，它们很不卫生。古代中国的建筑被日本学习模仿，学习总是容易将对象升华、拔高、模式化、楷模化。原来的东西就离开了它的日常氛围和基础，较为神圣了。在日本，古代的建筑物总是给人拔地而出的感觉，缺乏那种日常亲和扎根于大地的东西，也许因为当时就是在顶礼膜拜的心态下建造的。但日本学习西洋的建筑并没有这种感觉，西洋建筑的基本功能是实用，美只是装饰性的。而中国建筑的基本结构不仅仅在于实用，也暗示着中国人对宇宙人生的理解，具有象征性的含义。例如飞檐、斗拱、柱子，不仅仅是建筑结构的需要，有许多精神性的“多余”，暗示着世界观。什么事情都是天人合一的，既要有实用的天，也要有文化的人。中国建筑到了日本，也许其文化的部分被夸张做作了，所以在日本，那些学自中国古代的建筑，更有坛的感觉。我印象最深的是那些瓦，烧制得厚大、坚固，泛着青光，用瓦钉铆接起来，就像是德国人的钢盔。盖在屋顶，不会长一根草。已经不是汉语中所谓的“片瓦”，而是工艺品。瓦其实有着大地的含义，依赖、扒着大地。栖身其下的感觉被取消了，瓦成为升起来的、向上的东西。有的瓦重达13公斤。在高处看，日本的顶相当荒凉，太光滑了，没有灰尘，不生苔藓，更没有墙头草。中国的瓦表面很粗糙，接缝用的是泥巴，所以几个雨季过去，屋顶就长出草来。尤其是在南方，屋顶四季开着花，蝴蝶飞出飞进。当然，这个景象已经是长河落日了，中国现在连瓦都不要，水泥平顶，那就更荒凉了。

南禅寺旁边有著名的哲学小路，日本哲学家西田几多郎曾经住在这一带，散步，思考东方式的存在主义。他是日本著名的哲学家，在二次世界大战前曾经影响日本。普通的散步小路像马克思的那条地毯一样被升华了，成为热闹的旅游点。到京都旅游的一个重要项目，就是去参观这条哲学小路。

被枫树簇拥的碎石路，顺着一条溪流。路上的某一段出现了一个小寺，这个寺是构思的结果。寺中间围着一棵枫树，看上去这个小寺的主持或许所供奉的就是这棵树。这是一个创意，也许暗示着枫树就是已经得道的高僧吧。树冠已经撑得比小天井更大，红叶在墙外面落了一摊，美丽凄凉。很是动了脑筋的设计。日本的园林一般都是这样，设计的痕迹很明显，似乎并不在意“道法自然”，而是升华于自然。而在中国，园林中不自然的痕迹一定是要想办法遮掩掉的。一切都要看起来自然天成的样子，所谓师法造化，鬼斧神工。游客不敢碰那些神圣的落叶，这场景就像枫树被培养成了模特儿，正在走台呢，大家只是哗哗地拍照，叹息。

我在紫旅馆住了两个晚上，第三天搬到另一旅馆去住。这个旅馆在热闹的四条通大街北端的一条小街上，日本普通的街区，没有旅游色彩，冷漠，行人目标明确匆匆而过，走路也像是坐在汽车里，握着方向盘似的。慢吞吞、东张西望的人没有，有，那就是我独一个，中国来的野蛮人。旅馆是一栋水泥和玻璃组合的大楼，我想描述它的样子，很难啊，已经想不起来了，也许会亮灯的集装箱比较形象吧。住店的大多是西装革履者。在日本，西装主要是工作服，没有中国那么当回事情，许多会议通知上写着，这是正式场合，要求一律穿西装。旅馆每晚6000日圆，包括早餐。房间基本上是一个模压的白色塑料便当盒。分成几格，床、桌子、电视机、冰箱、卫生间和过道兼更衣处。几个电器说明上醒目地写着“警告”字样。日本人在设计利用空间上真是一流的，如果你习惯分类而不是自由散漫，那么这个睡觉的小盒子依据设想的身体健康，非侏儒、非巨人的理想人及其工作后休息的需要设计得相当合理，小卫生间甚至可以坐在浴缸里泡澡。把门关好，一滴水都漏不到房间里去。床很宽，一米八的大床，不是榻榻米。如此弹丸之地，竟有三个镜子，可见仪表对于工作是多么重要。但这样的房间对于我实在太小了，几乎无法打开箱子。住这种房间，你最好只带了公文包。科技含量很高，全面消毒，雪白，一尘不染的卫生间，一尘不染的床单，干净得你就像是爬在镜子上的一只苍蝇。这房间就像一些配件，人是这些配件的主体，住在里面，人就像安装好的机器，严丝合缝，进入了一个人类车间的巨型传输带。早餐非常简单，羊角面包，生菜，咖啡，冰水，完全的西式，排队去取，住这个店都是奔那杯咖啡来的，是作为旅店的广告的名牌咖啡。用早餐的人都像是正在工作，有人头顶墙壁埋头吞咽。每个人都是西装笔挺，里面的浅色衬衣浆洗得很硬，把柔韧的人体衬托出精神百倍的样子。西装是为工作设计的，在中国，人们其实以为它与工作无关，是身份地位的象征。吃罢，大家自觉收拾干净，把杯碟放回去。这样的吃法，你不能吃得太狼藉，否则很难收拾，很难看，就像进了寺庙的大堂而没有脱鞋。集体的讲究、卫生使自由散漫的行为看起来就是一双臭脚。

早晨9点准备离开京都，前往大阪机场回中国。京都到大阪机场，得从京都车站乘高速列车，行程约一个小时。朋友说好10点来接我，过了10点一刻还没有来，很焦虑，担心乘不上车，还有一堆行李。后来知道他病了，不能来了。我只好自己去机场，比手势，写繁体的汉字，很容易就打的士到了京都车站，很容易就买到一张前往大阪机场的直达票，很容易就上了车，很容易就到了飞机场。现代化其实就是让生活越来越方便、容易，最后只要嵌个按钮就万事大吉。我原来以为这样重大的事故，在外国，时间有限，语言不通，越过那么多错综复杂的线路在某次航班的机舱中找到座位，其细节够我写个中篇小说，却无话可说，很快搞定。唯一的记忆是，在买票的时候，售票小姐写个字条给我看，两组词，自由席，指定席。意思是问我要买哪个，我想都不想，就指着自由席。自由席，在中国不就是随便乱坐吗？指定席是领导和要人坐的。自由席！OK！2300日圆。拿到票一想不对啊，朋友说到机场只需要1830日圆啊，怎么贵了那么多？进到车站，才发现自由席只有一节车厢，里面空空如也，连我就两个乘客。其他车厢都满了。指定席就是必须对号入座，一人一格，自由席你可以想坐哪里坐哪里。自由其实是很贵的东西。

看文化和文化的看

——中东手记

梅　岱

可能是对文化的偏爱和热忱，中东之行也就格外关注和留意那里的文化。一路上的见闻，也常常以文化视野、从文化角度去观察去思考。此行简而言之：看文化和文化的看。当然，我的兴趣不光是物化了的看得见摸得着的文化，更喜好探究寻觅那些看不见的形而上的精神层面的文化。

因为时间紧迫，多数地方是匆匆而过，走马观花，很难沉下心来深究细琢，因此，随手记下的也只能是一些零星的浮光掠影的见闻和即兴式的零碎而粗浅的思考。

一、阿拉伯人创造过许多传奇，迪拜则创造了神话

曾几何时，大众传媒中突然冒出一个陌生的名字——迪拜。出现频率高了，自然就引发了人们的关注，迪拜转瞬成为举世瞩目的地方。

世界上最高的大楼在这里诞生，世界上最豪华的酒店在这里开张，世界上规模最大、商品种类最全的购物中心在这里建成……

数不尽的世界之最、数不清的天下第一在这里变成现实。

迪拜是一座城市，也是阿拉伯联合酋长国的一个酋长国。历史上，阿拉伯人创造过许多传奇，今天地处阿拉伯半岛荒原上的迪拜则创造了神话。

凡是到迪拜来的人，面对沙漠中的高楼大厦，面对车水马龙的繁华街市，面对肤色各异、新潮时尚的游人，面对高耸的椰树和盛开的杜鹃……面对这梦幻般的城市，有迷惑，有不解，当然更多的是惊奇和感动。

有人说迪拜奇迹靠的是石油，但到迪拜来才知道，迪拜的发展基本上与石油无关。上帝对迪拜有些不公，本在“富得流油”的波斯湾，偏偏迪拜的油只有一丁点儿。他们形象地说：“是从大油桶中不慎洒落了几滴掉在了迪拜。”而且开采已近枯竭。在迪拜的经济总量中，石油占的份额只有3%。

一般说来，一个地方的发展，需要有良好的自然生态条件。而迪拜身处“不毛之地”，却成了世界上的繁华之都，的确让人深思。生态有两种，一种是自然生态，一种是人文生态。迪拜的自然生态是不好，可这里却营造了良好的人文生态。有宽松的政策，有自由开放的环境，有优质良好的服务，有现代文化的支撑。大凡抱着梦想想干一番事业者，到这里来好像都可以找到天地和舞台。有了好的人文环境，有了滋养文明的雨露阳光，有了人们奋斗的动力，就可以有智慧、有知识、有生机，一切需要有的东西都可以有，乃至荒漠里可以长出红花绿草，穷乡僻壤可以建成繁华的都市。造物主创造了万物，万物相生相克。人要与万物相处，顺应万物又要同万物斗争。人类历史当然也是一部人同大自然斗争的历史。现在流行一种观点，认为人对大自然是无能为力的，只能顺应，只能依附。可惜这话说得太晚了点，如果我们的祖先就信奉这样的理论，我们说不定至今还在树上跳来跳去，还在靠吃野果生活呢！

中国的老子很可爱，我们尊重这位伟大的先哲。可老子“无为而治”的思想作为哲学来研究还可以，如果是变成人们的行为准则就有害无益了。因为“无为”人不可立，“无为”家不可富，“无为”国不可兴，“无为”世界只能停止、倒退。

二、迪拜的模式是没有模式的模式

迪拜的成功，吸引了不少人到这里来参观来学习，有些大名鼎鼎的学者来探求研究，要总结什么“迪拜模式”，说不定“一不小心”可以弄个诺贝尔经济学奖呢！“什么是迪拜模式？”一位多年生活在迪拜、见证了迪拜发展成长的中国企业家说：“迪拜没有模式，非要说迪拜模式，那就是没有模式的模式。”没有模式的模式，听起来令人费解，但是这样的解答倒是反映了迪拜成功的真谛。

其实，所谓模式大都是人为杜撰出来的，是某些文化人为哗众取宠设计出来的。连他们自己也说不明白的事，非要牵强附会成一幅美丽的画图，要人们去求证，要人们去附会，实在没有意义。从文化意义上讲，设计和推崇模式，都是想为自己的观点寻找一个合理的、天经地义的文化坐标，目的是使自己的观点变成真理。

研究推广所谓模式有百害而无一利。一国一城发展进步不会有模式，也不应该有模式。这不同于工业生产，先设计模具然后去制造标准件。中国领导人曾说过，大千世界丰富多彩，为什么非要有统一的模式？我们曾经有过热衷于模式的教训。当年照抄照搬苏联模式，结果没有成功而收获了教训。我们不能妄评苏联模式的优劣，假如它没有枯萎而长成参天大树，那也是在苏联的土地上，沐浴着苏联的阳光雨露长成的。至于西方一些人，非要强加于人地推广他们的模式，也在许多地方碰了壁。也有一些“东施效颦”者，非但没有变成美女，原来的一点颜色也失去了。

邓小平是一位伟大的智者，早就提出世界上没有放之四海而皆准的道路和模式，也没有一成不变的道路和模式，中国人只能从中国的实际出发，走自己的路。所有的路都是在原本没有路的地上走出来的。中国三十年的改革发展没借鉴什么模式，不是成功了吗？我们不要迷信世界上有什么普世模式，也不要天真地听信一些“大忽悠”奉承我们的什么模式。什么人一旦对模式感兴趣，必然会钻进圈套而被禁锢，被绑了手脚。

三、 时间会告诉我们答案，未来会让我们了解一切

华尔街金融海啸波及全世界，也冲击波斯湾，作为中东金融中心的迪拜自然不能独善其身。对迪拜的冲击还有另一种浪潮，就是乐于推波助澜的舆论。有人认为，迪拜是一座只空谈财富、描绘财富而不创造财富的虚拟城市，这里只炒作概念、交换创意、催生泡沫。迪拜本身就是世界金融大亨们创造出来的一件金融衍生品。一句话，迪拜不过是波斯湾和阿拉伯半岛间的海市蜃楼，是一座人们下意识中的城市，幻觉中的城市，是建在“沙漠”上

的城市。一旦人们从醉意蒙眬中清醒，从梦境回到现实，一旦太阳出来，这美丽的城市便会瞬间逝去，像一缕烟云消失在茫茫荒原。

果真会是这样吗？在世界经济的乱象中谁是清醒者？在众说纷纭的争论中谁是权威？

世界上有许多没被打倒却被骂倒的事例。人言可畏、舆论可畏。围观看热闹是人们的好奇心驱使，起哄是人类的劣根性。现实中的许多事都坏在凡事不经过自己的头脑去思考，只是人云亦云随大流。

凯恩斯有一句名言：概念往往大于事实。华尔街的金融海啸会不会引发波斯湾的海啸？美国的金融危机会不会引发迪拜的危机？危机的概念是否与危机的事实相符合？其实概念的夸大往往助推了事实的失真，从而使概念与事实进入恶性循环，最后的结果是概念不可信，事实也不可信。

相信什么呢？相信时间，相信未来。时间会告诉我们答案，未来会让我们明白一切。

四、 能震撼人心征服人心的话，一句足可以顶上一万句

“伊斯法罕半天下”，一句近乎广告词的话给一个城市带来巨大的荣耀和影响力，大概很难找出第二个例子。“半天下”，吸引了多少人对伊斯法罕的关注，使伊斯法罕声誉远播。“半天下”已经成为世界性的格言。对一个城市的介绍和评价，看来不在话多，只要说到要害处，能震撼人心征服人心，一句足可以顶上一万句。

伊斯法罕是伊朗最古老的城市，曾经是四个王朝的都城。早在2500年前，这里就成为西亚军事重镇。到了萨法维王朝，这里进入最繁盛时期，壮观宏伟的清真寺，富丽堂皇的宫殿，优雅秀美的园林，还有店铺林立、商品繁多的“巴扎”（商店），令五洲商贾、各国宾客流连忘返。无论是城市的规模还是城市的繁华，在当时堪为国际大都市，应该是一座非常了不起的城市。

到伊斯法罕来，昔日的辉煌早已褪色，就像一位绝代佳人已成半老徐娘，依稀可以找到一丝当年的风韵，但亮丽和光艳已荡然散去。虽然没有“徒有其名而无其实”的感觉，但确实很难与“半天下”对上号。

我在想，当年是什么人有如此的气魄，来对一座城市作出这样气吞山河的概括。可能是两种人，要么是政治家，如当时的国王；要么是文学家，古波斯是出诗人的地方。政治家有君临天下、俯视四海的傲慢，文学家有放荡不羁、随意夸张的浪漫。只有傲慢者和浪漫者才会说出带着明显醉意而十足狂放的话来。这从中国也可以找到依据。汉代王莽就借用过《诗经》里的两句话："普天之下，莫非王土；率土之滨，莫非王臣。"唐代诗人徐凝赞扬扬州有诗云："天下三分明月夜，二分无赖是扬州。"王莽藐视一切的气势和徐凝的豪情夸张，虽然还比不上"半天下"那样简约响亮，但那弦外之音完全是异曲同工。

人们说语言是文化的载体，也有人说语言是文化的基因。依我看语言本身就是文化。从一句话里可以透视出说话人的心境情感，"言为心声"么。从一句话里可以体悟到说话者的地位和身份，一句话足以证明一个人的文化面目和特征。人与人的文化差异，也常常表现在语言上。

五、 建筑和所有艺术一样，意境为上

半天的时间是很难对"半天下"的伊斯法罕有很深了解的，因此只能看看最能代表这座城市的地方。四十柱宫是撑起这"半天下"的"顶梁柱"。四十柱宫是萨法维王朝阿巴斯一世所建，典型的波斯风格建筑。领略波斯文化的魅力，是一定要看四十柱宫的。

四十柱宫并不是四十根柱子撑起的宫殿。名为四十柱宫，但你要一根一根地去数，真正撑起宫殿的柱子只有二十根。宫殿前建有长方形的水池，宫殿的倒影自然会在水中浮现，二十根大柱也清晰地倒映在池中。真实的二十根柱加上倒影的二十柱，不就成了四十柱了吗？一座金碧辉煌、宏伟壮丽的真实宫殿，一座倒映在水中若隐若现、朦胧妩媚的宫殿，相互辉映，美轮美奂，真钦佩建筑师们绝妙的艺术构思和新奇的设计理念。

中国国画艺术讲究虚与实，四十柱宫的过人之处就在于独具匠心地运用了虚与实的理念。现实中的宫殿是实，倒映在水中的宫殿是虚，虚与实的融合既有耐人寻味的美学价值，又有深邃启迪的哲学意蕴。当国王和妃子们身

临其境，定会是一种如临天界、如入仙境的感觉。可是，当风雨来临，这水中的宫殿也会飘摇不定。此时的国王会是一种什么样的感受呢？一半看得见摸得着，一半则可以看见而摸不着；一半是物质的，一半则是意识的；一半是真切的，一半则是虚幻的；一半是清醒的，一半则是醉意蒙眬的。他会不会下意识地感到，他的江山社稷也像这水中的宫殿恍惚飘渺呢？任何建筑都是物质和精神的庇护所，四十柱宫带给国王幸福，自然也会带来悲伤。

波斯人善于创造意境，而艺术往往靠意境取胜。别出心裁的意境所产生的魅力会使一座建筑流芳百世，而这座建筑又使一个城市光艳生辉，使一个王朝声名远播。任何艺术都应把意境作为最高标准，意境为最上，有意境则自成高格。诗词歌赋如此，建筑造型也是如此。正是艺术家们创造的一个又一个意境，使浩渺的人类文明史闪现出一个又一个亮点，而这些亮点又给文明的进步发展一次又一次启迪。

六、误解产生偏见，偏见引发灾难

在人们的印象中，敢到伊朗来旅行，好像要有一些置生死于度外的勇气。王蒙有一篇文章写道，因为他到了伊朗，而被不少人赞誉为勇敢。由此我想到，会不会有一天，给凡是到过伊朗的人都颁一个勇士称号？其实到伊朗的所见所闻所感，无论如何是不会与恐怖、动乱联系在一起的。在伊斯法罕，在德黑兰，看到的是车水马龙、安宁祥和的景象。我特别留意街头的行人，一个个漫不经心，悠闲自得，没有匆匆行色，没有浮躁神情，有的只是恬淡与平静。

我无意把伊朗描绘成世外桃源，但真切感受到现实中的伊朗确实和西方媒体报道中的伊朗相差甚远。

世界上的许多矛盾冲突乃至罪恶，多出自误解。误解产生偏见，偏见产生仇恨，仇恨引发战争和灾难。

当今世界的误解，十有八九来自无所不及的媒体的误导。

有些媒体的兴趣在于以设置美丽的陷阱为能事，善良人一不小心就会深陷其中，成为他们的猎物。他们把媒体打扮成公道正派的代言人，包装成为民请命的“社会公器”。可是，人们对伊朗的误解却多来自那些披着诱人外衣、包装成真人真事的宣传。时间长了，恐怖、动乱、罪恶成了伊朗的代名词。

“社会公器”，其实是少数人欺骗多数人的舞台道具，“新闻自由”成了不负责任、随心所欲者肆意造谣、说假话的理由。而多数人表达真实、了解真相的自由却被剥夺。

虚假一旦自由，真实就被扼杀。

在文化中唱主角的当代媒体，应该以促进人们的了解，消除人们的障碍，沟通人们的心灵为己任。如果高度发达的传媒成了制造矛盾的工具，就像冯小刚的电影《手机》中描绘的，科技成果的手机（实际也是媒体），带给人们的是误会和麻烦，是人际间的哀怨，是秩序的混乱。这样，发达的媒体不是成了文化灾难与文明灾难了吗?

七、 小国之大气比大国之小气，好上百倍

在波斯湾岛国巴林，明信片被称为是国家的名片。巴林王国的明信片上最多的是“一棵树、一口井、一座桥”，人称“三个一”。巴林人向外国游客做介绍时也常自谦地说，巴林是个小岛，值得看的也就是“三个一”。

一棵树，是巴林岛荒原上一棵千年古树。赤地千里的戈壁突兀地长出一棵枝繁叶茂的大树，如同旷野里撑起的一把绿荫巨伞。巴林人叫不出这树的名字，都称它是生命之树。

一口井，是一口已经开采后废弃了的油井。据说是1932年波斯湾开采的第一口油井。因为有了这口井，才有了滚滚流淌着美元的波斯湾大油田。这口井改变了波斯湾，从此，贫瘠被富有替代。这第一口井喷出来的不是石油，而是希望之源。

一座桥，是巴林连接阿拉伯半岛的法赫德国王大桥。大桥全长25公里，横跨沙特海湾，是巴林连接阿拉伯半岛的唯一陆上通道。有了这座大桥，才使巴林这个波斯湾上的孤岛融入世界，进入国际社会的怀抱。一座大桥开启了一个民族透视文明社会的大门，打开了他们追赶现代文明的坦途。

生命之树象征着生命。不毛之地的巴林，生命难以生存的巴林人千百倍

地尊重生命、崇尚生命、珍惜生命。面对摧残生命的恶劣环境，巴林人自然会把给他们带来生机、带来活力、带来希望的不死古树当做民族的图腾。

希望之井带来了希望。现代科技之火照亮了巴林这亘古荒原。是石油带给他们财富，燃起了他们追求新生活、新目标的希望之火。一口油井成为巴林人梦想变成现实的标志。

文明之桥催生文明。封闭的海上孤岛被这长虹一样的大桥连通，现代文明涌入巴林，巴林已理所当然拥抱现代文明。巴林人把这跨海大桥当做连接昨天与未来的纽带。

巴林是个小国，没有令人称道的名胜，也没有令人震撼的古迹，但巴林人却善于用形象来塑造国家和民族的精神。一棵树、一口井、一座桥，已经成为巴林人的向往、追求和精神价值的象征。巴林是个小国，可她的胸襟却不小，坦坦荡荡，一览无余，人们可以从巴林人对“三个一”的尊崇中了解到他们的大气，一种精神文化的气象和气魄。

小国之大气，比大国之小气要好上百倍。

八、 博物馆是国家的祠堂，陈展的是民族的家谱

巴林人十分在乎客人去参观他们的博物馆，认为这是对他们国家和民族的尊重。

巴林在国家摆脱贫困，经济得到发展后，花巨资建造了一座宏大的博物馆。博物馆紧临波斯湾，四边是开阔的庭院，中间耸立的是乳白色大理石建筑，设计古朴而新潮，远远看去像是一座穿了新衣的古城堡，又像是一艘停泊在港湾不沉的舰艇。据说其规模、其现代、其宏伟在整个中东也是屈指可数的。一个百万人的小国，并没有多少文物古迹，建设如此气魄的博物馆，重要的原因在于他们对自己历史和文化的尊崇。

一个国家和一个人一样，当他从潦倒的困境中走出来，开始走向富裕和繁荣的时候，能够不忘自己的历史，不忘自己的祖宗，不忘深入自己血脉的文化，委实是值得赞扬的。

巴林博物馆的展品不够丰富，甚至会让人感到单薄的内容要撑起这宏伟

的石头建筑略显牵强了些。但它毕竟较完整地陈展了巴林的历史和文明。其实，巴林人是把博物馆当做国家的祠堂，这里收藏和陈列的是民族的家谱。

中国人有修建祠堂，续写家谱的传统。修祠堂现在已很少见到了，可续家谱在不少地方还很时兴。知道自己从哪里来，方能找到往哪里去的方向。了解真实的过去，是为了真实地前行。续家谱是为接续祖宗昨天的香火，当然也是为延续明天这香火的不灭。家族是如此，国家也是如此。

可是，有人把续家谱变成了修家谱。修家谱如果是为了去伪存真、补正谬误也在情理，但如果是为了修改历史，为自己今天的发达找出历史的根据，是为了寻找历史的荣耀，就大大的可悲了。如姓刘的非要寻根到当年刘邦的汉家天下，姓朱的非要找出些与朱元璋的瓜葛来，姓张的则不惜工本考证是安徽的张还是湖北的张……其实祖宗只是血缘关系而已，今天的中国早已废除了封建世袭，血统论早已被打倒，想从祖宗那里寻找荣耀来满足虚荣没有一点意义，想靠祖宗推销自己也注定不会有什么市场。

不忘本、不忘祖是中华民族的传统，可为了一点光亮，非要找萤火虫做祖宗也大可不必。

我赞扬巴林人的历史情结和人文情怀，由此引发了一些关于修家谱的感慨，纯属题外话。

九、比较是循循善诱的老师

一个叫苏珊的埃及导游，为了让中国游客更通俗地了解埃及的历史和文明，常常用比较的方法介绍埃及的文物古迹和名人佚事。比如把埃及某女王说成是埃及的武则天，把某法老说成是埃及的秦始皇，把帝王谷说成是埃及的十三陵。这样对比起来讲解，大大增加了中国游客的兴味，也找到了一个向中国人普及埃及文化的绝好方法。

比较确实是个好方法，比较是一位循循善诱的老师。

本已是尘封凝固的历史，一对比就变得鲜活生动起来；本来是两个遥远且不搭界的文明，通过具象的对比却成了近距离的沟通；本来是坚硬冰冷没有生命活力的石人石兽，在对比中却有了体温，有了几分亲和感。

对比揭开了神秘的迷雾，对比在差异中寻找到了共同语言，对比使遥远隔膜变得熟悉亲近。

西方大学里有一门课叫东西文化比较学，其教科书的内容是宣扬欧洲文化中心论。要我看，已是文化相互交融的今天，中西文化的比较研究势在必行，建立一门学问也大有必要和可能。问题是如果强行把一方作为坐标、作为中心、作为正统，把另一方作为从属或者是陪衬，不平等的比较、蛮横的比较不成文化霸权了吗？

比较应该是平等的交流，是包容的互鉴，是汲取的交融，是友善的沟通。不能因比较而引发无谓的争论，人为制造隔阂和交锋，再而变成矛盾和冲突。曾有一位大名鼎鼎的美国学者叫亨廷顿，对世界文明作了一番比较后，断言世界的冲突将发生在西方文明与伊斯兰文明之间，即“文明冲突论”。这话题当然会引发一场世界性的争论，庆幸的是赞成亨氏理论的寥寥无几。文明的多样、文化的差异，对人类来说是值得高兴的事。大千世界，各色人生，大家生活得愉快是因为有千姿百态的文化、多元多样的文明。如果哪一天，在无端挑起的文明冲突中，某种文化一家独大、称霸全球，而其他文化（或文明）都被斩草除根，那会是一种什么结局？纵然胜利者的文明是一朵国色天香的大牡丹，也可能只有武则天之类喜欢，而天下的人谁会喜欢百花园中只有一花独放呢？不过亨廷顿发明了“文明冲突论”，也并没有信心百倍地去预言某一种优等文明会独霸世界，他在其文章的结尾做过如此预测：“未来不是一种普世文明，而是一个充满不同文明的世界，其中每个文明都得学着与其他文明共存。”人之将死，其言也善。这段话虽然不是亨氏去世前夕所言，但已透露了几分善意，我倒是很赞成的。

在文化和文明的交流中提倡比较，但也要小心，有人会在比较中设套，诱惑善良人上钩。

十、借助历史来理解现在，借助现在去瞭望未来

巍峨挺拔的金字塔，与其说是法老的陵墓（其实是不是陵墓，研究者是有争论的），还不如说是一座雄起在北非大沙漠里的山峰，一座人类文明的

高峰。

法老的权势、威严早已荡然无存，可金字塔君临天下、傲视穹宇的气势依然震慑众生，令人敬畏。金字塔下游人脚步轻轻，很少有喧哗嘈杂，就像教徒进了教堂，僧人进了寺庙，肃穆无声。

站在金字塔下，除了震撼、惊叹，更多的是“不可思议”的发问。问题有简单的也有复杂的，有具体的也有抽象的，有常识性的也有技术性的，有自然的也有人文的……一座法老王陵可能会引发出十万个为什么，似乎古埃及人留下的这建筑，就是要成为考问后人的千古谜团。有几个似乎所有游人都会提出的问题，至今无人能做出权威中肯的回答。如4500多年前，设计这样的庞然大物，有数学、力学、建筑学的支撑吗？一座完全由巨石垒起的150多米高的建筑，靠的是什么样的施工工具和技术？如此规模的建筑所耗费的人力物力，当时的国力和经济水平是怎么能够承受的呢？

可能这是一些最简单的问题，但还没有谁能揭开这些谜底。据说从古希腊时期就有人开始研究金字塔，到现在国际上研究金字塔者已成为一个庞大的群体，有关金字塔的研究成果和出版物也可以建起一座“金字塔”了。金字塔已成为一门高深的学问，但金字塔仍然有许多谜团难以破解，许多未知仍然是当今科学家们需要攻克的难题。

想来可笑，科技文化高度发达的现代社会，居然还要去破解几千年前的文明成果。人们常常感叹对未来的了解不够，可面对神秘的金字塔，我们不禁要发问：我们对过去的了解又如何呢？人类社会究竟是进步了还是退步了？人类文明是发展了还是停滞了？难怪有人猜想，金字塔是外星人的杰作。地球上凡是认识不了的难题就交给外星人，不成了地球人的悲剧吗？

几大古文明的中断是人类发展史中的遗憾。因为中断，使许多已经高度发展的文明成果被流失被遗忘，随风飘散。而现代文明成果有许多是古文明中断以后，从头再来的结果。纵观人类文明浩浩长河，我们不难发现，人类在前行的漫长历程中有过停滞，走过弯路，也丢失过很多，自然也延误过文明的进程，因而也使今日之文明付出了更多的成本和代价。

人们为什么那么着迷地探访古埃及的文明？我想，大概是试图从古埃及的文明中寻找属于今天和未来的东西，借助历史来理解现在，借助现在去瞭望未来。

十一、看金字塔要近看又要远看，看历史要粗看又要细看

看金字塔有两个角度：一是站在它脚下仰望，一是保持一定距离远望。

仰望是近视微观，感受到的是气势。站在金字塔脚下，就是站在伟大与神圣的脚下，再大的个子也只能与最底层的一块基石并肩。向上仰望，看到的是一位老态龙钟饱经风霜的老祖宗。满脸是沟壑纵横般的皱纹，这是漫长沧桑岁月留下的年轮。浑身是斑斑驳驳的伤疤，这是风雨雷电留下的残迹和刀枪剑戟留下的印痕。中华民族也是人类文明史上的一位巨人，作为中华民族子孙对自己悠久的历史、灿烂的文明当然感到骄傲，但站在埃及的金字塔下，依然会肃然起敬。埃及的文物古迹动不动就几千年，在文明的起跑线上，埃及迈出的第一步要比我们早很多，埃及的文明史当然也比我们老很多。老是资本、资格，大凡老的东西就会有地位、有话语权，就会受到敬畏尊重。但老有时候又会成为包袱、成为障碍，就容易倚老卖老、自以为是，就容易僵化、陈腐，失去生机。

远望是极目宏观，看到的是气象。在开罗郊外的吉萨高地向东远眺，看到的是巍然伫立的金字塔群。三座巨型金字塔像积木垒起的几何模型，棱角分明，恢宏壮观。阳光斜照下来，金字塔成为金色的塔。背景是广阔的撒哈拉沙漠，苍苍茫茫。以金字塔为代表的古埃及文明，曾经创造了4000多年前的辉煌，今天金字塔在亘古荒原上呈现的气象依然卓尔不凡。

近看金字塔和远看金字塔得到的感受、得到的感悟确实不一样，即所谓："横看成岭侧成峰，远近高低各不同。"由此想到人们常常谈及的一个关于回望历史的方法，即粗看历史还是细看历史。

粗看历史，可以从宏观的层面观察历史发展的大势，可以捕捉到历史跳动的脉搏，更容易把握历史行进的规律。而细看历史容易陷入细枝末节的纠葛和家长里短的趣闻，从而忽视历史更为本质的东西，也往往因为热衷于细节而迷失方向。北京奥运会开幕式上，张艺谋们29个"大脚印"的大手笔创意，引发了人们极大的兴趣和交口称赞，我以为这反映了创作者们可贵的历

史观。回顾和记忆我们民族的历史，首先应该关注我们的民族在历史星河中的大历程、大路径，即“大脚印”。了解了大结构、大背景，才能使我们在前行中不会迷失大方向。当然，看历史也不可忽视细节，人们对历史的记忆最深刻难忘的往往是细节。在世界文明史中，不乏一人一事甚至一句话引发历史转折，引发社会巨变，引发文明进步的例子。

看金字塔要近看又要远看。看历史要粗看又要细看。

观察历史、看待事物，多个角度、多个侧面总会客观全面点，总会更深入更本质点。

十二、 文明是一种运动，而不是状态

我把埃及古文明称作墓冢文明和石头文明。

到埃及来看到的文物古迹几乎都与墓冢有关。金字塔是4500年前法老王的陵墓，帝王谷是3000年前法老王的陵墓，太阳神庙、卢克索神庙细究起来也是陵墓，是法老王变成神之后的陵墓。一座法老王的陵墓就是一座古文明的博物馆。法老王生前的奢华用品都成了陪葬品，这些当然是代表了当时最高水平的文明成果，木乃伊凝聚了当时最高的科学技术水平。浩大而复杂的陵墓建筑，无论是金字塔、帝王谷还是神庙都反映了当时相当发达的生产力水平。研究古埃及文明、领略古埃及文明，例证、依据都在这些墓冢里，我们从墓冢里看到了埃及的古文明。

埃及的古文明当然也是石头文明，因为反映埃及古文明的载体大多都是石头。金字塔是石头的，古神庙是石头的，帝王谷不是地上建筑，但也都是在山谷里的石头上开掘出来的。石头成了埃及文明最重要的载体。

今天能够见识古埃及灿烂的文明，都离不了墓冢和石头。埃及文明与墓冢如影随形，相生相伴。墓冢埋葬了文明成果，也保护了凝固了埃及文明。尽管这些王陵也遭到后人的盗掘和入侵者的掠夺，但因为是深藏于地下的墓室，完全被盗窃和毁坏就不大可能。总有遗漏下来的，总有躲过一劫的。因为文明的载体是石头，使得古埃及文明永远定格和留存。但一块一块的石头依然存在。纵然是风雨不息的冲刷和入侵者刀剑无情的砍凿，石头上文明的

痕迹不会消失殆尽。纵然是漫天大火的焚烧，但海可枯石不会烂，更不会变成随风逝去的粉尘。

埃及法老王修筑陵墓是为了来世，为了复活，为了营造未来的天堂。当然他们不会有来世，不会复活，不会在死后进入天堂。他们在埋葬自己的同时，也埋葬了人类文明。

在我看来，埃及文明的中断，正是因为法老们穷尽财力人力，滥用文明，使文明失去人们的滋养而枯萎，这是他们的罪过。不过，今天当我们徜徉于残垣断壁中欣赏古文明的时候，倒有点要感谢法老们，是他们以陵墓的方式汇聚了文明，是他们用坚固的石头记录了文明。有王陵才有了今天重温古文明的机会，有石头才有了今天展示古文明的可能。

曾经鲜活生动、辉煌耀眼的文明，如今被埋葬、收藏在黑暗的墓穴里，被定格、遗留在褪色了的石墙石柱上。虽然依稀可以看到当年的壮观和华丽，但一切都已停滞、风干、没了生命。有人说过，文明是一种运动，而不是一种状态，是航行而不是停泊。当今人们对文明的研究探讨，较多关注文明成果，很少注重文明过程。也难怪，历史留给我们的文明，看得见的只有文明成果的遗存。而文明的过程，随着时空变迁，已成为逝去的历史。人类几千年的文明史中，失去的东西比保存下来的多得多。现在好像还没有哪一位考古学家，发现了储存下来的文明过程。这就告诉我们，大部分历史的真相永远失去了。也有人试图在历史伟人和文明巨人身上寻觅文明的过程，然而，哪怕是一个扭转乾坤、叱咤风云的人物，在漫漫历史长河中依然是匆匆而去的过客。在浩渺无边的历史文明星河中，伟人和巨人也都是闪了一下亮光的星星而已，绝不会把他运行的过程长久留在星空。

十三、没有永恒的文明，只有永恒的山川河流

看到已经停止生命气息的文明，已经成为凝固枯萎状态的文明，心底里有一种莫名的压抑、凄楚、遗憾和无奈。

到卢克索来，看到了蓝色的涌动着浪花的尼罗河，心里顿然晴朗、愉悦了许多。尼罗河是非洲第一大河，全长6700公里，流经9个国家，在埃及境

内有1500多公里。一部名为《尼罗河上的惨案》的电影，使她声名远播，甚至许多不知金字塔、太阳神庙的人也都知道尼罗河的大名。其实，对埃及来说，尼罗河本来就比金字塔、太阳神庙更有资格、更有地位让人们尊重，她应该是埃及的第一长老，她的年龄比金字塔、太阳神庙大得多，就像黄河与中华文明，恒河与印度文明，底格里斯河、幼发拉底河与巴比伦文明一样，是尼罗河孕育了埃及古文明，尼罗河是埃及的恩泽之河，是神圣的母亲河。古埃及所有文明的灵感都来自尼罗河，滔滔不绝的河水哺育了埃及的一切，没有尼罗河就没有埃及，尼罗河是埃及文明的源泉。因此，对于世人来说，了解埃及首先应该知道的是尼罗河。

我们住的高层饭店正好在尼罗河边。清晨，站在饭店阳台上，望着喷薄而出的太阳，望着缓缓流淌的河水，望着河面上不时掠过的成群的水鸟，还有顺流而下的白色帆船，心里涌动着、升腾着生命的美好和张力。不由得想起那段尼罗河自述："我与天地同庚，像宇宙一样壮丽；我辽阔美丽、历史悠久，像诗歌一样引人入胜。"尼罗河真是造物主的神来之笔。

面对这样一幅生机盎然的生命画图，我不想过多过深地探究埃及古文明（当然还有其他几大文明）中断衰落的缘由，只想思考一个问题：为什么法老王死了，神庙垮塌了，金字塔残破了，而孕育了埃及文明、见证了埃及文明辉煌和没落的尼罗河却永远不老、永远不朽、永远不死？其实有资格回答这个问题的只有尼罗河，因为她是埃及文明辉煌与衰落的见证者。

在这块土地上上演的所有活剧和人物她都经历过，她像一台永不停息的摄像机，埃及漫长而沧桑的历史风云都储存在她汩汩流淌的胶片上。曾经的光辉散尽了，曾经的云霞蒸腾了，唯有尼罗河永远生生不息，永远充满活力，永远朝气蓬勃地流淌。

看来，任何文明都逃不脱一次又一次毁灭或重生的考验，人们可以预测她的变化，但是谁又有力量去控制她变化后的结果呢？

埃及文明没有永恒，尼罗河却永恒。没有永恒的文明，只有永恒的山川河流。

十四、最高智慧是“和”

由于现代媒体尤其是电视的宣传和“轰炸”，使本来遥远而又陌生的以色列、巴勒斯坦走进中国人的视野，以致使阿拉法特、阿巴斯、拉宾、沙龙、佩雷斯的名字成为中国耳熟能详、知晓率很高的外国人。这也应验了媒体传播的厉害。大众传播的频率越高，人们的记忆印象当然就越深。尽管多数人搞不清以色列、巴勒斯坦的关系，搞不清是什么原因使他们年复一年地纠葛不断，也搞不清媒体中常常出现的什么“土地换和平”、什么“路线图”。

我也是这次到这里来才搞清楚。原来，以色列、巴勒斯坦本来就生活在一个地方，一块土地上有两个国家。当年联合国关于建立以色列的决议诞生的同时，也诞生了一场漫长的领土纠纷。打个不太恰当的比方，就像过去我们的城市里常有一个单元房里住着两家人一样，矛盾冲突难以避免。解决矛盾最好的办法，就是一家有一套房子，各过各的，井水不犯河水，相安无事。当然，一户人家和一个国家不一样，国家比家庭要复杂得多。找一套房子要容易点，可要再找出一片国土就难了。

领土之争历来是战争、冲突、动乱的源头。打开一部世界历史，这样的事例比比皆是。在我们看来，不管谁是谁非，两个国家尤其是邻国之间大动干戈，大可不必。因为争来争去的结果是祸及百姓，涂炭生灵。六十年的巴以争端，变成了死循环，土地换和平的希望没有看到，一代又一代年轻的生命成为守住这块土地的代价。

我很赞同余秋雨的观点：“许多财富争夺只是账面概念，许多领土争夺只是地图概念。”可是，土地对于一个国家来说，是主权的象征。中国文化自古就有“守土有责”、“寸土必争”的原则。一国之君要是丢了一块土地定会被千夫所指，一家之主要是失去一块土地也会被当做败家子。这一点恐怕全世界皆然。巴以冲突已成了大半个世纪以来世界性的难题，国际社会调停、联合国出面都没有多大效果。以致美国前总统布什早在2000年就曾断言，巴以问题解决不了，在这个问题上“谁也得不了诺贝尔和平奖”。布什如此悲观的预言，是“看破红尘”，还是压根就不希望巴以和解，谁也不好评论。不过事实也应验了布什的话。这些年来，巴以和解的路非但没有进展，反而冲突摩擦一直没有中断。就在我们离开耶路撒冷不久，以色列和哈马斯的战事又突然爆发了。很快就有人评论说，这是一场不对称的战争，从军事实力上讲，哈马斯和以色列打仗，如以卵击石。但是这场战争除了军事上的不对称外，还有一个道义的不对称，战争发生后，世界上大多数人同情巴勒斯坦而谴责以色列。我想，这可能又是一次不会有结果、不会有真正输赢的战争。以色列或许会在战场上取胜，但却损害了自己的形象，哈马斯虽然实力受损，却有可能博得同情、赢得人心。战争的结果只能使仇恨越结越深，离和解的目标越来越远。

以色列、巴勒斯坦追根溯源应该是兄弟。从民族源上讲，犹太人和阿拉伯人本来就是这块土地上的兄弟民族。中华民族也有过一次又一次兴盛和一次又一次衰落，有过大悲也有过大喜，但中华文明绵延五千年没有中断，我看一个重要原因在于民族文化的内在特质：中庸、向善、不极端，其核心是个“和”字。“礼之用，和为贵，先王之道，斯为美。”向来以智慧著称的犹太民族和阿拉伯民族，为什么不能也多一些“和”的理念、“和”的思想、“和”的主张呢？和平、和谐、和睦是人类的福音，对抗、对立、对冲是人类的灾难。以色列、巴勒斯坦都有过深重的灾难，都有过无数的不幸，难兄难弟为什么不可以来个哥俩好、和为贵呢？以和谈和解求和平，求和睦，化干戈为玉帛，化仇视为亲和。近年来，中国领导人倡导建立“和谐”世界，有人说这是中华民族送给世界的一个伟大礼物。如果世界上的人都能接受这一馈赠，我们的地球村就会安宁祥和，世界人民就会幸福安康。

我以为，以色列、巴勒斯坦这块土地太需要“和”的种子、“和”的雨露、“和”的阳光了。

十五、精神制高点也是必争之地

耶路撒冷是一座石头城，耶路撒冷是一座不朽的城。

说她是石头城，是因为这里的建筑几乎全是由一种浅黄色的石头建成。暖暖的色调，给人神秘的感觉。说她是不朽的城，倒不是因为她是石头建成而坚固不朽，是因为在漫长的历史长河里，她遭受过频繁的破坏，一次又一次成为废墟，而又频繁地重建，一次又一次重新崛起。耶路撒冷是一座打不垮、毁不掉、灭不了的城，当然是不朽之城。

考察这座城市，要追溯到近三千年前的所罗门时代。人们常把名门之后称为某某代传人，对耶路撒冷这座名城也可以用代来计算，毁掉一次重建一次可以算一代，据考古学家考证，现在的耶城可能是第八代，也有不同观点，说是第十几代。城市的历史比不上家谱，几千年的事要搞得完全精准不太容易，反正现代的耶路撒冷是在历史的耶路撒冷上一层一层叠加起来的，像河南的开封一样是城压城。在老城一处考古发掘现场，从施工横断面上看到了希腊石柱、罗马马赛克、阿拉伯花砖……看到了一座有着历史年轮的立体的耶路撒冷。

大凡城市被毁有两种可能，一种是自然灾难，另一种是人为因素。耶路撒冷的历史上，没有发生过天崩地裂的大地震，没有发生过恶浪滔天的大洪水，也没有过雷电引发的弥天大火。致使这座城市一次又一次毁灭的，皆来自外来者的掠夺、洗劫、摧残和破坏。“耶路撒冷”一词取自希伯来语，意为“和平之城”。而这里最缺少的就是和平。波斯、希腊、罗马、十字军、蒙古、奥斯曼，历史上几乎所有强盛一时的王朝帝国的金戈铁马都践踏过这块土地。一个王朝的到来，就一定要摧毁前面的成果，而为了显示其力量再重新建造属于自己的城市。一位犹太人作家曾经说过，石头理解人，可人往往却像石头一样冰冷。不眨眼地破坏人类文明成果的帝王们，他们的心当然像石头一样冰冷。

我在想，耶路撒冷为什么会成为兵家必争之地？为什么常常会成为攻击、争夺的目标？

把耶路撒冷作为攻击占领目标，除了她的军事意义外，我想还有文化精神上的意义。因为耶路撒冷确实是一个文明和精神的高地，是人们向往仰慕的文明精神制高点。《圣经》中称她为“流着奶和蜜的地方”，犹太教徒认为是上帝赐给他们的“应许之地”。基督教徒都知道，耶稣就诞生在耶路撒冷附近的伯利恒，耶稣又被罗马统治者钉死在耶路撒冷，耶稣墓地上盖起的圣基大教堂是他们最神圣的朝拜处。对伊斯兰教徒来说，耶路撒冷是仅次于麦加、麦地那的第三圣地，穆罕默德就是在耶路撒冷聆听真主的祝福并接受“天启”的。耶路撒冷集三大宗教之精华于一城，她是犹太教、基督教和伊斯兰教共同的圣地，是神圣之城、智慧之城。军事制高点必然会成为兵家必争之地，因为获得了高地就占据了军事主动。文明制高点既会成为兵家必争之地，也会成为智者必争之地，因为对文明和精神的占领更具有象征意义。任何一个统治者如果争得了人心、占领了人的头脑，就从道义、理念、思想上占据了主动。

几千年人类文明的历史告诉我们：人类前行的历史就是文化史、文明史。有人说过，一个民族，一个国家，其最终意义不是军事的、地域的、政治的，而是文化的。

十六、 浪迹天涯的人，最渴望的莫过于有一个可以遮风挡雨的家

以色列人都知道，中国人格外钟情于他们的“基布兹”。因此，每个中国客人来，他们都要安排到基布兹去看看。基布兹像是我们当年人民公社的生产队，集体生活、集体劳动，大家干一样的活，挣一样多的钱，吃一样的饭。在这里不分等级、不分男女老幼、不分贫富贵贱，完全是一个其乐融融的大家庭。不少中国人看了都称赞，基布兹是理想中的共产主义小社区。

其实基布兹除了表面的一些形式与我们当年的“大集体”有相似之处外，它诞生的历史背景，它成长的人文土壤，它体现的精神价值，都是充满以色列特色的。基布兹是20世纪初一批流散在世界各地的以色列年轻人，在犹太复国主义鼓动下，返回巴勒斯坦这块土地建立的定居点。近百年的建设发展，当年的荒芜之地都建成了美丽的农庄，数量已达到300多个，散落在以色列各地，像一个个坚强的政治经济堡垒，成为国家的基础。今天的以色列，应该说是从基布兹开始的。似乎可以说，当时建起的一个个基布兹，使犹太人看到了建国的希望。

我们参观的隐流地基布兹在死海边上。汽车在茫茫无边的荒漠中行进，前边突然出现了一处绿洲，茂密的树林像是一团绿色的云。走进基布兹像是进入一座万木葱茏、鲜花盛开的伊甸园。一位60多岁的女领导充满激情地向我们介绍了情况。她原来是寄居南美洲的以色列人，上世纪60年代回到这里

和一些从世界各地回归的青年人，在沙漠里搭起了帐篷建设自己的家园。几十年的奋斗，他们的理想变成现实。青年们凭着一腔热血，化腐朽为神奇，化死亡为生机，化沙漠为绿洲，硬是在万古荒原上建起了安居乐业、温馨美丽的属于自己的家园。

国内来的不少人对基布兹的模式制度很感兴趣。这里不免有对我们曾经拥有过的东西的怀念。因为从基布兹可能回照到我们已经消失了的影子，或多或少可以在基布兹寄托一些情感。

但我以为，对于以色列国家，对于犹太民族来说，基布兹是一面理想的旗帜，是民族情怀的表达，是民族精神的象征。基布兹的精神文化意义远远大于模式制度意义，象征意义远远大于现实意义。

犹太民族是一个长期失去家园，历尽苦难的民族。一个常年浪迹天涯没有家的人，最渴望的莫过于有一个家。不管是土房泥窗，多么简陋贫穷，只要可以栖身，可以遮风挡雨。一个满世界漂泊没有国家的民族，他们最渴望的当然是有一个可以依靠的国家，哪怕是不毛之地，只要可以立足，可以容得下她的儿女。

基布兹就是一个家，既是那些从世界各处回归的青年们的家，也是犹太人的民族之家。经历了太多的风霜苦难，经历了太多的别苦离愁，经历了太多尴尬无奈寄人篱下的青年们，当他们有了属于自己的一份土地一处家园的时候，他们心底的热情，他们身上的力量，他们头脑中的智慧都会喷涌而出。

我想，我们从基布兹汲取更多的应是理想的养分、精神的能量和文明的情愫。这就是基布兹留给我们深层的启示。

十七、 隔离墙要拆除，心里的篱笆也要拆除

余秋雨一本《千年一叹》成了中东之行的向导，每有不了解的背景和资料，几乎都可以从中找到，尤其是许多独到有趣的见解，常常会引发对一地、一物、一人的探寻。只可惜，翻遍全书没有找到我们要去访问的巴勒斯坦过渡政府所在地拉马拉的影子。

在我的想象中，从耶路撒冷到拉马拉少说也得大半天的时间吧！毕竟我

们要访问的巴勒斯坦是另外一个国家。其实，耶路撒冷与拉马拉相距也就20多公里，还不及北京市中心到通州区的距离，说拉马拉是耶路撒冷的卫星城一点不为过，如果没有障碍，开车也就是十几分钟路程。我们的行程还算顺利，只是在从以色列进入巴勒斯坦的关卡处停留了十几分钟。也没有什么出入关的手续，只是从以色列的车上下来，坐到巴勒斯坦的车上，关卡的大铁门便缓缓地为我们打开了。当然这是双方早已协调好的。

一路上，最惹人注目的是以色列为阻挡巴勒斯坦人越境而修筑的隔离墙。隔离墙都是用水泥预制板修成，高高的墙板上还有带刺的铁丝网。随着起伏的地形绵延而去，据说有几百公里。这倒使我想起了中国的长城和德国的柏林墙。长城是古代中原王朝为了抵御外来侵略而修筑的军事屏障。长城内外早已成了统一的中国，长城当然早已失去了本来的用途，如今是世界七大文明古迹之一，成为中华文明的象征。二战以后德国修筑的柏林墙，如今也已推倒，成为许多游客来柏林参观的景点。长城、柏林墙其实也都是隔离墙，所不同的是时空的不同。纵观历史可以发现许多有趣的事情，人类社会经常演绎着一些大同小异、似曾相识的故事。我在想，在21世纪的今天，类似修筑隔离墙的事意义何在？是明智还是无奈？是文明还是粗野？以智慧著称的犹太人难道再找不到一种更智慧的办法？以科技发达著称的以色列难道再找不到一种更科学的办法？

要知道，一道黑压压冷冰冰的隔离墙在地上筑起的时候，在以色列和巴勒斯坦人的心里同时竖起了一道看不见的墙。说不定哪一天，横在以色列和巴勒斯坦之间的隔离墙会随着时间风雨的侵蚀而风化倾塌，或因一次大的变故而被拆除。可是，已在人们心里筑起的那堵墙呢，能顷刻间拆除和倒塌吗？

十八、悲剧比喜剧更深刻，一个人的悲剧是后人的财富

到拉马拉来，巴勒斯坦为我们安排的第一个日程就是去阿拉法特纪念馆献花。

阿拉法特去世于2004年11月11日，那是一个全世界都不会忘记的日子。当时，世界上的重要媒体几乎都在第一时间播发了这一消息。几十年的中东

乱局，使阿拉法特成为最有影响的世界性人物。

阿拉法特纪念馆位于拉马拉的总统府内，是在国际社会帮助下于2007年11月落成。纪念馆由陵墓、清真寺和博物馆组成。这是一座设计独特的石头玻璃建筑。建筑的主体像是一块完整的象牙白大理石，方方正正给人以纯洁稳固之感，象征着主人品格的高雅与永恒。中间是一块巨型玻璃穹幕，寓意着阿拉法特生活的廉洁和作风的透明。陵墓是黑色大理石建成，简朴而庄严，长宽各11米，提示人们记住11月11日这一难忘的日子。巴方官员介绍说，陵墓下方安置了铁轨，暗示这里不是他的长眠之地，将来巴勒斯坦实现真正建国后，要迁往耶路撒冷。阿拉法特没有留下遗言，但魂归故里当然符合他的心愿（阿拉法特出生在耶路撒冷）。

在礼兵的引导下，我向陵墓献上了用黄红两色鲜花和橄榄枝编成的花环。然后默默地站立，向这位为巴勒斯坦民族解放事业奋斗一生的老人祈祷：永远的阿拉法特！

阿拉法特的传奇一生，是和巴勒斯坦争取民族解放事业紧紧连在一起的。四次中东战争他都是亲历者，从大学生战士到巴勒斯坦的领袖；从打坦克清地雷，到指挥法塔赫游击队。他的名声远扬，他受到了巴勒斯坦人的爱戴。他遭受过一次又一次暗杀和袭击，躲过一次又一次劫难。有人说，阿拉法特遭遇谋杀的次数几乎与他的年龄相仿。人们庆幸他的大难不死，他却置生死于度外，每次化险为夷都是淡淡的一句话：“我有狗的直觉。”

阿拉法特是勇敢的斗士，也是和平战士。他的名言是：“我左手持枪，右手拿橄榄枝。”他不惧战死沙场是为了和平，他左手的枪是为了保卫右手的橄榄枝。最终他获得了诺贝尔和联合国双重的和平奖。

巴勒斯坦人把阿拉法特当做他们的民族英雄，虽然他已离世4年，但巴勒斯坦到处可以看到他的画像，还是那身巴勒斯坦普通军人穿的橄榄绿军装，还是那条巴勒斯坦普通民众戴的黑白相间的头巾，还是那双坚毅而有点忧伤的眼睛。

他还在日夜注视着巴勒斯坦的事业。阿拉法特曾写过这样的诗句：“漫漫长夜终有尽头，沉重枷锁定被砸烂。”但不幸的是，巴勒斯坦人苦苦寻求的建国梦想，依然处在“有国无土”的窘境，阿拉法特为之奋斗的巴以和平却越来越渺茫。更令人不安的是，巴勒斯坦内部的哈马斯和法塔赫同室操戈，陷入分裂的危机。有人说，这些不幸和不安，就是因为没了阿拉法特。他们说如果阿拉法特还在，建国可能成为现实，和平可能会降临；如果阿拉法特在，内部绝不会分裂，因为他是我们的力量，他是我们的魂！

巴勒斯坦这块土地充满了悲剧，阿拉法特成了悲剧中的主角。尤其是被“软禁”在拉马拉官邸的那段时日里，整天面对导弹火箭的袭击，坦克战车的围攻。虽然他依然镇定自若、岿然不动，但他内心的悲愤和痛苦是可以想见的。他本来是山林中的雄狮、蓝天上的雄鹰，本应驰骋战场，可后来却像一只无可奈何的笼中之鸟。他曾说过，死也要死在巴勒斯坦的土地上，可最后他还是客死巴黎。要我说，悲剧比喜剧深刻，因为他留给人遗憾，有遗憾就有思考。一个人的悲剧可能会化作后人的财富，成为对民族和国家的贡献。

尽管事业未竟建国未成。但他依然是巴勒斯坦人心中的英雄，既是决战沙场、英武不屈的英雄，又是忍辱负重、以理示人的英雄。巴勒斯坦人坚信，有英雄的民族是英雄的民族，阿拉法特是永恒的，包括他的思想、他的精神、他的灵魂。巴勒斯坦也将是永恒的，他们将在阿拉法特旗帜的指引下永远前行。

文化瓦肆的说书人

张　柠

人尽管都长着一个脑袋两条腿，但差别实在是太大了，有的善于言谈，有的善于思考，有的善于写作，也有的善于巧言令色、指鹿为马、两面三刀、胡搅蛮缠、浑水摸鱼，这是人的多样性和复杂性。于丹善言，说起话来滔滔不绝、神定气足、张弛得法、缓急有度，有醒神之功效，颇有评书艺术家刘兰芳的风采，一部《论语》，说得《岳飞传》似的。因此她在《百家讲坛》蹿红是自然而然的事情。易中天也是如此，普通人面对镜头就紧张，他一上镜头就兴奋，语言像口水一样滔滔不绝。

于丹在电视上讲孔子，讲庄子，普及高雅文化，得到了广大观众的青睐，签名签得昏天黑地。但也遭到许多批评，主要观点是说她说话不严密，学理上有漏洞，并扬言要她“下课”。我认为于丹是《百家讲坛》最合适的人选之一。假如让于丹“下课”，弄一老“孔子专家”站在那里，声音在嗓子里滚半天出不来，说话上气不接下气，那《百家讲坛》就别开了。

问题自然就转到了高雅文化是否适合通过电视媒体传播的问题了。电视就是一种大众媒体或文化工业，它具有娱乐性、通俗性、消费性的特点。但是，电视消费无法强制，开关在你手上，想看就看，要看得痛快，不想看转台。为了不让你转台，增加画面的诱惑性是最基本的电视手段。电视运营商寻找善于表达的人选也在情理之中。其实看《百家讲坛》也好，看《非常6+1》也好，都是晚间休闲生活的一部分，最多也只能是个“寓教于乐”，没有人会借助电视节目去研究古典文化。因此，电视强调的是“普及”而不是“提高”，重点是在活泼而不在精深。如果能够做到严谨与活泼合一、普及和提高兼得，那当然最好，问题是好事不可能都给你包了。

在娱乐化的电视节目中增加一些严肃的、高雅的气息，可以达到文化普及的效果。让那些心里惦记文化又没有时间、整天疯狂揾钱的人，晚上能够吃上一碗文化夜宵，是这一类节目之所以还有市场的原因。普及和提高的矛盾，是近几十年来文艺的一个老矛盾。先普及后提高，在普及的基础上再提高，看来是一个行之有效的原则。如果你在电视上听了演讲还不过瘾，还有疑惑，还想进一步提高，可以考博士嘛，到学院里去专门研究。到那时，你就得好好念书，不要整天想到学生会去兼职，到校外去炒更。

古代文化中也强调普及和提高相结合的原则。要研究严肃的文化，你就到国子监里的辟雍殿去；要严谨精深，你就到私家经馆和书院里去；要寓教于乐，你就到勾栏瓦肆去。瓦肆的说书人，也兼顾着向大众普及文化和历史知识的使命。国子监、书院、瓦肆，各有各的功能和存在价值，应该并行不悖。

电视，就是当代的“勾栏瓦肆”，就是电子化、数码化的“勾栏瓦肆”。那些有演说才能，同时又具备专门文化知识的特殊人才，就是当代文化瓦肆的说书人，就是当代的“柳麻子”。当代的文化瓦肆需要一大批文化说书人。

不要往土豆上抹胡萝卜素

市场上出现了大量土豆，还有一群叫卖者。突然来了几位研究胡萝卜的老师。其中一位说，现在的胡萝卜越来越不成体统了，长得像土豆似的，一点胡萝卜素都没有；另一位反驳道，胡萝卜长得像土豆也没什么，这是它的自由，不能苛求。土豆说话了，报告老师，我就是土豆，我不是胡萝卜，我很惭愧自已不含胡萝卜素，但我有淀粉。

上面那个小寓言，可以当作我对《中国文学已经进入装神弄鬼时代》一文引发争议的概括。时代发生了巨大的变化，人的观念也跟着变了。正视这种时代的变化，是选择有效批评方法的基本前提。换句话说，对这种变化本身的评价是一回事，评价方法是另一回事。终极价值（假如有的话）或许不会发生变化，但评价方法（对话方式）一定会发生变化，否则就会变成僵化的道德评判。

无论是“80后文学”、“青春小说”，还是“玄幻”、“奇幻”、“武打”等等，都不是单纯的文学问题，而是文学商品生产领域里的事情。今天在年轻人中流行的那些读物，首先应该当作商品市场中的生产——消费——流通问题之一。相应的文字消费者，并不试图通过这种阅读去获得所谓“人文精神”层面上的“意义”，而是要在一瞬间获得某种快感层面的“意义”。因此，我们无法用传统的文学思维往上硬套。如果你觉得这样一些新的概念扰乱了传统文学的边界，那么你也只能在小圈子里（比如课堂、沙龙）进行解释，告诉那些对传统纯文学还有兴趣的人说，那不是我们所说的“文学”。但你没有权力到大街上喊叫“你们不要写奇幻小说”、“你们不要读武打小说”。这就好比我们不能跑到“钱柜KTV”包房去要求他们不要鬼哭狼嚎，而要唱意大利美声一样。

当代文学领域出现的一个最大变化是，一些“创作”变成了“生产”，一些“作品”变成了“商品”，一部分作家变成了商品生产者。传统文艺创作就好比一位手工艺者的劳动一样，他创造使用价值（审美价值）；当代文艺商品生产就好比一部大工业机器的复制一样，他产生交换价值（符号价值）。其实这都是政治经济学的常识。问题的关键在于，对这种新的文艺生产方式进行批评时的价值指向。批评的矛头不能指向商品生产中的劳动者，而是应该指向商品生产背后资本运作的秘密、剩余生产和剩余价值的秘密。正是资本运作（包括资本投入、广告宣传、媒介炒作等）将产品变成了商品，将创作变成了复制，将物品劳动者变成了商品生产者。

马克思在研究商品和资本的时候，从来也没有将批评矛头指向生产者（劳动者），而是指向商品自身的秘密，也就是资本运作和剩余价值的秘密。同样，弗洛伊德研究梦的结构的时候，并不是在批评做梦的人，而是在分析梦之所以产生的社会压抑机制。我们没有理由说，你不能做那样一个荒唐的梦，因为他在睡梦中。但我们有理由说，他之所以做梦，是因为社会禁忌将他的愿望压抑到了潜意识之中，从而通过梦的形式宣泄出来了。

当代流行小说读物的生产和流通，正是在一种资本运作、消费诱惑、欲望宣泄的大背景下出现的。这些畅销读物的结构内部，隐含的不是它的人物、情节、细节的荒诞，而是商品诱惑机制的荒诞。因此，将它们当作封闭的美学整体来分析，并试图从中发现思想深度、人文精神等价值问题，就好比将土豆当作胡萝卜来分析一样无效。

有一些畅销读物的生产者有一个不好的习惯，他们不愿意承认自己的产品是商品，还想往文学上蹭。这是自找麻烦，因为文学老师正在等待这一刻。当你宣告自己的作品就是商品的时候，你就好比把一只烫手的土豆踢到文学老师的怀里去了。

读还是不读，这是问题

不爱读书这种现象不是今天才有的。冯梦龙的《广笑府》中收集了一首叫《四季懒学》的民谣，说从前流传一首诗，讥讽不愿意读书还找借口的人："春天不是读书天，夏日炎炎正好眠，秋到凄凉无兴趣，不如耍笑过残年。"也有民间传闻，说这首打油诗是苏东坡的父亲苏洵写的。总之，很久以前就有人讥讽不愿意读书的人，也就是说，不愿读书者古已有之。因为读书太累，脑子累了好多天都不能恢复，不如干点粗活，累了睡一觉就好了。

一年一度的"读书节"刚过，全国各大报纸照例都表示了高度的关注：或夸读书的好处，或说不读书的坏处。说好处的，不过是书中自有黄金屋、颜如玉、千钟粟的当代翻版，说来说去，没有什么新的花样。倒是说坏处的，在不断创新，从不读书的"愚"说到不读书的"亏"，最后几乎要上升到民族危亡的高度。年年如此，说来说去，了无新意，人均年读书（指印刷的书）量却一直在下降。现在公布的人均年读书5本这个数字比较可疑，估计不到3本，因为农民依然不怎么读书，这与他们的生活环境密切相关。

新世纪以来网络传播的兴起，再一次创造了印刷书籍人均占有量的新低，也再一次让主张读印刷书的人发出阵阵怪叫。他们不断地在唠叨着纸质媒介的好处，数落着电子媒体的坏处。其实电子媒体最大的好处就是方便快捷，这完全符合现代人急功近利的思维，要否定它，除非摆脱这个急功近利的时代，如果不做这样的选择，那么电子媒体的阅读就是最好的选择。电子媒介阅读完全可以替代纸质媒体的阅读，甚至在某些方面（比如携带、收集、成本、视觉效果等）要大大超越纸质媒介。如果是按照纸质图书原样影像制作的电子图书，还可以满足专业研究的需要。电子阅读唯一的坏处，就是伤眼睛。当然，它还有一个潜在的坏处，就是与读纸质图书时那种安静的心境相比，读电子书让你心神不宁、浮躁。问题在于，现在的人不正是要逃避那种“安静”的心境而与现代接轨，整个社会的价值准则不都在排斥、淘汰心境安静的书呆子吗？

农耕文明时代，绝大部分人不读书，他们喜欢面对面地聊天。特别是在农村，没有时空的间隔，见面就聊，还能够通过记忆口传着很久以前的故事。文字的产生，是因为人与人之间的交流受到时间和空间的限制，需要文字传递信息、保存记忆。今天我们发明了汽车、火车、飞机、卫星，还发明了电子技术。时空观念发生了巨大的变化。文字也不是传递信息的唯一形式。口头的、文字印刷的、电子的，都是传播媒介。有朝一日，我的一些亲朋到月球上居住去了，我就没有办法给他们写信，没有办法要求他们读纸质印刷的书籍了。我只能跟他们通过太空手机来发短信，或者通过可视电话交流情感。因此，当我们的思维超越了现在的时空限制的时候，读书不读书，还真是一个问题。就像一位没有接触现代文明的乡村人一样，有事喊一嗓子，发什么短信呢？有故事就讲，写什么小说呢？

欢迎郭敬明们加入作协

一批80后加入中国作家协会，引起诸多议论。小三十的人了，也该加入了。这种年龄入个协会什么的，有什么好大惊小怪的？为什么引起这么大的骚动呢？

有一种观点认为，像郭敬明这样的人，多次涉及“剽窃”官司，他也能够加入中国作家协会，可见中国作协不怎么地。反驳者认为，加入中国作协不是选模范，仅仅是证明他的创作水准或影响力。质疑者大概认为，中国作协门槛应该更高一些，不能什么人都进去。其实这种想法仅仅是一厢情愿的。在现有的中国作家协会会员中，无论从哪个方面说，郭敬明都不是最差的。比如写作能力，在如今的中国作协的七千多会员中，比郭敬明能力差的恐怕不在少数。

就“剽窃”官司而言，郭敬明也不是开先河者，一些著名作家，比如海南和上海都有，那可是屡教不改的，中国作协也没有开除他们。可见，中国作家协会的门槛并不像人们想象的那样高，那么多人都进去了，郭敬明们为什么不可以？只要他们稀罕作协，走一些常规的程序，就可以加入这个“民间组织”。也就是说，出过一两本书，有人推荐，经审批，就是了，不一定要有多高尚。说“加入作家协会不是选道德楷模”的观点，实际上是承认了上述事实。

将作家视为“人类灵魂的工程师”的时代已经过去了。作家做不了这个“工程师”。把作家抬到如此之高的位置，对他们的创作不一定有什么帮助。作家是善于讲故事的人，善于抒情的人，善于使用语言的人。作家是否合格，还是要靠他的作品的艺术水准来说话。至于“剽窃”等道德问题，不仅仅是对作家的要求，也是对普通公民的要求。有些人，一方面瞧不起作家和作协，另一方面又对作家和作协提出那么高的要求，判断事物的标准不统一。如果你瞧不起，就不要有太多的指望，管他郭敬明还是郭守敬加入作协。当然，这里有一个占有声誉资源的问题，比较复杂，但我宁愿看到会员中像郭敬明们这样的年轻人更多一些，而不是过多的快退休的官员。

像郭敬明这种人，还是加入一下作协比较好。我认为他有这样的愿望应该鼓励，他的选择是对的，他算是找到了一个归宿。有了一个组织，经常教育教育他，修理修理他，给他一点小甜头尝尝，他就不会整天瞎写、瞎抄、瞎炒作、瞎作秀了，能够尽快进入创作的成熟期，开始中年写作。同时，把他从一群不会写作的人中拉出来，放到一群都会写作的人中间，提高提高写作能力，也是有好处的。当我们把加入“作协”看做是加入“酒协”、“钓协”、“气协”一样自然而然的时候，对郭敬明们的入会，也就看得很淡了。

知音体与低端文化商品的生产和消费

网络上对“知音体”的批评，以一种当代年轻人的风格和话语方式出现，带有戏谑和调侃色彩，比如，将《红楼梦》改为“知音体”标题：《包办婚姻，一场家破人亡的人间惨剧》，将《卖火柴的小女孩》改为“知音体”标题：《残忍啊，美丽姑娘竟然被火柴烧死的惊天血案》。大家并没有对批评“知音体”这件事有什么异议，而是对用“知音体”标题来重新命名文学名著持不同看法。可是，为什么一用“知音体”命名，就会产生强烈的瓦解意义的效果呢？这说明“知音体”是具有很强“瓦解性”的。

近二十年来，国内出现了一大批发行量惊人、专门针对文化程度较低的读者群的杂志，比如《知音》、《家庭》、《少女》、《人之初》、《打工妹》等。这类杂志的读者群，以中小城镇的中年女性为主，她们文化程度相对较低，信息来源都比较匮乏。她们将这类读物既当作“新闻”的来源，又当作“文学作品”（故事会）来阅读，更当作孤独中没有知音的“知音”来看待，类似于购买了一盒文化“黄金搭档”。

学术界对这类杂志既没有关注，也没有批评，任由它们在市场上横冲直撞。因为它们既不是文学杂志，超出了文学批评视野，也不是新闻杂志，超出了媒介批评视野。它们仅仅是一个“读物”。我们没有一个“读物”专业，因此，这类杂志一直成为研究的薄弱环节。对具有如此巨大影响力的杂志缺乏有效的批评，是批评界的失误。直到年轻的网民们用他们奇特的方式发言，才重新引起了人们的注意。以《知音》为代表的这一类杂志究竟有什么特点呢?

首先，它将新闻性和故事性结合在一起，成功地打了一个新闻和文学的擦边球，当你以新闻的客观性要求它的时候，它会说是文学；当你以文学性要求它的时候，它会用新闻的客观性来应对。最典型的是一种类似于“口述史”的爱情悲欢离合的故事（不但有作者，还有老照片）。用一种带有抒情的语调来混淆新闻性和故事性的边界，其结果导致读者将虚构故事当成真实故事，将真实的故事当成虚构的。这样就可以顺理成章地将各种欲望故事、人间悲剧、成功和失败的经验，转化为可消费的文化商品。

其次，它将“意义生产”（比如，道德训诫、谴责当代陈世美、富人堕落案、穷人暴富故事）与“商品生产”结合在一起，成功地打了一个社会效益和经济效益的擦边球。当你说它只顾盈利时，它会举出很多例子来，说某个故事救活了某位绝望的下岗女工，等等。当你以为它在搞精神文明建设时，你会发现它们发行量越来越大，敛财能力越来越强。混淆意义生产和商品生产的界线，越来越强化了这类杂志对低端文化消费者的诱惑力和控制力，既是精神控制，也是经济控制。

这一类杂志，是如何通过一种奇特的叙事风格，有效控制了以中小城镇中年妇女为主的读者群的？比如标题，《人们啊！花季少女为何就这样沉沦》以呼吁开头，唤起注意力，以设问结尾，提醒你思考，好不容易有了注意力和已经开始思考的女性读者，突然遇到了知音。比如叙事风格，介于客观叙事和肉麻抒情之间，夹叙夹议，大起大落，情节跌宕，用客观语调讲离奇故事，用离奇语调讲客观故事；时而如泣如诉，时而循循善诱，有控诉、有劝说；“软硬兼施”的叙事兼顾恐吓和诱导，语体风格兼顾“二胡”和“京韵大鼓”的格调；“拍案惊奇”的开头，最终都有光明的尾巴。这种带有农业文明趣味的叙事，塑造了大批消费者。生活平淡无奇、毫无起落的中小城镇的女性，靠阅读别人的悲欢离合的故事度日。这种情况很像18世纪初期欧洲的大众文化生产，专门盯着一批有闲的女性读者，利用“城乡空间差”、“信息时间差”敛财。随着时间的推移，这种“吃智商差”的办刊思维很快就会寿终正寝。

文学死于感觉器官的坏死

我先转述一个故事。部队路过某村，年轻的上尉和同伴一起，被一位地方绅士请去参加家庭聚会。上尉腼腆、不擅交际，于是独自离开客厅到外面溜达。但他在花园里迷了路，转进了一间黑暗小屋。突然他听到匆匆的脚步声、衣裙的沙沙声，还有女人喘吁吁的低语，“两条柔软的、香喷喷的、女人的胳膊搂住了他的脖子，温暖的脸颊贴到他的脸颊上来，同时发出了亲吻的声音。可是那个亲吻的人立刻轻轻地惊叫了一声，抽身就躲开了……”上尉知道是一个误会，陌生女人误以为黑屋子里的自己是她约会的情人。但是上尉依然抑制不住心怦怦地跳，手抖得厉害，完全被一种生平从没有过的新感觉抓住了。

小小的误会在上尉身上引起了许多变化：第一是身体的变化，被女人胳膊搂过的脖子有滑腻的感觉，脸颊上被吻过的地方凉酥酥的。第二是整个精神状态的变化，他一改自卑、胆小、慵懒状态，话多起来，并大声地笑。第三是思维活跃，浮想联翩，将所有见过的女人的优点组合起来，安放在那未曾谋面的女人身上，并像初恋情人分手之后那样独自分享思念的甜蜜。他把那件事当作一个小小的、神秘的奇迹珍藏在个人的想象之中。

神秘的奇迹还改变了他的价值观。他觉得平时所见的一切都极其无聊，眼前全是苍白的画面，笨拙的队伍杂乱无章。当他实在忍不住而向同伴讲述那个故事时，却遭到了嘲笑、冷遇，有的还故意把事情向肉欲故事上扯。经验交流的障碍如此巨大，他觉得受了伤害，发誓再也不向别人讲述这个故事。但就是这样一次偶然的经验，让一位在生活中循规蹈矩的人成了怀疑论者："整个世界，整个生活，都好像是一个不能理解的、没有目的的玩笑……他从水面上移开眼睛，瞧着天空，又想起命运怎样化为一个不相识的女人对他偶尔温存了一下，想起他的夏天的迷梦和幻想，他这才觉得他的生活异常空洞，贫乏，没有光彩……"

只有在古典感觉面前，一次偶然的微不足道的经验，才会在上尉那里变成一次重大的情感经历，进而改写了他观察生活的视角。由于他敏感，所以经验才没有被忽略和遗忘。由于他单纯，所以经验才没有被玩笑化为一个肉欲故事。这既是青春期前史的经验，也是想象对生活世界的否定的辩证法。

这个故事来自契诃夫的短篇小说《吻》。类似的故事曾经发生在安徒生身上。（见《金蔷薇》中《夜行的驿车》一文）契诃夫是最后的古典主义者中的一员。尽管这位医生经常用手术刀一样的眼睛解剖文明病症，但他眼睛背后总是有着一丝抑制不住的温柔和笑意。解剖是治疗疾病，微笑是精神安慰。今天是解剖多于微笑，治疗多于安慰，暴力话语肆虐，并且成为时尚。

上述故事在今天可能显得陌生而滑稽，甚至变成嘲笑对象。由于物质和欲望的压迫，由于生活节奏急剧加速，我们感受生活的器官特别是心灵已经不堪重负。它变得极其单一，只能容下或贪婪或愤怒或媚态。它变得极其麻木，没有极强的"麻辣烫"般的刺激，没有朝廷阴谋和后宫糜烂生活的引诱，它便没有反应。所谓文学的"边缘化"、"消亡说"，很大程度是我们感官坏死所致。真正的"文学"不一定仅仅存在于白纸黑字的文本中，它在生活的每一个角落里游荡。当生活坏死、心灵钙化的时候，感官经验的探测器立刻罢工，"文学"便成了四处流窜的孤魂野鬼。

中国人为什么好吃？

艾晓明

1

这个话题是我在美国南方大学访学期间参加一个讨论课的发言，这门课讲的是环境伦理学，主讲的老师让我谈谈中国人对环境的看法。另一位发言人是哲学教授杰姆，所以孔孟老庄等中国传统思想是他的话题。我自己感受的是今天中国人的生活，中国的环境和孔子等人生活的年代已不可同日而语。让我从几件小事说起。

我住的学校客房有朝南和朝北的两个客厅，南面对着草地、道路和邻家的花园，北面一面墙都是窗户，窗外林荫浓密。刚住进去时，我总对着迎面扑来的绿色发呆，不能想象这和我熟悉的环境是同一个世界。我在中国广州住了六年，那是校园里的一片宿舍区。整整六年里，没有哪一天听不到附近室内装修的声音。几天后，我遇到把这栋房子租给学校的房东。我告诉她房子前后的树林草地，让我多么惊讶。她说，咱们房子后面还有鹿呢。你准能看见鹿群。

我在秋天的一个周末第一次见到她说的鹿。那天偶然从书页里抬头看窗外，顿时目瞪口呆。鹿在那里！静静的，两头高高的大鹿，三头小鹿，小鹿里还有两个像狗那么大的，它们在草地上吃草，衔树叶。我拿了相机趴到平台上，镜头对准它们。它们也发现了我，抬头看看，接着吃草，然后悠悠地走进丛林里。

我记得那天电话铃响起来，是一位加拿大的朋友打过来的，我迫不及待地告诉她，鹿们近在眼前。她笑起来，说，鹿啊、松鼠，还有天鹅，在这里都很平常。要在中国，早就进了汤锅，是不是？

我想说的正是这句话。来美国之前，我曾在承德的避暑山庄见过人工圈养的鹿，我去那里一个暑期班上课，接待单位中午请我们吃饭，桌上的菜就有蛇肉和鹿肉。想来那些鹿就是喂来吃的，它们被圈在一个铁栏里吃喝拉撒，栏内看不到青草，老远就能闻到一片膻臭。你要问我现今在中国，家居处可能见到什么动物，我要说有两样常见的：蟑螂和老鼠。广州天热，这两样动物最是兴盛。老鼠药把猫都毒死了，老鼠依然到处都是。

不过，更多的动物是在餐馆前。这一点，全中国也要以广东为最。鲜活鱼虾就不用说了，那些专门以生猛海鲜招揽顾客的店档门前一溜乌龟、王八、青蚝、水蛇、扇贝……各色海鲜外地人根本叫不出名字。店门外有堆成一格格的铁笼，里面关着虎视眈眈的“野猫”（我总怀疑是被绑架的家猫）。我的美国朋友曾经皱着眉头问我：“你们中国人吃狗、吃猫？”这儿家养的狗和猫，是家庭的重要成员，你要说吃它们，跟说吃人差不多。假如要顶牛，我也可以说：文化不同嘛，你们不是也吃牛、猪、火鸡吗——来美国之前我对此就准备了答案。可是说实话，我得承认，咱们中国人何止是吃猫狗，咱们还吃果子狸、山猪、鹌鹑、麻雀、蚕蛹、蜈蚣、蚂蚁、蚯蚓……

广东餐馆专有一道美味虫汤，那就是海滩沙地里爬的蚯蚓。店小妹坐在木盆前，用一根木棍把满盆的蚯蚓一条条挑起来，从头戳到底，翻过来洗去沙，就是汤里肥肥白白的东西。还有一家公路边的特色餐馆，油炸螳螂、蚱蜢，专家说是新开食源，低脂高蛋白。美国一些城市广场和公园里，成群的鸽子停在游人脚下；咱们的城市里，只能在盘子里看到这样的妙龄乳鸽，至于那电影里可爱的《小猪宝贝》，正合烧烤全猪的尺寸。最近在网页上看到一篇文章，是一位海外中国人回广州的观感，他看到餐馆外面拴着头活驴，门前的口号是“驴肉赛龙肉”，卖野味的菜单上不仅有穿山甲、娃娃鱼等珍稀动物，电视里还播出了猫头鹰、天鹅被人吃掉的新闻。美国市场上买不到动物下水，中国人不仅吃下水，更有人嗜食鸡屁股、猪大肠。那运行粪便的肛肠，自有技巧教你搓洗，肠壁内堆积的脂肪，经辣椒红油爆炒，别具风味。中国人还有一绝，女人要吃山东大叫驴那驴皮熬出的胶冻补血，男人要剁雄性驴、狗腿裆里的家伙吃了壮阳。把这些说给美国人听，美国人搞不懂，那驴狗的把把都被你煮熟切碎嚼烂了，怎么还能增强你的性威力。最后，人家只好问一句：你们这是怎么啦？还有什么是中国人不吃的吗？

2

阿根廷作家博尔赫斯讲过一个笑话，说她妹妹学法语，后来看见苍蝇，就用法语惊叫。孩子妈在一边说道，叫什么叫，没见过苍蝇吗？你就是在苍蝇中长大的！笔者也是中国生中国长的，现在虽然得了便宜到美国来，也能和鬼子说英语，但以前也是吃驴肉狗肉乌龟王八的。小时家住武汉东湖边，父亲钓鱼我送饭。他运气好的时候，眉开眼笑回来，王八泥鳅都是菜，全家开荤打牙祭。不像后来，说是甲鱼防癌，身价翻倍。

从亲身体会来说，我先要为中国人辩护一把：咱们为什么好吃吗，那是饿的呀！我过去听说广东人吃老鼠，后来我住在广州，没见有这道菜式。吃老鼠这故事，来自困难年代。20世纪60年代的大饥荒，饿死不少人。那年头，人什么不吃？以前听友人王小波聊天，他说他当时上小学，每天上课啃铅笔，把铅笔都啃秃了。我父亲说他有一次好不容易在食堂买到咸鸭蛋，一边看书一边品味，直到有人惊叫起来“吃不得啊，长蛆了！”。

在我父母那一代，解放后日子也一直是过得紧紧巴巴的。我父母月收入一百二十元，合十五美金。尽管如此，家里每人够了平均三十元人民币的生活费，不能向政府要补助。那年头，肉、蛋、糖等都是要票的，偶而臭鱼、破蛋、肥肉不要票，降价处理。碰上这样的机会，我父亲就会奢侈地抢购一回。买了臭鱼，父亲说多放点酱油就行了。他让我们两个孩子吃肉，他自己吃鱼肠子。我们不吃的肥肉也都给父亲吃，到了晚年他有心脏病，让我们后悔不已，谁说不是当年吃那些烂鱼臭鸡蛋害的！在没有冰箱的年代，我父亲还有不少点子保留剩饭剩菜，例如煮后密封、吊在通风处以竹篮遮盖、泡在凉水里。就算是饭菜馊了，开水煮过还是吃掉。我父亲的主意并非特别，中国城市百姓都这么过日子。咱们著名的臭豆腐，就是从馊饭菜里发明出来的。传说那旧社会的王老五每天出去打工，回来锅里剩半块豆腐。吃了好几天，豆腐早腥臭无比，他还舍不得扔，蘸了盐就着豆腐上长出的白毛继续吃，倒吃出了特别风味。我的美国邻居说，橡子有毒，但印第安人有办法去毒，把它做成食品。我说中国老百姓以前吃过橡子面，现在那种魔芋豆腐，就是掺了橡子面做的。

吃得是这样混杂，肚肠里更有好戏。现在中国小孩里有了不少肥胖者，这是富贵病。我们小时候，常见病是长蛔虫。孩子脸上一片片白毛癣，甚至在肚皮那摸到一个一动一动的小包，那就是它了。街边店铺小摊上，到处可见花花绿绿的宝塔糖，便是打虫的。有时不用打，自己拉出来，又白又长，还是活的。最可恶的是拉了半截没了力气，不能不用手去拽。谁要上过当年的公共厕所，肯定记得这静物里的动物。旅英女作家虹影在小说《饥饿的女儿》中写到家境更贫困的孩子，吃饭吃得把碗扔到空中，从嘴里喷出虫子。我看电影里妖精钻进了悟空肚中，令他满地打滚，立即想到孙悟空需吃宝塔糖，屙了这妖精。

虽说写到了极是不雅之处，可是饥饿年头，便是这等恶心，也能救人活命。把我的论点发展一步，饥饿时发现的食源，年头好了还能不吃吗？状元还念及第粥呢。我在另一本传记里看到，作家“文革”时坐牢的一位难友，唯一的誓愿就是：有朝一日出去，一定要一家一家吃馆子，吃它个够。翻译这本传记的老外说，不懂食物在中国文化中至关重要的作用，就不能充分理解饥饿在中国的特殊含义。早在公元前的12世纪到3世纪，就有文献提到那种煮饭的器皿，说它是“国家的首要象征”。另有一位人类学家描述中国人的创造性时说，中国人，无论穷富，都有本事把任何搞得到手的东西弄成吃的。“食品和吃在中国的生活方式中占有中心位置，它也是中国道德信仰的一部分”。这就涉及到环境伦理这门课的主题了。让我简单地说：自然，对于西方人来说，是研究认识对象；环境伦理就是探讨人应该和自然建立怎样一种合理的关系。可是，自然，对于中国人来说，我的感觉是：它是食品的来源，自然就是什么是可吃的以及如何把它变成可吃的东西。靠山吃山，坐吃山空，一招鲜、吃遍天……这些俗语的寓意方式不一样，都把吃作为生活的根本来看待。

鲁迅说中国人只有两种时代，一种是做稳了奴隶的时代，一种是想做奴隶而不得的时代。那意思可解为：一种是有吃的时代，一种是想吃而不得的时代。让我以美国学生看过的中国电影《活着》来举例，影片最后是葛优和巩俐去上坟，回来后一家老小一起吃饭。巩俐靠在床上吃，小外孙坐在小板凳上吃。这就是咱们和平年代的图景，终于吃上饭了。所以也要给死者供饭，让他们知道现在日子好了。“永庆吃饺子，凤霞看照片”。为啥让凤霞看照片呢？因为她难产死了，没见到孩子。可她为什么不治呢？那妇产专家挨斗饿得半死，连吃八个馒头，噎过去了。吃，就这样贯穿中国人的生和死。我记得，有幅照片是拍瞿秋白烈士就义前的情景，在那个小亭子的方桌前，有酒有菜。瞿秋白正斟酌小饮，这才叫从容赴死。形容身体好，人们说能吃能睡。吃饱喝足，象征生生不息。有吃的，这叫活着，没吃的，就造孽了。

所以当这里的教授说要到广州去，我脱口而出的第一句话就是：欢迎啊，我会带你去尝各种传统小吃、海鲜活鱼。我眼前出现了广州那些热气腾腾的小街，街边的豆浆店，美不胜收的盘菜茶点，还有热汤里沸腾的牛杂萝卜、姜醋猪蹄。我还没有告诉他，你要冬天去，粤菜里有道龙凤热汤，是水蛇乌龟和鸡熬到一起。你要夏天去，川菜里有种红油鸭舌，过去那是御膳，皇帝才有的口福。鸭舌跟刚成形的柳树叶一样细小，你想想，炒一盘须得多少鸭子？教授摇头道，哇，杀生啊，太不好了。真是兜头一瓢冷水，让我思量许久。

我后来告诉他，你住在美国南方这片富丽家园，拥有所有我可以想到的生活乐趣；你到广州来，我能让你如何欣赏我们的生活？那里的城市，一千个人拥有的绿荫没有这里一家人拥有的大。一位美国教授到中国北京，朋友好不容易挤车带他去香山，指着远方说，那就是著名的香山红叶。该教授说，我的天，这就是咱们长途跋涉的理由？在美国俺家后院就是一片红枫树。在我家广州，河流是黑色的，城市充满噪音。无数的机动车堆积在桥梁上，人们习以为常；哪像美国，稍有堵车，车里的人就做婴儿状。我总不能让你欣赏这些吧？如果你对城市百姓唯一的生活享受——吃都毫无兴趣，你这不是为难我吗？

一位香港教授到苏州开会，后来写文章说内地人请客如何浪费。我到香港也被朋友招待过，主人一般都不多点菜。不像内地人，从餐前小食、酒水、正菜，到餐后甜点、水果，一定是一道道都叫齐了，才算请客。我这里说的不是公费花销，只想解释一下普通中国人请客铺排的心态。富贵的客人不领情，活活把咱好心当了驴肝肺。

3

我在美国人家做客吃饭，发现他们是真的不讲究。早上起来烧壶水，煮咖啡冲茶，冰箱里随便拿点面包牛奶水果，也不一定全家等到一起。中午上班的人带块三明治，回家的人切点番茄、洋葱，面包上涂点抹点，就杯冰水或果汁，这又是一顿，连火都不动。晚餐时主妇也许做个浓汤，切上生菜，再拌个面条、通心粉之类，或者现烤个面包，那就很正式了。美国人不劝酒，不给客人夹菜，就餐的方式是中国人最禁忌的那种——端起盘子往自己碗里赶；想吃什么自己拿好了，不用瞅旁人。

我们中国人要十个盘子八大碗才叫待客，家常便饭可不敢让客人吃。那叫不懂礼、小气。好东西留来待客，本来也是美德；物以稀为贵，互相分享嘛。可是从前的过年饭菜现在也很寻常了，中国人的胃口却日新月异。摆宴席公款吃喝这还不算，进嘴的东西是称奇斗胜。

美国人也有吃鹿肉的，那是在法定的时间和地带，有许可证的人才可以猎鹿。不仅虐杀动物犯法，把山上的野花挖去卖钱也违法。小朋友踏春看花，都是举着放大镜，绝没有折花枝、揪树叶的。这是人家的习惯，再加上法律的规定。家院前绚丽的玫瑰、满大街的郁金香，自管开放，没有人去碰。我路过一个田家，那主人自己圈了一片地，在里面养了些他喜欢的动物。我经常看见高高的鸵鸟在那里走动，而它的中国家族的鸵鸟蛋，正被标价55元一个卖了给人炒着吃。友人达格玛开车外出，不仅给鹿让路，发现一个乌龟在路上爬，她也要停下车，把乌龟拣起来，送它去树林里。我在新奥尔良的公园里看见，水池里有两只手掌大的小野鸭。它们见了人就游过来，像孩子见了妈要吃的。游人爱怜地看着它们，还要说：啊，baby，不知道你在这儿，没带什么。从水池边走了好远，进到树林里，我才发现，两对鸭夫妻正趴在那里晒太阳，毫不担心自己的孩子。湖面上，浮动着成群的野鸭和天鹅。

两相比较，我就不好意思再跟美国人抬杠，说你们也吃肉。中国现在没有饥荒，为什么人们如此贪婪，不仅是逮着什么吃什么，而且是吃它个穷凶极恶，山珍海味亦不满足，山穷水尽也不在乎。为了眼前吃饱喝足，整条整条的河流污染，整个城市的水源面临威胁，青藏高原植被破坏，水土流失，黄河壶口瀑布萎缩……类似的报道有多少？意大利作家卡尔维诺写过这样的城市噩梦，有两个城市已被垃圾包围，每个城市都极力把自己的垃圾推向对方，很快这个比赛就要见分晓，一座城市的垃圾将掩埋另一座城市。

美国普林斯顿大学的生物伦理学教授彼特·辛格提出，把人的利益放在其他物种的利益之上，这叫“物种主义者”，是完全错误的。美国一些保护动物组织的成员甚至到大学的实验室里去解救兔子、老鼠。还有的人要求说，拿动物做实验时，必须尽可能减轻它们的痛苦，因为动物也会喊疼的。这些人说的动物权利，和我们中国人说的保护环境还不完全是一回事。我们所说的，依然是以人的利益为中心。人这样残杀动物、虐待环境，叫做人欲横流。我们不仅正在灭绝其他物种，而且我们自己就生活在这种贪婪和残忍里，并终将被这种贪婪和残忍所毁灭。

美国人也有好战的时候，打朝鲜、打越南，打到别的国家里；种族歧视引起的暴力冲突以及近年来的校园枪击事件一直没有断绝。但是相对来说，在美国这块土地上，南北战争后一个多世纪，没有发生过大规模的战事。有些老城的街区，一些巴洛克风格的住宅坐落在花园里，已经有了一百多年的历史。试想一百多年来，中国人经历了多少战乱？如果有一百年的和平建设，中国又将如何？战乱是恒常，和平是短暂；捞一把算一把，苟活于乱世。给下辈人留条干净的河、留点地方种树？这辈子怎么过还想不过来呢。

最后我要回到中国人的吃和环境伦理的话题上。观察了美国人对待动物和环境的态度，老实说，我不知道，我们如何能从现今这种嗜杀成性的饮食风气转变到给乌龟让路这一步。

事实上，我们历史里一直都有着极端的荒唐野蛮。把过去的文化看作一座静止的文明宫殿，这是把历史孤立起来，并且理想化了。在这一点上，鲁迅真了不起，因为他敢打开天窗说亮话，把中国的历史叫做吃人。《狂人日记》虽然是篇小说，但那故事和史实是孔孟书里看不到的。它实在应该成为外国人认识中国的入门书，而今天的中国人更该时时反思。

我们的历史早有吃人的记载。《左传》上提到，公元前488年，被包围的城民曾“易子而食”。

这不叫惨无人道，在封建传统道德里，吃人者可以是美德表率。公元前七世纪的易牙是齐桓王的奸臣和他最喜欢的厨子，齐桓王说他没吃过小孩肉，易牙把他自己的儿子煮了给国王吃。

吃人作为惩戒和效忠行为，一直延续到21世纪。几年前我在《羊城晚报》上读到一个报道，实在骇人听闻，我一直希望有人证明它是虚构的。文中说道，记者去一个林区养殖场，那里人工圈养着熊。穿白大褂的工作人员举着粗大的针筒走近笼子时，所有的熊都开始哀号。这里的人就这样活活抽取熊的胆汁，被抽过胆汁的熊摊在地上，缩成一团。美国这里，有些保护动物组织的成员寄出抗议信，那些拿动物做实验的科学家打开时，信里包着剃须刀片。这般活抽熊胆汁的人员真该庆幸，他们离美国远着呢。

4

美国学者讲到中国文化、中国宗教，总会说到孔孟老庄。也许在有些人看来，那是永世的中国文化，对活的中国，他们并没有兴趣。我听到如此的中国，总有种要发疯的感觉。因为我不知道自己算哪门子中国人，也不知道咱们怎么就把那个天人合一、沉思冥想的中国丢失了。

当我说道今天的中国时，我知道自己也是不领情。人家好不容易在咱们中国里找了点玩意，你还要去扫兴，像个卖国贼。我问我自己，中国传统里就没有好东西吗？当然不。我爱中国的语言，中国的诗词，中国古典文学艺术，那是中国知识分子精神的飨宴。

某个冬日黄昏，我从图书馆里出来。教堂钟声在暮色里回荡，古老的石头建筑底层，灯光一片橙红。一棵棵高大的白橡树举手向天，这景色仿佛持续了一百年，还会持续下去。而再过几个月，我就要回国了。这个地方，也许我一生都不会再来。想到这里，顿时感觉时光变幻。树叶是敏感的，到了季节它就一片片落下来；像我这样一个中国人是敏感的，看见月亮就不免想到羁旅、客栈、床前明月。可是时间是不敏感的，它一路流逝，不介意谁的伤怀。我周围的美国朋友似乎也是不敏感的。圣诞前一个月夜，他们约我到附近的中国餐馆吃饭。回来开车上山，好一轮明月当头，堂堂辉映道路。我说，在中国，月圆就是团圆的日子。美国朋友说，你知道月亮为什么这么圆吗，因为今天是月亮运行轨道离地球最近的一天。瞧，美国人的思维是这样的。

我教一位教授学中文，也能感到中英语言文字多么不同。我们每一字都是一幅画、一个故事，字里有字，虚实不定。还有，中文教科书里启蒙的句子非常热情：欢迎你，很高兴见到你。正像我们中文里“亲爱的你”，每一个字都有极深的感情。而在英文里，dear常常是个客套，并无特殊意味。英文课本开篇里，我们学的是：这是什么，那是什么？实实在在：这是书，那是笔。

我们的感情被语言琢磨得多么细腻啊，看见落叶和月光，那是一定要想到春花秋月、想到故国不堪回首的。每个热爱汉语言文学的人，都能一丝一缕地体会到人生的愁绪。汉语的美尽在这种生命有限、时光无穷的浩叹里。这样一种哀痛，化做对生命里许多细节的精雕细琢，于是乎有美食，有感伤的诗词曲赋。为推敲一个字，诗人不惜琢磨一辈子。中国什么都不发达，唯有语言，数得上是世界之最。

我在电脑前打字时放一点音乐，以压倒电流轰轰响的声音。有时我反复听一段西人的弥撒，那也很美，是人间向天国的倾诉。由此我想到，西方人没有中国人那么感伤，他们有上帝。他们的信仰是，天堂里生命更美好。看见今天的落花、此世的月亮，为什么要伤心呢？天国的玫瑰远胜过人世。可是，中国人的感觉不是这样的。今天的月亮明天不会再有。今天的相聚可能就是永别，今天的黑发正在变成白发……我们活在有限的此世，不相信来世更好。中国人对生命的感知，处在现世这个致命的刻度下。问君能有几多愁，如此旷世的疑问，真是要多少有多少。当我换上中国音乐听的时候，我就觉得，那里面全是眷恋。哪有什么天国？天上云雾雨雪，都是人世缠绵。

当我教外国人中文时，我不知道怎么能教出这种中国人的愁肠百结。或许，这是不必要的；可是没有这样的情怀，怎么能明白中国古典诗词之美？那种对山河岁月的感叹，全是因为这一切都不再有。所以在我看来，中国的语言艺术是登峰造极，它志在穷尽有限人生和无限时间的冲突，它的中心是缅怀和记忆。所有的诗篇都向着过去、无限留恋过去。在这梦想的诗学世界，过去的一切得到美化。中国人的伤痛和对现实的不满，从而得到安抚。

所以我们不乐意把自然和个人感情分开，自然是感性的自然，月亮是风花雪月。个人生命如此短暂，谁愿意献身自然的奥秘、科学的发现？读书人被这样的天人合一观念陶冶，理性思维残缺不全。我们缺乏把自己和自然分开的态度，缺乏精确地表达事物的习惯，缺乏探索自然的意志。一不是一、二不是二的修辞想象有利于诗人作惊人之语；用在日常生活里，人人学会诡辩。这种内心和现实的分裂，这种自我麻醉和化解的能力，是中国人普遍的生存谋略。

书中自有颜如玉？

解玺璋

报载，在刚刚结束不久的第23届北京图书订货会上，奇观迭起，参展出版社为吸引读者眼球，营销手段可谓变幻莫测，花样翻新，最有诱惑力的一幕发生在开幕当天，在书展二层最显眼的发布大厅，小说《蛙》的新书发布会正在举行，舞台上除了用于访谈的桌椅，还有一条延伸到观众席的红地毯。灯光渐暗，时尚新潮的音乐响起，只见两位身着低胸白色纱裙的模特徐徐走上舞台。两人迈着专业的时装步，手里捧着莫言的新书《蛙》。伴随着音乐声，一个颇为低沉的男声正声情并茂地介绍着《蛙》的故事梗概。这一新颖的形式立刻在现场赢得一片喝彩之声。

据说，身在现场的莫言，“表情很淡定”，也很坦然，他表示：“传统的阅读方式正在受到电子化的挤压，大家都在千方百计地吸引读者的眼球，把读者吸引过来。书模的出现是必然的趋势，它没有负面的意义，人们会慢慢接受这样的宣传形式并成为一种习惯，我想今年的宣传用了书模，明年的图书宣传形式会更加绚烂。”莫言的这番话，多少有一点“无可奈何花落去”似的伤感。放在10年前，甚至5年前，我不相信莫言肯说这番话。可是，在当今这个娱乐为王的时代，他不仅一定要这样说，而且，说的时候还要给人一种看上去“淡定”、“坦然”的感觉，想想也真够难为他的。

诚然，这件事也照见了商业娱乐大潮中精英文学的尴尬处境。难以想象的是，现在要使人们注意到一本书（还甭提劝人读了），竟要如此的煞费苦心吗？我不怀疑出版人和作家的善良，他们不过希望有更多的人关注这本书，进而购买这本书，阅读这本书罢了；但我怀疑它所能产生的效果究竟有多大？是不是很有限？历来劝人读书有两种办法，一种是威逼，譬如头悬梁锥刺股之类；另一种是利诱，甚至色诱，譬如红袖添香、齐眉举案之类。北宋皇帝劝士子读书，其中就有“书中自有千钟粟，书中自有黄金屋，书中自有颜如玉，书中车马多如簇”的许诺。是不是很有效呢？应该算是有效的吧，我们从《聊斋》和《儒林外史》中可以找到许多有效的例子，但这种有效怕也只能多出几个范进或王生。

其实，以美女来劝人读书，更像是一种饮鸩止渴的办法。美女也许能吸引更多的眼球关注此书，但无助于读者与此书建立更深刻、更真实的关系，也挡不住精英文学渐入颓唐的大趋势，反而暴露了精英文学的心虚和胆怯。美女书模之后还有什么“更加绚烂”的手段呢？这种坠落只能不断地突破人们的心理底线，到那时，不知莫言是否还会显得很“淡定”，很“坦然”。事实上，美女治不了精英文学的病。精英文学离美女越近，离社会现实，离我们这个时代，离挣扎于这个时代的社会大众也就越远了。它的病可也就越发的严重了。

春晚应是谁的春晚?

最近一段时间，关于春晚的消息特别多，有点铺天盖地、应接不暇的感觉。但此春晚已非彼春晚。在此之前，春晚仿佛是个专有名词，一提春晚，大家自然想到央视春晚；在此之后，这个习惯怕是要变一变了，因为春晚太多了，不再是央视专有了。

大家稍一留意就会发现，今年张罗做春晚的人特别多。人们似乎并没有因为去年“山寨春晚”的夭折而气馁，反而使更多的人鼓起了勇气，振奋了精神，焕发了斗志，要来完成这个未竟的事业。所以我们看今年，不仅有北京电视台的“网络春晚”，还有八大门户网站联手打造，第一视频首先推出的“春网开元”网络大拜年，以及搜狐、网易、千橡互动、凤凰新媒体、TOM网、千龙网、新浪网接力推出的网络春节晚会，更有以“北漂”为号召举办的北漂春晚。恐怕还不止于此，从各种报道来看，已经有了老年春晚、农民春晚、摇滚春晚、动画春晚等等，而且，春晚还办到了社区、村镇之中，甚至许多公司、企业，也来凑这个热闹，要自己筹办春晚，其火爆景象，大有全民办春晚的气势，看上去十分喜人。

这使我想到了人们口口相传的传统的春节，我生也晚，那种盛况，只能从书本中去体会和感受了。实际上，中国传统文化中所谓春节，绝非除夕一个晚上，而是一进入腊月就开始了，这种年节的气氛一直要延续到整个正月，二月二，龙抬头，接下来是春耕大忙，年节也就过去了。这带有典型的农耕时代的文化特征，其中最显著，也是最根本的一点，就是人人参与其中，没有人是置身事外的，这也是所有民间民俗年节文化的特点。

然而，央视春晚的诞生悄悄地改变了春节的传统文化内涵，它借助强大的媒体传播之力，把内涵丰富的春节变成了全国人民对于除夕之夜一场晚会的期待，把自主参与的每一个个体变成了电视机前的昏昏看客。这或许正是央视春晚越来越难以为继的根本原因。换个角度应该说，央视春晚曾经占了改革开放初期春节节庆文化活动相对比较贫乏、比较单调的先机，时至今日，随着社会经济的繁荣发展，特别是传统文化重新受到重视，越来越多的和节庆文化相关的非物质文化遗产被发掘出来，使得人民大众对年节文化，特别是春节文化，有了更高的要求。人们不再满足除夕之夜的看客身份，而更希望自己也能上台一试身手，这恰好体现了民众在节庆文化中主体意识的觉醒。

春晚应该是谁的春晚？当然是亿万民众自己的春晚，而非一家一户的春晚。就像早年间村村办社火一样，全民办春晚，有没有可能发展、演化成新型社区的节庆文化活动，使社区这种新的社会组织，真正取代传统农耕时代的宗法村社组织，成为新型人际关系的社会纽带呢？如果真能这样的话，或许我们在有生之年还会看到春节复兴的盛况，那时的春节才有可能之称为中国人的狂欢节。

年度汉字是一面镜子

年度汉字评选近来颇受到舆论的关注。新华网日前推出了包括“爱”字在内的26个汉字的候选名单，希望通过网友的投票，选出2009年的中国年度汉字。从目前投票的情况来看，排在第一位的“爱”字得票率只有2.82%，

“涨”字的得票率最高，达到了15.3%，而紧随其后的是“房”字和“被”字，前者为12.7%，后者为10.6%。

中国是汉字的故乡，但年度汉字评选却首先来自日本。自1995年起，每年年底，日本汉字能力检定协会（汉检）都要在古寺清水宫宣布年度汉字，至今已保持了13年。前不久刚刚公布了今年的年度汉字，“新”字因得票最多而当选。在台湾，由退休人士郭耀华所推荐的“盼”字在评选中胜出，成为本年度的当选汉字。

用一个字象征这一年的世态民情，是一项很有特色的文化创意，不是吹，在这个世界上，似乎也只有汉字才能给人类似的暗示和联想。日本的“新”字和台湾的“盼”字，就有许多微妙的含义和意味隐含在其中。回头再看我们这里的评选，每个字所包含的意味，几乎一望而知，无须说明，也无须注释，都是我们感同身受的。

比如新华网评选得票率最高的“涨”字，显然是对我们当下生活经验的高度概括。作为居民生活一日不可或缺的水、电、气、油，其价格都在上涨；蔬菜、水果、粮油，价格也在上涨。如果联系到排名第二的“房”字，那么，这个“涨”字的面目就更加露出其狰狞之相了。没有人不认为，中国的房价已经涨到十分危险的高度，它有可能给我们带来无法预测的危害，而不仅仅是穷人或不很穷的人都买不起房这么简单。和“房”字有关的还有那个带血的“拆”字，这个字能在2009年进入公众的视野，承载着更多人的触目惊心的痛。

还有那个“被”字，更是活灵活现地表达了我们许多人的生活情态。事实上，在我们的生活中，充斥着一种“被”式的荒诞：被增长、被代表、被就业、被自杀、被自愿、被幸福、被失踪、被娱乐、被……我们的生活是无法选择的，我们的命运是不可抗拒的，所以有人感叹：这一床“被”我们盖得好沉重、好心寒。

无论如何，任何一个社会要想和谐稳定，不能没有正当的民意表达的通道。古代有采诗，“男年六十，女年五十无子者，官衣食之，使之民间求诗。乡移于邑，邑移于国，国以闻于天子。故王者不出牖户，尽知天下所苦，不下堂而知四方”；现代则有影视、文学等各种艺术创作，它们有责任，也有义务，承担一定的对于民意的表达。但现在它们是否肯于承担这种责任和义务，我们实在没有把握。张艺谋说：“还要让人沉重多久啊！”言外之意，他更愿意以一种轻松、调笑的态度，到人们的兜儿里去捞钱。由此可见，要把民意的表达托付给这些“不差钱”的人，一定是靠不住的！所谓死了张屠夫，不吃带毛猪。当文艺沦落为娱乐的时候，我们只能寄希望于民众的自我表达。年度汉字评选就是一种很便捷的民意自我表达的方式，虽然一个字的表达难免有失偏颇，无法全面反映这一年的生活面貌，但它毕竟是一面镜子，可以照出我们的某些面相，只是希望它不要成为“哈哈镜”最好。

家庭伦理剧能否少一点仇恨和暴力

这些年，看了一些家庭伦理剧和宅门剧。这些电视剧有一个很突出的特点，都在家庭内部冲突方面强调其人性的恶，我们时常会从屏幕上看到一些很惨烈、很残暴的场面，看上去很恐怖。这些源于家庭经济财产的纠纷，或争房子，或争遗产，最终都演变为家庭内部你死我活的战争和仇杀。这些东西看得多了，在我就产生了一种错觉，是不是在我们的现实生活中，家庭伦理关系（包括社会伦理关系）真的很糟糕呢？

从剧作者的角度说，电视剧不能没有矛盾冲突，出于对“好看”的诉求，可能还要有很离奇的故事情节以及很强烈的视觉冲击力。这些放在伦理剧的身上，就成为一些剧作者想象家庭伦理关系和社会伦理关系的依据和出发点。此前我们曾经经历过以阶级矛盾结构戏剧冲突的历史阶段，随着阶级论淡出我们的视野，戏剧冲突的设置也从外部，即社会关系，转入内部，即家庭和其他社会群体的关系。因而，父子间、夫妻间、兄弟姐妹之间，进而婆媳妯娌之间和叔伯侄甥之间，甚至更广泛的社会群体之间，都陷入了这场硝烟弥漫的“战争”之中，令人应接不暇，心惊肉跳。以前在我们的历史记忆中曾经发生在帝王之家的子弑父、父杀子、兄弟相残的权利之争，演变成了寻常百姓家的财产之争、遗产之争。收视率固然上去了，却也把观众的心看冷了。

我们正处于一个社会转型的时期，市场经济的推广，强化了人们的财产意识、个人权利意识。这本来是一件很好的事，但也要看到，人们对于财富的欲望因此也被释放出来，这是同一件事的两面。亚里士多德说："贪欲乃是万恶之渊薮。"况且，对很多人来说，至今似乎也还不懂得如何通过合法手段争取和保护自身的权益。所以，当矛盾出现的时候，他们所能采取的，往往只是暴力的或非理性的方式。这种现实性的存在或许给剧作者提供了某种生活基础，但是，电视剧对于暴力和仇恨的过分渲染，会不会在客观上为这样一种社会心态推波助澜呢？究竟是生活影响了电视剧，还是电视剧影响了生活？我们一时也许还很难厘清这个责任，但二者之间剪不断、理还乱的这种关系，却应该引起我们的深切关注和认真思考。

中国曾经是个非常推崇家庭伦理、社会伦理的国家，中华民族也是一个传统深厚的礼仪之邦，历史上虽然有过人性善恶之争，但社会层面还是相信"人之初，性本善"的。这应该是社会发展的主流。不过，多年来作为摒弃"高大全"的一种代价，人性恶的观念也渐渐地流行起来，由于人们接受了本我、潜意识、无意识这样一些概念，更使得对于人性恶的描写具有了合理性与合法性，似乎只有这样作品才能显出其深刻与厚重。于是，为了追求所谓的深刻与厚重，也使得一些叙事作品在人性描写方面步入歧途。前几天看《2012》，有人曾担心恐怖的场面会摧毁下一代对于未来的幻想和希望，其实，更值得忧虑的，倒是充斥在荧屏上的暴力和仇恨，它在观众心理上产生的影响，是我们很难预料的。在这方面，电视叙事作品以其影响社会之深、之广，事实上无出其右，作为剧作者，怕是不能回避自身所应该承担的责任吧。

人们为何总爱拿张艺谋说事？

这几天，有两条新闻，都和张艺谋有关。一是"安顺地戏"向张艺谋讨要署名权；再一个是湖南临湘的一个副市长发帖炮轰张艺谋"到处印象"，他尖锐地指出："'印象'搞乱中国，张艺谋'功'不可没。"张艺谋的名人效应由此可见一斑。其实，这里的张艺谋只是个幌子，目的还是想吸引更多的眼球。现在有"眼球经济"一说，有了"眼球"，又何愁"经济"不兴呢？地方政府的一些官员怕是就这么想的。

这两条新闻还使我联想到去年传说中的嵩山少林寺与港中旅联合成立文化旅游有限公司准备上市的消息，以及至今尚未尘埃落定的安阳曹操墓如何开发为旅游景点的争议，还有正在风口浪尖上的张家界南天一柱改名哈利路亚一事，所有这些事，说到底，我想只是一件事，即如何将本地有限的文化资源利益最大化，为当地的地方财政创造出更多、更大的价值来。比如安顺，讨要地戏的署名权，难道不是因为张艺谋的影片《千里走单骑》给丽江的旅游锦上添花吗？本来是自家的东西，现在却让邻居拿去赚钱，当然心有不甘。

地方政府官员能这么想，也是“在其位，谋其政”的意思，比起尸位素餐、空占职位不干事情的官员，或贪污腐败，只谋私利的官员，还是令人敬佩的。说起来，做官也有做官的难处，政绩是必不可少的，地方经济的发展，GDP的增长，更是硬碰硬的指标，至少到目前为止，还是考察地方官员的重要指标。这样看来，有一点倒是让人欣慰的，自从文化被发现可以创造GDP以来，官员们对于文化表现出非凡的热情，这是以前很少有的。这笔账不用算也是清清楚楚的，所谓文化创意产业，如果能给当地带来可观的财富，那是再好也没有了，不仅不必担心高能耗，而且，低碳、环保，又何乐而不为呢？

所以，可以想象，地方政府官员该是多么看重自己手里的这点历史文化遗产或非物质文化遗产啊！他们以一个古董商的心态，恨不得马上让自己手里的这点东西“变现”。他们太着急了，有点急功近利，抓到篮子里就是菜，有时反而会给文化带来伤害。就像南天一柱改名哈利路亚这件事，即使可以吸引一些游客的眼球，引起他们的注意，又怎么样呢？张家界自然文化景观因此而受到侮辱，却是实实在在的。以张家界名声之大，难道还要“哈利路亚”来为它壮声势吗？安顺地戏又何尝不是如此，这场官司，无论输赢，安顺地戏肯定是名声在外了，但要求它像在丽江一样，也给安顺带来高涨的人气，仅仅讨要署名权是不能奏效的。

文化的产业化，文化的市场化，的确给地方经济带来新的机遇，但文化却又不同于一般的产业和市场，应该得到必要的尊重，眼光也要看得长远一点，不仅想到自己这一届的政绩，还要想到它的保护、传承和发展，是惠及子孙千秋万代的事，不能过于性急，更不能为了一点蝇头小利就搞破坏性的开发。临湘的那个副市长批评张艺谋到处“印象”，他是看到了“印象”作品存在着严重问题的，而问题的核心恰恰就在于，人们对文化采取了一种很不可取的轻浮和轻率的态度，使得文化在鲜有的环境下很难固守它应有的形态和内涵，这样做怕是不好向后人交代的。实际上，保护、开发、利用，这三者的辩证关系至今在很多人那里仍然没有得到令人满意的解决。他把一切都推给张艺谋，怕也是另有所求吧。很显然，如果没有一些地方政府的推波助澜，张艺谋就是再有本事，也是掀不起大浪的。

语言的性别歧视

叶匡政

近日有媒体报道，一个名叫叶满天的律师列举了16个歧视女性的汉字，如妖、奴、妓、娼、奸、姘、嫖等，认为这些汉字均有贬义，使人们在学习和书写过程中，会认为与女性性别有根本联系，无形中降低了对女性的评价。看了一下这16个字中，有些字在今天已不具有明显贬义，如娱、要这两个字。这位律师还建议，把“嫖”字改为“彳不”，从字面上就可看出是两个人做了社会不允许、不认可的事。

此言论一出来，立即在网上和媒体引发热议。这个建议看来挺新，甚至有点荒唐，其实在语言学中属于一个老问题，记得高中时就听语文老师说过。奇怪的是，这种事怎能成为新闻。叶满天的这个建议，也是来自别人的现成观点，早有学者写文章说过这个事，在上个世纪50年代，曾有人写信给当时的中华妇女联合会，指出有些汉字是“含有侮辱妇女意义的遗物”，主张“彻底消灭今后文字上的男女不平等现象”。那位写信人也提出改造16个字，与叶满江只有几字不同。一时无法查到图书馆资料，网上检索了一下，这封信发表在《中国语文》1952年第七期上。

语言的性别歧视现象，并非汉语中才有，在其他语种中或多或少都存在，这是以男性为中心的历史决定的，英语中这种现象也非常严重。语言文字本身就携带着大量的历史记忆，一代一代的社会思想、文化记忆，要仔细搜寻的话，在语言文字中多能找到痕迹。所以语言文字中储存的历史与社会信息非常丰富，既有信仰和文明的部分，也有偏见和愚昧的成分，它更多地表现为一种约定俗成。荀子早在《正名》就说过：“名无固宜，约之以命，约定俗成谓之宜，异于约则谓之不宜。名无固实，约之以命实，约定俗成谓之实名。”荀子说的“名无固宜”、“名无固实”，就是指语言文字并不存在什么适宜不适宜，也不一定非得与某一事物名实相当，说到底，语言文字的形成有一定的随意性，一旦约定俗成了，并不需要什么充分的理由。我们从近年诞生的一些网络新词“囧”、“雷”等，也能发现这个现象。用任何貌似正确的观念来改变这种约定俗成，最终影响的是人们之间顺畅的交流。

汉语中体现的性别歧视，远非16个字那么简单，它有多种表现，这在语言学中也属常识。首先“女”字的形象就暗含了性别歧视，它下半部是双腿跪下状，上半部则像“掩敛自守”或“有所操作”的样子，这在甲骨文中看得尤其明显。再比如指代男性和女性的用词，有贬义的女性用词远远多过男性。有学者做过统计，指代女性的词语中，有一半以上都含有贬义：像妖精、狐狸精、破鞋、贱货、荡妇、淫妇、骚货、女流、祸水、泼妇、悍妇、妇道、娘儿、娘儿们、贱人、雌老虎等等。相比较而言，指代男性的词语中含有贬义的比例就要小得多。当然很多带褒扬的字也是“女”旁，比如好、婷、娴、嫩、妙、娆、妩、婉等，这恰恰体现的也是一种性别歧视，表明女性总是处在被玩赏、被观赏的位置上，一切褒贬与判断皆以男性的标准和视角为中心。这也是那些贬义字诞生的原因，表明这些字在出现时，社会规范是以男性为主体的，自然，男性的语言与视角也就成了一种通行标准。

其他表现性别歧视的现象还有很多：比如只要男女两性一同出现时，语序多是男先女后，像夫妻、夫妇、子女、父母、男婚女嫁、生儿育女等等，也暗含性别歧视意味；比如指称有男有女的一群人，哪怕一群女人中只有一个男人，就必须用“他们”，而只有全是女性时，才能用“她们”；再比如很多有力量感的词多用来称呼男性，像“师父”、“英雄”等，在女性中并无对应的词，一旦女性成了师父或英雄时，我们只能称为女师父、女英雄。

细究起来，汉语中这种性别歧视举不胜举，是不是一并都要重新规范呢？肯定毫无必要。在这方面是有前车之鉴的。西方社会自上世纪50年代诞生社会语言学之后，人们开始关注到英语中的性别歧视问题，上世纪60年代女权主义兴起，使这一问题得到社会广泛关注。1975年，美国一个全国妇女组织的主席曾公开就英语中歧视女性的语言现象发表讲话，首次提出了语言要追求“政治正确”的观点。自此一场“政治正确”运动在美国变得很活跃。这场运动简称PC运动，也就是倡议公众语言更多地使用那些更为中性的词语，比如用“原住民”代替“土著人”等、“物质依赖”代替“药瘾”、“视障”代替“瞎”、“性工作者”代替“妓女”等等。PC运动虽然在民众中造成了很大影响，但最终还是变成一场被很多人嘲弄的可笑标靶。美国学者杜林说过，“政治正确的中心吊诡在于，它要求所有事物多元化，但就是不包括思想多元”，他还说，人们自以为可以“用小小的字词手术就能治愈古老的仇恨、切除冒犯字词和潜伏其后的仇恨思想”，但其实是不可能的。PC运动的结果是让很多人在鸡毛蒜皮的语言议题上浪费了大量时间与媒体资源，却让社会忽略了很多真正需要关注的问题。

近来常常曝出一些修改汉字的新闻，在我看来，都属于荒唐建议。语言不过是文化的载体，说到底是社会现实的反映。当一个社会的发展和文明程度没有到达那个程度，任何对语言文字的硬性规定，效果只会适得其反，只会带来思想的钳制。当社会进步到能够自动暴露语言中的愚昧或歧视成分时，社会与民众自然会做出修正，达成一种新的文化认同，它依靠的是道德与语言的自律，而绝非强制，更不是改改文字那么简单。当社会还存在着大量性别歧视现象与意识时，靠改变一两个字的写法，毫无意义。有那么多重要的社会议题需要媒体去关注和讨论，希望社会不要因此而浪费太多的媒体资源。

高路入云端

刘上洋

一

在井冈山，最撼人心魄的是黄洋界的路。

井冈山人永远忘不了这一天。1965年5月22日，中国共产党中央委员会主席毛泽东就是翻越黄洋界的公路重上井冈山的。

山路弯弯。毛泽东乘坐的灰色吉姆小车沿着茅坪通往茨坪的公路蜿蜒而上。头顶上就是闻名遐迩的黄洋界。抬眼望去，橙黄色的公路就像一条巨龙在山间盘旋，它一会儿游弋在险峻的悬崖峭壁上，一会儿又钻藏在深不可测的峡谷里，最后把头一昂伸向了山顶的浓重云雾之中。

真是好一条神奇多姿的天路。

真是好一个雄伟险峻的黄洋界。

也许是因为千里来寻故地心情感到分外激动吧，当小车一到黄洋界，毛泽东没等警卫人员过来就自己打开车门出来了，随即向大家一挥手，带头迈开大步朝山顶登去。

此时的黄洋界，是一片云的海洋，白色的波涛一直滚向无边无际的远方，一座座山峰浮在其间，看上去就像汪洋大海中的一个个小岛。毛泽东站在峰顶上，迎着飒飒的山风，极目远眺，然后大声地对随行人员说："这就是黄洋界，当年井冈山的五大哨口之首。"洪亮的声音，夹裹着一股亲历者的骄傲和自豪，久久在山间回荡。

凡是熟悉井冈山斗争历史的人都知道，在毛泽东的心目中，黄洋界有着特殊的分量。这不仅因为黄洋界地处江西、湖南两省交界的要冲，地理位置十分重要，而且因为其地势险要，易守难攻，守住了黄洋界，也就守住了井冈山。所以，为了粉碎敌人的“会剿”，毛泽东当年亲自决定在这里修建工事，设立哨口。

山顶中央矗立着一座木式结构的黄洋界纪念碑，上面书写着毛泽东的诗词《西江月·井冈山》。毛泽东身披风衣，在碑前注目良久，然后来回漫步。可能是昔日的诗词激起了胸中的炮火硝烟，他突然转身问大家：“你们知道黄洋界这一仗吗？好危险哦！”

那是1928年8月30日，湘赣两省的敌军乘着毛泽东率领红军主力离开井冈山开赴湘南之际，以四个团的兵力向黄洋界发起了猛烈进攻。当时我军的防守兵力不足一个营，敌军围困万千重。在这十分危急的关头，井冈山军民同仇敌忾，凭险据守，用刀枪、竹钉、石块、滚木与敌人展开激烈的战斗，打退了敌人的一次次进攻，筑起了一道坚不可摧的森严壁垒。

然而，不甘失败的敌人在第二天的下午，又以比红军多十几倍的兵力向黄洋界疯狂扑来。此时，红军战士们急中生智，立即把山上原来缴获的一门迫击炮架起来，向敌军发射了仅有的三发炮弹，前二发未打响，第三发却好像神助一般，呼啸一声划过长空击中了敌人的指挥所。这时，山上的暴动队员也在四面山头上吹响了嘹亮的军号，在树林里来回不断地挥舞着红旗，就好似千军万马要冲过来一样，敌人以为红军主力回来了，顿时乱了阵脚，于是慌慌张张地逃遁了。井冈山军民打了一个漂亮的黄洋界保卫战，创造了我军战争史上有名的以少胜多、以弱胜强的光辉战例。

与宽阔公路相互辉映的是黄洋界上那条弯弯曲曲的羊肠小路。在离哨口不远的小路旁，长着一棵高大繁茂的荷树。井冈山斗争时期，毛泽东沿着小路从宁冈挑粮上山就经常在这棵树下歇息。比起陌生的公路来，毛泽东对这条小路再熟悉不过了。他熟悉它的崎岖，熟悉它的曲折，熟悉它的陡险，熟悉它的艰难。在这条小路上，不知留下了他多少足迹，也不知洒下了他多少汗水，也许这只有路边的那棵荷树知道，只有路边的那些石草知道。可以说，这条小路是井冈山往昔血与火峥嵘岁月的见证，又是今天宽阔公路的拓展和延伸。大路当从小路来，坦途亦从崎岖始。没有过去的这条坎坷小路，也决不会有今日这样宽敞的公路。

所以，毛泽东对黄洋界的这条小路格外钟情。多年以来，它就像一道长长的思念，穿过历史的风云，一直深深地萦绕在他的脑海中。在这次重上井冈山的途中，毛泽东常常会深情地注视着这条小路，并不时地会沉浸在深深的回忆和思考之中。

如今，三十八年过去了，虽然在人类的历史长河中，这不过是弹指一挥间，但对于毛泽东来说，这可是一段非同寻常的漫长人生啊！1965年5月27日，也就是毛泽东到达茨坪的第六天，他早早地就起了床，他没有像往日那样出去散步，而是在井冈山宾馆115号房间里抽烟、漫步。伴着缭绕的烟雾，他的思绪也奔腾不息：苍翠的群峰，潺潺的流水，婉转的莺啼，飞舞的春燕，飘扬的旌旗，建设的风雷，犹如一幅幅美丽的图画浮现在眼前，当年被战争炮火摧残得满目疮痍的井冈山，到处呈现出一派生机蓬勃的崭新面貌，自己也从一个蹋居于小小山旮旯的根据地领导人艰难地成为中国共产党和中国人民的最高领袖。抚今追昔，感慨万千，一股诗情不由得在胸中涌动。于是，他展开宣纸，挥起巨笔，随着一阵笔走龙蛇，一首气势磅礴的《水调歌头·重上井冈山》诞生了。

据说，在毛泽东这首词的初稿上，“高路入云端”的“路”原来为“树”，也许是因为悬绕云天的黄洋界的路，实在是太高太险了，更能体现全词的意境和内涵。所以，经过反复的琢磨和推敲，毛泽东将“树”改成了“路”。

这一字之改，可谓画龙点睛，意味深长。

可不是么，在前进的道路上，像黄洋界这样艰难险峻高入云端的路我们都能翻越，那世界上还有什么样更高更险的路我们不能跨过呢？

过了黄洋界，险处不需看。

二

如果我们往深处想想，毛泽东在这里所说的高路，看起来是指黄洋界的路，其实是指他所开辟的井冈山道路。

对于中国革命的伟大征程来说，井冈山无疑是胜利的起点。

而起点往往是最艰难最险恶的。

耐人寻味的是，毛泽东这次重上井冈山，也是沿着当年的路线行进的。

还是那山，还是那水，还是那桥，还是那村。现在看来这条路是那么的清晰，而在当时却是那么的模糊。

车轮滚滚，毛泽东的心潮也随之滚滚。

他想起了“八七”会议。在武汉的一间房子里，他痛心疾首地分析了陈独秀在国共合作中由于不坚持我党政治上的独立性和主动放弃军事上的领导权而最终导致轰轰烈烈大革命失败的教训，指出政权是从枪杆子中取得的，主张靠山的上山，靠湖的下湖，实行武装暴动。随后，他就主动请缨，夹着一把油布伞，来到湘赣边界的山区，发动和领导了秋收起义。

这可是一次非同寻常的起义啊！在此之前，我们党发动的都是城市暴动，而这却是第一次在农村举行起义。

车窗外，是不断晃过的田野和山峦。大地一片葱绿，阳光格外明媚。毛泽东不由得几次转头朝北望了望。他又想起了文家市。

在这个只有百余户小镇的一所名叫里仁的普通学校里，他主持召开了一次极不普通的会议。秋收起义的原定目标是攻打长沙，因为在进军途中遭到强敌的攻击，部队伤亡惨重，迅即由5000人锐减至1500人。起义军究竟向何处去？就是在这次会议上，他当机立断，放弃攻打长沙，带领部队改向罗霄山脉中段转移退却。

这是一次迫不得已的转移，也是一次决定起义军命运的退却。但是转移是为了寻找新的方向，退却是为了更好的前进。

于是，中国革命的正确道路也在这次转移退却中渐渐露出了一些端倪。

小车在江西永新的山谷里穿行。两岸青山夹着一弯碧水，映衬着蓝天白云，不似图画，胜似图画。毛泽东一会儿朝前看看，一会儿微微闭上眼睛。当他得知前面不远就要到达三湾时，脸上顿时现出兴奋的表情，当年的情景又重新呈现在他的眼前：由于连续行军，长途跋涉，士兵掉队的掉队，逃跑的逃跑，加上在萍乡芦溪遭遇敌人的阻击，部队从文家市出发到达三湾时只剩下了700多人。悲观失望和怀疑动摇情绪如瘟疫一样在官兵中蔓延，部队士气低落到了极点。为了彻底改变这种状况，就在这个风景优美的小山村里，他对部队进行了改编，将工农革命军一个师整编成一个团，同时把党支部建在连上，实行官兵平等。然后又在村头那棵千年红枫下向部队发表了鼓舞军心的讲话。从此，一支新型的人民军队诞生了。

三湾改编，减少的是数量，得到的是质量；改掉的是落后，得到的是新生。改编，是一种重塑，是一种壮大，是一种发展。

过了三湾，就是古城了。这座小镇原是宁冈县城的所在地。公路从街道中间穿过。在街边一片低矮的房屋中，有一座宽大屋檐的房子显得分外突出，两棵苍翠的大榕树犹如忠诚的卫士耸立在门前，这就是当地颇有名气的联奎书院。在小车进入镇里时，毛泽东不由地多次掀开窗帘，凝望着绿阴掩映的这座不平常的建筑。他永生不会忘记，就是在这里召开了一次十分重要的会议。当讨论部队往哪里扎根时，与会人员一致认为，井冈山不仅山深林密，远离城市，交通不便，而且反动统治力量薄弱，群众的基础较好，是最有利于革命力量生存和发展的好地方。所以会议最后决定把井冈山作为秋收起义部队的立足点。

这是一个具有深远意义的正确决策。就这样，中国革命的第一个农村根据地在井冈山建立了，中国革命的重心也由此实现了从城市向农村的战略性转移。

小车在继续前进，离井冈山越来越近。回忆的闸门也穿越时光的隧道，不断在毛泽东深邃的脑海中打开，那可是一段艰险困苦至极而又辉煌难忘的岁月啊！

在大仓村，也就是古城会议后的第三天，他带着几个人，不拿一枪一弹，冒着杀机四伏的危险，同袁文才进行会面，并在此后开启了我党将绿林武装改造成为工农革命军的先河。

在荆竹山，他站在一块巨石上，郑重宣布“三大纪律，八项注意”。这是为把我军建设成为一支具有铁的纪律部队的庄严奠基。

在反敌人的数次“会剿”中，他这个“从未想过要打仗”的一介书生，从战争中学会了战争，以“敌进我退，敌驻我扰，敌疲我打，敌退我追”的灵活机动的战略战术，先后取得了五斗江和龙源口等战斗的胜利。

在龙江岸边，他热情诚挚地欢迎朱德率领的南昌起义部分部队来到井冈山，两双巨手紧紧相握，两支铁军胜利会师，井冈山革命根据地从此进入了一个新的发展时期。

在广大农村，他发动群众打土豪分田地，颁布土地法，开展土地革命，一个个工农兵政府相继成立，根据地范围不断扩大，五百里井冈及其周围地区连成了一片红色。

在敌人的严酷封锁中，他和普通士兵一样，有盐同咸，无盐同淡，吃的是红米饭，喝的是南瓜汤，睡的是干稻草，穿的是破军衣，过的是苦到了极点的日子。

在茅坪的八角楼上，他在那盏昏暗的油灯下，不停思考，奋笔疾书，写下了《中国的红色政权为什么能够存在》和《井冈山斗争》两篇著作，鲜明地回答了红旗到底能够打得多久的疑问，第一次提出了“农村包围城市，武装夺取政权”的思想。

危难、奋起、挫折、成功，这一桩桩、一件件，此刻一齐涌上毛泽东的心头，他长长地舒了一口气，眼光又朝向了车子前方不断延伸的路。

是啊，井冈山的路不愧为革命的胜利之路。正是在井冈山上，毛泽东开始创造性地把马克思主义与中国的具体实际相结合，找到了一条中国革命的正确道路，从而率领我们党夺取了革命的最后胜利。

从1927年到1949年，22年的漫漫长途；从井冈山这样一块巴掌大的革命根据地发展到了在全国960万平方公里的土地上执掌政权，这难道不是一条比登天还难的高路吗？对于一般人来说，这是绝对攀登不了的，但毛泽东攀登上去了，并到达了光辉的顶点。

井冈山，中国革命胜利道路上的第一座高峰；井冈山，毛泽东叱咤风云铸就辉煌的第一个舞台。

没有井冈山，就没有新中国；没有井冈山，就没有毛泽东。

三

历史留下了这样难忘的一幕。

在重上井冈山期间，有一天毛泽东沿着一条砂石路散步。当走到路的尽头，跟随的人员都以为他会转身往回走，谁知毛泽东却继续朝没有路的一座山头上攀去。他一边拄着一根竹子拐杖，一边笑着对大家说，秋收起义时因为长时间跋山涉水，我的脚烂了，就是拄着一根树枝拐杖上了井冈山的。现在，我也要借用一下这根拐杖开路前进。

前方是不尽的野草、荆棘、树林、怪石、陡坡、沟壑，但这些都阻挡不了毛泽东坚定的步伐，他领着大家在无路中一步一步地探索着向山顶攀登。也许是此情此景激起了毛泽东的无限感慨，他忽然若有所思地说，鲁迅有句名言，世界上本没有路，走的人多了也就成了路。井冈山的道路是这样，社会主义的道路也是这样。不过，走这条路要比井冈山时期艰难得多。

这是又一条高入云端的路。

这是一条比井冈山道路更艰险也更伟大的路。

为此，毛泽东又以他特有的超人气魄，像当年开辟井冈山革命胜利道路那样，走出一条建设中国社会主义的新路来。

应该说，初期的探索是顺利的，也是颇有成效的。

新中国成立的礼炮声刚刚响过三年，被长期战争炮火摧毁的国民经济迅速得到恢复，紧接着，一百五十六项重点工程破土兴建，整个中国大地呈现一派蓬勃生机。

与此相呼应，社会主义所有制改造运动也如火如荼：公私合营和国有化浪涛汹涌澎湃，农业合作化在广袤的田野上轰轰烈烈地展开。

当然，毛泽东的眼光也没有放过执政党的建设和思想理论问题。他发动了以反对官僚主义和贪污浪费为重点的“三反五反”运动，严厉惩治了刘青山、张子善等党内腐败分子。他下令取缔妓院，禁止黄、赌、毒，以免党的干部蜕化变质。他于1956年主持召开了党的八大，确立了把经济建设作为全党工作的重点，并著文提出必须正确处理社会主义建设的十大关系。他想让神州大地成为一个光辉灿烂的崭新世界。

也许是因为被开始时社会主义建设的成功所感染所鼓舞，也许是因为把在中国这样一个一穷二白的国家建设社会主义估计得太容易，一股自信的豪情像战争年代那样又一次在毛泽东的胸中奔腾开来，他提出中国要在十五年内超英赶美，创造快速建设社会主义的奇迹。

没想到一个在抗日战争中写出《论持久战》这篇旷世杰作的党的领导人，如今要率领他的人民在社会主义道路上速跑了。

于是，在二十世纪五十年代后期，无论是大江南北，还是长城内外，到处刮起了一股“大跃进”的旋风，大炼钢铁的土高炉冒着滚滚浓烟，粮食生产不断放射“卫星”，数亿农民全部“集体”地被“人民公社化”，个人私有一律被“一大二公”所代替，社会主义事业似乎在以“一天等于二十年”的速度前进。

然而欲速则不达。仅仅一年之后，整个中国便陷入了严重的三年困难时期，社会主义出现了第一次曲折和危机。

毛泽东依然在没有路的山头上攀登着，尽管衣服湿透了衣背，他不但不停歇，而且连头也不回，神态是那么的执着。

这不禁使人想起毛泽东第一次上庐山时的情景。那是江西北部与井冈山遥遥相望的另一座名山，不仅风景优美，而且是避暑胜地。1959年夏天，中央在这里召开了一次重要会议。当彭德怀对“大跃进”提出批评时，毛泽东震怒了。万木葱茏清幽凉爽的庐山顿时充满了浓烈的火药味。在他这个党的最高领导人看来，“大跃进”是快速建设社会主义的一次伟大创造和实践，成绩是主要的，无论是谁都不能否定，他也第一次感到自己的绝对权威受到了挑战。这样，会议最终也就出现了人们最不愿意看到的那种结果。

在毛泽东攀登的那座没有路的山头的对面山脚下，是一个清一色干打垒土房屋的小村庄。橙色的墙、黑色的瓦，背后绿油油的山，村前水光潋滟的稻田，组成了一幅绝妙的风景画。这时，毛泽东突然停住向前探索的脚步，回头把目光投向了这个小村庄。井冈山斗争时期，他就住在这村子一栋普通的房子里。在这里，他和老百姓一块拉家常，和士兵们一块打草鞋，彼此亲密得就像一家人一样。也是在这里，他曾无数次讲过，我们共产党人闹革命，就是为了建立新中国，使人民群众翻身做主人，大家听后都由衷地拍手响起一片热烈的掌声。那时候，当官的和当兵的真正是一个样，当官的和老百姓真正是一个样。就是因为“一个样”，我们党才得到了人民群众的真心拥护，军队也就不断地打胜仗。

看了一会儿，毛泽东又重新转过头来，拨开草丛，穿过树林，绕过巨石，跨过沟坎，一步一步地向越来越陡的山头上登去，坚毅的脸上露出了一丝不易察觉的忧虑。

毛泽东是一个理想主义者。但现实的情况同他心中的社会主义“理想王国”存在着太大的差距。自从庐山那次会议以后，加上1957年的那场反右派斗争，他在一些重大问题的看法上逐渐发生了改变。他认为社会主义社会虽然也要抓好经济建设，发展生产力，但主要矛盾应是无产阶级和资产阶级的矛盾，所以必须坚持以阶级斗争为纲。而在这个他以为事关社会主义根本方向和路线的问题上，有些人却不赞同，甚至在背地里进行抵制。还有使他恼怒的是，他要尽快地在全社会实现公有制，有的地方却搞起了“包产到户”；他要实行单一的计划经济，有的地方却搞起了市场经济性质的集市贸易；他要各级党员干部当好人民的公仆，有些人却当官做老爷；他要全党发扬艰苦奋斗的优良作风，有些人却追求豪华奢侈的享乐特权生活；他要全体领导干部为人民掌好权用好权，有些人却利用手中的权力为自已谋取私利；他要文学艺术薄古厚今，有些人却让帝王将相才子佳人统治舞台。所有这些如果任其发展下去，社会主义的红旗还能够在中国的大地上迎风飘扬吗？

当然，令毛泽东忧虑的还有严峻的国际形势。西方国家的反华声浪此起彼伏。特别是那个曾被称为老大哥的苏联，自从1956年赫鲁晓夫在苏共二十大上作了反斯大林的秘密报告之后，不仅在其国内掀起了一股反对个人崇拜和个人迷信的高潮，而且逐渐改变了斯大林的路线。这引起了毛泽东的严重不安和高度关注。他觉得这是一种大逆不道的行为。中苏关系也由此进入不断恶化的时期，以至后来发展到相互论战、兵刃相见的地步。

山，一重接着一重；峰，一峰连着一峰。内忧、外患，就像眼前连绵起伏的山峰一样，不断向毛泽东涌来。但井冈山铸就了毛泽东山一样的性格。尽管前面充满了艰难险阻，他也要义无反顾地捍卫他所开辟的社会主义道路，并沿着这条道路不断探索和前进。此刻，一场席卷全国且又迅猛异常的“文化大革命”风暴正在他胸中酝酿。

毛泽东要用阶级斗争这种大规模群众运动的极端方式来清除他所认为的党内资产阶级和一切不良现象，以彻底贯彻他的路线和主张。

今天看来，毛泽东重上井冈山，与其说是一个伟大胜利者的凯旋，不如说是他夺取全国胜利后的又一次勇敢探索。

今天看来，在毛泽东对中国社会主义的探索中，虽然存在着许多不正确以至错误的思想和做法，但有一点是丝毫不能怀疑的，这就是毛泽东的初衷是好的，是想把中国建成社会主义现代化强国的。

今天看来，毛泽东所倡导的社会主义，虽然在体制机制上存在着重大的弊端，甚至在有些方面误入了歧途，但对于他来说，他却是始终坚信他所走的道路是正确的，并且认为这条道路很长很高，一直通向被人们称为“人间天堂”的共产主义。

正因为如此，在重新面对巍峨雄伟的井冈山时，毛泽东又一次发出了他生命的呐喊：世上无难事，只要肯登攀。

这是高路入云端的又一个新诠释。

这是高路入云端的又一个新号令。

假如毛泽东去骑马

梁　衡

一

毛泽东智慧超群，胆识过人，一生无论军事、政治都有出其不意的惊人之笔，让人回味无穷。但有一笔更为惊人，只是可惜未能实现。

1959年4月5日在上海召开的中共八届七中全会上，毛说："如有可能，我就游黄河、游长江。从黄河口子沿河而上，搞一班人，地质学家、生物学家、文学家，只准骑马，不准坐卡车，更不准坐火车，一天走60里，骑马30里，走路30里，骑骑走走，一路往昆仑山去。然后到猪八戒去过的那个通天河，从长江上游，沿江而下，从金沙江到崇明岛。国内国际的形势，我还可以搞，带个电台，比如，从黄河入海口走到郑州，走了一个半月，要开会了我就开会，开了会我又从郑州出发，搞它四五年就可以完成任务。我很想学明朝的徐霞客。"

1960年，毛的专列过济南，他对上车看他的舒同与杨得志说："我就是想骑马沿着两条河走，一条黄河，一条长江。如果你们赞成，帮我准备一匹马。"1961年3月23日毛在广州说："在下一次会议或者什么时候，我要做点典型调查，才能交账。我很想恢复骑马的制度，不坐火车，不坐汽车，想跑两条江。从黄河的河口，沿河而上，到它的发源地，然后跨过山去，到扬子江的发源地，顺流而下。不要多少时间，有三年时间就可以横过去，顶多五年。"1962年，他的一个秘书调往陕西，他说："你先打个前站，我随后骑马就去。"1972年，毛大病一场，刚好一点，他就说："看来，我去黄河还是有希望的。”可见他对两河之行向往的热切。

自从看到这几则史料，我就常想，要是毛泽东真的实现了骑马走江河，该是什么样子?

这个计划本已确定下来，大约准备1965年春成行。1964年夏天从骑兵部队调来的警卫人员也开始在北戴河训练。也已为毛泽东准备了一匹个头不太大的白马，很巧合，他转战陕北时骑的也是一匹白马。整个夏天，毛的运动就是两项，游泳和骑马。

但是，1964年8月5日，突发“北部湾事件”，美国入侵越南。6日晨，毛遗憾地说：“要打仗了，我的行动得重新考虑。黄河这次是去不成了。”

这实在是太遗憾了，是一个国家的遗憾、民族的遗憾，中国历史失去了一次改写的机会。按毛的计划是走三到五年，就算四年吧，两河归来，已是1969年，那个对国家民族损毁至重的“文化大革命”至少可以推迟发生，甚至避免。试想一个最高领袖深入民间四年，将会有多少新东西涌入他的脑海，又该有什么新的政策出台，党史、国史将会有一个什么样的新版本?一个伟大的诗人，用双脚丈量祖国的河山，“目既往还，心亦吐纳”，又该有多少气势磅礴的诗作?

我们再看一下1965年的形势，那是新中国建国后最好的年份。正是成绩已有不少，教训也有一些，党又一次走在将更加成熟的十字路口。当时我们已犯过的几个大错误是：1957年的反右；1958年的“大跃进”、人民公社；1959年的反右倾；1959年到1961年的三年困难。这时全党已经开始心平气和地看问题。在1962年的七千人大会上，中央承认了“三分天灾，七分人祸”的错误，毛泽东也作了自我批评。形势已有了明显好转。原子弹爆炸，全国学大寨、学大庆、学雷锋、学焦裕禄，国力增强，民心向上。但是从深层来看，对这些错误的根源还没有从思想上彻底解决。就像遵义会议时，从行动上和组织上已停止了“左”倾的错误，但真正从思想和路线上解决问题，还得等到延安整风。急病先治标，症退再治本。当时党和国家正是“症”初退而“本”待治之时。毛泽东就在这样的背景下深入基层调查研究，骑马走两河的。

二

我们设想着，当毛泽东骑马走江河时，对他触动最深的是中国农业的落后和农村发展的缓慢。

毛是农民的儿子，他和农民天然地血脉相通。他最初的秋收起义，十年的土地革命是为农民翻身。他穿草鞋，住窑洞，穿补丁衣服，大口吃茶叶叶子，拣食掉在桌子上的米粒，爬在水缸盖上指挥大战役，在延安时还和战士一块开荒，在西北坡时还下田插秧。还有包括江青看不惯的大口吃红烧肉、吃辣椒，他简直就是一个农民，一个读了书、当了领袖的农民。毛泽东一生的思维从没有离开过农民。只不过命运逼得他建国前大部分时间研究战争；建国后，又急于振兴工业，以至于1953年发生了与梁漱溟的争吵，被梁误以为忘了农民。他1958年发起的“大跃进”、人民公社运动也是为了农业的尽快翻身，有点空想，有点急躁，被彭德怀说成“小资产阶级狂热性”。那一句话真的刺伤了他的心，但没有人怀疑他不是为了农民。

他打马上路了，行行走走，一个半月后到达郑州。因为是马队，不能进城住宾馆，便找一个依岸傍河的村庄宿营，架好电台，摊开文件、书籍。一如战争时期那样，有亲热的房东打水、烧炕，有调皮的儿童跑前跑后，饭后他就挑灯读书、办公。但我猜想毛这天在郑州的黄河边肯定度过了一个不眠之夜。

河南这个地方是当年人民公社运动的发祥地。这里诞生了全国第一个人民公社——信阳地区遂平县的“嵖岈山卫星人民公社”。十年前，1958年8月6日晚，他到郑州，7日晨就急着听汇报，当他看到《嵖岈山卫星人民公社试行章程》时，如获至宝，连说：“这是个好东西！”便喜而携去，接着又去视察山东，8月底就在北戴河主持政治局扩大会议，正式通过了《关于建立农村人民公社问题的决议》。公社遍行全国，河南首其功，信阳首其功。但是全国第一个饿死人的“信阳事件”也是发生在这里，成了三年困难时期的一个标志性事件。刘少奇说，饿死人这是要上史书的啊。毛不得不在1960年10月23日到26日专门听取信阳事件的汇报，全国急刹车，实行“调整、巩固、充实、提高”的方针，才渡过难关。

这次，毛沿途一路走来，看到了许多1958年“大跃进”留下的半截子工程，虽经调整后，农村情况大有好转，但社员还是出工不出力。房东悄悄地对他说“人哄地皮，地哄肚皮”。这使他不得不思考“大跃进”和人民公社这种形式对农村生产力到底是起了解放作用还是破坏作用。为什么农民对土地的热情反倒下降了呢？想解放战争时期，边打仗边土改，农民一分到地就参军、支前，热情何等地高。

离开郑州之后，毛溯流而上，他很急切地想知道1958年修建的大工程三门峡水库现在怎么样了。这工程当时是何等的激动人心啊。诗人贺敬之的《三门峡梳妆台》曾传唱全国。“展我治黄河万里图，先扎黄河腰中带——责令李白改诗句：黄河之水手中来！银河星光落天下，清水清风走东海。”这些句子直到现在我还能背得出，那真是一个充满着革命浪漫主义的时代。毛很想看看这万年的黄河，是不是已“清水清风走东海”。很想看看他日思夜想的黄河现在变成什么样子。他立马高坡，极目一望时，这里却不是他想象中的高原明镜，而是一片湿地，但见水雾茫茫，芦花荡荡。原本本想借这座水库拦腰一斩，根治黄河水害，但是才过几年就已沙淤库满，下游未得其利，上游反受其害，关中平原和西安市的安全受到威胁。他眉头一皱，问黄河上游每年来沙多少，随行专家答：“16亿吨。”这就是再修十个水库也不够它淤填的啊。当初上上下下热情高涨，又相信苏联专家的话，并没有精细地测算和科学地论证，就匆匆上马。看来建设和打仗一样，也是要知己知彼啊。不，它比战争还要复杂，战场上可立见胜负，而一项大的经济建设决策，牵涉的面更广，显示出结果的周期更长。

我猜想毛这次重到西北，亲见水土流失，一定会让他重新考虑中国农业发展的大计。解放后毛大多走江南，再没有到过黄河以西。但他阅读了大量史书，无时不在做着西行考察的准备。1958年在成都会议上山西省委书记陶鲁笳向他汇报引黄济晋的雄心壮志，他说：“你这算什么雄心壮志，你们查一下《汉书》，那时就有人建议从包头引黄河过北京东注入海。当时水大，汉武帝还能坐楼船在汾河上航行呢，现在水都干了，我们愧对晋民啊。”这块中国西北角的红色根据地，当年曾支撑了中共领导的全民抗战，支持了解放战争的胜利。但是自解放以后就再也摆不脱黄风、黄沙、黄水的蹂躏。晋陕之间的这一段黄河，毛泽东曾经两次东渡。第一次是1936年由绥德过河东征抗日，留下了那首著名的《沁园春·雪》，第二次是由吴堡过河到临县，向西北坡进发，定都北京。当时因木船太小，跟他多年的那匹老白马只好留在河西。他登上东岸，回望滔滔黄水，激动地讲了那名言："你可以藐视一切，但不能藐视黄河。"据他的护士长回忆，毛进城后至少九次谈起黄河，他说，"这条河与我共过患难"，"每次看黄河回来心里就不好受"，"我们欠了黄河的情"，"我是个到了黄河也不死心的人"。

这次毛重访旧地，我猜想米脂县杨家沟是一定要去的。1947年11月22日到1948年3月21日他一直住在这里，这是他转战陕北期间住得最长的一个村子，并在这里召开了有里程碑意义的准备打倒蒋介石，建立新中国的"十二月会议"。但现在这里还是沟深路窄，仅容一马，道路泥泞，一如二十年前。农民的住房，还没有一间能赶上过去村里地主的老房子。而当年毛的指挥部，整个党中央机关就借住在杨家沟一家马姓地主的宅院里，他就是在这里胜利指挥了全国的战略大转折啊。我去看过，这处院子就是现在也十分完好，村里仍无其他民房所能出其右。这次毛重回杨家沟还住在当年他的那组三孔相连的窑洞里，心中感慨良多。当年撤出延安，被胡宗南追得行无定所，但借得窑洞一孔，弹指一挥，就横扫蒋家百万兵。现在定都北京已十多年了，手握政权，却还不能一扫穷和困，给民饱与暖。可怜二十年前边区月仍照今时放羊人。发展迟缓的原因到底何在？

向最基层的普通人学习，是毛一向所提倡的。调查研究成了毛政治品德和工作方法中最鲜明的一条。斯诺在他的《西行漫记》里曾写到对毛的第一印象是："毛泽东光着头在街上走，一边和两个年轻的农民谈话，一边认真地在做手势。"毛曾说："当年是一个监狱的小吏让我知道了旧中国的监狱如何黑暗。"毛在1925—1933年曾认真作过农村调查，1941年又将其结集出版，他在《农村调查》序言里写道："实际工作者须随时去了解变化着的情况，这是任何国家共产党人也不能靠别人预备的。所以，一切实际工作者必须向下作调查。"那时他十分注意倾听基层呼声。有一个很有名的故事，延安一个农民，天打雷劈死了他的毛驴，就说："何不劈死毛泽东？"边区保卫部门要以反革命罪逮捕这个农民。毛说，他这样说必有他的理由。一问是边区农民负担太重。毛就让减税。所以，当时边区地域虽小，生活虽苦，但领袖胸如海，百姓口无忌，上下一条心，共产党终得天下。

这次，毛一路或骑马或步行又重新回到百姓中间，所见所闻，隐隐感到民间积怨不少。他想起1945年在延安与黄炎培的“窑洞对”谈话，那时虽还未得天下，但黄已问到他将来怎样治天下。他说：“只要坚持民主，让老百姓监督政府，政权就能永葆活力。”想到让人民监督，毛忽然忆起一个人，此人就是户县农民杨伟名。杨是一普通农民，在村里任大队会计，他关心政治，以一点私塾的文化底子，苦学好读，“处江湖之远则忧其君”。在1962年曾向中央写万言书，系统分析农村形势，提出许多尖锐而又中肯的意见。如：允许单干；敞开自由市场；不要急于过渡，再坚持一段新民主主义；要防止报喜不报忧；等等。现在看来，这些话全部被不幸言中。这篇文章的题目叫《一叶知秋》，意即，从分析陕西情况即可知全国农村形势之危。其忠谏之情溢于言表。当时毛正热心于“大跃进”、人民公社，这些意见当然听不进去，便愤而批曰：“什么一叶知秋，是一叶知冬。”其时，党内也早有一部分同志看到了危机，并提出了对策，比较有名的就是邓小平的“白猫黑猫”论。这篇文章在1962年的北戴河会议上被毛点名批评。从此，逆耳忠言渐少，继而鸦雀无声。邓小平推说耳聋再不主动问政，陈云则经常称病住院。而黄河之滨这个朴素的农民思想家杨伟名则被大会批、小会斗，后在“文革”中自杀。（2002年，陕西曾开研讨会纪念杨伟名，并为他出版文集。2005年，我曾访其故居，秋风小院在，柿树叶正红。这是后话。）这次毛重走黄河，又到陕西，看到当年的许多问题依旧没有结果，就想起这个躬耕于关中的奇才，便着人把他接来，作彻夜之谈。毛像当年向小狱吏请教狱情，在延安街头光着头向农民恭问政情一样，向这个农民思想家问计于国是。这是20世纪60年代中共领袖与一位普通农民的对话。不是《三国演义》上卧龙岗的“隆中对”，也不是1945年延安的“窑洞对”，而是在黄河边的某一孔窑洞里的“河边对”。杨伟名一定侃侃而谈，细算生产队的家底，纵论国家大势。毛会暗暗点头，想起他自己常说的“群众是真正的英雄，而我们自己则往往是幼稚可笑的”，又想起1948年他为佳县县委题的字“站在最大多数劳动人民的一面”。当时他转战到这里，部队要打佳县，仗要打三天，需12万斤粮。但粮食早让胡宗南抢掠一空。他问佳县县长张俊贤有没有办法。张说：“把全县坚壁的粮挖出来，够部队吃上一天；把全县地里未成熟的玉米、谷子收割了，还可吃一天；剩下的一天，把全县的羊和驴都杀了！”战斗打响，群众拉着粮、驴、羊支前，自己吃树叶、树皮。战后很长时间，这个县见不到驴和羊。那时候，政府和百姓，真是鱼水难分啊。看来这些年离群众是远了一点。（毛是性情中人，他或许还会当场邀杨到中央那个政策研究部门去工作，就像后面要谈到的，他听完就三峡问题的御前辩论后，当场邀李锐做他的秘书。况杨本来就一直是西北局的特聘编外政策研究员。而以杨的性格则会说，臣本布衣，只求尽心，不求闻达，还是躬耕关中，位卑不敢忘国，不时为政府上达一点实情。）送走客人，他点燃一支烟，仰卧土炕，看着窑洞穹顶厚厚的黄土，想起自己1945年在延安说过的那句话：“我们共产党人好比种子，人民好比土地。我们到了一个地方，就要同那里的人民结合起来，在人民中间生根、开花。”现在早已生根开花，但却要将忘其土啊。

总之，还不等走完黄河全程，在晋、陕、宁、甘一线，毛的心情就沉重复杂起来。在这里，当年的他曾是“六盘山上高峰，红旗漫卷西风”，“原驰蜡象，欲与天公试比高”。可现在毛无论如何也高兴不起来，他立马河边，面对滔滔黄水，透过阵阵风沙，看远处那沟沟坡坡、梁梁峁峁、塄塄畔畔上俯身拉犁，弯腰点豆，背柴放羊，原始耕作的农民，不禁有一点心酸。“大跃进”、人民公社运动这样轰轰烈烈，怎么就没能解放出更多的生产力，改善农民的生活，改变他们的境遇呢？

毛继续沿黄河前行，北上河套，南取宁夏，绕了一个大弯后西到兰州。在这里向北沿祁连山麓就是通往新疆的河西走廊，向南沿黄河就将进入上游的青海、四川。他决定在兰州休整一周。这兰州以西是历代流放钦犯和谪贬官员的地方。他想起林则徐虎门销烟之后就是经过这里而贬往新疆的。毛泽东出行，电台、文件、书籍三件宝，常读之书和沿途相关之书总要带足。现在韶山的“毛泽东遗物馆”里存有他出行的书箱，足有一米见方。林则徐是他敬仰的人物，长夜难眠，他便命秘书找出林的《云左山房诗钞》挑灯阅读，卷中有不少是林则徐在河南奉旨治完黄河后又一路继续戴罪西行，过兰州，出玉门的诗作，多抒发他的报国热情和记述西部的山川边情。林诗豪放而深沉，毛性刚烈而浪漫，把卷在手，戈壁古道长无尽，窗外黄河呜有声。此时，两个伟人跨越时空，颇多共鸣。毛有抄录名人诗作练字的习惯，他读得兴起，便披衣下床，展纸挥毫，抄录了林的一首《出嘉峪关感赋》：

东西尉侯往来通，博望星槎笑凿空。
塞下传笳歌敕勒，楼头倚剑接崆峒。
长城饮马寒宵月，古戍盘雕大漠风。
除是卢龙山海险，东南谁比此关雄！

这幅书法，借原诗的气势，浓墨酣情，神采飞扬，经放大后至今仍高高挂在人民大会堂甘肃厅的东墙上。书罢林诗，毛推窗北望，想这次只能按原计划溯黄河而上，祁连山、嘉峪关一线是去不了啦，不觉有几分惆怅。新疆是他的胞弟毛泽民牺牲的地方。那个方向还有两件事让他心有所动。一是，当年西路军在这里全军覆没，徐向前只身讨饭走回延安，这是我军史上极悲惨的一页。二是，1957年反右之后一大批右派发配西部，王震的兵团就安排了不少人，这其中就有诗人艾青等不少文化人。现时已十年，这些人中似可起用一些，以示宽慰。他在这里休整一周，接见了一些仍流散在河西走廊的老红军，听取了右派改造工作的汇报，嘱咐地方上调研后就这两事提出相应的政策上报。

离开兰州，毛一行逆黄河而上，又经月余到达青、甘、川三省交界处的黄河第一弯。他登上南岸四川阿坝境内的一座小山，正是晚霞压山，残阳如血，但见黄河北来，蜿蜒九曲，明灭倏忽，如一道闪电划过高原，不禁诗兴大发，随即吟道：

九曲黄河第一弯，长河落日此处圆。
从来豪气看西北，涛声依旧五千年。

他想，我们一定要对得起黄河，对得起黄河儿女。

这里已近黄河源头，海拔4000米以上，他们放慢速度，缓缓而行，数十天后终于经过巴颜喀拉山，到达长江的源头大通河，这便进入长江流域。

三

接下来，毛泽东走长江与走黄河的心境不同。在黄河流域，主要是勾起了他对战争岁月的回忆和对老区人民的感念，深感现在民生建设不尽如人意，得赶快发展经济。而走长江一线更多的是政治反思，是关于在这里曾发生过的许多极“左”错误的思考。

顺沱沱河、通天河而下，入金沙江，便进入贵州、四川界。这里是中央部署的大三线基地。毛泽东不愧为伟大的战略家，他从战争中走来，总担心天下不稳，国家遭殃。在原子弹研制成功后，他又力主在长江、黄河的上游，建设一个可以支持原子战争的大三线基地。他还把自己的老战友、新冤家彭德怀派来任基地三把手。毛彭关系，可以说是合不来又离不开。历史上许多关系到党的命运和毛的威信的大战、硬战，都是彭帮毛来打。最关键的有三次，红军长征出发过湘江、解放战争时的转战陕北和刚建国时的朝鲜战争。尤其是出兵朝鲜，中央议而不决，彭从西北赶回，投了支持毛的关键一票，而在林彪不愿挂帅出征的情况下，彭又挺身而出，实现了毛的战略。但是自从进城之后，毛彭之间渐渐生分。战争时期，大家都称毛为“老毛”，进了北京，渐渐改称“主席”。有一天彭突然发现中南海里，只有他一人还在叫“老毛”，便很不好意思，也悄悄改口。这最后一位称“老毛”的角色由彭来扮演，从中也可以看出他们的交往之深和彭性格的纯真率直。但1959年在庐山上，两个战友终于翻脸。其时毛正醉心于“大跃进”、人民公社，雄心勃勃，自以为找到了迈向共产主义的好办法。彭却发现农村公共食堂里农民吃不饱，老百姓在饿肚子，“大跃进”破坏了生产力。“谷撒地，禾叶枯，青壮炼钢去，收禾童与姑，来年日子怎么过”，他要为民鼓与呼。这场争论其实是空想与实事求是之争。结果是彭被打为右倾机会主义，并又扩大为“彭、黄、张、周”反党集团，全国大反右倾，株连500多万人。后来黄克诚说：“这件事对我国历史的发展影响巨大深远，从此党内失去了敢言之士，而迁就逢迎之风日盛。”但是，直到下山时毛还说，我要写一篇大文章《人民公社万岁》，向全世界宣布中国的成就。并已让《人民日报》和新华社为他准备材料。但还不到年底，农村就败象渐露，这篇文章也就胎死腹中。1965年9月，毛对彭说：“也许真理在你那边。”便派他到三线来工作。

未想，两位生死之交的战友，庐山翻脸，北京一别，今日相会却在金沙江畔，在这个30年前长征经过的地方，多少话真不知从哪里说起。明月夜，青灯旁，白头搔更短，往事情却长。毛泽东盖世英雄，向来敢翻脸也敢认错。他在延安整风时对被“抢救运动”中错整的人脱帽道歉；1959年感谢陈云、周恩来在经济工作方面的冷静，说“家贫思贤妻，国难识英雄”；1962年在七千人大会上对“大跃进”的错误的认错。现在毛经三年来的沿河考察，深入民间，所见所闻，许多争论已为历史所印证。他也许会说一声：“老彭，看来是你对了！”

行自四川境内，毛还会想起另一个人，即他的秘书田家英。庐山会议前，毛提倡调查研究，便派身边的人下去了解情况，田家英被派到四川。田回京后给他带去一份农民吃不饱、农业衰退的实情报告，他心有不悦。加之四川省委投毛之好又反告田一状，田在庐山上也受到了批评，从此就再不受信任（“文革”一起，田即自杀，这是后话）。这时他一定会想起田家英为他拟的那篇很著名的中共八大开幕词：“虚心使人进步，骄傲使人落后”，不觉怅然若失。看来自己过去确实是有点好大喜功，下面也就报喜不报忧，以至造成许多失误。长夜静思，山风阵阵，江水隆隆。他推窗望月，金沙水拍云崖暖，惊忆往事心犹寒。

解放后毛出京工作，少在北方，多在南方，所以许多作出重要决策的，在党史上有里程碑意义的会议多在长江一线。如：1958年1月周恩来、陈云被迫作检讨的南宁会议；4月再次确立了“大跃进”思路的武汉会议；1959年4月检讨“大跃进”的上海会议（就是在这次会上，他第一次提出骑马走两河）；1959年7月批右倾的庐山会议、1961年纠正左的错误的第二次庐山会议等。总的来讲，这些会议上都是毛说了算，反面意见听得少。

但有一次毛是认真听了不同意见，并听了进去。这就是关于建三峡水库的争论。自孙中山时，就有修三峡的设想，毛也曾畅想“高峡出平湖”，但到底是否可行，毛十分慎重。1958年1月他曾在南宁组织了后来被称为“御前辩论”的两派大对决，也就在这次他很欣赏反对派李锐，当场点名要李做他的秘书。毛曾在1958年3月29日自重庆上船，仔细考察了长江三峡，至4月1日到武汉上岸。他对修三峡一直持慎重态度，他说：“最后下决心准备修建及何时修建，要待各个方面的准备工作基本完成之后，才能作出决定。”这次毛骑马从陆路过三峡一定会联想到那个当年轻易上马、现已沙淤库满的三门峡水库。幸亏当时听了不同意见，三峡才成为“大跃进”中唯一没有头脑发热、轻易上马的大工程。现在想来都有点后怕。看来科学来不得半点虚假。（24年后，1992年4月七届全国人大五次会议通过兴建三峡工程的决议。在这个长过程中因为有反对意见，才有无数次的反复论证，人们说三峡工程上马，反对派的功劳比支持派还大。这是后话。）

毛从四川入湖北，过宜昌到武汉。这次因是带着马队出行，当然不住上次住过的东湖宾馆，他们选一依山靠水之处安营扎寨，这倒有了一点饮马长江的味道。毛不禁想起他1956年在这里的诗作：“才饮长沙水，又食武昌鱼，万里长江横渡，极目楚天舒。不管风吹浪打，胜似闲庭信步，今日得宽余。”又想起1958年4月在这里召开的武汉会议，在鼓动“大跃进”的同时，毛给那些很兴奋的省委书记们也泼了一点冷水。但全党的狂热已被鼓动起来，想再压下去已不容易。他想，那时的心态要是“不管风吹浪打，胜似闲庭信步”，再从容一点，继续给他们降降温，后果也许会好一点。

离开湖北进入江西不久就到庐山。这庐山堪称是中国现代政治史上的一个坐标点。1886年英国传教士李德立在这里首先买地盖房，开发庐山。从1928年到1947年，前后20年，蒋介石在这里指挥“剿共”、抗日。1927年，瞿秋白在这里起草“八一”起义提纲。1937年卢沟桥枪声骤响，正在山上举办的国民党庐山军官训练团提前结业，直接奔赴抗日前线。1948年蒋介石败退大陆，泪别庐山。蒋离去十年后，1959年毛第一次登上庐山，住在蒋介石和宋美龄住过的“美庐”别墅，看见工人正要凿掉“美庐”二字，忙上前制止，说这是历史。就是这一次在山上召开了给党留下巨大伤痛的庐山会议。1961年，毛欲补前会之错，又上山召开第二次庐山会议。他借用《礼记》里的一句话：“未有先学养子而后嫁者也”，痛感革命事业不可能有人先给你准备好成熟的经验。这一次毛在山上说，他此生有三愿：一是下放，搞一年工业，一年农业，半年商业；二是骑马走一次长江、黄河；三是写一本书，把自己的缺点、错误统统写入，让世人评说。他认为自己好坏七、三开就满足了。1970年毛又三上庐山召开九届二中全会，敲山震虎，与林彪已初显裂痕。还有一件事少有人知，蒋介石去台多年，自知反攻无望，愿意谈判回归。1965年7月已初步达成六项协议，其中有一条：蒋回大陆后所选的“汤沐之地”（封地）就是庐山。惜“文革”一起，此事告吹。

到了庐山，毛的两河之行已完成四分之三。他决定在这里休整数日，一上山便放马林间，让小白马也去自由自在地轻松几日。他还住“美庐”，饭后乘着月色散步在牯岭小街上，不远处就是当年庐山会议时彭德怀黄克诚合住的176号别墅，往西30米是张闻天的别墅，再远处是周小舟的别墅。所谓“彭黄张周”反党集团。发此方寸之地，却曾矗立过中共党史上的几个巨人。除周小舟资格稍差外，彭、黄、张都是井冈山时期和毛一起的“绿林好汉”，想不到掌权之后又来到这座山上来吵架。毛忆想那次论争，虽然剑拔弩张，却也热诚感人，大家讲的都是真话。他自己也实在有点盛气凌人。现在人去楼空，唯余这些石头房子，门窗紧闭，苔痕满墙，好一种历史的空茫。如果当时这庐山之争也能像三峡之争一样，允许发表一点不同意见，后果也不会这样。后来虽有1961年二次庐山会议的补救之举，但今天想来，他心中还是有一种隐隐的自责。回到美庐，刚点燃一支烟，一抬头看见墙上挂着59年他一上庐山时的那首豪迈诗作：“一山飞峙大江边，跃上葱茏四百旋。冷眼向洋看世界，热风吹雨洒江天。云横九派浮黄鹤，浪下三吴起白烟。陶令不知何处去，桃花源里可耕田？”他在自己的这幅放大的手迹前伫立良久，光阴似箭，不觉就是十年啊。他沉思片刻口中轻轻吟道：

安得倚天转斗柄，挽回银河洗旧怨。
二十年来是与非，重来笔底化新篇。

这诗，虽是自责，却椽笔墨海，隐隐雷鸣，仍不失雄霸之气。他抽完一支烟，又翻检了一下当日收到的电报、文件，办了一会儿公，便用铅笔将这首诗抄在一张便笺上，题为《三上庐山》，放入上衣口袋，准备明天在马背上再仔细推敲，然后就上床歇息。（毛二上庐山时也写有诗，就是那首为江青所拍的仙人洞题照。）毛泽东下山后，一路过安徽，下江苏，走扬子江、黄浦江，直往长江的出海口上海市而去。

两河之行结束，大约是1969年的9月，正是国庆29周年的前夕。毛泽东将中央政治局的委员们召集到上海，开了一次扩大的中央工作会议，通过了三项决议。一是，今后一段时间内要重点抓一下经济建设，暂不搞什么政治运动（这比后来1978年底十一届三中全会通过的党的中心工作的转移早9年）；二是，转变党的作风，特别戒假话、空话，加强调查研究和党内民主（这是1942年延安整风之后的又一次的全党思想大提高）；三是，总结教训，对前几年的一些重大问题统一认识（这比1981年十一届六中全会通过的《关于建国以来党的若干历史问题的决议》早12年）。三个决议通过，局面一新，当然也就没有什么“文化大革命”，没有彭德怀等一批老干部的损失，也没有田家英等一批中年精英的夭折。如果再奢望一点，还可能通过一个关于党的领导干部退休的决议（这比1982年中央《关于建立老干部退休制度的决定》早13年）。因为到这年年底毛就满76岁，两河之行，四年岁月，一万里路云和月，风餐露宿，鞍马劳顿。他一定感到身体和精力大不比当年长征之时，毕竟年龄不饶人。而沿途，考察接谈，视事阅人，发现无数基层干部，有经验，有知识，朝气向上，正堪大任。这几个决议通过，全党欢呼，全民振奋。国家、民族又出现新的机遇。真如这样，历史何幸，国家何幸，民族何幸！

可惜时光不能倒流，历史不能重演。

跟 风

沃尔夫·冯

一、自杀

加缪说：真正的哲学问题只有一个，那就是自杀。但是，对绝大多数的自杀者来说，他们放弃生命的决定并不是为了思考或解答什么哲学问题。

今早的电车遇到了人身事故，我通常搭乘的京浜东北线和琦京线被耽搁了一个多小时。命案发生在大公司云集的田町站，那男子当场死亡，影响了包括我在内18万人的行程。报道没有说明死者的动机，不过，这一类的自杀，我已经司空见惯。

在日本生活的这些年里，差不多每个月乘车都会遭遇此类“人身事故”。2009年以来，或许是经济不景气的缘故，自杀的频率有所增加。甚至有一日，在不同的线路上都有人跳下站台，造成了大面积的交通阻滞。

我没有亲眼见过赴死者纵身一跃的场景，但有几次算是擦肩而过。一次是在赤羽车站，对面站台有人自杀，遗体已经被清理完毕，站台上只剩下他的几件遗物。一只黑色公文包静静地立在那儿，平淡无奇。另外两次也是在赤羽车站。我搭乘的电车只有一半驶入站台，便紧急刹车，乘客被通知从几个车厢出口下车，车头方向已经有工作人员拉起了拦阻线。我坐在车尾，随人流前行，心想：我也是那撞死一个生命的巨大质量之一部分。另一次，我在车站入口处看到了被担架抬出的自杀者，十几名高举布幔的警察将担架围在中间，从外面看什么也看不到，地下亦无血迹。通过新闻得知，自杀者送到医院后抢救无效。

跳下铁道的人这么多，铁路和警察方面早就有了反应迅捷的应对机制。以我的经历而言，似乎只要二十几分钟就能清理完毕。据说，他们有专用的尸袋和遮挡清洗现场的器具，以避免刺激别人的感官。所以，今早电车耽搁了一个多小时，让我竟有些不耐烦了。

日本连续十一年来年自杀人数超过30000人，去年的统计是32249人。依照今年前三个月的情况来看，恐怕要突破这个数字。在这些自杀者当中，方式多种多样，而卧轨的虽然是少数，却产生了实实在在的社会影响。特别是对车辆的驾驶员而言，眼睁睁看着一个活人迎面扑下，那份心理震撼可想而知。按理说，这类电车的驾驶员本不是一个和死亡距离如此之近的职业，但前仆后继的自杀者，令他们每天的当班都隐含着未知的风险。

日本社会里的一个人际交往准则，就是不要让人“迷惑”，也就是不给他人添麻烦。某日在站台上，几名中学生大声喧哗忘乎所以，同伴中便有人出来劝说打住，别“迷惑”四周。为了不“迷惑”别人，日本人在生活中会表现得比较自立，遇到问题不喜欢求助而独力硬撑；另一方面，在日常公德方面，这也造就了一种无形的约束。记得还有一次，四五个小学生，七八岁的小女孩儿在车厢里不小心弄洒了饮料，就用随身的纸巾蹲下去擦拭。旁边的一些成年人冷眼旁观，等到女孩儿们的纸巾用罄，有人不吭声地递过来几张。女孩儿们一边擦拭，一边向四周致歉。这是一次有关于“迷惑”的很好的诠释，可能会有人感慨于日本人在恪守社会公德上的水准，但跃轨自杀者的激烈举动则展示了日本人内心世界的另一面。

自杀的手段很多，若但求一死，跳楼或许最为可行。其他如服毒、烧炭、割腕等等，都是真正的自行了断。但跃轨的做法，无疑就是要给别人带来“迷惑”，就是要让自己的死成为公众事件。之所以自杀事件在赤羽多发的原因，我想是因为此间为一交通枢纽，造成的影响也比较大吧。同样，首都圈地区的卧轨，多半是在上班高峰时期的繁忙线路，每一次都能令数万人被迫迟到。

假如有人准备赶往机场，恐怕会因此错过航班。听说自杀者还会给家人添不小的麻烦，因为依照法规，铁路部门有向家属要求一笔高达数千万日元赔偿的权利，尽管考虑到其出境，多数时候并不付诸实施，可遗属还是要按惯例缴纳所谓“迷惑料”。所以，跃轨自杀者的想法，应该就是用自己的生命给生活的世界一次完全不负责任的“迷惑”，他/她的心里，除了对生存的绝望之外，也还有一种反社会的心态在。

二、压抑

某夜大雨，我走向池袋车站途中，看到人行道的护栏上倚着一位胖硕的青年男子，全身西装革履，但一任雨水冲刷，而他的大量呕吐物遍布全身，顺水流下。他间或仰头向天，发出野兽般的号叫。是的，那是不折不扣的号叫。在繁华街道上的此情此景，简直带有强烈的超现实主义做派。

我不知道这位胖子遇到了什么烦恼，可那号叫无疑是深刻压抑之下的癫狂释放。事实上，类似的场景，十几年来我亦屡见不鲜，其背后映射出的是一种普遍性的压抑状态。这种压抑最主要的源泉，莫过于编织成一张大网般笼罩社会生活各个方面的“ルール”（规矩）。

和朋友聊天说这个问题，我想到了日本人每年元旦寄贺卡的习俗，其实是一个体现压抑氛围的好例子。据前年的统计，日本人人均邮寄105张贺卡，以人口计算总数高达130余亿张，相当惊人，因为中国除夕当日，移动和联通的手机拜年短信也不过77亿条。比起拜年短信，日本的贺卡更花费心思，然而，也更称得上是一种负担。一个家庭收到或寄出的贺卡可能多达数百张，绝大多数充斥泛泛的客套话与千篇一律的祝愿。很多人之间根本不相往来，却要出现在彼此一年一度的贺卡发送名单上。对一个率直（美其名曰，或称懒惰）的人来讲，这些贺卡也许真的会导致精神上的负累。他必须克制自己的随性念头，老老实实地加入到贺卡群体中去。凡此勉为其难之事，即为压抑。虽然以民俗、传统等面目修饰，实则累积于潜意识当中。

有时在餐馆，我会冷眼打量左近的日本人团伙，在其间常会发现一些纯属无奈参加的人，用捏造的表情作出敷衍性的言谈，眼神中却流露出不得不屈身于此的痛苦。这也是压抑。关于日本人的集团性特征，留后再议，此处只是强调，作为“社会人”，压抑是如影随形的生活之一部分。人类是社会性动物，任何文明都有约束制衡个体生命的道德伦理以及法规典范，但在当下世界，日本的“ルール”之繁多琐细，确实堪称独步。

每个人承受压抑的能力自然有别，疏导排遣压抑的方式也各异。实在扛不住了，就要追求痛快淋漓的宣泄，前面说的“碍事型”自杀是过激的做法，而那位雨中长嚎的胖子，性格也算比较鲜明。另外，压抑还催生了不少精神疾病的患者。我生活中遇到的、听说的所谓“变态”真是林林总总，五花八门。余虽不才，洗澡还被人偷窥过呢。

在日本的社会组织中，压抑具有明显的等级性，越往下走压得越重。作为来自底层的反弹，就出现了一个现象：下克上。在日本的二战历史叙述中，此词语颇为常见。二二六兵变是下克上，侵华战争扩大化也是下克上。如今南京大屠杀是热门话题，日军的暴行某种程度上来自于战区指挥官们为避免一线官兵重压之下反噬自身而故意的纵容。大本营要求暂缓进攻作战的命令。被战区指挥官们漠视的原因，正是下面官兵发泄的亢奋已经按捺不住。从这个角度来说，不管日本的官方声明是否表示反省谢罪，只要其社会中的压抑现象仍旧如此，就将继续存在其失控行为。

一位归国生活的朋友说，在中国混得久的日本人“最坏”。理由是，他们失去了日本社会的“ルール”束缚，一下子随心所欲起来就很放纵，即“发扬了日本人的缺点，汲取了中国人的毛病”。我对此没有细致观察，但听说过几桩个例，如某某日本人对在中国可以随便闯红灯甚至吐痰颇以为快。

三、文库本

社科院的郑也夫研究员访问过日本，在感想中提到对日本人于电车中所读书籍的疑问：他们在看哪一类的书呢?

坐了十几年电车，我也在路途中读过不少书刊，特别是在较长途的行程之前，总要在书架前犹豫一番，琢磨带哪本书更合适。如今的住所和公司不远，车行两段，各七八分钟，对读书而言并不合适——刚刚翻了几页，就要下车。所以，甚至有点怀念以前要乘坐近一个小时上学的日子了。

作为电车中的老读客，当然知道日本人在读什么。一般来说，阅读报刊和书籍的各占一半。而在书籍里面，似乎有三大类：小说、漫画和学习材料。小说以小巧的文库本居多，漫画的开本也比较小，学习材料则往往是针对各种资格考试。

日本人的优点，我个人最推崇的一项是普遍性的喜爱读书。明治年间，俄国人梅契尼科夫在经过长年客居欧美的生活后，于1874年来日本教授外语，后来写有《回忆明治维新》一书。他在书中写到，日本的苦力、女佣、马夫等社会底层人民也常常拿着书看，尽管那些小册子多是通俗小说，但这样高的识字率还是令他吃惊。和西方国家的经验相比，他不吝称之为“异常”。

日本民众爱看小说这一幕，相信也给彼时来日的中国人以相当的刺激。于是，梁启超提出：“故今日欲改良群治，必自小说界革命始；欲新民，必自新小说始。”“欲新一国之民，不可不先新一国之小说。”倘若全中国人都爱看所谓新小说，中国庶几可救。梁任公拳拳之心历历可鉴。我没搭乘过中国的地铁或轻轨，不知道人们在车厢内做什么，也就揣测郑也夫先生对日本人读书现象的特别在意，是否亦有感而发。

我乘车时多数时候读的是中文书籍，和日本人相比，直观上的显著差别就是开本。近年来，中国出版的书籍开本，似乎也像GDP，不高速增长不足以告慰国人。所谓国际大开本很是流行，一本书大咧咧摆在那里，仿佛在正告自己与世界接了轨。最离谱的是，翻开不少开本颇大的书籍，会被几百个文字周边的广大空白晃了眼睛。我不知道那些“留白”是做何用处的，但我肯定没那么多圈点题评。这就是毫无意义的浪费。

欧阳修说适于读书的“马上、枕上、厕上”，“马上”今天换作了“车上”。其实不仅在车上，捧着一册大开本在哪里阅读都不方便，日本式的文库本则称手得多。当然，文库本的特点决定了内文字迹较小，但这对爱书人而言算不上大碍。文库本便于携带，价格便宜，从文化传播的角度来说远比大开本更好。

去书店闲逛时，我最爱流连的就是文库本专柜。那一排排小书的整齐阵容，却有小蚁雄兵的气势。在家具店里买的书架，也设计有文库本的隔层。不过因我没那么多收藏，就腾出来给了中文书。结果，那些大开本就很滑稽地卧也不是站也不是，让我想起有一年去采访来日比赛的NBA球队，酒店在床头加了张椅子，给大个子们垫脚。

四、大腿

初来日本的第一个冬天，见到中小学生们的短裤短裙，心里是免不了有点惊奇的。虽说自己高中时代也不惜落下风湿的毛病，在东北的寒风中扮酷穿单裤，但眼见那些年纪更小的童男童女光着两腿，不禁心生同情。问其缘由，有人说是为了从小磨其筋骨，不能不令人肃然起敬，并慨叹吾国之小皇帝们过于优乐。不过，若把目光投向稍大些的女中学生们，似乎又不仅是这个高尚的原因，因为那短裙的边际实在有点太高，有时简直到了大腿与臀部的交界。这不能说是一个为了砺炼意志的必要手段。

我们这一代人对日本女中学生制服的印象，大约始自电视剧《血疑》中山口百惠扮演的幸子。来到日本之后，才了解了它现在所蕴含的丰富意义，以及寄托了多少男性的粉色遐想。

在新宿、涉谷等繁华地带，时常能看到三两身穿校服的女中学生无所事事地伫立，而身边逛荡着个别上班族打扮的中年男子。有时，那男子会趋前搭讪，女孩们偶尔会发出肆无忌惮的大笑。女孩们的一个显著特点是超短的裙子，不管是穿着中文称之为“泡泡袜”的白色长袜（一般是将它叠在小腿部分，仿佛绑腿），还是黑色或蓝色半长袜，总之两截大腿是一定要露出来的，宛如刻意招展的旗帜。

起初，我对这些叽叽喳喳的女中学生和色眼迷离的男人们绝无好感，把她们看作社会公害。但随着年纪增长，我渐渐学会用一点理解的态度去看待。川端康成在《睡美人》中用细腻的笔触描述了一位老男人对年轻女性肉体的畸恋，在那些中年男人脸上，我似乎看到了同样的对衰老和死亡的由衷恐慌。而反过来打量女中学生们，我看到的是一种不知所措，混杂着对青春仿佛陡然暴富之后的挥霍欲和困惑感。

事实上，九十年代后期以来，日本女中学生的裙子的底边开始从及膝不断向上提高，算下来差不多每年一厘米。不知道这与泡沫经济的破灭有无联系，但肯定昭示了世风的潜在变化。许多外国游客都注意到了日本女中学生们展露出的大腿，而日本舆论也表达了对其所暗示的“援助交际”现象的忧虑。于是，如何让女中学生们把不断缩短的裙子长度放下来，俨然成了一个重要的社会问题。

学校是超短裙之争的第一线战场。不过，另一个有趣的数据是日本中小学教师猥亵学生案件的增长，2004年达到历史纪录的190余人，去年公布的资料则是下降到通常水准的160余人。这或许充分体现出了此一斗争的严酷性与复杂性。不久前的一个话题是新潟县的高中制作了劝说女生们把裙摆放长的海报，可见校方的用心良苦，然而据说女生们反应冷淡，认为“此举毫无意义”。

女中学生的大腿，俨然成了少女们的亚文化象征。但来日的中国人看来，自有不理解之处。我曾多次听到陪同的访客表示诧异，有男有女，他们不是诧异于日本女生的裙子之短，而是那双腿的“难看”：“她怎么敢穿这样的超短裙？”确实，大腿现象若有一点值得称道的，便是众腿平等。姑娘们不管自己的腿多“难看”，也照样坦率露之。有的女生大腿粗如水桶，小腿孔武有力，据说在中国若敢穿超短裙恐怕要被人公然耻笑，在日本却可以安之若素。

进一步说来，日本女生公开袒露大腿可以说是为了迎合男性的意淫，将女性置于被亵玩的角色；可中国人对女性“腿型”（外貌）的苛求，实在是异曲同工甚至犹有过之。况且，穿着超短裙也并不一定就意味着性的暗示，一位新潟女高中生说：“我把裙子卷短并不是为了显得可爱，而是因为大家都这么做。”

大家都这么做。这才是问题的关键所在，即日本人强烈的群体性意识。接下来，我们就说说日本人的“跟风”嗜好。

五、跟风

2008年秋天，一场“香蕉荒”突然席卷了超市。起因是一位女星在某电视台节目中谈到她吃香蕉减肥的经验，没想到，随即掀起了民众轰轰烈烈购买香蕉的热潮。

香蕉在日本超市中属于一年四季都大批量贩卖的普通水果，价格也很便宜，一束（四到五只）通常不过一百多日元。然而，面对突如其来的抢购潮，住所附近的几家超市都出现了有价无货的状况。店方在告示牌上写着道歉之词，表示一定尽快从海外大量进口，确保供货。接下来的数日内，往日供应充足的香蕉，始终处于紧俏难得的境地，偶尔见到剩下姿色不佳的几束，价格反比过去涨了不少。这种怪象大约维持了半个来月，香蕉们才恢复了清静。

短暂而疯狂的香蕉抢购热，一度成了日本媒体的话题，但集中于香蕉本身究竟能不能减肥的讨论，很少有人批判其背后折射出的非理性。当然，日本人自身对此习以为常，可能不觉得有什么不妥。喜欢跟风盲从赶潮流，动不动就要闹上一下子，这就是他们的民族性格特点。日语称之为“ブーム”，每年若没有那么几次，还真是怪寂寞的。

按道理说，日本民众的教育水准普遍较高，作为个人，似乎应该有比较强的主见。事实却是，大多数日本人面对“ブーム”首先的选择就是跟风，而且争先恐后，劲头狂热，唯恐被落于“ブーム”之外。这体现出的是日本人深刻而独特的群体意识。有人提到了日本人的排队现象，确实，一家拉面店的门口若有两三人排队等候，就不愁会扩大到五六七八人，因此有店家特意雇人排队来充门面。我见过更滑稽的一幕。某年东京电影节期间，在涉谷车站前，几十个男青年脱得只剩短裤，在广场上高喊励志口号。路过的陌生男青年陆续有脱衣加入者，那兴奋劲儿如同“找到了组织”。此类胡闹不雅的举动，一个人做会被当作疯子，但数十人一起做，就俨然成了一场狂欢式的“祭り”。

加缪曾说过，马克思主义认为个人有罪而历史无罪。这是个人和历史的对应，谈到日本人，我们或许可以把个人与群体联系起来，就会发现一个古怪的结论：群体有罪则个人无罪。日本人期待加入群体的一个原因，是在集体的名义笼罩之下，个人行为的动机与后果受到了洗净与庇护。前述的街头闹剧，堪称精到的展示。当然，战争罪行和责任问题亦完全符合此一特点。日本官方可以一再承认日本“给亚洲等国人民带来了巨大的痛苦”，但并不肯追究特定个体的罪愆。

说日本人的群体意识独特，也不妨拿来和中国人做一比较。日本人有没有个人意识？有。在个人生活层面，他/她的个体感很突出，比如和家庭成员的疏离态度，比如另类小众的私人喜好，都显得相当“个”；然而在社会生活层面，他们又追求“群”，比如积极参加各种团体活动，比如热衷于追逐社会潮流。中国人呢？似乎正好和日本人相反。在社会生活层面，中国人常常要显示自己的个性，特立独行，别树一帜，甚至成为不惜违背公德的个人主义者；在个人生活层面，中国人更重视并依赖家庭、亲友等关系，并愿意为此做出哪怕是违心的让步牺牲。

在群体里，日本人仿佛以一种消泯自我的方式，更确定地找到了自我。如果不允许被加入群体，或因某些原因难以融入群体，那么将意味着生活上的困境。2006年，嫁到日本的中国籍女子郑永善杀死两名幼儿的案件轰动一时，报道中就提到她在人际关系上遇到的严重隔阂。子女在同一幼儿园或学校的日本妇女们一定要组成所谓“妈妈会”，经常举行聚会活动，虽无强制性，但若不参加就会被排斥，并殃及孩子。来自异文化的郑永善，其精神压力可想而知。

跟风，说白了就是要紧随群体。抢购香蕉是小事儿，追捧韩流也不算啥，最危险的是杀人、自杀之类的也会有跟风现象。某人在车站站台上企图把无辜者推落铁轨未遂，几天内就一定会出现追仿的案件。秋叶原街道上的加藤智大血案发生后，效仿他在网站上宣称要大开杀戒的人纷纷冒头。所以，每当看到媒体曝出什么大案，我就想到不知又会有多少“模仿犯”？

六、排榜

已故历史学者黄仁宇有个著名的论述，即中国过去之所以落后僵化，在于缺乏“数目字管理”。这是个新颖但含混的观点，甚至黄仁宇本人也没能阐释清楚“数目字管理”的含义到底为何。而且，他最大的理论缺陷是以前现代中国的客观条件，根本无法做到他所孜孜以求的“数目字管理”。首要的技术限制就在于资讯收集与传递的方式，对中国这样庞大的国家来说，几乎是“不可能的任务”。

然而，或许因传统影响，中国人在数据资料上面的重视程度确实有所不足，特别是和日本人相比较。比如涉及历史争议问题时，日本人往往会质疑中方的数据，并拿出己方详尽的资料作为对照。这可以说是一种偷换概念、浑水摸鱼的狡猾做法，可中方在辩驳时会颇感费力。毕竟，数据有其直截简明的说服力，胜过长篇累牍的说理。

说起日本人对数据的热爱，可能比生鱼片还来得自然深厚。无论是论著、教材，还是报道、宣传品，随处可见数据的统计。市面上有不少专门罗列数据的书籍，内容五花八门，并且每年更新。表弟就读中学时，学校发了一本就叫《数据书》的书，我看了很喜欢。该书全由世界各国数据组成，在中国的那一节，我竟然看到了“马1019万匹，猪46806万头，鸡30亿只……”给初中生发放这玩意儿（表弟慷慨将书赠我，说“没意思”），却可见日本人对情报资讯的重视做到了从小抓起。

有了数据，自然就能排榜。而且，数据排了榜，也就更富参考意义。所以，日本人喜欢排榜，事无巨细地排榜。www.goo.ne.jp是日本比较流行的门户网站，其中专设了一个排行榜栏目，现在有6000多个排行榜，涉及社会生活的方方面面，有的看起来很好玩儿。比如竟然有女性心目中男性“脚踩两（多）只船”迹象的排行榜。前十项中，隐藏或不让看手机高居榜首，经常和某人发短信排第三，手机短信量增多排第五，曾删除通话通信纪录排第六。和手机相关的独占四项，凸显了手机在当代人感情生活中的重要位置。这个榜看似无聊，倒还值得琢磨。而《日本经济新闻》的副刊则有个栏目，叫做“何でもランング”，即“什么都能排个榜”。大概这一天一榜委实有点太频，于是我看到“最适合家长与子女一起搭乘的索道排行榜”，真难为了责任编辑那为赋新词的用心良苦。

“何でもランング”的精神确实在日本人身上得到了极致的展现。日本内阁府和总务省年年公布一个排行榜，即全国各个都市车站附近停放的自行车数量，并且分正当和违章两类。内阁部门组织调查这个排行榜，中国人是不是会觉得有些难以理喻？

排行榜之所以流行，其实还是国民性使然。榜单的最大功用，可能提供了一种指示，令观者不用调查不用思考，一下子直奔结论。你知道什么最人气最便宜最方便最舒适……？统统有排行榜为证。前面说过日本人喜欢跟风，排行榜无疑是一个有助于掌握风向随大流的得力工具。不过，若你信了这个排行榜但亲身体验之后心有不甘乃至大呼上当，也千万别怪人家，只能说你自己大概品位独特吧。就像常见的各种期刊上的美食排行榜，连拉面店也排出几十名的高下先后，详细到了面的分量、汤的浓度、肉的可口等细节，可倘若你按照榜单的指引去亲尝，没准儿会感到大失所望。

但是，排行榜这玩意儿还是有其妙处的。假如把几十年来一直持续的某些排行榜拿出来纵观，会从中品味到世相的起伏，人心的嬗变，环境的迁移。简单的例子，就拿日本政府与民间机构每年都做的外国好感度排行榜来说，几十年来中国的排序上下，充分验证了国际政经格局与中日关系的风雨历程。不管是探究国家战略发展，还是研讨社会文化变革，排行榜都是一个有益的参考。

七、浪费

日本商家贩卖的成品食品，一定带有“赏味期限”的标签，如果临近就只好降价，过期则只能扔掉，否则便会惹来麻烦。近年来，有几家企业曾经篡改期限被曝光，遭到了舆论的口诛笔伐。比如著名的糕点制造商不二家，因为使用了超出“赏味期限”的原材料，信誉和业绩都备受打击。

然而，“赏味期限”的约束之下，大量食品被丢弃，无疑是一个更加严肃的社会问题。媒体的统计表明，日本每年已经加工好的食品因此被扔掉的，多达2000万吨。食品学家说，一个人若活到80岁，一生消耗的食品（不包括饮水）大约20余吨。也就是说，日本一年的报废食品，或可以养活100万人。全世界有数亿人挨饿，每年几百万儿童饿死，那些食品的结局真是可惜。

上学时隔壁的天津男孩小张在便利店打工，时常拿回过了“赏味期限”的盒饭、面包等食物，据说是店长免费赠送的。我也跟着蹭过一些，味道什么的根本没太在意，甚至还吃得满香。有研修生也讲过她们如何在晚上前往超市的废品存放处，拿被摆放在那儿的过期盒饭，有时还会遇到同样去觅食的流浪汉。所以，有人提出在“赏味期限”之外，再加上“可食期限”的想法，所谓“赏味”是指食品的原味得到保证，而“可食”意味着虽然味道不那么新鲜，但还能被人食用。我和研修生们吃的就属于“可食”。这个建议理论上讲不错，但对商家而言，会导致成本的增加。况且，“可食”的界定比较微妙，万一出了纰漏，商家必定不愿承担责任。

于是，“赏味期限”标签下的浪费似乎只能继续。

一位日本女士在七十年代末曾随代表团访问中国，下榻北京某饭店。不久，代表团要求女士们在扔掉自己穿过的长筒袜时，必须附一张纸条写着“不要了”。原来，有的女团员把袜子扔掉后，竟然被饭店的服务人员洗熨干净，平平整整地送了回来。这位女士说，这个经历给她的心灵带来了很大的震撼，“毕竟是了不起的中国啊”，她为“日本人太不节俭”感到惭愧。但到了八十年代，一位在日中国留学生到快餐店打工，对制作三明治时把面包的周边全部切掉扔进垃圾箱极为看不过眼，可他的惋惜被日本同事嘲笑为“因为你们中国贫穷”。

日本历史上，节俭也是被称道的传统美德。但是，身处物质产品极大丰富的现代商品社会，节俭意识无可避免地受到了侵蚀。长筒袜的那个故事，今天听起来，不管是在中国或日本，都只剩下白头宫女说玄宗的味道。

在日本的日常生活里，环保、节能、回收再利用等等口号比比皆是。客观地说，日本这方面有不少值得学习借鉴的经验，最简单的莫过于垃圾分类。但是，所见所感又让人对这一切不得不心生疑窦：与其作秀般的鼓吹环保，何不减少些实实在在的浪费呢？在绝大多数车站，自动扶梯时刻空转着；在团地的公寓里，成百上千的灯火彻夜通明；在超市或百货商场内，冷气足以让人打个哆嗦；在商品货架上，一次性的各类生活用品琳琅满目……

地球的资源有限，有人占有得多，有人就得减少。要想多占的办法，可以依靠暴力征服掠夺，也可以凭借“商业”交易换取。日本人所维持的衣食富足的生活，实际上同样是以贫困地区人们的艰辛饥饿作为代价。对他们的最大援助不是贷款或赠物，可能只要多一点节俭，少一点对物质生活的狂热追逐，效果说不定更好。不过，人类世界是残酷的，因为人难免自私，谁也不愿主动降低自己的物质享受水平。就像捕鲸，无论如何，日本人会坚持到底，并振振有词：凭什么要我放弃我的文化？

风　容（外一篇）

张宗子

波兰诗人米沃什说，所有的传记都是作伪，包括他自己的自传。后面他解释为什么说都是作伪，那段中译我没读明白，反正和作者的事先安排以及上帝有关。卢梭在《忏悔录》中气宇轩昂地宣告，他要完全袒露自己，我读后并不相信他的话。他确实讲了一些自己“不光彩”的事，但给人的感觉，忏悔其次，炫耀第一。肖斯塔科维奇在口述回忆录《见证》里，显然不太恭维有些人的自传，上来就自夸门第，家里的生活曾经如何优越，如何“往来无白丁”。老肖说：“反正，我没有在列夫·托尔斯泰的膝上坐过，安东·巴甫洛维奇·契诃夫也没有给我讲过故事，我的童年非常平常，没有任何异常。”《见证》记事颇凌乱，但老肖的倔劲儿我真喜欢。

安德烈·马尔罗的《反回忆录》每读都心情激动，这本书的波澜壮阔，胜过他所有小说。马尔罗是有资格吹牛的，他的经历把他的文学才华比下去了。但康有为吹牛却很令人瞧不起。我不觉得他那一套东抄西凑的大同理论有何了不起，传记里的有些事迹，我猜是他编出来或夸大了若干倍的。他谈书法头头是道，自己的字却像一串蚯蚓。他的自编年谱，旧书店买来，看了几十页便看不下去。一个高中生自命不凡，以为翻了几本地摊上胡拼乱凑的读物便是通达古今，我们听了，不过一笑。一个四十多岁的人，还像孩子一样仰天吹嘘，不怕唾沫星子掉下来砸在自己脸上，给人的感觉，就是八十岁的老太太扎着羊角辫撒娇。

蔡京的小儿子蔡絛作《铁围山丛谈》，“以奸言文其父子之过”，“其家佞幸滥赏，可丑可羞之事，反皆大书特书以为荣”，费衮斥为“真小人而无忌惮者哉”。然而人虽奸恶，文章却好，连《四库全书总目提要》也承认，“以其书论之，亦说部中之佳本矣”。我对宋人逸事有兴趣，此书当然不肯错过。

《今生今世》是二十年前读的，读了很添堵。其时犹不知作者是何许人，只听说文笔特别好。读了，果然不坏，但却软得如鼻涕似的，不成样子。初读时尚无成见，不料读后的印象，从此定型为多年不易的成见。像他那样的经历，追述本已多事，如果得公众彻底忘记，岂不是天大的侥幸。有勇气写，可见性格中有凡人所不能忍处，但写的时候，为何不参照一下《知堂回想录》。知堂老人见识高，一支健笔上下纵横。不以人废言，是专就历史上他这样遭际的人而说的。有如此遭际和如此才华的人，说真的，细细衡量，实亦有限。不甘沦没因而不自量力想厕身其列的，代不乏人，最终仍是沦没了。周作人的“不辩”虽然不像有人说的那样是“保持了尊严”，实际上他还是辩的，不过辩得隐晦，藏在各处看似不相干的文字里。这说明在大节大义上，道理他懂：譬如附逆出任伪职，还要辩吗？本来就无尊严可言，不辩又如何保持尊严？和知堂比，《今生今世》是很无耻的。

写下的文字，如遭质疑和攻讦，不必再去解释。即使是单纯的一点观感和抒情，没有惹起任何人的义愤，我们也得明白，文字乃是一时一地之所产生、所记录的，不过一个人彼时的所思所想。也许文章完成后，他的情绪早已变化，对一棵树的气恼和对某种天气的膜拜，都如空中流云，瞬间结成一个形象，之前本无，之后仍然是无。

记下文章的写作日子是有意义的。它明确无误地告诉读者，此文论说南北都市或五香牛肉等等，其中的观点，固有多年的积累，代表他比较恒久的趣味和见识，也有不少情绪下的偏见。朱自清在连日苦闷中夜观荷塘，他需要安慰，月色和荷叶也真的成为他的安慰，所以眼中的一切，无不妩媚如通情达理的女人。但你若去读姜夔写荷花丛中之游的那首念奴娇词的小序，他对荷花的要求便没有那么多。荷塘历历本色，他身处其中，自有其乐。

很多作者不仅记日子，还记具体时间和情境，如“某日黄昏于大风中”，“宴罢归来，月光如水，满室清凉”，还有自小背诵的“浮想联翩，夜不能寐。微风拂煦，旭日临窗，遥望南天，欣然命笔”。这是老人家最温馨的文字之一。记情景，纵是只言片语，我们几千字上万字顺流而下，读到文尾，蓦然瞥见“大雨终日”四个词，前面的很多话就多了一层色彩，添了一点意思。我从前的文章，翻抄多次，其中一次偷懒，或报纸编排的疏忽，日子便丧失无遗。日后想起，难免遗憾。

校改多年前的旧文时常会惊讶，其时怎么会有这样的想法，怎么会有这样的描写，绝大部分，过于大胆和幼稚。现代胆子小了，读着就不是很舒服。尤其是对于世事的看法，任何时候都觉得从前的简单，哪怕这从前只是几天之前。世事总是走在我们的经验和认识的前头，超出我们的所料，你以为没有余地，到头了，它还能更进一步，甚或几十步。书上有那么多运筹于帷幄的人，后来的事，果然如其设计的那样发生了，这是神灵呢，还是妖妄？曾国藩确实荡平了太平天国，诸葛亮却未能力挽狂澜。智计所之，成败难言。然而简单和幼稚也有可爱的地方，原因在于，有时我想幼稚，却发现幼稚也需要力量和勇气，需要想象力。想再大胆狂妄一次，居然力不能及。

因此，当某些时候，面对身边细小琐屑的事物，浮现的情绪与多年前无异，好像一曲戏的重演，真不知道是该高兴还是悲哀。

研究海外华人文学的陈瑞琳女士来纽约访问王鼎钧先生的时候，我和宣树铮先生作陪。因王先生以散文名家，席间自然谈到散文。说起台湾的老一辈作家，我表示了对台静农先生的敬佩，而对一些如今正名满两岸的聪明人物颇为不屑。论质量，论品格，台先生薄薄一本《龙坡杂文》，顶得上他人千言万语。受他影响，女弟子林文月虽然主要精力放在日本文学的翻译上，偶作杂记文字，语言质朴，却有味道。其中一丝半缕的恬谈，或者正是台先生的衣钵。

我对于散文，最怕装腔作势。会玩弄文字的，有些旧学或西学根底的，装腔作势起来好比双枪将董平，左挑右刺，更加了不得。相形之下，像孙犁那样朴朴实实地叙事，反倒令人感觉清爽。

不知谁先说起散文是否允许虚构的问题。我说，允不允许，这问题不存在，因为虚构在所难免。叙事的，不用说，正如回忆录和传记，多是不可靠的。一来回忆本身就有缺陷，记错事情难免。二来大家写一件事，一定挑愿意写的写。就是愿意写的，也会尽量朝理想的方向写，不是所有细节都会写出来，而写出来的细节又经过了改造。改造了的，添加上的，不也就等于虚构吗。

有虚构，不等于别有用心地说假话。事情大的框架总是在那里的。夜晚吃酒，酒是吃了，多一杯，少一杯，不影响吃酒这件事的真实性。我已经注意到，小时的一件事，因为特别有意义，记得深切，十几年里，在不同的文章里提过，具体的情节，就会有出入。如果文章越写越长，故事就会像民间传说一样，慢慢“生长”起来，变得枝叶华茂。想来人对于他生活中值得忆念的事，不免怀着温情，在岁月中逐渐丧失的细节，每次讲述的时候，追寻完满的欲望是那么强烈和诚挚，于是，想象弥补的部分，便被当做从记忆中唤醒的，添加到新的记录文本。一件事，我们感情越深，回忆的欲望越强，它会被修补得越生动，因为想象力归根结底，是被情感支配着的。

如此“虚构”，无碍作者的真诚和善良。相反的情形自然也有：虚构成为自我标榜和谄媚的手段。这个，不说也罢。

总之，每一次回忆，都是一次创作，情感和想象力的联袂创作。

在大学的时候，有一次，诗人徐迟请了美国的华裔作家聂华苓来演讲，讲什么我不记得了，只记得她多次动情地谈到思乡和爱国之情，每次都激起一片掌声。她说她住在衣阿华州，这个名字，她不从一般的翻译，而称之为“爱我华”。闻听此言，大家的掌声更热烈了。看得出，聂华苓是真诚的。那时海外的华人，报纸上的宣传，总体上给人的感觉，就是不分男女老幼，个个赤诚爱国。他们的情感世界，就是思乡。所以当时有陈冲主演的电影《海外赤子》，片名一词很快成了爱国华侨华人的统称，叶佩英演唱的那支歌一直风靡不衰。

思乡和爱国无条件地联系起来，等同起来，既是统战口号，仿佛地下斗争影片里的接头暗语，说出那一句话，两个陌生人立刻四手紧握，四目含泪，成为最可信赖的亲人同志，理所当然，也就变成善于钻营者的敲门砖。不管爱国是否在心中曾经作为一个概念存在过，不管过去的经历和当下的所为如何，踏入国门，处处高谈爱国，说些报纸上重复了无数遍的套话，立即被待为上宾，参观，采访，住招待所，赴官方华宴。玩罢吃罢喝罢，一抹嘴，回到海外，该怎么开骂怎么开骂，该如何挖祖国的墙脚则继续挖墙脚。

海外的中国人，希望自己祖国好的肯定占绝大多数，但暗地里做着卖国害国勾当的，也不在少。还有的，和政治不沾边，但一天几十块钱就可以买动他满街骂自己的国家，咒自己的同胞，把自己的祖宗踩到泥里。听他说什么没用，看他写文章也没用。中秋文字里啃着月饼喝着红葡萄酒哭喊祖国的，天晓得除了打出一行字的那几秒钟，他几时把自己的喜怒哀乐和一个民族的盛衰联系在一起过。

有些事荒唐却也悲哀。有一位台湾军中作家，当年身为“反共文学”的大将，效陈琳笔法，写广播稿，怒骂淋漓，影响很大，也许名气赶不上张爱玲写《秧歌》和《赤地之恋》，司马中原写《荒原》和《孽种》，姜贵写《旋风》和《重阳》，王蓝写《蓝与黑》，但作品数量，却也洋洋大观。其实他真正所爱，据说在诗。风潮过去，他静下来，专心作诗，办杂志，修为不浅。然而时代变了，诗不吃香，出版社没兴趣。老来寂寞，想为一生笔墨作个总结，也就是清人艳称的“刻部稿”，就不能如愿。不料回大陆探亲，居然大得宠遇，老家的出版社慷慨仗义，为他出文集，厚厚数册。那时出版社还不讲经济效益，编辑也不谈钱，否则，他再“爱国”，铁定赔钱的文集，谁要给他出。老诗人感动得落了泪，捧了文集，四处馈送文友。有人闻知，冷言相问：当年那些隔海开战的檄文，没有收入书中，另作一卷吗？

能对书落泪，还是老实人。和他相比，那些在名利场上舞步流转左右逢源的人，其真何在，其诚何在，其性情又何在？文字难道真是一块遮羞布，甚至一瓶化妆颜料吗？

人不会完全袒露自己，人也不可能完全袒露自己。可说的部分，说出来了，或因为种种缘由尚未来得及说出来，成为遗憾；不可说的部分，存而不论。这就是正人君子的作为了。那其中有可反省的，反省之后，并归于无。有百思不得其解的，并不强为之解，带到身后，另寻机缘。小人则无所不说，借以自炫，自辩，自我伪装，假面示人，欺己复欺世。从大学时读近代及当代历史，以及各专门领域的历史，读名人的传记和回忆，读其下属门徒的吹捧，或奉旨而作的谀墓文，读官样文章，甚至一向视为隐私的书信和日记，到此后几十年中，做新闻工作，披阅中外电讯文稿，旁观世事，感慨司空见惯的此一时彼一时，鹿马黑白，随心所欲，再想想自己为兴趣的一些闲散之作，也难免有希望博读者好感之处，那些欲付之史馆，虑及千秋令名的大文章，又该如何苦心孤诣，燃脂冥写？

每个人的心中都有黑暗。即使只为了映出光明的存在，黑暗也是必需的。从曾子的日三省乎吾身，到宋儒的灭人欲，到清人的“灭心中贼”，到几十年前的“灵魂深处闹革命”和“狠斗私字一闪念”，到虔信者的忏悔告解，人类以种种名义与心中的黑暗搏斗，追求纯粹。圣者的境界我们不得而知，在禅宗的例子里，似乎大多数人直到大限将临才完成解脱，他们纵有所感，也来不及传之后人，我们只能读着一个又一个充满哲思的故事，恍若站在雪地里，从黄昏到黎明，凝望着窗口的灯光，满怀希望和钦仰。

毕竟这是一个凡夫俗子的世界。神圣也只是凡夫俗子的神圣。

伟大的人一如既往地伟大，渺小的人一如既往地渺小，唯在吃饭穿衣睡觉上，他们没有分别，因此可以互证，被认可为真实。

玄武门之变，李世民杀兄灭弟。虽然事出无奈，不得不发，他对世人如何看待此事，终是忐忑。等到破了规矩，得窥国史，他才松了口气。事情固然白纸黑字地记下了，但记录的方式是他能接受的。时代往前，史官一定会秉持春秋笔法，褒贬分明；往后，没有皇上恩准，史官根本不敢写。唐太宗处在历史的中间，我们不知道他是大度还是小气。

元好问《论诗绝句》论潘岳：

> 心画心声总失真，文章宁复见为人。高情千古闲居赋，争信安仁拜路尘。

其实，潘岳并不像我们以为的那么一塌糊涂。《闲居赋》，《秋兴赋》，《悼亡诗》，都发自肺腑，《马·督诔》，骨气更是当今少见。而元好问对他这一点小小的俗，终究不肯放过。莫非古人的道德要求，果真比我们高很多么？

第五大道

四十二街以上，到五十九街中央公园南门，这一段的第五大道，算是曼哈顿最阔绰、名气最响的街道了。阔绰，系就街道两边的店铺而言；名气响，只需看看一年四季游客云集的盛况。但周末有些上午，天气并不坏，也能赶上一连几条街人影寥落的情形。曼哈顿多高楼，街道却不宽，只有极少如公园大道者例外。如果以宽为标准，再和北京比，第五大道不过是一条大的胡同。好在无尘土飞扬，也没有夏日到处乱晃的膀爷，和穿着大花裤衩子，手摇蒲扇的女人。第五大道是纽约的门面，自然收拾得干净。好钢用在刀刃上，市府清洁局对于不影响观瞻的普通居民区，当和尚不忘定时撞钟而已，哪怕你大风起而纸片和塑料袋满地乱飞，收垃圾日一路行走，臭气扑鼻。在第五大道，因为干净，不仅张皇四顾之际，五色杂错，赏心悦目，仰天吸一口空气，更是芳香袅袅，袭人欲醉。这香有花香，来自花店和大建筑台阶上阵容壮盛的盆花，有咖啡的苦香和糕饼的甜香，有街角餐车和餐馆飘出的催人饥肠的腻香，有老旧的墙壁和门扇沁出的石头和厚木的很难形容的蔫香，还有擦身而过的女人身上的香水之香——打扮优雅，笑语嫣然的女人，总是都市不可或缺的美景。我当年在四十街上班，午间散步，分向四个方向迈进，当然是向北最愉快，尽管稍觉拥挤和吵闹了些。因为此一感觉的强烈，后来练习作韵文，一时口滑，便冒出“兰麝香飘游女袂”的句子，而下联始终不能满意，此亦好事不成双的例子，不是文字有多难，是实际值得忆念的东西太少。

第五大道的街边，近些年安设了有背靠，面背转折处为圆弧状的长椅。铁制，刷漆，极为光滑。公共场合寻常的长椅，不外乎两种，另一种更多见的，椅面椅背用木板钉成。有刷漆的，有不刷漆的。不刷漆的，经过日晒雨淋，木头变色，由原来的淡黄或棕黄变为灰色，仍旧纹理清晰，看上去就很亲切。这和水泥台阶和花坛一样。水泥掺了砂石，粗糙而不雅观，但经年积久，颜色变深，生了霉苔，霉苔干枯而作不均匀的黑色，廉价的水泥之物，便凑合着也能当石头看，起码不那么刺目了。木椅直折，坐上去不如圆折的舒服，似乎人需挺直才对得起它。圆折的长椅，又那么滑，遇上惫懒的，一坐上，不由自主地往下缩，一缩，便仿佛周末赖在自己家的沙发上，朦朦胧胧地看黑白电影了。但第五大道哪里是可以缩在长椅上的地方，走累了坐下，也是时刻警觉，双眼炯亮，向所有路过的人表明：不是有意长留于此，如在城楼上逍遥观山景的，脚酸少歇，随时准备开路。

偶尔看到中年男子和老人坐在椅子上看报，甚觉惊奇，猜不透他们的来路。周围人流推涌，一个停住不动的人，直如一根木桩或一头石狮，浑身上下透着不协调。

我很多次陪人游逛这段路，先在四十二街看一眼时报广场，自第七大道往东，走回第五大道，经过布莱恩特公园，左转北行。布莱恩特公园是很少吸引游客的，尽管这是我特别有感情的地方，可惜它四边的花草，至今未能认全。想想啊，在四十二街这样的地方，坐在草坪边上，窈窕的花枝就在你身边横斜，叶子和花朵直接垂到书页上，残蕊枯丝洒落在头发里，还有大白天变得极淡的花香，萎缩得快要看不见的花影，还有蜜蜂和蚂蚁和其他不知名的小虫子，有些带翅的小虫子如花叶一样，居然也色彩鲜艳，红的，黄色，翠绿的。只要有闲，又能安静，便是福分。

逛第五大道，免不了看游人。游人有两类，特别好。一类是欧洲来的，白人为多，人种一样，气质不同。这种不同，近似于好莱坞电影和欧洲电影的不同，也近似于美国小说和欧洲小说的不同。第二类是从乡下来的，皮肤晒得黑红，憨厚纯朴，尤其是说话的时候。女孩们在地铁里唧唧呱呱地笑，面颊上卧着两朵桃红，和过去中国农村的女孩一模一样。纽约不管有多好，与纯朴肯定无关。优雅与淳朴，各有其美。

建筑构成街景的一部分，就像一块砖和一扇窗户构成大楼的一部分。每一个建筑，在第五大道上，其个性之重要，在于它参与营造出了一条街的风格，而不在于自身。沿街前行，目光所至，两边的高楼华厦，恰似一块块积木，搭配出这段街区的颜色和形状，尤其是伸向天空的楼顶的线条。当我们走近每一处，具体的建筑同样消失了，我们看见的是一些生动的局部：各种门，廊拱，铜的门牌，把手，雕像，铜的门限，繁复华丽的橱窗，厚而质地庄重的布幔，端着司空见惯的表情的制服整齐的门卫。它们是这条街的眉目，不属于特定的建筑。

因此，在第五大道上走，你不会对每一栋楼太感兴趣，你观看，可并不太想进去。事实上，绝大多数建筑的底层，无非是商店，千篇一律地琳琅满目和金碧辉煌。在导游手册上标了星记的，因为一本书，一部电影，或某位名人而听起来诗意盎然的，比如奥黛丽·赫本甜蜜蜜的爱情片《蒂凡尼早餐》中的蒂凡尼，不过一个商品的牌子，店堂虽然豪阔，却与诗意不沾边。你也不会凑巧碰上赫本姑娘叼着细长的烟卷，墨镜推在脑门上，婀娜多姿地隐在她著名的小黑裙里对你微笑。

刚到纽约那阵子，我挺喜欢在街上看橱窗。看家居的小摆设，特别是铜铸的小雕像，看书店的画册，各国风味的大面包，喝咖啡的杯子。酒瓶比瓶中的酒更吸引人，圣诞节的饰物充满冬日的温馨，万圣节的布置则是一些轻快的幻想。到雨天，第五大道一下子光彩顿失，这是很奇怪的事，因为很多小街都是在雨中而别具情趣的，窗台的一盆花，任何一家小店，一盏小小的路灯，仿佛被魔棍一挥，星花飞溅，人就在梦里而不自知了。然而第五大道，雨中的一切都狼狈起来。被濡湿的街，给人破败的幻觉，不仅破败，似乎还脏。所有店的门脸，一下子皱缩得十分沧桑，面对奔跑的行人，胆怯而惊惶。当此之时，唯一能做的，就是走进一家咖啡馆，临窗而坐，双手摩挲着大江子，吸着咖啡的热气，看外面破碎支离的街。红艳艳的双层游览大巴驶过，如果路边再有几柄颜色以黄绿蓝色为主的花伞，即便在失望中，也能想象一幅刚完成的油画，印象派或马蒂斯风格的。可是当心，那是颜料未干的画，手指一捻，人和物就一塌糊涂了。

人喜欢的地方，一则它固然真的要好，二则那好必须对你的口味。然而这一切之上，还要熟悉。熟悉的地方，不再有惊奇，它呈现出来的，你不知看了多少遍，在不同的时辰，不同的季节，不同的天气，以及不同的心情下看过。它能展现的，都展现了，它原本可以隐藏的，难以再隐藏。它的好处，在温情脉脉中，被你自然而然地夸大了，然而那和惊奇下的夸大迥然有别。这夸大，是你甘心情愿。而惊奇下的夸大，则是被诱导了，牵制了。一条街，哪怕只有一家咖啡馆是你曾经熟坐的，服务小姐看见你会像同事一样打招呼，你有喜欢的饮品，有习惯的座位，你在那里从容地发呆过，而不是只曾匆匆走过，那么这条街，你自然有了感情，它多少像家一样使你安心。我在纽约，除了哈林区的半年，一直住在郊区。第五大道，当然陌生。即使有过两年里几乎天天的散步，然而自感安适的地方，却仅数处而已。我想，当我说起第五大道的时候，肯定不公正，肯定带着少许嫉妒的恶意。对不熟悉的事物，我常带着这种无伤大雅的小小恶意。恶意延展，有些想象不免怪异。

且说，带着恶意，某一天，站在街口等红灯的时候，看着粉饰得无一丝瑕疵的街道，街面的竖切面是完美的小弧形，人行道像老派绅士的胡须一样考究，又洋洋自得。我忽然想到，唉，假如所有板块的接缝处都轻微裂开了，张开一厘米宽的小口子，长出杂草来。荠菜，蒲公英，车前子，三叶草，酸浆草，野蒿，可能只有寸许高，匍匐着，不敢昂起。狗尾巴草，一贯不懂谦虚，趾高气扬的，也可能高过一尺，那该多有意思啊。真是的，在颜色以金红橙蓝为上宾，地面不免青灰的此处，一排或小小一丛的碧绿，活的，不是人涂抹的，知道在风中摇摆一下的，简直是奇迹呢。

草既然生长了，那么，不奢望蚂蚱和蝴蝶，慌慌张张地跑着一些蚂蚁总是可以的，总是应该的。它们搬运食物和别的杂物。在靠近墙角的地方，还会拱起蒙古大军营帐一般散布的蚁垤。

荒唐，非常荒唐。我当然清楚联想的来历。在奔向曼哈顿之前，走在雷哥公园学校附近的路上，那些很少走车的僻街，街心打满补丁，雨水填充的坑里，映出一片病恹恹的天空，人行道狭窄不过三尺，原本铺的水泥地面被树根撑破，或者就是被踩烂了，鼓起，陷下，被翻开到一边，欹侧着，被雨水浇透，被尘土填塞，有的地方，直接露出土壤，草就不客气地在那里安家。说来令人难以置信，巴掌大的裂缝，植物可以长成两尺多高的一大蓬。我认出来的有蒿，有野苋菜，有类似马鞭草的长条子小叶植物，当然最多的还是小草，就是我前面提及的那些。细叶草永远最多，不过不像会开花的荠菜和蒲公英那样惹人注意罢了。

我在第五大道上的遐想就是这么来的，但这一次，我的想象力一点儿也不精彩。

威尔·史密斯主演的《我是一个传奇》还没上线，从报上看到，它描写大灾变后的曼哈顿，几百万人突然消失殆尽，只剩下几个幸存者。昔日的名利场，如今荆棘铜驼，唐人怀古诗中寒月清霜，狐兔游走的套话，不料真的化为比现实还清晰的画面，顿时大喜。一个鬼影子恶作剧似的得意地喊：好你个曼哈顿，你也有今天。可不，昔日寸土寸金之地，连守门人的笑容里都有无数华盛顿林肯和杰弗逊的大绿脸盘子在晃动，史密斯在那里在种菜，摘玉米，遛狗，猎鹿，撒尿。有一处，不知是否记错，好像就是城市游荡者的乐园，联合广场。你瞧，好莱坞的导演比我疯狂多了。

雷哥公园小街的破败不普遍也不特异。大部分街道的人行道，甚至街心，只要有年头，又不在闹市中心，长几蓬野草毫不稀奇。纽约气候宜人，雨水充足，尘埃丰腴，它们存活不难。但现实中不能缺少善意。赞美已够奢侈，微末到驻足一观也值得珍重。有一天，我走过一条路边不见一棵树的赤条条的街，七月的阳光恣意横流，虽近黄昏，头顶仍似有一只红泥小炉在煮着，这时，却看见一个肥胖的老人在提壶浇花，浇罢，非常细心地，为路边水泥板缝里的野草也浇上一点。我凑过去看，几种草绞缠在一起，长不过寸许，长着小圆叶的，叶子细如芝麻，长着条状叶的，叶子纤似头发，紧紧缩在几厘米的空间，看不出是什么草，然而毕竟是绿的，尽管绿得模糊。那一刻，我觉得很高兴，仿佛整个世界都变得更有希望了。

庐陵文化

王剑冰

一踏上吉安的土地，便知晓了庐陵文化。

庐陵是吉安的古称，就像吉州，它比吉安和吉州都更早。这三个名字赋予这个地方都很好。想不明白何以叫庐陵，但却叫得大气、峻拔，彰显着一种超然豪气。

一个州市一般的地方，竟有一个文化的脉系横空出世，足以说明这个地方人文历史有着可圈可点的厚重感。在我所在的中原，囊括一个省及至周边的区域，方形成一个中原文化。可见庐陵文化的独特与独立。

久居大而一体的都城之中，就像北京上海人的眼中，总会把别人看成外乡人。唐城宋城的西安和开封，在当时也会有一种倨傲的目光，斜视城郭以外的乡人。那么把眼光再往南看，就觉得那是一片蛮夷之地。既然是蛮夷之地，就必然是没有多少文化，说着听不懂的侉话俚语，穿着衣不蔽体的麻衣长衫，吃着野菜杂谷。这些占据都市的中原人，只有在遭历了战乱之后，才不得不放下架子，舍弃脸面，离乡背井地南向避乱。之所以大批地南逃，也是有着认识上的原因，觉得那里闭塞，交通不便，因而也就会远离战争，寻求一种无奈而可怜的安逸。然而当他们真的走入这些地方的时候，他们会发现自己认识上的极大的偏差，因而他们就会心满意足地在这些地方驻扎下来。

史卷中载：“中原士民，扶携南渡不知其几千万人。”原本荒僻的庐陵一带就是在这样的北民南迁时达到人口的新高。

历史上共有三次大的南迁，一次是西晋的永嘉之乱，第二次是唐代的安史之乱，第三次是宋代的靖康之难。一个地域的文化或许在这种大迁移大融合中逐渐形成，比如中原人所带来的中原文化同吉安所在的庐陵文化的融合，大批聪明的学子以及他们的后代在庐陵地区得以崭露头角。史实证明，科举考试中中原的进士所占比例甚少，大都出现在了江南的广大地区，按现在的话说，这就是人才流失的结果。在千年科举中，全国共录取进士九万八千名，仅江西就占了一万一千名，这一万一千名中，庐陵一地就近三千名。

三千名进士无论从哪个角度说起，都是可以津津乐道的，当时古代文化极为发达的苏州，才有一千七百多名，浙江绍兴也不过两千二百多名。庐陵文化研究专家李梦星告诉我，这里常有“一门三进士，五里两状元”的奇谈。而明代建文二年的科考，进士前三名的状元、榜眼、探花全被吉安人拿下，下届的科考前七名也被吉安人囊括，创造了科举史上的神话。可想，这在当时是产生了极为重大的轰动效应的。由于吉安出的进士多，步入政坛的自然也就多，仅宋明两代担任国家副总理一级的就有十六七位，部长级人物更是数以百计。

历数名垂史册的吉安名人，吉安人总是会说出一串名字，比如文坛宗师欧阳修、民族英雄文天祥、诗人杨万里、忠烈名臣胡铨、名相周必大、《永乐大典》主编解缙……由于庐陵的名声远播，所以很多人以庐陵人自居为荣，像欧阳修，就在他的《醉翁亭记》中称自己是“庐陵欧阳修”。

人说一方水土养一方人，为什么在吉安这块土地上能培养出这么多贤人才子呢？

首先一点是吉安人的尊师重教。常年发生战乱的中原，不可能有一个良好的、长久的、安定的教育环境。那么，来到这山高皇帝远的地方，大量的学馆、书院开办起来，就形成了一个互为影响的氛围。

至今仍然完好的吉安属地的二十多个古村里，我几乎在每个村子里都能看到大小不等的书院和学馆，比如吉州区的钓源村，就有学馆五处，吉水县的谷村竟然有十二座书馆。那么在整个吉安有多少呢？二百多所。这个数字占到了江西全省的四分之一以上，可想而知，在每一个学馆里，读书的学子会是多么大的一个队伍。很多的村子对于后学的奖掖，都有一整套的方式。钓源古村有一排旗杆石，一旦有学子高就，就会为他竖起一面旗子在祠堂之前。千余年的时光中，两百多所学馆为国家所贡献的栋梁之才又是一个多么大的数字。我想，这或许就是庐陵文化的最坚实的部分。

直到今天，不管是一个国家还是一个地域，尊重教育多出人才就会影响到这个国家和地域的文明程度。有了知识，就有了一切，在中国的古代，知识代表着政治行为、社会地位、经济的积累，有了知识，也便有了精灵的头脑，开拓的视野，即使是经商办企业，也多是文化人的行为。如此来说，吉安地区的这个结果是什么呢？是一个个家族的兴盛，一个个村子的兴盛，一个个会馆、商埠及州县的兴盛。如此吉安有了规模宏大的陶瓷基地，有了鳞次栉比的商馆旅肆，也有了浩浩集聚的运输船队。

一派文化体系的形成，可不是一朝一夕的事情。它是由很多人、很多事件、很多影响一点点构筑起来的。尊师重教，是为庐陵文化的一个重要方面，但并不是它的全部。这里边还有通过一代代知识的传承，一代代先贤的影响，从而积聚而成了一种庐陵人所共有的对社会、对人生的认识。比如忠与义，多少年间，很多的庐陵人以自己的生命和行为诠释了这两个字，而这两个字，我们也能从吉安人的文风中找得到。及至后来，中国最早的革命根据地，之所以能建在井冈山和东固山，也是因了这个地方的人与气。

我走进了清源山上的寺庙。由于文化的发展，吉安属地的寺庙是相当多的。道教与佛教的发展，同儒学的发展一样，表明着一个地方人们的思想境界与生命取向，这确乎是脱离蛮夷的一个正本。更多的人走入了学馆，走入了佛学道院，

这个社会就会变得安定和谐，讲文明，讲礼教。有史料载：上世纪的三十年代，仅吉安一个县内，就有寺庵252所、庙宇81座、佛坛16处。

走入一处处这样的古地胜迹，看着一幅幅充满哲思儒性的楹联、牌匾，我在想，“万里风云三尺剑，一庭花草半床书”算不算庐陵文化呢？应该是算的。还有那些上世纪初的新的政府和红军书写的标语，算不算庐陵文化呢？还有，那些长流不息的水：赣江、恩江、泸水，还有那些山：青原山、井冈山、武功山、玉笥山、东固山，算不算庐陵文化呢？那些斑驳的古城，那些古朴的村落，那些光洁的蜿蜒的石道，还有那些已逾百千年的依然葱茏的古木？那都应该算是。

只要行走在吉安的这块土地上，你就会时时处处发现得到、感觉得出庐陵文化就像风一样，时时让你感到震怀入心。你同这里的人交谈，不管是公职人，还是乡间的正在耕作的农人，你都会感觉到庐陵文化的存在。庐陵文化，它已渗透进整个吉安大地，渗透进吉安的山山水水。

从这里走去，仿佛也觉得多少都会受到一些庐陵文化的浸染，觉得思想和精神丰沛起来，高昂起来，深重起来。

超越性原则

郭文斌

从患得患失到心安理得

随着实践的深入，你会发现《弟子规》也有矛盾之处。比如说“人有私，切莫说”和“凡出言，信为先”撞了车。对一个学生来讲，同学做了错事，老师问他谁做的呀？因为学过《弟子规》，就有了一个两难。跟老师说吧，《弟子规》说，“人有私，切莫说”，不跟老师说吧，它要求我们“凡出言，信为先”。这个时候学生如果问你，你作为老师应该如何回答？这就要求我们找到一个更高的原则，“善相劝，德皆建”，就要看你的动机是什么，你的动机是让老师惩罚他一顿呢，还是帮助他改过。为此，《弟子规》需要我们辩证地学，辩证地用，更需要我们带着一种超越性精神去学习，去教学，去传播，去实践。

如果我们不以一种超越性的精神去学习，去教学，去传播，去实践，要想真正把《弟子规》推广开来，是很难的。大多数孩子会将信将疑，包括家长、校长，他们会认为《弟子规》解决不了问题。我们要让《弟子规》解决现代人的问题，一定要把《弟子规》背后隐藏的大逻辑给大家讲清楚，如果讲不清楚，那么《弟子规》只是一篇华文而已。那么怎样才能把这个大逻辑讲清楚，我们首先要发现问题。现代人到底在哪儿出了问题，哪儿需要这把钥匙，要搞清楚。

现代人活得非常累，非常辛苦，非常可怜，比任何一个时代，人们的心灵负担都重，重在哪儿？重在我们这个时代是一个多元的时代、信息的时代，重在我们这个时代的风特别大，树欲静而风不止，你静不下来。如果一个人找不到一种强大的安妥自已的力量，那他的一生都在飘摇之中，更别说幸福。心理学家调查，现在差不多所有的人都有焦虑症，而且是重焦虑症。

有人给我讲，他把钱存在银行觉得十分不安全，为什么呢？担心银行会破产，那样我存在银行的钱不是归零了吗？你说怎么办啊？我说那你把那些钱取出来兑成真金实银放在家里啊。他说那更不安全，如果被小偷盯上，归零得更快。我说那你把钱分存在不同的银行。他想了想说，还是不安全，要是哪一天，他发生一个什么意外，来不及把密码告诉孩子和太太，这不又归零了吗？

还有一个朋友跟我说，他每天出门上班的时候，感觉很恐惧。为什么呢？他说走上大街的时候，看见那么多的车，万一哪一个车主正好是喝过酒的，或者正好是变态的，撞上来怎么办？

还有一位家长给我说，每天孩子出门时，她心里就很紧张。媒体报道全国每年有1400万人堕胎，700万人是未婚青年，7万人死于堕胎。她还说，有一位爱心人士讲过这样一个故事，有一个女孩子堕过11次胎，之后她非常想做妈妈，好不容易怀孕了，就不敢出门，躺在床上保胎，可是很不幸，感冒了，结果咳嗽了一声，孩子就掉了，从此再也没有可能做母亲了。大家想想，女人永远失去了做母亲的资格，那是一种什么感觉？

因此，给现代人提供一份心灵的清凉，就显得非常迫切，也非常重要。我们推广《弟子规》，也要从《弟子规》里提炼出来一种有普世意义的，能够被任何一个人作为开心钥匙去用的东西，这就是超越性。

以上焦虑和痛苦，其来源，可以用一个用成语来概括，患得患失。

现代人患得患失到什么程度？到了有人说生吃泥鳅可以去虚火，大家居然相信。这是一个需要我们去好好考量的问题。怎么样才能不患得患失？古人给我们开出的药方还是一个成语，心安理得。

这个“理”是什么呢？《周易》中有一句话：“上观天文，以察实变，下观人文，以化成天下”，透过这两句话，我们会发现一个理，那就是人文其实是天文的一个倒影。天文演绎的是一个诚，一个性，就是说一个人他按照交通图出行，按照交通规则行走，就会顺利到达目的地，否则，红灯不停，绿灯不行，就可能会有危险等着他。

这个“理”，我个人认为是天文的倒影，也就是我们通常讲的人文。

只有“理得”才能“心安”。《弟子规》，就是一个绝佳的理。它告诉我们，怎样做是合法的，怎样做是跟幸福相对应的，跟快乐相对应的。

那么最大的“理”是什么?

厚德载物。这是生命走向成功、走向灿烂的一个秘诀。在古代，财富、幸福、美丽，等等，都是物的范畴。这个物从何而来？从厚德而来，它是厚德之树上结出的果实。根有多大，冠有多大。一个载字，道尽了其中的秘密。换一个说法，就是说你要走向成功的大海，那么载着你的船的河水要有足够的高程，这个高程，就是道德的厚度。

那么，什么是道德?

简单地说，道者，宇宙万物的运行规律，德者，按照规律去做。

换句话说，道者，就是天意，德者，就是如意。

《弟子规》讲的113件事，就是在讲德，就是在讲安心之理。

而安心，大概是世界上最难的一件事。当年有一位叫神光的先生苦苦寻找安心之法，当他知道达摩在少林寺面壁，就去拜访。但达摩仍在面壁。他就站在洞门恭候，不想天降大雪。神光就顶着大雪，在洞门外站了整整一晚上。第二天的某个时辰，洞里传出声音，凭你这么一点诚心，就想得到我的至高无上的安心秘诀吗？神光说，请问末学如何才能证明有足够的诚心？达摩说，除非天降红雪。神光很聪明，当即拨出佩剑，把他的左臂砍掉了。然后说，师父，现在已经天降红雪，请传我安心之法。达摩确实感动了，转过身来说，好啊，请拿出来你那颗不安的心，我替你安。神光找啊找啊，结果是觅心了无所得，找了好长时间，但是找不到那颗不安的心，拿不出来啊。

达摩说了一句话，我已经替你把心安好了。神光恍然大悟。之后，达摩把他的衣钵传给他，就是历史上非常有名的二祖慧可。

他当时为什么听到初祖的那段话后会恍然大悟？这是一个很大的话头。在我看来，那个不安之心，本质上是一个假象，真实的那个心，是本自清静的，本不生灭的，本自具足的，本不动摇的，而且是能生万法的。

就是说我们的心本来是很安定的，那么又是什么让我们的心不安定的呢？

就是我们已经不在“理”中。

之所以要讲这个公案，只是想告诉大家，安心在古代都是如此之难，要人奉献出一条胳膊才能换得，那么再想想现代，这是一个多么纷繁的时代，多么复杂的时代，多么欲望的时代，要想获得，就更难了。因此，要让我们的孩子学好真是太不容易太不容易了。

我们每天都活得非常非常艰难，也非常非常危险，为什么？

我们做任何一件事情，都要经过一番选择。

就拿饮食来讲，十位营养学家十种说法，到底听哪一位的？有人说食肉就是往身体埋定时炸弹，有人说不食肉会营养缺乏，我们到底听谁的？

其实古人早就给我们答案，还是一个成语，自然而然。这个成语非常有意思。它告诉我们，在我们生存的大环境里面，有一种规律在，名曰自然而然。比如说早晨起来我们肯定会见到太阳，晚上呢，会见到月亮。如果你某一天早晨起来见到的是月亮，就不叫自然而然。但是我们现在已经不愿意相信这个成语。我们都想从一些速成，一些营销，一些经营中去获得成功。

举一个非常简单的例子，营养。有一次我在公园散步，听到两位高中生的妈妈在讨论孩子的营养问题。听得出，是孩子马上就要高考了，她们变着花样给孩子做美食。一位母亲说，她最近看了一个材料，动物身体越小越有营养，另一位母亲说，她也看到一个材料，动物在宰杀的过程中会把它所有的仇恨变成毒素注入在血液和肌肉中，所以吃肉其实是服毒。另一位母亲说，她在网上查过，黄豆的蛋白质含量比瘦猪肉高4倍，比鸡蛋高3倍，铁的含量不但高，而且还很容易被人体吸收利用，比牛奶高12倍……

听完之后，你就会发现现在的母亲真是很焦虑，就像是孩子能不能考上重点，是由他们手中的厨铲决定的，恰恰跟孩子手中的笔没关系。

这是一个常识危机的典型案例。我们都知道，一粒种子进入土壤，它会长成一棵参天大树，但是请问把一块牛肉埋在土里面，能不能长出一个牛来？肯定不行。可见种子里面浓缩了宇宙精华。所以我们吃一碗米，其实是吃掉了一个森林，一个浓缩的森林。我们的老祖先用自然而然之理告诉我们，自然而然的东西肯定是最有营养的。现在不是有一本书吗？《水是最好的药》。但是我们已经不愿意相信，我们就要想着法子去喝那些保健品，岂不知，如果造化认为那些饮料有营养，那么它当初肯定就造出来。为什么？因为造化是最慈悲的，最有爱心的。它给我们当初创造的饮用品是水，那它肯定是无以复加的，肯定是最棒的。

营养学家的分析肯定没错，问题是，营养学家给我们提供的只是营养的“物理”部分，“天理”部分，“心理”部分，他永远无法分析，也无从分析。而真正的营养，真正的蛋白质，真正的脂肪，真正的维生素，无疑在“天理”和“心理”里。就是说，我们现在看到的营养图谱，只是贴着地面的，和人等高的，高出地面的部分，高出人的部分，营养学家够不着。

再讲一个常识。一个杯子，如果你常常盛的是清水，你可能用一年，这个杯子还是干净的。但是你把墨汁倒在里面，一次它就失去原型。现在，有许多人生命终结于消化系统癌症，什么原因呢？就是从这儿来的。你想那个肉食，它在经过我们肠胃的时候，我们的肠胃是一个什么样的现状？中国的老祖先，特别是道家，他是不吃炒的东西的，他所有的东西都是清炖，蒸。这是对自己的一份保护和关怀。这是常识。但是已经没人相信了。没人相信生活就教你相信，地沟油出现了，六个翅膀的鸡出现了，硝酸盐改造的垃圾肉出现了。人们这才明白，原来在家里吃饭最安全。

现在，人们什么都相信，就是不愿意相信常识。

去年到美国，我听到了一个理论，把我吓了一跳，他说那个蛋肉理论、蛋肉营养学是从哪儿来的呢？是当年的蛋肉企业雇佣的营养学家给他们写的广告词。据说，现在你到美国去，如果主人用素菜招待你，你就是贵宾。如果他用肉来招待你，那你就是非贵宾。

我们也知道，古人具有“日行千里，夜走八百”的能力，但是现在人们已经不愿意相信。人们相信什么呀？相信汽油，所以我们才走到了《2012》。

从求之不得到舍而得之

如果沿着厚德载物这个大前提去追索，你会发现古人给我们创造了很多走向成功和幸福的方法论。比如说“求之不得”，这个成语真是越琢磨越好，当你去拼命地追逐一个目标的时候，你恰恰得不到它。

幸福是什么？幸福就是你静静地坐在那儿，静静地坐着，突然发现有一只蝴蝶落在你的肩膀上，这就是幸福。但是如果你说，哦，原来幸福就是蝴蝶，就拼命地去追、追、追，蝴蝶就再也不回来了。现代人是开着幸福的车子满世界去寻找幸福，最后把轮胎都开爆了，最后还不知道幸福是什么。

有这样一个故事，姐妹两人两种人生观，姐姐认同安详，认同在最朴素、最简单的生活现场寻找幸福。妹妹是一位浪漫主义者，她的理想是在大海边建一栋别墅，每天早晨，推开窗户，面朝大海，春暖花开。但当她在大海边真的住了一段时间以后，却回来了。姐姐就对她讲，如果一个人的心中有大海，那么他就会在世界上的任何地方看到大海，如果一个人的心中没有大海，他就是泡在大海里面，也不知道大海是什么。

事实上古人给我们提供的一切关怀都是从这个角度来的。如果大家看过《朱子家训》，就会发现朱子和现在的父亲是多么不同，他竟然给他的儿子讲“勿营华屋，勿谋良田”。现在的家长和老师怎么给孩子讲？一个房门上挂一只草鞋，另一个房门上挂一只皮鞋，每天问孩子一次，你是想穿皮鞋呢，还是想穿草鞋？孩子当然说想穿皮鞋。那你就去好好奋斗。但是没有人给孩子说穿着草鞋也会幸福，因为幸福在心里，不在鞋子上。更何况，酷暑季节，穿草鞋就比穿皮鞋幸福。

现在我们教给孩子的是一种什么样的幸福观呢？角逐。但是古人他不这样讲，古人他引导孩子回到内心，回到本体，回到性，回到根。他知道只要你回到根，就会春来草自青。只要春天来了，草自然会青，不用你去找的。只要我们完成一个顺，就能得到，省事啊。

现在的教育，只有一个方向，那就是让孩子去远方，最后把孩子的心带到再也找不到回家的路的地带。社会上之所以有这么多不堪回首的一些事情发生，最根本的原因就是人们已经找不到回家的路了。《弟子规》360句，

113件事，本质上是给我们提供了113个回家的入口。

和“求之不得”对应的还有一个单词“舍得”。事实情况是，当你“舍”之后，“得”自然发生。

老子讲无为，原来不懂，怎么想都想不通什么是无为，后来有一天，突然明白，无为就是舍得，就是你把欲望的那一部分放下，把追逐的那一部分放下，把去满世界找蝴蝶的那些辛劳放下，静静地坐下来，自然得到，蝴蝶自然到来。

那个杯子已经用了好多年，已经被污染得很严重了，但是当你把污染的那部分放下、放掉，本体自然出现，这就叫无为。就是舍掉多余的、无用的、假的，那么本质的、真的、有用的自然呈现。

老子说，上善若水，择低而泄，就是讲水的无为，水的不争。

老子讲水的不争是指水不争山之高，因为它不争山之高，它才能奔向大海。在老子看来，水的目标是大海。也许有人会说，单位分房子，不争怎么能够得到？如果指标只有一个。因为房子不是老子的目标，老子的目标在房子之外，老子的目标是到达大海，而不是住在房子里。一个人把豪宅作为他的奋斗目标，他的心会被豪宅占满，上善之水流到豪宅那里就流不过去了。

因此，人生的智慧在一定意义上讲是舍的智慧。

如果一件事情一百年之后它跟你的生命没有关系，它就是假的。一根金条你花了很大的代价，放在你们家保险柜里，可是一百年之后呢？它是谁的？

万般将不去，唯有德随身。只有道德是永恒的。道德会通过一个家族流转。有人作过统计，到清朝时，范仲淹先生的后代中部长级的人物已经有七十二位。这七十二位是一个结果，因是什么？“先天下之忧而忧，后天下之乐而乐”。这一句话讲的是什么呀？讲的就是舍得，把我、自我舍下去，回归到忘我、大我、公益的海洋中。那是一个再大不过的“乐”，即便是忧，也是乐。因为对于一个忘我的人来说，忧，也是公益。

当一个人把开关拨到自私这一面的时候，他用的是充电电池，拨到公益这一面时，他用的是交流电。

求之不得，舍而得之，真是好啊。“与宜多，取宜少”，就是要多给别人，少从别人那里索取，它是有道理的。当一个人能够从舍中体会到幸福，那他就真正领会了《弟子规》的精神，也领会了人的意义，他就离真幸福真快乐不远了。

成功的三个根

《朱子家训》有言，“刻薄成家，理无久享，伦常乖舛，立见消亡”。真是好。就是说，如果我们不遵从“大逻辑”，不遵从安详原则，不遵从《弟子规》，你即便是发家了，赚大钱了，也会立见消亡，保不住呀。我们看看现代中国的企业，“哗”一下起来，没几天，又“哗”一下落了。回头再看三聚氢铵事件，你就会明白这句话是多么有道理。如果他们不做那个勾当，会倒掉吗？倒掉的原因是什么呢？刻薄起家。我们想想，世界上哪一个国家，哪一个民族会给自己孩子的食品中下毒？这是一个民族的耻辱。那么怪这些人吗？不怪，怪谁呢？怪当年没人教他们学《弟子规》，怪他们生命的软件系统中没有装进去“大逻辑”。如果这些人学过《弟子规》，他就知道，“凡是人，皆须爱”。如果他们心中有这句话，他们就不会那样干。真是，“能亲仁，无限好，德日进，过日少”。可是，我们可以肯定，他们的心中压根就没有一个“仁”字。

同仁堂历经300年风雨，仍然屹立在世界企业之林中，它为什么会如此有生命力？我们只要看看它的名子，同仁堂，就会知道个大概。“修合无人见，存心有天知”。当“仁”成为一个企业的目标，它怎么不受大家爱戴？而一个受大家爱戴的企业，它怎么会不成功？这真是常识中的常识。“爱人者，人恒爱之，敬人者，人恒敬之”。这个世界上没有哪一个人你给他好处他不回应的。一个念头产生，世界上就有一亿个对应，这就是古人讲的，“千江有水千江月”，多好啊。这是中国人的智慧，你的念头就是天空中的明月，地下有多少江河就会有多少月亮，真是好。这时，我们就会明白为什么古人一直强调要善护念，要保护我们的念头，因为念头是一切事物的因，种子。

从“伦常乖舛”可以得出这样一个公式：一个人的道德存量跟他的支出、消费不对等的时候，他的生活就会发生不测，为什么？赤字了。赤字了别人就会封门啊。现在的孩子，大学刚毕业，还没怎么工作呢，就贷款买房子，而且一买就是一百多平米。请问，对于这些青年来说，他们的道德存量，跟他的支出对等吗？

人的成功有三大条件，古人把它叫三大资粮：第一天根、第二福根、第三苦根。福根是什么呢？就是你以前存过的，你的祖上存过的，好多好多的善的存量，换句话说，就是你善的存折上的钱。苦根是什么呢？就是一个孩子拿到的吃苦学分。一个人没有进入过田野，没有经过耕耘，没有经过骄阳下面的收获，没有体会过那种感觉，不知道粮食是怎么来的，你要叫他珍惜粮食，是很难做到的。只有他经历过播种、收获那个过程，他自会珍惜。可是现在的孩子缺了这一课。

因此，建议家长一定要给孩子安排足够的吃苦作业，要让孩子一出生就去找苦吃，因为它是一个人成功的根之一。只有三足鼎立，你的人生才能立得稳。可是现在的情况是如何的呢？举一个大家都知道的例子，一个学生到学校，才发现妈妈把他的课本装错了，为什么装错了，今天老师改课了，而妈妈是按课表装的课本。请注意，这是一位四年级的学生，每天书却是由妈妈来装的。

这样的孩子，将来怎么能够走向社会？怎么能够服务他人？

从这个意义上来讲，我们一定要想方设法给孩子提供一些让他吃苦的环境、情境，让他去锻炼，让他的手上磨出来一些老茧，流一些汗水，这是非常非常必要的。要让它对等，“伦常乖舛，立见消亡”，如果孩子吃苦的存量不足，其实最后是害了孩子。

一千无光之年

筱 敏

过年了，天很冷，身上也冷，冷到骨头缝里。

满街流布着金的红的年的气味，然而还是冷。几十年以后我总算懂了，母亲何以每年都那样热衷于在家里制造热闹的“年味”，因为她冷，年老的时候更冷。那年的大年初一，母亲就是急于接听一个拜年电话，忘了自己病体的问题，跌倒，从此卧床不起。那个电话对她紧要至此，好比冻僵的人遇到柴薪。今年母亲不在了，从前的家也不在了。从今年开始，我要学着母亲，把年的颜色张挂在我现在的家里，虽然我觉不出新岁的来临有什么值得欢庆，和寒潮一同袭来的，只是旧年逝去的伤悼和悲辛。

身体不适给了我清静，得以读完奥兹的《爱与黑暗的故事》。

名作家的自传总是这样开始的：“家里到处是书。父亲能用十六七种语言阅读，能说十一种语言。母亲讲四五种语言，能看懂七八种。”除了深吸一口气，还有什么可说，名家总是优越的，例证很多。但随着叙述的展开，我发现事情完全不是通常的那样，阅读的过程根本不是泛舟于湖光山色，而是在往深海下潜，打不住，尽管几乎窒息。在人的深切痛苦中，作家的才华退到了背后，攫住我的是人的悲剧。

读完全书，忍不住再回头翻，原来奥兹在中文版前言中已经告诉过我们，他的每一个句子都是诚恳的，没有一处闪烁其词。它是浩阔的，也是细微的，是诗性的，也是质朴的，作家的才华都在庄重之中，一如“耶路撒冷的石头”。

作家如是概括自己这部巨制：“假如你一定要我用一个词形容我书中所有的故事，我会说：家庭。要是你允许我用两个词形容，我会说：不幸的家庭。”开始的时候我想，这可能吗？一个以色列作家。生于1939年。父亲来自历史复杂的敖德萨，经历过乌克兰、俄罗斯、十月革命、内战、贫困、审查、恐惧、逃亡。母亲来自归宿不定的罗夫诺，遭受过俄国—波兰—俄国—德国—俄国来回地占领和吞并，斯大林的屠杀和希特勒的屠杀。就是在一路的颠沛流离中，在民族反复的撕裂、吞并、征服、反抗、逃亡、背弃、乞求融和、夹罅求存的过程中，这个家庭获得了令人惊羡的语言能力。这不是优越，而是不幸。这样的背景之下，家庭已经不是我们通常所说的分子，“单一的主题”已经不可能单一，所谓不幸，也就不仅仅是家庭的不幸。

然而奥兹还是旨在这单一的主题。浩阔的主题风沙一样扫来扫去，很是喧响，独行的人终究还是孤身一人。无论民族的甚或人类的主题多么巨大，所有的不幸汇聚到个人那里，最终还是个人的不幸。

托尔斯泰的名言：“幸福的家庭都是相似的，不幸的家庭各有各的不幸。”下这断言时托尔斯泰还很年轻，到他八旬之年弃家出走时他又将如何言说呢？事实上，当我们说幸福的家庭的时候，我们通常只是在想象，把我们并不了解的人家镶入理想规格的取景框里，却裁掉了那些不合规格的部分，因为距离，因为隔膜，我们看不见也不愿看见还有那些部分。家庭不是人类最初的乌托邦，却是人类最后的乌托邦，人们总需要一个乌托邦以寄托自己的理想和温情。奥兹写道：“在我看来，家庭是世界上最为奇怪的机构，在人类的发明中最为神秘，最富喜剧色彩，最具悲剧成分，最为充满悖论，最为矛盾，最为引人入胜，最令人为之辛酸。”而我是一个悲观主义者，在我看来，喜剧轻如鸿毛，是随风飘逝的，一如喜庆的年节再怎么经营都短暂，而沉下来的都是悲剧，说到底，所有的家庭都各有各的不幸。

人需要相当的阅历，方能读懂自己的父母，方能读懂自己，这就是奥兹所说“当我觉得看见父母仿佛看见子女，看见祖父母仿佛看见孙儿孙女时才开始写”的原因。拥抱自己的亲人容易，但抚摩一个人的内心很难，需要明敏的感受能力、浩大的悲悯，也需要耐心。人的内心与钻石那一类硬物全然两样，它纤细、绵密、柔软，是要小心轻放的易碎物品。

而世界由硬物构成，岩石和沙漠，金钱和权力，枪和炮，屠杀和占领，将碎片重新砌起房子是粗硬的重活，在石隙里栽树也是，敌视很硬，漠视很硬，命运的打击很硬，曾经握在一起相互温暖的手，终于也长满了粗硬的茧子。幸福是有的，在粗硬的茧子里。

奥兹十二岁的时候，他的母亲自杀了。幸福的镜框猝然摔在地上，变成粉碎性的不幸。

不幸先是打在母亲身上，母亲抵抗，把自己变成一朵蘑菇伞，一直竭力保护自己的儿子。从儿子牙牙学语开始，她便与丈夫联手筑堡垒，只教儿子说希伯来语，以防儿子懂得任何一种欧洲语言，长大后受致命的诱惑前往欧洲，在那里遭到杀害。她给予儿子的故事是黑莓和蓝莓、块菌和蘑菇，山妖、精灵，森林深处的魔法小屋、峡湾对岸的古城堡，山洞里的幽灵爱上了砍柴人的妻子，动物的内心世界，铸纽扣的人……而把裹挟着自己的黑暗挡在故事外面，假如可能的话，也挡在家庭生活的外面。另一个与森林有关的故事，她只用儿子听不懂的俄语和波兰语说，只和来自故乡的女友说：森林、飞鸟、蘑菇、茶藨子和草莓，就在那个她曾经和伙伴们围着篝火唱歌的地方，德国人在坑边上射击屠杀，两天内大概有两万五千人丧生，几乎所有的老师和同学、邻居、朋友、熟人……所有这些人。更深而隐秘的故事肯定还有，她不知道该用什么语种，更不知道能和谁说，心灵的语种比所有人类的语种都要复杂、精微，不可捉摸，难以表述，仅仅是黑暗，就能剥离出千层万层。她感受得到每一层的差异，冷暖，以致把内心揉成碎片。

连她自己也不知道该把内心的碎片怎么办，它们形状复杂，甚至碎成齑粉，她只有包裹起来方能走到人前。心灵的每一碎片都是有痛觉神经的，这我知道。我相信她曾试图整理，一次再次，这等同于求生。求生的愿望是人最强烈的愿望，然而却是一次再次陷入黑暗。她自然也试图求助于亲人，但她一定会发现，当她刚刚把包裹打开一个小口，亲人就闭上眼睛扭过头去，那些齑粉太可怕了，令亲人烦恼，不知所措，从而焦躁、厌倦，甚至心生怨怼，他们宁愿相信没有那些齑粉。毕竟谁都愿意生活健康安宁，谁都害怕并拒绝病痛，亲人也一样。她对亲人的反应极端敏感，立刻就重新裹起来了。一次的打开和裹起带来一次新的更可怖的崩溃，包裹内的物质更黑暗了，这只有她自己知道。所谓的分担是不可能的，一个人的病痛是一堆负担，摊在地上不能止痛，还徒然绊倒别人。她把那些黑暗物质收回到自己身上，把身外的家整理好，于是生活恢复了常态，幸福重新再来。

这个女子微笑，许多年后儿子还记得这是没有微笑的微笑。“她的故事不是从开头讲起，也不是以大团圆的结局结束，而是在灰暗朦胧中闪烁不定，千回百转，刹那间从薄暮中现出，令你惊奇，令人脊梁颤抖，继之，在你尚未来得及看出眼前是什么时又消失在黑暗之中。”她告诉儿子：“你的耳朵在夜里听到的所有声音，几乎都可以用不止一种的方式来进行解释。”但儿子年幼，可能很难明白，裹挟她的黑暗太深重了，那是她发出的求救呼声。

她的内心由硬物包裹，密密层层不能穿过，但曾经有人想要穿过吗？没有人看见的病痛就不是病痛，正如未经说出的苦难——这么说吧，事实证明的是，未经大声呼喊，反复讲述的苦难，全世界都愿意相信根本不曾发生。

所谓幸福，是静止不动的，而生活不能静止不动。

幸福在这个女子的一生可以概括于两个画面，一个在她的少女时代，家中的墙壁曾悬挂过幸福，那是一幅镶在镀金画框中的绘画：一个比公主还漂亮的金发牧羊女，由白羊和牧草、田野和薄云环抱着，身穿绣花衬衫和镶花边的三层衬裙。和这样的幸福生活在一起，这个女子总是沉默的，她只会自我逃避。但突然有一天，当姊妹们又在谈论那幅画时，这个沉默的女子勃然大怒：“闭嘴！你们两个人都给我闭嘴，你们怎么能这么胡说八道，那是一幅不真实的画，包含了极为道德沦丧的东西。”她憎恨那幅画，对那里面的幸福报以鄙夷和唾弃，那个昂贵的画家如此轻浮地忽略苦难，把现实生活粉饰成某种瑞士巧克力盒子上的风光，这样的幸福对于她就像横遭毒蝎的蹂躏。

另一幅静止的画面，是儿子记忆里的：周末，阳光，草地和树林，一个幸福的家庭，“母亲背靠大树坐在那里，父亲和我枕着她的膝头，母亲抚摸着我们二人”。许多年后，儿子终于读懂了这画面：

“但是我知道他们经历着怎样的痛苦吗？”

“他们二人呢？我父亲知道她的苦楚吗？母亲理解他的苦难吗？”

“我们之间相隔一千光年。不是光年，是暗年。”

“即使那一刻，那是我童年时代最为宝贵的一刻，我们之间也隔着一千无光之年。”

许多年以后儿子终于懂了，而母亲当时就懂。没有光，她便应该是一条光，抚摸自己的亲人。她是靠某种浪漫主义准则生存的，向往世上本不存在的某个地方，流连在崇高、痛苦、梦幻与孤独之间的模糊地带，有着弃儿的内省。她关注他人的感受，是一个“非凡的听众”，沉默地注视和倾听别人，而这也是世界分配给女人的角色。男人们不住地说，陶醉于他们渊博的知识，他们的工作，创造性的斗争，计划与成就，因她深邃的理解而生光膨胀，他们赞誉她为“一个真正受到神灵启迪的读者，每位作家孤独地在书房里艰苦劳作时都梦幻着拥有这样的读者”。但倒过来读她的人是没有的，她过着完全孤独无助的生活，已经不再期待任何一条光照进她的黑暗物质了。

她蜷在椅子里读书，看雨，失眠，夜复一夜，头痛，“有些东西在一点一点地消耗着她，她的动作已经开始让人感觉到一种缓慢，或是心不在焉。”她在黑暗的家里游魂似的游来游去，找不到安放自己睡眠的宿地，她摸黑枯坐窗前，凝视黑洞洞的夜，以致眼睛也干枯深陷，两个黑晕的半月浮在下沿……所有的这一切对于我来说都近在咫尺，她的无眠之夜就在我的黑夜里，她的头痛就在我的颅腔里，她的雨就在我的心脏里，所有这些我都清楚看见，我都感同身受，所有这一切。”

我不否认这个女子有她的体质缺陷和性格缺陷，其最大的缺陷是忧郁，她缺乏快乐的基因，缺乏我们称之为健康的忘却能力，这是一种病症。健康的人都自体携带麻药，并且积极寻求麻药，而她没有。健康的人能够自我淡化痛苦，消解痛苦，而她却纠缠，甚至死死纠缠。她本能地抵抗旨在钝化神经的医治，各色各样的安眠药对她都无济于事。

黑暗物质沉积入她的内心，夜复一夜增加重量，这是她个人的负重，旁人是意识不到的。一峰骆驼负重行走难道不是生活的常态吗？一捆草既然没有造成危机，一根草当然也不会。谁也不知道她是以怎样的挣扎来保持生活的常态的。终于有一天，她垮了。崩塌下来的黑暗物质压垮了家庭和亲人，只有这时候亲人才知道那物质的重量。她太年轻了，到底考虑不周，她一定没有充分估量，她的坍塌是如此残酷地摧毁了她的儿子，她所爱的人。

“怎么会这样！这么美丽！这么年轻！这么聪颖！才华横溢！”人们不

会了解，在这背后是这么孤独，这么痛苦，这么绝望，永夜难明。

“如此受苦受难的灵魂，愿她的灵魂安宁！她遭受了很多苦难，因为她洞察了人们的心灵。”的确如此，她爱人们，关切人们，不幸也洞察人们。

就在她离去之前两天，她还宽慰亲人说，没有必要为她担心，最坏的时候已经过去。我相信她一直是渴望生的，她想要挺住，她没有预料到崩塌会在瞬间来临。

我认为我懂得这个故事，懂得故事中的人，母亲和儿子。我感激他们。

我愿意相信最坏的时候已经过去，我希望这种时常出错的估计对于我是真的。

作家说他小时候的希望是长大当一本书，不是一个作家，而是一本书。因为一本书不像一个作家那样容易被杀死，虽然有火的追杀，但一本书终究比一个人更容易藏匿下来，在某个国家某个角落幸存。书是一条纤细的生命线。还有，母亲曾告诉他：“书与人一样可以随时间而变化，但有一点不同，当人不再能够从你那里得到好处、快乐、利益或者至少不能从你那里得到好的感觉时，总是会对你置之不理，而书永远也不会抛弃你。自然，你有时会将书弃之不顾，或许几年，或许永远。而它们呢，即使你背信弃义，也从来不会背弃你——它们会在书架上默默地谦卑地将你等候。它们会等上十年。它们不会抱怨，直至一天深夜，当你突然需要一本书，即便时已凌晨三点，即便那是你已经抛弃并从心上抹去了多年的一本书，它也不会令你失望，它会从架子上下来，在你需要它的那一刻陪伴你。”我要补充的一点是，无论是好的时代还是坏的时代，无论是被珍视还是被鄙夷，书都会在世界上漂流辗转，寻找内心需要黏合与抚摩的人，你向它呼救，即使相隔千里万里，即使相隔一千无光之年，书还是会跋涉而来找到你。

有这样一本书终于来到我这里，我深感幸运。

思念索拉

麦　家

世相无疑是越来越繁华、喧嚣，我们一度为此欢欣鼓舞，津津乐道，因为我们曾经是那么贫困落后，寒酸简陋，喧嚣和繁华给了我们生命色彩和尊严。但是，转眼间我们的生命似乎又是难以忍受如此的喧嚣，如此的繁华，因为喧嚣和繁华的背后我们丢失的太多，抛弃的太多。崇高，责任，忠诚，庄重，信念，理想，国家，集体，他人，勤俭，精神，恩爱，等等，这样在过去带有一定美德光环的字眼，如今无不失去了光彩，有的甚至成了迂腐、可笑的把柄。

我们的焦虑也因此而生。

我不认为自己是个抱残守缺的人，但是我也不相信现在的中国正走在阳光明媚的康庄大道上。这是一个过分看重变道而忽略常道的年代。诚然，中国要变，因为历史和现实积重都太深、太多，但再怎么变，总不能把人心、人性中的一些常道也变了，革了。就像数学上有常数，人类的精神上也肯定有常道。常道就是原则、方向、基准。没有常道的人生，就像没有地基的房屋，终归是要塌的。试想，假如一个人失去基本的信念和道德底线，我们内心里只有变异、破坏的欲望，没有坚守，没有尊重，比如甚至对友爱、仁慈、高尚、责任等等美德都不讲了，不守了，那么我们又如何来体现人心、人性、人道？失却了人心、人性、人道的关怀，这对我们的人生来说，我以为已不仅仅是一种缺憾，而是危险，是走上歧路，误入歧途的危险，危机四伏，也是危在旦夕。

因此，这些年我总是不乏迂腐地在反问世人，没有坚守和肯定的人生，否定又如何会有力量？完全放弃常道，一味地迷恋变道，放肆地张扬个性、私欲，张扬“欲望就是真理”的人生，我们又如何去寻找普通的真理和人道的常识、常数？现在的人，别说为他人，就连对自己都似乎没有责任，没有牺牲精神了，人们心里只有欲望和更大的欲望，身体只管一路狂奔，勇往直前，前途就是“钱途”，追求就是“追囚”，美好就是“没好”，健康就是“贱康”。也许，对自己没有责任，是因为我们太久的对他人失去责任；也许，正如印度的一句谚语，我们该对自己说一句：请慢点走，等一等灵魂；也许，正如《圣经》里说的，我们要“走窄门”，要让自己多接受“常道”的约束和教养。

话到这里，我尤想把自己珍藏已久的一份感动、一份记忆，说出来给大家分享。我曾经有三年在藏区的经历，那是在西藏著名的神湖——羊卓雍湖——度过的。一个世界最高的水电站，一支世界屋脊的水电铁军，这是九十年代西藏最闻名的事件之一。就在前两天，我还从中央电视台看到介绍羊卓雍湖水电站的一部记录片，电视镜头从拉萨转到羊卓雍湖，又翻越甘巴拉，那都是我熟悉又熟悉的地方，我突然潸然泪下。泪水出于心底的呼应，而不是由于被煽骗。事实上，时光是不会流走的，时光都留在我们心中，就像我们的足印都留在大地上一样。随着电视镜头的切换，我心里相继浮现出一幕幕熟悉的场景，一个个熟悉的身影。其中，索拉的身影是那么之大，之明亮，那么之令我心仪又心酸。

索拉是一名1992年入伍的藏族战士，我是1993年夏天认识他的，那天我陪中央电视台两位记者下部队去采访，至深夜方返回机关，途中，大雪骤然纷飞，一下白了黑暗的甘巴拉山。两记者为夏天落雪惊喜不已，司机却苦不堪言，因为他出门时忘记带防滑链了。炎炎夏日，谁又能想起带防滑链？可是，山高路滑，崎岖坎坷，没有防滑链，车子如履薄冰，生死悬乎啊。像蜗牛一般爬行数里，司机已汗流浃背，忽见一束光亮，如见救星。一间陋屋，一张惶惑的笑脸，亮在车灯中，令我们备感亲切。我就这样认识了索拉，他一个人掌管着山上 4 号变电站。这里海拔4537米，缺氧使记者的防风打火机变成了一块废铁。那天晚上，索拉为我们忙乎了近一个小时，总算使车轮变得粗糙而有一定的防滑能力。他诚恳的笑脸和默默劳作的样子给我留下了难忘的印象。

以后，我曾几次顺便去看过他，由于他不会说汉话，我们无法交流。但眼睛足够让我了解了他，一台昼夜鼓噪不止的发电机，一部“熊猫”牌全波段收音机，陪伴他度着每一个白天和夜晚。他喜欢笑，张嘴动手，脸上总是堆着满满的笑。可我老觉得他似乎并不会笑，不论为什么，干什么，总是那么一个笑容，充满羞涩和诚恳。我想这大概是因为他经常对着收音机一个人发笑的缘故吧。如果说发电机是他的工作，收音机就是他工作之外的全部，是战友，是老师，是愿望，是生活。对这样一个给予他如此之多之好的东西，他似乎只能对它这样笑：诚恳而愧疚。

所有藏族兵入伍后最大的愿望是学会说汉话，索拉也是，不同的是，他只能靠收音机帮他达成这一美好的愿望。最好的收音机也不能跟一个汉族战友比，所以他学汉话的过程比其他藏族兵要显得艰难又缓慢。这年冬天，我出藏休假前去见过他一次，他依然无法与我交流，咿咿呀呀的声音听了使我有些难受。当时我也许是有能力说服个别领导为他配一个汉族战友的，这样的话，我想他的日子不会被无尽的寂寞拉长，他学汉话的道路也不会如此漫长。我虽然想到了，却没有去做，我的难受正是因此而发。

休了两个月假，又去北京学习了半年，当我再见到索拉时已是次年秋天。最漫长的路都有尽头，这回，他嘴里发出的不再是咿呀声，而是全然一新的藏族普通话，比我想象的要流畅得多。但几个回合下来，我发现我们的交流依然问题多多，他常常答非所问，像是听不懂我的话，而风马牛不相及的答话又像不是在对我说，而是对空旷的大山、天空，声音大得像喊叫。后来他指着耳朵跟我说：“这个……不行了，听不见了。”说着笑笑，指着轰鸣的发电机，“这样也好，免得我每天听它吵吵，睡不着觉。”脸上毫无痛苦和怨悔的表情。

我一下非常难受，想哭。我知道，正因为发电机日夜不停的“吵吵”，才让他失去了听觉。失聪的他，听不到的不仅仅是发电机的噪音，还有收音机的声音。失却了收音机，他生活的一半也就被无情切割了，寂寞将加倍又加倍地陪伴他度过分分秒秒，而他千辛万苦学会的汉话，又跟谁去说呢？有了人，又怎么跟人去说？他并不识字，这是最要命的。那天走之前他告诉我，他已经开始学习识字，因为现在的他只有通过汉字才能与我们交流。我想这肯定比他当初跟收音机学说汉话还要难，但这与他一个人在如此高海拔地方生活相比，又似乎要容易多了，所以我相信他一定会成功的。

他果然成功了。1997年，我转业到成都，不久便收到他的来信，三百字的稿纸，写了两大页，字体工整得像是用蜡笔刻写的，内容就是两个词：感谢和祝福。信的最后，他连着写了半页纸的“扎西德勒”，最后一个“扎西德勒”居然是用指血写的，让我感动得忘记了他已经失聪，当即给他打去电话。好在那时他已经下了山，身边有战友，关键是识了字。就这样，我们勉强通了一个电话，转达我对他的问候、感谢和祝愿。羊卓雍湖的岁月是我生命中的一笔浓彩重墨，索拉又是我这段岁月中的一个亮点，他诚恳的笑容时常浮现在我的眼前和心里。有时候我想，生活对他不公平，但我想他一定不会这样想的，否则他不会这么打动我、温暖我。他总是用一成不变的诚恳的笑容和无言的努力，应对生活赋予他的一切，包括不公平，包括失聪，包括高寒和缺氧，孤独和寂寞。在他无言的努力下，现在的他可以读、写并理解我小说里的每一个字，所以我每出一本新书，总是第一个寄给他。我觉得我寄的是一份感动，一份敬意，一份思念和祝福。我觉得他不但是我的读者，也是我的老师，赋予了我很多做人做事的道德和智慧。十多年来，我一直和索拉保持通信，我想以这种方式保留他，也是保留我在这个喧哗年代里安静下来的一个外力。

作为一个义务兵，索拉在山上守了三年零九个月的全部收入，据我所知不到五千元，这是他的津贴和高山补贴。作为海拔4537米的高寒地带，连氧气都只有平原的三分之二，那里还能有其他什么呢？据我所知，没有一棵树，没有一丛草，没有一只飞鸟，只有白天的太阳和晚上的月亮，比北京大又亮。

掷出的分币与骰子（外一篇）

蒋 蓝

从2000年开始，成都是中国的“第四大城”的说法，已成为成都的热门词汇，出处是朱自清1941年完成的组题文章《外东消夏录》中的《成都诗》。文章开头即说：“据说成都是中国第四大城。城太大了，要指出它的特色倒不易。”但“据说”就是据说，至今也不知道这个命名的始作俑者是谁。推测起来，估计就像人们的口头禅“听人说”一样吧，就是你在说，但以另一个你来传播。朱自清围绕“闲味”罗列了成都市井的诸多“闲状”，供人追忆之余，倒是更引起我的深思，因为朱自清在文章结尾处，委婉点明了这种“承平风味”的不足。我想，笼罩在细雨中的古老城廓与石板小巷，固然消失于历史的雾霭下，但那些融化在民俗里的文化韵致，却是历久而弥新的。如今，知道李劼人先生和著名的“菱窠”的人越来越多，但读过先生作品的人却是越来越少。他的作品就是有关成都平原的风俗长卷，像《湖中旧画》《编辑室的风波》等短篇，几乎就是对成都生活的工笔式摹写。与朱自清一样，描绘成都人的慵懒，但李劼人先生没有空洞批评，倒是考证了其风俗形成的原委。他认为，成都的生活价廉物美，容易让人不思进取，得过且过，进入成都的一切，似乎都慢了起来，照此下去，就有脑满肠肥之嫌了。这个说法未必能放之四海，其实，本地人的聪明与狡黠，如水一般——总可以把你放大，成为一个大人物。下面，就讲一个自己的亲身经历。

一个哥们告诉我，本市有家书店挺火爆，非要拉我去看看。书店怎么会火爆？又不是迪吧，莫非还有更另类的招数？经不着哥们再三聒噪，去就去吧。

我们的汽车艰难地在菜市场里移动，行人用憎恶的目光回敬汽车的无礼，好不容易拐进一条挂满晾晒衣服、被单的胡同，从一溜张扬的裤子下钻过去，眼见就撞到死胡同的墙壁，哥们猛喊一嗓子：到了。

一套底楼的住宅，将墙打掉开成门面，一排排书架在拥塞的空间里，显然经过精心的设计安置。几幅油画待在楠木画框里，因沉重而气势不凡。空气芳香剂飘浮着玫瑰花香型的化学改良味道，让热汗缠身的我也突然想起了风情万种的女人！在这个时候，男人都是大方的。CD版的萨克斯因播放太狠，听起来就不是那么出尘了，但恰到好处地在提醒你，思维不能飘逸得太远，还是选书要紧！这时，我听见深切的歌声，从书架深处弥散出来。

在我走向声音的发源地时，才反应过来，这是唱诗班的功课，是布道时刻对天父的赞美。莫非书店还兼有教堂的工作？走到一扇小门边，发现别有洞天，里面还有一间茶室。看见有好几十人站立着，在一位相貌古奥的青年人的带领下，用参差不齐的嗓音，去触摸天父的魂灵。青年人流泪了，旁若无人地通感，在与空气中无法显形的管道对接。他深情地凝视天花板，如同自己的灵魂正在那涂满白垩粉的混凝土上盘桓、祈祷、聆听、飞翔，他高而宽阔的额头闪闪发光，有凡士林的光泽，他艺术家的长发在身体的晃动下流淌卷曲的青波，瘦削的手指像蜡烛，半透明！

接下来是静寂，突然安静。有人仍在轻微摇摆，仿佛尚未收回逸出自己躯壳的一些东西。等待。毫无保护地等待。终于，有人慢慢出来，走到书架边，开始取书展读，买上一大摞，又是一副莘莘学子的踏实模样。有的出来时，好像还不太适应过于明媚的光线，脸上的潮红尚未褪去。啊，这种潮红我好多年都没在成年人脸上看到过了。书店服务员可能觉得我是个陌生人，又不买书，还四处窥视，老是问我办不办会员证，我只好走了……

这是我第一次去这家书店。第二次去，则是安了心的。当地一家行销的报纸，每周都报道这家书店将举办的活动，据说是弘扬这类传播文化的义举。我手头的报纸说书店今晚将举办音乐会。我岂能错过！

到达书店，已经人满为患，上次的那位布道者现在成了主持人，一如既往地披着长发，额头发光，不同的是佩戴了一串抢眼的贝壳项链。他忙碌地帮着卖茶，10元钱一杯。观众约有300人，还有不少老外。男观众大都长发飘飘，8月的天气还有穿美式战靴的，女观众则慷慨地露着肉，闲闲地抽烟。我就有理由相信，这座1000万人口城市的艺术精英，差不多到齐了。

8点钟左右，几盏上千瓦的射灯开启，没有任何凉意的空间更加溽热。一个大胡子老外面带微笑坐在阶梯上，干瘦的胸骨上长满黑毛，从敞开的衬衣里露出来，他等待着毫无希望的凉风。书店主持人对着麦克风喂喂喂喂了很久，观众就安息下来了。他说，这位是来自法国——巴黎——的著名——先锋——音乐家……

这就足够了。他为观众提供的5个背景材料，就可以使晚会获得成功！先锋音乐家倒是显得很谦逊，不停地微笑，一张清秀的面庞上扎满了黑得油亮的胡子。他的道具是大提琴，他提起琴弓，好像回忆着什么，只是一味地盯住地面。搞艺术的人明白，即使是一个民间朗诵者也会使用沉默来制造气氛，达到引起注意的效果。大家很理解，都是同行嘛。10分钟就过了，他好像尚未有把思维拽回到现实中来的意思。有个破锣嗓子突然怪叫了一句：怎么整不出声音来哟？！立即引来上百双眼睛的蔑视！大约过了20分钟，主持人拿起麦克风，喂喂喂喂之后说，艺术家已经演奏了第一小节，是无声演奏，现在开始即兴演奏……

艺术家用弓拉了一阵，觉得不过瘾，干脆直接以弹吉他的方式演奏大提琴了。或敲，或打，或捺，听众们双目圆睁，目光缥缈，沉醉在各自的世界。我看见先锋艺术家的胸毛，耷拉在弦上，被射灯镀亮，如同一把刷子。显然，这是一次准行为艺术的表演。法国社会心理学家瑞德·奥尔巴赫提出过一个“奥尔巴赫”法则——“重要的不是你告诉别人什么，而是别人听到什么。”这个法则现在移之于目前火热的艺术领域，就很适用。这意味着表演者到底蕴涵了怎样的玄机变得不重要了，重要的是，观众已经在这个既定的艺术形式外，琢磨出了弦外之音。对呀，想想陶渊明，不是也把琴弦拆掉了，自个儿弹奏无弦琴怡然自得吗？此时无声胜有声！在极端奢侈的旋律盛宴滥市后，一桌忆苦饭的叮当之声就“风乍起，吹皱一池春水”。何况，我现在面临的场景，的的确确还是最终发出了声音的。从观众沉醉的情态分析，他们可能都听到了欧罗巴的芦笛声，正穿过塞纳河畔的夕辉。几个酷酷的女郎，已经在那里微微摇晃身子，显然是被无声的旋律搅扰得有些坐不住了。1960年，伊夫·克莱因和巴黎国际当代艺术画廊的老板一起，在上百位艺术界人士跟前进行了一次极具震撼的表演。他们身穿燕尾服，打着雪白的领结，指挥两个裸体模特在画布上移动。模特身上涂有蓝色颜料，从而在画布上用身体留下蓝色的痕迹，被称为“蓝色时期的人体绘画”。在这样的美术背景暗示下，中国的函授艺术家们便把“死尸展览”、“杀生灵”等残暴行为，罩上艺术的光环。支持行为艺术的论者往往指出，对于中国这样一个文明礼貌用语都不太普及的环境，恐怕还没有必要建立一条比世界文明底线更高的国产化标准。但对于艺术来说，只要艺术行为是人的行为，那么，对艺术行为的文明要求就不是可有可无的，尤其是对艺术行为已经成为艺术本体的当代艺术来讲更是如此。当代艺术也必须遵守文明底线，不然，艺术不仅不可能起到贯通境界之用，还有可能导致反义。但这个貌似严肃的叙述却忽视了另一个关键的指标：艺术底线。如果说行为艺术是前卫艺术，那就必须遵守艺术的底线法则，就必须尊重艺术不是一个人为了个人化的表达而肆意滥用公众的艺术宽容和良知。作品的艺术性，自然是用作品与读者共同完成的，如果艺术品唤起的是人们的反感，看来这“艺术品”就不是阳春白雪的问题了，而多半有沦为垃圾的可能。但是，有的行为艺术家就干脆说，我要的就是这种“垃圾感”！垃圾自然是生活中的一种常态，但“垃圾感”却不是生活的脉动。话讲到这一步，我就没有什么好说的了……更进一步，文化人常常争论诸如：形式到内容、语言到言语、自由到公共性、民间到体制等等命题，为使自己立于不败之地，他们节衣缩食购买图书、资料，看完后又来重复比赛。其实，在生存常态下，它们可能都是伪命题。也就是说，不过是伪二元或多元对立造成的某种繁荣昌盛。但这家书店的幕后主持人肯定没有这么麻烦，折腾了这么多事，要做什么，是很明确的。艺术家、观众、先锋、无声音乐等等，其实都是他手上的硬币。格瓦拉在《南美丛林日记》里承认：“事情就是这样的：硬币被抛出，在空中翻了几下，掉下来的时候有时是正面，有时是反面。人，万物的尺度，通过我的嘴叙述，再以我自己的文字纪录我的眼睛看到的事。看到硬币的正面的机会可以有十次，我却偏偏看到了反面；反之亦然。没有什么可解释的。”其实，现实应该是可以解释的。看看诗人马拉美在名诗《骰子一掷不会破坏偶然》里是怎么说的——“骰子一掷绝不会／当正好被置于永恒的／境地……警惕、怀疑、翻滚、闪亮与沉思／全都发生在停留于／最后献身的落点之前／骰子一掷散落一切思想。”这让我想起了一个简单的游戏，当某人用硬币给我打赌时，我总会输。因为这个硬币的两面其实是一模一样的，这种两面图案统一的硬币，他手上有两个，他就是吃透了辩证法的大师。我的意思是说，持有这种道具的人，从来就是职业的。他们自然比切·格瓦拉世故而老练，他们往往一脸真诚地奔走在我们中间，并不时地在与你促膝谈心……

故事讲完了。如今一些文化人，满世界飘满了他们呼吁文化的焦急身影，这固然是对的。但我对诗人艾略特的历史观——历史的意识是一种领悟，不但要理解过去的过去性，而且还要理解过去的现存性——算是有了切身的体会。所以，在记录以往承载往事的各种文化浪潮里，我们不仅应看到休闲、闲适的一面，恐怕还应该关注这些历史的B面。因此，透明的茶水与不透明的咖啡撒播起来的文化氤氲，才会是真实而且现实的。早年，作家徐迟在《二十岁人》序中说："眼前放着这样的世界，我却'我我我我我我我我'地活着。"历史的意识不但使人们拥有自己生活时代的烙印，而且还要感到从有文明以来民间文化就不是制度文化，但它的狡黠是很多人心照不宣的，就是说，亲情回眸与反思应该并行不悖，从而构成人们面对本土历史与现实的基本价值尺度。我想，这就是诗人艾略特的"历史意识"的一个引申：使一个文化人成为传统性的，同时使一个文化人敏锐地意识到自己在时间中的位置，尤其是自己和当代的关系。

五十步与百步的区别

到2000年，我已骑了7年摩托车——这就是我的"世纪末回想"。但是某一天，它突然从一条巷道拐弯、加速，把我从堵塞的体制载到了江湖上，所以我对摩托车有特别的感情。

我开始骑的是嘉陵125摩托车。在很多人希望在自行车上绑个汽油机就直接驶入现代化的年月，这已经显得比较奢侈了。强大的轰鸣声经常使骑自行车的人们紧急避让，那些行车循规蹈矩的中年人往往在摩托车的逼近状态下一阵乱颤，做出些违反交通规则的举动。自然，我会招来一阵怨毒的目光，但后坐上的女友是赞成这么做的，她的长发在这种速度的急促变换中夸张地飞扬，尤其是在摩托车突然加速的时候，风把她的内心全部倾泻在头发上，像一面傲慢、挑衅的旗帜……

后来，“摩的”大量涌现，它们像蝗虫一样在城市里飞舞，轻易就把我淹没了。更不幸的是，“摩的”都是嘉陵或性能更好的五羊125。这些司机是精通中国老百姓的心态的，红色跟中国农民有天然的血缘联系，因此他们的摩托车竟然是一律的血红。而我的车是深灰色的，这一点也不另类，而是显出了某种蓬头垢面的寒酸状。有一天，我正在公路上急驰，手机响个不停，在我停车接电话时，车身一沉，一个女人猫一般跳上了摩托车后坐。

“快点！赶上前面那辆红颜色摩的！”她冲我大叫，呼出的热气直灌耳朵，我闻到了一股浓烈的花露水味道。哦，她把我当成了“摩的”。

这也没什么不可以的，在这个年月，总裁转眼就可能是个诈骗犯。在我加大油门时，我问她：“前面那辆摩托出了什么事？”

“狗日的！要了半天不拿钱就想跑……”

明白了，这是一位令人尊敬的小姐。不知她在骂那个男人，还是在自说自况。

对方是单车，听发动机声音是五羊125，我几乎使尽了一切办法也追不上，眼看越来越远，幸好堵车了，我终于靠了上去。车还没停稳，小姐已经弹射出去，一把将那个流亡者拽住，接着是一阵昏天黑地的争吵，言辞比诗人们的“国内流亡文学”要精彩得多。最后，男人摸出了一把皱巴巴的钞票。我正要走，小姐把我叫住了，要我把她送回去。

我问她收了多少钱。她说，差5块才30元。说完，她双手很自然地搂住了我。我估计这时别人看到我和她的造型，就是一对处于高烧状态的情人了。

到达小姐的终点站，她麻利地把手伸进了乳罩，吓了我一跳。我忙说，你还没有到办公室呢！她大度地笑了，手抓着那把烂钞票抽了出来，哦，原来乳罩还有钱包的功能。

她给了我一张最破的5元票，我更大度地拒绝了。告诉她，就当我为那个男人补了她5元，凑个整数嘛。小姐直夸今天遇到好人了，叫我去玩……

有了这样的经历，我决定把这台破车处理掉。老天有眼才，没过几天车就被偷了。但估计偷车人不会有我这样的好运，他至多是那个流亡者。

我准备买250型的进口机车，由于大功率的摩托车不准上户，只好买了一台进口雅马哈150型摩托，全部手续办妥花了接近2万元。不料招来女朋友的责备，主要理由是我已经不年轻了，已经超过了“奔驰”的年龄。想想也对，好像我应该开小车才合适。

因缘际会，单位有台奥拓车老掉牙了，没人开，我就时常过过车瘾。那时，我女朋友的父母见我开汽车而不是骑摩托登门，笑容都不一样了。每当他们送我上车时，透着恭敬，我从反光镜里看到他们一直伫立在汽车排气筒掀起的巨大灰尘里，还在挥手致意，就像在欢送一个官僚。与其说他们是在送我，不如说他们是在向汽车传递尊敬。其实，这台破车3000元也没人要哇。

宝马公司顶级的汽车，是跟那个永远身穿布里奥尼西装、永远喝摇匀而非搅拌的伏特加马提尼酒、永远没有尝过失败滋味的传奇人物詹姆斯·邦德联系在一起的。Z8型的豪华汽车和世界顶级的间谍，很难说是谁提升了谁的地位。汽车就是为男人发明的，它使男人不羁的本性得以体现，在没有骏马驰骋的文明时代，豪车自然也就成为男人表现勇敢和财富的最好载体。詹姆斯·邦德和Z8传递了一种暗示：这样的生活是一个男人应该追求的。华贵的跑车，每小时200公里以上的时速，引擎疯狂的咆哮声，强劲的气流刮过耳边，还有什么比这更能激起男人的雄心，更能让男人体验成功的感觉？还有什么比得不到它更能折磨男人的心？

中国人对四个轱辘的机器从来就是敬畏的，好像拖拉机也比一辆500毫升的哈雷强。他们以体积和重量来换算价值，大概是从买卖废钢铁的经验中获得的。这就犹如他们不信任手提电脑而崇拜台式机一样。同样的道理，电视生产厂家就拼命生产超大荧屏的彩电，单是它巨大的包装箱，就够善良的老百姓欢喜好些日子了。

雨季来临了，我只好开汽车上下班，看见出租车司机们面露喜色，被“摩的”抢走的生意终于实至名归了。路过一个公交车站，我突然看见上次坐我摩托的小姐正在候车，就把车开了过去。

她立即就认出了我，一言不发，拉开车门就坐了进来。

“到哪里？”我问她。

“随便！”她很随便地回答了一声。

那就随便吧。

“你头发剪短了，还穿西装，又有汽车，很像我们那里的客人。”

“客人们不开奥拓吧，应该要好些。”

“你不懂啊，有好车的人才不开车来呢！万一被抓住，是要被当作作案工具没收的，成本就高了。”

我们有一句没一句地闲扯着，逐渐出了市区。我决定请她吃顿饭。

她喝的是急酒，咕咕咕地喝，脸色逐渐好看起来。我发现她应该算是个美女，眼神里有些执傲的光，像冷金属一样，但她正在努力软化它们，像个快下班的女工，哼起了流行歌曲。她拿出一包烟，发了我一支，迅速把火打着了，她举着火冲上了我的眉毛。

“你的摩托车呢？我还想坐！”她笑了，牙齿非常好。一些离去久远的美丽正在返回到她身上，被酒力蒸发起来，妖冶的细节表情逐一展开。

我们立即返回市区。等我把雅马哈开到她面前时，她像一层皮革紧贴在我背后。在酒意中，摩托的时速指针达到120公里，泪水就被吹出来了，扬起的水雾如同夜色分离出的成分和质地。我们都没戴头盔，凛冽的风制造出的幻象，在四周不计后果地摊开。我意识到，一种迥异的感觉如同飞驰而来的沙尘，开始出现了……再后来，我就一直使用摩托。觉得以车型横向比较的话，奥托、夏利就相当于在自行车上绑个汽油机，至多是50型的助力车，驾驶着这样的小毛驴，就自以为进入了布尔乔亚的领域，是老百姓的集体错觉。当我在成都经常看到越来越多的狗男女挤在小车内调情时，总觉得有些好笑。他们不过是利用了小车狭小的空间来缩短彼此的距离，但高高挺立的排挡杆却像一个卫道士的身躯一样，阻挡着正副驾驶员的身体熨帖的燃烧。其实，手扶拖拉机无遮蔽的驾驶室，更适合他们促膝谈心。

这样看来，空间与亲密的距离关系就水落石出了——空间的狭小与亲密的程度成反比。小车、拖拉机驾驶室、摩托车后坐到小姐们的办公室，这一放大的物理流程不是昭然若揭吗？反过来想，我不过是试图调整五十步笑百步的距离，车辆作为身份和情欲的载体，正在被日益庞大的有车族滥用。在这个时候，连想一想詹姆斯·邦德和Z8型的豪华轿车的勇气都没有了……

应该交代一句，那位小姐成了我的小妹儿，她经常坐我的免费摩的。直到我买汽车以后，摩托车和这些后座上的故事以及花露水，就被我搁置在世纪初的一个上午。车流滚滚，人海茫茫，我再也看不到她了。

九龙不是一个传说

陈启文

一

一个传说命名了九龙。这个传说并没有什么新鲜感，——不知是哪朝哪代的一位天子巡游到了这南海边地，老人家举目四望，但见这样一个半岛，三面被大海环绕，还有八座山如龙脉一样环抱，连声赞叹，好，这地方好，八龙，就叫八龙吧！这时有一个聪明的随从提醒他，陛下贵为天子，也是人中之龙，这里应该是九龙啊！皇帝于是龙颜大悦，连连点头，从此这里便被命名为九龙。

这是传说，当不得真的。九龙不是一个传说，九龙是一个半岛。看看现在的香港版图就知道，九龙是一个东南西三面都被维多利亚港湾环绕着的、和港岛仅有一海之隔的半岛。说到香港，对内地人其实是一个含糊而笼统的概念，也就是大香港的概念，把港岛、九龙和新界等香港行政区的整个版图都囊括了，而且一概都称之为香港。但香港人说到香港，是有很清晰的区分的，香港，特指香港岛，这是香港本土，也是大香港的中央区，然后是九龙、新界。其实，总面积一千一百多平方公里的香港版图，香港岛只有七十多平方公里，只占百分之七左右，而包括九龙在内的香港新界的面积最大，约有九百八十平方公里，占香港陆地面积的百分之九十以上。此外，香港还有散落在海洋中的两百多个岛屿，这些岛屿有的面积也不小，其中一个最大的用英文命名的Lantau岛就有两个港岛大。

而香港岛之于整个香港政区，也比九龙、新界等地的港人更有优越感。

不能说是整个香港岛上的人都是这样，但在我和很多港人打交道的时候，都会发现他们在不经意中流露出来的某种优越感。我暗自猜测，这可能与英国的殖民化有关。殖民文化是非常吊诡的，时间长了，就会把一些东西确认下来，包括你曾经非常敌视、深感屈辱的、甚至反抗过的，在岁月流逝中你都会潜移默化地接受，甚至化入骨血，传承下来。一般而言，殖民越久，殖民化程度越深，这里人的优越感似乎也越强。香港岛是1860年根据中英北京条约割让给英国的，同时割让的还有九龙半岛南端最接近香港岛的一部分。这也使得九龙一直被称为“香港的姐妹”，也一直是仅次于港岛的繁盛市区。但由于很长时间没有沟通港岛和半岛的桥梁，九龙半岛也就相对要滞后于港岛的发展速度，这也是港岛和半岛在一段不短的时间里难以水乳交融在一起的原因之一。

三十八年过去，时至1898年，也就是戊戌变法那年，清政府再次被迫和英国签署了《展拓香港界址专条》，将整个九龙半岛和九百多平方公里的“新界”从当时广东东莞的版图上一笔划出来，租给英国九十九年。这些租借地，虽然远远赶不上殖民地的蓬勃发展，但比中国内地的发展无疑要快得多。经历了百余年不再重复的时光，尤其是进入二十一世纪后，九龙现在不但是组成大香港的三大区域之一，也是一片流光溢彩的景象。这里人口已超过两百万，差不多占了全香港人口的三分之一。走进九龙，你能感觉每一条大街都在繁华地延伸，半岛东、西部是人口稠密的工业区，北部是住宅区，南部，也就是当年最早的殖民地，更是著名的商业都会，每个人来到香港，可能会错过许多地方，但绝对不会错过这一小片灿烂的土地，尤其是尖沙咀、油麻地及旺角——俗称油尖旺的这一购物天堂，其繁华程度已与港岛不分高下，尖沙咀中心、帝国中心、好时中心、南洋中心……一路走过来，商店银楼鳞次栉比，还有富豪酒店、海景假日酒店、香格里拉酒店，购物，饮食，娱乐，应有尽有，不过，也有人叹息，这里什么都有，就是没有文化。

如此说法，或许有些刻薄了。对殖民地时代的情况我不太知道，但在现在人口稠密的西九龙，香港特区政府正在把这里打造成一个文娱艺术区。香港对任何城市设施建设都会广泛征询公众的意见，他们想到要干什么，提出来要干什么，一开始不是政策，而是建议，譬如说打造这个占地四十二公顷、由政府斥资的土地咨询文件，展开为期三个月的公众咨询，建议区内四十二公顷的土地，四成属文化设施约一百九十亿港元的文化项目，先要广泛征求公众的意见，而且决不是作秀，不是走过场，公众有什么意见，都是要公开、透明地发布的。

西九龙文娱艺术区核心文化艺术设施咨询委员会经过广泛的咨询，对西九文化区的综合功能进行了最接近公众满意度的规划，除了文化艺术设施的投入，其中的四成土地用于住宅和酒店建设，而住宅项目不多于两成，其余两成土地用于餐饮、零售及娱乐。为此，港府还专门成立了西九管理局，以自负盈亏方式，发展和持续营运西九文化区的各项设施。据香港特区政务司司长唐英年表示，西九文化区在营运的首四十六年，不但不会用纳税人的钱来搞文化，而且可为香港经济累积带来七百多亿元的增值额，在工程建设和以后的经营中，估计可以为社会创造超过一万一千个就业职位，三十年后可望超过两万多个，此外，这里每年还可以吸引超过四百五十多万来港游客，为香港每年额外带来三十七个多亿的旅游收益。他们是货真价实地在投入文化建设，包括分两期兴建十多个不同类型、规模，适合不同表演的艺术演出场地，包括音乐厅、戏曲中心、大剧院及大型演艺场地，还有博物馆、展览中心和其他文化设施。而在博物馆建设方面，这里将建成一个打破传统界线、以时代特色发挥博物馆功能的崭新文化机构，使视觉艺术融汇于日常的生活中。

尽管有资本与商业运作，但特区政府明确表示，西九文化区绝对不是商业区，而是一项为促进文化艺术发展的重要策略投资，这个文化艺术投资是用来带动，不会单以财政收益来衡量其价值，需要从更加广阔，及更具策略性的角度出发来审视艺术及文化发展为我们所带来的机遇。可见，文化建设是这里坚定不移的一个核心念头，那就是把这里打造成大香港最大的中文旅游门户。

值得一提的是，香港启德机场就在九龙的地盘上，曾经是世界上最繁忙机场之一，随着香港新机场的启用，这里现在变成了一个风光旖旎的游园区。这或许也是香港人特别善于经营的天赋之一。

二

到了九龙，不到大海边去看看是说不过去的。在九龙尖沙咀看海，我感觉比在港岛的湾仔看海更好看，看得更清楚。尖沙咀，这个名字太形象了，它真的就像一只尖咀，把自己完全伸进大海里去了。香港文化中心和艺术馆也就在这个尖咀上，从那儿向南端走不多远，就是一个公众码头，附近还有天星码头、海运大厦、钟楼，有了这些参照物，在通向大海的路上，你绝对不会迷失方向。

就是这片海水把半岛和港岛隔开了，对于港岛，她更像是一个海湾，对于半岛，她更像一个海峡。隔海而望，一个现代化国际大都会就像从蓝色海洋上直接生长出来的，而对她的打量，人类或许真的需要有一片大海来作为距离，才能感觉到她无言的、宽容的、广亮的存在。这和你走进那个拥挤的、逼仄的、吵闹的弹丸小岛绝对是不一样的感觉。而这片大海，她到底叫什么？维多利亚港，维多利亚海峡，维多利亚海湾，维多利亚女王，这无疑是英国人的命名方式，他们以大海的方式表达了那些远离故乡的殖民者对他们的祖国和女王陛下的思念和虔诚。她是否还有别的早已失踪了的另一种命名？在这里，我总是有很多多余的追问，但却又无从深究或不想深究。

听说，——你可以把这当做九龙的又一个传说，当年英国强逼清廷签订的那一纸拓展新界的条约就是在这海上的一条船上草签的。那绝对是光天化日之下的交易。大清国的龙旗和大不列颠的米字旗交叉悬挂，像一个世界的阴阳两面。那位大清国的使臣，看上去又老又瘦，一袭宽大的官袍，腰系玉带，但里面就像当时的大清国，只剩下一副空架子。不能说没有一个讨价还价、甚至是寸土必争的过程，我想，他也肯定不想当卖国贼，他肯定也有很深的屈辱感，但他最终只能低下僵硬地梗着的脖子，当他用羊毫笔和一笔纤秀的小楷签字时，他是否有卖儿鬻女的感觉？对此，我依然不想深究。这一条约的签订，点燃了被划入“新界”的中国老百姓的又一轮抗英起义，这种激烈而又注定只能失败的反抗，在百年云烟过后早已恍如传说，但又绝对不是传说，我在东莞雁田就见过当年的抗英义军残存的指挥部，也在新界看见当年中英两国官员勘界后留下的界碑，用中英两国文字刻下的碑文，依然可以清晰地辨认。被风雨侵蚀得浑身斑驳的碑石，却异常坚固。正是这些石头，把同属一个祖国的土地，强硬地进行了分裂。

撕裂之痛可以深入骨髓，但岁月又将抚平一切流血的伤口。如今，界碑的一边是香港，界碑的一边是深圳，大家都记得那个时代，只是那种深入骨髓之痛，那种以命相拼的激烈，皆已成了无新意的老故事。边界两边的人，你来我去，来回往复，心情都已变得豁然开朗，连水和天都是平静的。只有我在这里追忆，连我自己都感到奇怪。对这片土地，有些东西你其实不必看得那么仔细，也不必那么深刻地牢记，毕竟，一千一百多平方公里的土地已被完整地收回，就算不收回，生活也还在继续，就在全副武装的英国皇家部队开进新界、升起米字旗的那年端午，九龙人照样在划龙舟，几乎狂热到颠狂。

九龙的龙舟世界闻名，只要是个九龙人，都能抡起两把桨。这片大海，就是他们划龙舟的赛场。一直到现在，这里年年都要举行龙舟赛，而且都是大规模的国际性的赛事。这片海域是进入香港的门户，有足够的宽度和深度，水域辽阔，自然条件得天独厚，有三个主要出入水道，七十二个供远洋轮船停靠的泊位，是进入香港的门户，可以同时停泊五十艘巨轮，万吨级的远洋巨轮可以全天候进出港口。而它能够成为这样的一个天然深水港和避风港，还真是多亏了这个九龙半岛，随着半岛向南伸入海中，消减了风浪，使港区相对平静。平静之中你又可以看见整个港区的繁忙，它拥有世界上最先进最完备的助航设施以及港口通信设备，其效率之高，为世界各大港口之冠。

九龙人也许该换一个地方划龙舟了。但无论他们在哪里划，他们决不会远离大海，他们也还像当年那些抗英壮士一样强壮，一样充满了激情和力量。只是现在，他们的敌人早已不复存在，有的只是竞争对手，大家都在玩同一个游戏，是的，这的确是游戏。你也许会在凤凰卫视的现场直播里看到一个被不断放大的镜头，一百个青铜汉子，从古籍般幽暗的老祠堂里抬出了一条条漫长的龙舟，乌黑，如同枯木，那深厚的历史文脉是否还能说出这里一个个古老家族的来路？是的，这就是九龙人的祖先划过的龙船，也是九龙特有的龙船，不过，哪怕再独特，这原本也不过是一种普通得不能再普通的水上游戏工具，但九龙的汉子们抬着它，却没有一点游戏的味道，他们虔诚地、神圣地抬着它，就像抬着祖先的灵魂，一路上大声叫喊着，走向大海。

这时候你可以嗅到九龙人身上散发出来的那种来自大海的强烈气味，而这条龙船仿佛就是他们和历史保持的最后的联系。大海仿佛已等了他们很久了。一条龙船下水，突然变成了占据整个画面的大特写，顷刻间，大海便从四面八方赶了过来，浪花连同一个个倒着过的日子，倾泻在一百个青铜汉子身上，水花四溅，壮怀激烈，让我看得惊心动魄……

三

对于九龙，有些东西我不想掩饰。这里不只有香港中环那样的大街和摩天大楼，还有像盲肠一样的老街和小巷，灰暗，狭窄，拥挤不堪，这些，我都觉得没必要掩饰。九龙似乎也没有谁去千方百计地掩饰，去给它们穿衣戴帽，以廉价的方式把它们打扮一新。

我到九龙时，正赶上香港“全城迎东亚运”活动在尖沙咀九龙公园举行，但我并未感觉到内地那种每逢大的会庆就会出现的那种紧张气氛，没有如临大敌，没有戒备森严，更没有出现卖菜刀也要实名制。我很轻松地就走进了九龙公园，很多游人和我一样在这免费的、也没有人把守大门的公园里闲逛，很多的老人也在这里闲坐或遛弯儿，一如平日的光景，乞丐、流浪汉也依然在这里酣眠，没见警察和城管人员来驱赶他们，尽管他们躺在那里就像一堆堆垃圾。我在那里差不多逛了一个下午，随心所欲地用我的数码照相机拍照，甚至到活动的主会场也拍了几张照片，也没有人来阻拦我，连盘问一下的人都没有。

香港很小，九龙也很小，但九龙公园比我见到的许多内地公园更宽广，我相信这不是我的错觉。这里树很大，鸟儿很多，我看到了一根以鸟为图腾的木雕柱，我凝神望了许久，我的目光无疑是憧憬的。

然而，一走出九龙公园，走到人口稠密而街道狭窄的旧城区，我又情不自禁地发问，香港人的生活难道真的那么值得我们憧憬吗？

我一直怀疑，港人的幸福指数是否真的有我们羡慕的那样高？这是只有走到了这里、只有在现场才会产生的疑问。

我有不少香港朋友，他们至少是中产阶级，但走进他们家里，对比我在内地的家，我立刻感觉自已阔了起来。至少是从房间的面积比，我比他们阔多了。香港是一个生育自由的地方，大多是多子女的家庭，而一家六七口人，哪怕是中产阶级家庭，也只能住在五六十平米的房子里，螺蛳壳里做道场，吃和住都在这样逼仄的空间里发生。房间很多，但很小，小到刚能放下一张床，刚刚能够让一个身体躺下。被子折叠得像在太阳下晒干了水分的豆腐干。小饭桌上，精致的青花瓷碗，闪着光，细致的光斑。露台上，洗涤的被褥已经晒干，阳光的气味还很强烈。一个带露台的房子，哪怕如此狭窄，也在千万以上，这在香港也是奢侈的，它承载着香港中产阶级的生活。

如果他们用同样的价格，可以在近在咫尺的深圳或东莞买到一套豪宅，甚至是一套带私家花园的别墅。价格和价值显得非常吊诡。一套同样的房子，在罗湖口岸那边的香港，可以卖到两千万，一过罗湖口岸，在深圳，就只能卖五百万了。而在深圳关外，在以半小时为半径的城市圈里，这个价格大约在一百万左右。我现在居住的东莞樟木头，人称小香港，这里离深圳罗湖口岸仅有十九分钟车程，开发出了一百多个面向港人的花园楼盘，一度引起港人的疯狂抢购，这么好的房子，这么好的环境，简直太便宜了，他们不是来这里买房子，而是买白菜萝卜。——看了香港的房子，再看樟木头的花园楼盘，我敢说，樟城的每一个花园楼盘搬到香港都是高档住宅区，都是豪宅。

但随着人类活动半径的扩大和珠三角不可逆转的的同城化，这种非常吊诡的价格和价值的巨大落差还能维持多久？对经济学，我是个门外汉。我只能凭我的真实感觉做出我的感性判断，人民币的升值是必然的，不说房子，就说一个一模一样的萝卜，在香港可以卖到五元人民币，在内地连五角钱都不值了。人民币实在太值钱了，不升值简直不符合生活逻辑。所以我断言，中国的房价上涨是抑制不住的，物价上涨也是抑制不住的，工资上涨也是抑制不住的。这是同世界接轨的大势所趋。如果能削平中国和世界的价格和价值的巨大落差，简单说，如果内地人现在住着的房子和香港卖到一样的价格，中国至少有一半人可以在一夜之间成为千万富翁。换句话说，排除价格的因素，从住房和物质生活的实际水平看，内地人在内地的生活和香港人在香港的生活，基本上在同一水平线上，绝对没有我们想象的那样悬殊。香港中产阶级的房子，还不如内地中等收入家庭的房子。那些居住在贫民窟里的港人，换在内地也一样要吃低保，住政府提供的廉租房。可奇怪的是，这些住在贫民窟和廉租房里的香港穷人，一出罗湖口岸，立刻就可以气宇轩昂地买上一套带私家花园的洋房，比香港价值两千万的房子还要好。很多在香港领养老金的退休蓝领工人，可以在内地雇佣人，在内地享受着养尊处优的富翁生活。港人在内地和他们的二奶生下了多少孩子，不知是否有人统计过，又是否进了中国人口普查的数据？——这或许又是我多余的追问。

尽管樟木头等地的房子是如此价廉物美，离香港又是如此近在咫尺，但还是很少有香港人真的愿意搬到这里来，哪怕是住在贫民窟里的香港人，他们的大多数时间还是住在香港、九龙的贫民窟里。我在樟木头的邻居几乎全都是香港人，我住的这个花园有一句经典的广告词：××花园，香港人的家。这个花园原本是不对内地人发售的，只因为近年来香港遭遇金融危机，有的港人急需资金，急于套现，才对我们这些内地人网开一面。但我住在自己家里，也能感觉到香港人看我们这些内地人的眼光有些异样。虽说现在内地已经不乏富翁，尤其是在沿海发达地区到处都是大亨，但在很多港人眼里，内地人依然是穷人。实在说，这也让我对有些港人看不顺眼。毋庸置疑，港人身上也有很多毛病。在他们用异样的眼光看待内地人时，他们有时候也很被内地人尤其是北方人瞧不起，这里面有他们对金钱的迷醉、爱打小算盘以及他们过于自恋的优越感。他们需要保持某种优越感。他们可能是在某种幻觉中保持着这种优越感。但我又不能不由衷地佩服他们，当我在香港看到了他们住的房子，看到他们置身于如此狭小的生活空间，却很少有蜗居的感觉，还有那样宽广的精神自由——这似乎不仅仅是一套大房子就能给他们带来的。或许还有一些别的什么构成了他们的精神。他们的心理空间显然要比我们大。

以城市的现代化而言，深圳似乎已经超过了香港。在深圳，你绝对看不到这些狭窄的街道、老旧的房子、贫民窟。但在香港，尤其是九龙这些人口稠密的街区，只要你往城市深处一走，随时都会看见。尽管你不愿看到，他们却可以容忍它们存在。如果换在内地，可能早已拆迁重建了，但在这里，却看不到丝毫动静，也看不见那些写在老墙上的一个个“拆”字。这里很少看到内地那些遍地开花的建筑工地和满世界架着的脚手架，也很少看见碎砖烂石乱飞的拆迁场面。拆迁民居，对港府来说是一件非常难也非常谨慎的事情。但我还是有一种异常强烈的担心，或许是预感，这房子不会倒掉吧？

我的预感竟然很快应验了。2010年初，农历腊月十五，离春节只有半个月了，这天下午一点左右，在香港九龙地区马头围道老旧居民楼，一座六层高的旧楼突然整个儿倒塌了。一个现场目击者用手机拍下了当时的画面，被香港凤凰卫视播出，画面有些模糊，但播音员的解说非常清晰，整个现场，和地震差不多，事发时听到一声巨响，整栋房子瞬间倒塌，漫天尘土铺天盖地般飞扬，很多居民大声叫喊争相逃命，头发沾满尘土。据那位现场目击者称，在旧楼还未倒塌前，先就有大量沙尘飞出，随即便有一名女子在大楼窗口大叫。

旧楼倒塌后，大量瓦砾覆盖了行人路。随后，便有消防人员赶到到场救援。这次事件最终造成三人死亡，两人受伤，还至少有两人失踪。事发之后，香港特区政府社会福利署和民政事务总署迅速成立了跨部门中心处理塌楼事件，并开放两个社区中心，让无家可归的居民暂时安顿下来，并对有需要的市民提供心理及财政援助。

应该说，香港既是一个非常重视民生的城市，也是一个相当尊重民意和公民权利尤其私有财产的城市。然而，这两者之间，似乎暗藏了一把双刃剑。事发后，有人反思，也有人追问，就在一周前，香港政府针对旧城区和楼龄在五十年以上的老旧房屋推出强制验楼和验窗计划，但旧楼强制验楼计划未能执行。据香港屋宇署资料显示，该署早在这幢旧楼倒塌的六年前就来检查过，随后发出了修葺令，业主当时已按要求完成有关维修工程。今年初，屋宇署再此检验了这幢旧楼，发现又有需修葺的地方，并于2010年1月13日也就是这幢楼房倒塌的二十多天前再次发出维修令，要求业主最迟于2010年7月完成维修外墙及公用地方的破损和剥落的混凝土。结果，还没等到最后的时限，这楼就在制度的空隙里倒塌了。

一座旧楼的倒塌引起了多米诺骨牌效应。除了九龙，在香港各地还有很多这样的旧楼，据港府有关部门调查统计，仅九龙红磡地区就有两千多幢楼龄较高的旧楼，这些旧楼的单位，在维修时已发现墙身松散。香港特区政府发展局痛定思痛，责令其下属的屋宇署将对全港楼龄五十年以上的同类结构建筑进行全面检查，以保障住客及公众安全。

这一事件发生时，我心里有一种说不出的难受和复杂的滋味。不知不觉，我就爬上了樟木头的观音山，这里有一座世界上最大的玄武岩观音雕像，也是香港人虔诚地朝拜和信仰的。在此，我为他们虔诚地祈福，也让自己的心情渐渐归于宁静。许久，我都下意识地望着香港九龙那个方向，长久地凝望着那一方天空。

天上那些云纹图案，仿佛产生于我的幻想。

乔布斯咬了上帝的苹果（外二篇）

朱大可

资本主义的私生子乔布斯，一个稀有的商业天才，向我们展示出技术美学和器物美学的奇迹。而在这方面，另一个叫比尔·盖茨的人，只能望尘莫及。比较一下苹果和微软的视窗平台，就连一个傻瓜，都会做出正确的评判。

技术美学的成就，导致苹果电脑成为全球设计师的最爱。但是，iPhone和iPad的最大意义，并非只是技术创新，而是对人性的透彻掌控。乔布斯究竟发现并建构了什么呢？首先是它的功能性——满足从资讯到游戏的多重需求；其次是便利性，它的“一键还原”，令此前所有手机都黯然失色。

但乔布斯主义的最大特色，还在于工业美学的成就。从未有过任何一款电脑，像苹果那样昂贵，同时又符合精巧、轻盈、简洁、光洁、华丽和匀称的美学尺度；也从未有哪一种手机，像苹果那样，从手感、质感和美感诸多方面，企及电子器物美学的巅峰，征服了全世界的设计师和手机民众；从未有这么多的电子企业，疯狂抄袭苹果的每一个细节，制造出大量外形酷肖的克隆物。

我们已经发现，正是乔布斯本人，推动了两种类型的崇拜：对美妙的登峰造极的器物及其技术的崇拜，以及对其发明者也即他本人的崇拜。这是器物崇拜在符号资本主义时代的最高典范。随身电子器物，在一个中等价格的平台上，达到了可以进逼著名奢侈品牌（如卡地亚珠宝和迈巴赫汽车等等）的级位。在精神性从人类舞台退场之后，大众日常器物，第一次洋溢出耀眼的美学光辉。

乔布斯的苹果电器是个巨大的财经黑洞，它比任何奢侈品都更强大，有力攫取着消费者的财富和激情。乔布斯的成功秘诀在于，他比其他商人更机智地洞察人性的弱点，并巧妙地加以利用，那就是哲学家所指陈的游戏精神。

利用人性的诸多弱点，是消费主义的逻辑起点，也是资本主义市场的基本法则。但此前还没有任何时代，像符号资本主义那样，赤裸地表达这种商业真理，并把它变成一种大众崇拜的神坛。

在人性的复杂谱系中，陈列着若干可以被市场利用的娱乐基因，目前已经被明确指认的，有情欲、暴力欲（施虐和受虐）、窥私欲、游戏欲和赌博欲。它们是五枚奇异的果子，高悬在“知善恶树”的枝头上，等待人类的摘取和偷食。

当年在伊甸园采取违禁行动的，是一个叫做夏娃的女人。她偷吃的第一个果子，名字就叫情欲（有时叫做“智慧”）。她就此发现了情欲、做爱、羞耻和遮蔽的真理。但关于圣园里的果子，此后出现了诸多分歧。它最初被认作无花果，一种人类最早培育驯化的果树。来自考古学的证据表明，人类种植这种植物的历史，长达一万年以上，它的果实是夏娃的第一道美餐，而宽大的叶片，则是人类史上的第一件生态内衣。

但后世的伊甸园叙事，却更倾向于苹果。这种原产于欧洲、中亚、西亚和土耳其的物种，品种多达7200个，遍及世界的每个角落，由此变成被广泛认知的符号，最终，这种寻常的圆形水果，取代了比较稀少的无花果，成为人类始祖原罪的世俗象征。

按圣经《旧约》所给出的描述，伊甸园里有两种树木——生命树和知善恶树。但《旧约》仅仅讲述了后者的故事。此外，知善恶树上的果实数目，也从未被人披露。它似乎是一个重要的神学秘密。但根据密码学的原理，上述两种树的密码可能是互文性的，也就是A树的密码在B树身上，而B树的密码则含于A树之中。这就意味着，生命树可能就是我们解读知善恶树的唯一线索。只要盘查一下犹太秘教的其他典籍，我们就能找到有关于生命树的细致描述。例如，著名的卡巴拉生命树体系，含有三个支柱、十个圆和二十条路径，而这十个圆圈，就是知善恶树上十枚苹果的隐喻。它曲折地揭示了后者的数字机密。

在中国四川三星堆，4500年前的青铜神树被挖掘出来，上面悬挂着九只小鸟。它们是九个太阳的象征，也就是九个圆或九只苹果的转喻。这正是被夏娃光顾过的知善恶树。在后夏娃时代，苹果还剩下九只。三星堆的神树，内在地呼应着《旧约》的传说。

伟大的基督诞生之后，那些被偷尝后剩下的九只果实，被使徒们藏匿起来，长达数千年之久。直到资本主义运动的降临。资本家们利用了第一只，并且发现了另外三只，此外还有六只已知或未知的禁果，分布在更隐秘的地点，以待新一代天才的发现。

为证明乔布斯先生的创新贡献，我们不妨简单回顾一下人类偷尝诸果的现代简史。

1964年，传媒大亨默多克创办《太阳报》，以简单廉价的方式，同时满足了人类的三种欲望：刊登色情漫画专栏（情欲），发布各种战争暴力的新闻和深度报道（暴力欲），捕捉英国王室的绯闻，并把追踪机制从狗仔队发展到对名人的全面窃听（窥私欲）。香港人效仿默多克，创办《苹果日报》，堂而皇之地把咬了一口的苹果，作为自己的刊名和标识，由此引发港台传媒和中国内地传媒（主要是“都市报”类型）“苹果化”的狂潮。

第四只苹果的雏形出现在1962年，比《太阳报》还早两年。一位叫斯蒂夫·拉塞尔的大学生制作出《宇宙战争》（Space War），试图打开游戏的潘多拉之盒。但直到1970年代，随着苹果电脑的问世，这种电脑游戏才真正进入市场程序。而这正是乔布斯的功绩，经过数十年的营造，他的i系列电子产品，以游戏欲的密匙，利用手机和平板电脑为操作平台，打开了全球电玩市场的大门。

乔布斯深谙成人内心的儿童本性，以及遁入游戏来逃避现实的强大欲望。正是他咬了第四只苹果，并把它稀释成大众牌果酱，分配给全球的苹果用户，让他们在一件精美的随身电子器物上实现游戏梦想，而无须端坐在桌面电脑前，或跟其他人合作玩桌面游戏。乔布斯让游戏变得很轻，犹如一种贴身的呼吸。这是器物游戏的最高境界。但全部游戏的最终结局，就是人在其中丧失自我，而成为一个虚拟的存在。游戏是消解人的本质的重要手续。

下一轮器物发明的主题，也许将围绕电子赌博产生。它是目前已知的第五枚娱乐禁果。基督徒乔布斯已经离去，而电子消费的市场，需要一个更为年轻而强悍的天才，战胜宗教伦理的障碍，以继续唤醒人类内心涌动的欲望。

人类偷尝各种禁果而解放欲望，并创造出全新的科技文明，更由于放纵这欲望和智力而受到诅咒，加速毁灭的进程。那些器物像弗兰克斯坦那样，成为脱离控制的创造物，并反过来消灭人本身。这一悲剧性的命运，被先知们千万次地书写在史诗、小说、电影和启示录里，《2012》是其中最具视觉魅力的文本。它是无比感人的视觉劝喻，却无法动摇符号资本的根基。

消费大众对此无所畏惧。他们在为创新和技术进步而狂热地欢呼，并把这位叫做乔布斯的苹果偷食者，送上粉丝簇拥的高大神坛。也许再需100年，人类就能找到其余的五只禁果，果敢地吃掉它们，设计出更多新奇的怪物。正因为如此，一个可以预见的场景将是这样的：在宇宙的某处，将有一座地球人类的坟墓，上面矗立着由神亲手种植的小树，它会在宇宙时间里缓慢长大，成太空中最孤独的标记，而它的名字就叫“苹果”。

茅台酒的文化象征

茅台酒，中国最贫穷省份之一所酿造的酒品，经过上百年的文化酿制，击败所有酒种，擢升为华夏民族最昂贵的奢侈饮品。

酒是充满政治气味的日常饮料。但朗姆、杜松子、伏特加和威士忌等烈性酒，却被各国政治外交场合所禁止，唯独能在中国官场豪迈地流行。正是这种官方榜样，鼓励了盛大的美食和纵酒运动。尽管最近有些地方当局出台限酒令，严禁公职人员工作日和非工作日执行公务时饮酒，但它却对酒的销量没有产生负面影响。酒桌政治的最佳时刻，不在执行公务之时，而是在“下班”后的晚餐上。禁酒令机智地绕过了最重要的时刻。

茅台酒，色泽澄亮而微黄，芬芳四溢，在夜幕下说出中国式的美妙酒语。酒桌是茅台的唯一战地。酒酣耳热之际，身份的强硬边界变得柔软了，人的羞怯与戒惕悄然失去，舌头变得灵巧或笨拙起来，言辞随意而嚣张，营造着一种自信、恳切和亲昵的气息。像所有50度以上烈酒一样，茅台扭转了权力场的角色关系，并重塑着所有饮者的公共面容。与此同时，茅台酒自身，也成了中国酒桌政治的芬芳隐喻。

这是中国式关系学的最高境界。它要重新修订被衙门所限定的身份规则。酒桌政治，无非是微观权力叙事在餐馆里的投射、一种办公室政治的亲密对偶，它令人联想起各种有趣的政治术语：权力舞台、官僚政治、名利场、贪腐圈和行贿通道，等等。酒桌是如此的暧昧、肮脏而又亲切，在杯盘交错之中，密谋被轻松地达成了，仿佛只是些漫不经心的私语。以一个旁观者的偏激眼光看去，在当代官场，似乎每个酒杯都装满了难以启齿的秘密。

不仅如此，茅台酒还支撑了男权主义在中国的绝对地位。茅台是男人的顶级瘾品，它跟女人基本无关。茅台赞助了男权文化，把男人跟权力和野心紧密编织在一起。茅台是中国男性符号的转喻，它要重申男人炫耀、博弈、社交和放浪的微观权力。这权力超越了社交酒桌的范围，而向内扩散到私人客厅、卧房和家庭，呈现为跟温软酒香相反的坚硬格调。那些造型保守的红白二色酒瓶，伫立在豪华的玻璃酒柜之中，被装饰小灯泡所照亮，仿佛是一座权力的界碑，向家庭女眷们发出含蓄的警告。

酒桌权力学是中国人发明并光大的文化体系。华夏农业时代曾向它的居民提供过各种酒品，如各种谷类酒（如白酒和黄酒）、果酒、花酒（桂花酒、菊花酒、莲花酒）和药酒（椒柏酒、枸杞子酒和人参酒），但没有任何一种酒能像茅台那样，从中国政治权力结构中获取强大的象征价值，而我们竟然难以知晓这其间的因果关联。

茅台酿造的神秘性、困难性以及数量稀缺性，可能是支撑这种神话的重要原因。据说，茅台酒的酿造，依赖于空气中的神秘菌体，而该菌体仅存于茅台酒窖方圆数百米的上空，任何迁移式的仿制，都无法再现茅台原浆的独特风味。但这只是一个迷人的推测而已。迄今为止，没有任何生化手段能测定和捕捉这种传奇生物。

茅台酒奇特的自我表达能力，也许是推动神话叙事的另一类力量。有一则被不断引用的传说声称，在巴拿马国际博览会上，送展者故意打破酒坛，导致酒香四溢，引起参观者的轰动。这个无法考证的传说，后来居然跟前总理周恩来发生了重大关联。民间讲述者甚至宣称，正是周恩来本人亲自向送展者秘授了“碎坛传香”的妙计。然而，在举办该博览会的1915年间，周恩来还在天津南开中学念书，恐怕没有机会指导那场爱国营销活动。依据晚清和民国的统计资料，我们也没有发现茅台酒因酒香四溢而被海外大量订购的迹象。

茅台酒厂编撰的宣传文本还进一步指出，该酒在1915年巴拿马国际博览会上获得金奖，而这一殊荣已成茅台魅惑世人的价值支柱。但《看历史》杂志的记者调查发现，它当年仅获得一枚普通的四等银奖而已，同时获奖的中国产品，其数量高达1211个，其中一等奖57个，荣誉奖章二等奖74个，三等金奖258个，四等银奖337个，第五名铜奖258个，荣誉奖227个。而在如此众多的中国产品之中，茅台并未实现“脱颖而出”的梦想，反而是山西汾酒和张裕葡萄酒，拿回了真正意义上的一等奖章。

茅台的现今地位，或许取决于首席广告师周恩来的卓越努力。正是基于周的个人嗜好，茅台得以战胜四大白酒之汾酒、西凤和杜康，成为酒桌政治学中推动博弈、谈判、和解与交易的最高液体。酒量据说深不可测的周恩来，利用茅台款待外国宾客，展开酒桌微笑外交，风度翩然，开创本朝酒桌政治的伟大先河。周恩来用茅台款待基辛格、尼克松和田中角荣的照片，成为茅台外交的强硬证据，被广泛引用于各种历史记忆文献之中，令周氏外交散发出持久绵长的香气。

不仅如此，周恩来还向本国高官和艺术家大力举荐这一美酒。嗜酒如命的水墨画家傅抱石应召进京，绘制《江山如此多娇》。在全国大饥荒的紧迫形势下，周下令向傅抱石每日提供一瓶茅台，为上下攀爬的艰苦作画提供酒精动力。按照这种喝法计算，傅抱石在长达四个月的制画期间，当饮入120瓶左右的茅台；而按今天顶级茅台3000元一瓶的价格计算，其总价约为36万元；再按1959年茅台每瓶105万元的当下拍卖价，傅抱石当年所饮之费，已达1.26亿元。这完全可以被视为该画的皇家报酬。高悬于人民大会堂二楼前厅的《江山如此多娇》，要是在现今加以拍卖，或许有望达到20亿的天价，足以抵消抱石先生所饮茅台的拍卖总额。茅台酒催化的艺术价值，正在成为整个神话叙事中最令人咋舌的部分。

"茅台"被选择成为一种特殊的政治符号。在旧帝国晚期，它是一种民族指数，用以表达农业文明进化的深度；在毛周时代，它是权力指数，用来衡量饮者地位及特权的高度；而随着"中国模式"的消费时代的降临，它演化为贪腐指数，用以测量官场和商界"亲密合作"的广度。茅台酒的这种语义变迁，正是中国社会演化的一个侧影。

茅台神话催生了所谓"茅学"的诞生。这种"学问"被用以专门制造、捍卫和传播这种酒品神话，并跟制造商和经销商构成紧密的联盟。那些热情编织的歌德文字，过去曾在皇帝身上大范围运用，而今却成为一种关于酒品的隆重赞词。所有这些神话都只有一个目的，就是不断推升茅台的价格，把它变成中国最昂贵的饮品。但这场价格泡沫的狂飙，却无法改善贵州民众的贫困生活。

一个世纪以来，每市斤酿造原料仅需2.4斤高粱和2.6斤小麦的茅台，其价格剧升了数百倍之多，2010年已涨至每瓶千元以上，只是在市场上大量涌现的茅台，八成都是仿冒的赝品。而奇怪的是，一方面它被中国人狂热地品尝和收藏，另一方面，这一据说跟苏格兰威士忌、法国科涅克白兰地齐名的三大蒸馏酒之一，却始终没有被西方人接纳，成为其日常生活的必备饮品。这情形跟景德镇瓷器、江南丝绸、松江棉布和徽闽茶叶的遭遇，截然不同。后者曾经是欧洲市场上最受青睐的器物。茅台酒的全球化计划，面对着坚固的口味壁垒。追求含蓄风格的西方人，似乎并不喜欢这种香气浓烈的饮料。而茅台酒的自产自销，加剧了它的"土产"特征。最终，越过一个世纪的"巴拿马金奖"之梦，茅台酒大步退缩，成了孤芳自赏的文化象征。

洗脚、下跪、磕头和道德演出

洗脚、下跪和磕头的闹剧，从旧帝国一直上演到民国，始终没有终止的迹象，只是在新文化运动之后，它逐渐遭到人们的唾弃。但今天，在道德全面沦丧，而普世伦理又无法推行的背景下，那些发霉的旧风俗开始卷土重来，成为转型中国的"亮丽风景"。

只要翻检一下中国近代史就不难发现，洗脚和磕头之类的江湖事迹，散布在历史的各种缝隙里，犹如芳香四溢的牛粪。光绪二年，徽州官府组织数百个良家媳妇给公公洗脚，场面壮观，而情形却相当暧昧和诡异；民国二十五年，山西某地曾闹过一场磕头喜剧，三百名守寡贞妇，集体向婆婆磕头，发毒誓效忠亡夫，地方官绅事后还大立贞操牌坊，以表彰那些烈妇的壮举。

最近，广东某实验中学首创“青年礼”，要求初二学生在操场集体“下跪”，以示对父母的感激之情；5月8日母亲节前夕，江西某小学100名学生在操场上给妈妈洗脚以示孝心；北京170名外来务工者为并排而坐的父母洗脚；武汉洪山看守所内的少年嫌犯为母亲洗脚表达感恩和忏悔，如此等等。下跪洗脚的光荣事迹，有如雨后春笋。

无独有偶，7日下午，台湾屏东举办“为妈妈洗脚”活动，计有3724位母亲同时被洗，创下同一时空里最多人洗脚的吉尼斯世界纪录。中国人不仅善于制造各种制毒和使毒记录，也在孜孜不倦地营造新的道德奇迹。

这场洗脚闹剧的源头，是一则央视进行“感恩教育”的“公益广告”：一位年轻母亲睡前给母亲端水洗脚，幼子为此深受感动，遂端来一盆热水要给自己母亲洗脚。至此，“洗脚模式”成了推行感恩精神和孝道伦理的样板。各类职业和不同年龄段的青少年人群，均被要求给自家父母洗脚，并且从家庭内部发展到大庭广众，又由坐洗推进到跪洗和磕头洗。上海某中学甚至给学生颁发洗脚日历卡，每洗一次脚，父母就在卡上签字，而该卡将在学期末成为评定道德分数的主要依据。

为了复辟这种旧帝国的道德风范，长沙当局计划打造“孝道”文化街，建设“孝”文化广场，有关部门还专门设计“孝道试卷”，以测试市民的“孝道指数”。这场闹剧正在愈演愈烈，规模盛大，成为遍及全国的集体道德秀。

但国人的孝道传统，往往表演甚于实绩。父母死后，大肆操办丧事以示孝心，而其生前，则往往百般虐待与摧残。目前的洗脚狂潮，不过是这种“秀孝传统”的变种而已。正如一些网友所指出的那样，如果向长辈表达感恩之情，最终只剩下“下跪”或“洗脚”的话，那么这只能是华夏民族的悲哀。老师应向学生告知“孝即爱心”，而非组织此类哗众取宠的街头活报剧。

在中国，一切动机良善的事物，最终都会扭曲变形，正如我过去曾经预言的那样，春节已经沦为美食节，元宵节沦为汤圆节，端午节成了粽子节，而中秋节则蜕化为月饼节。在所谓“亲情经济”的浪潮中，母亲节一方面转型为“洗脚节”或“磕头节”，同时也被强大的市场之手弄成了鲜花节或蛋糕节。似乎没有什么节日能摆脱这种庸俗化的厄运。

中国人的孝道，无非是专制主义在家庭结构中的映射。它从未承载过真正的爱与亲情，而仅仅重申长辈对晚辈的微观权力。它拒绝家庭成员的人际平等，无视晚辈的人格尊严，进而摧毁主体的独立建构，由此导致服从性和工具性人格的茁壮成长。家庭孝道，是帝国规训其政治顺民的逻辑起点。

耐人寻味的是，那些受到表彰的著名孝行，大多散发着浓烈的自虐和互虐气味。在作为道德范本的《二十四孝图》中，三分之二的事迹尚在可以理喻的范围，而约三分之一的故事则可以划归荒谬可笑之列，诸如“戏彩娱亲”（70岁老头假扮婴儿逗老母快乐）、“埋儿奉母”（为了省下口粮给老母，竟然打算活埋幼子）、“卧冰求鲤”（在严冬以裸身融化河面冰层，钓取鲤鱼供继母食用）、“恣蚊饱血”（在夏季用自己裸身吸引蚊子而保护父亲）、“尝粪忧心”（亲尝父亲的粪便以了解病情）之类，所有这些被大肆宣扬的事迹，不仅洋溢着SM的奇特激情，而且充满着杀子恋母或自残恋父的古怪情结，却被裹上儒家伦理的庄严外衣，放射出经久不息的道德光芒。

值得庆幸的是，就在人们大肆鼓励孩子以各种形式“孝敬”父母时，广州市少年宫和《都市人·成长》杂志，公布了名为“关于家长和孩子对感恩的理解”的调查结果，它显示，在孩子的心目中，“帮父母做家务”和“等长大了赡养父母”最能表达感恩之情，而“帮父母洗脚”和“给父母磕头”，则最令人反感。这项调查表明，中国的孩子，并未丧失价值判断的基本能力。而企图把这种腐朽样式强加给他们的成人，反而暴露出可疑的行藏。

如何阐释“孝”的含义，这无疑是问题的关键所在。儿女跟父母的关系，首先应当建立在人格平等的价值观上，任何一种下跪和磕头的行径，只能把“孝”引向“顺”，也即表达谦卑和顺服的语义，这种所谓孝道，背离了自由、平等和博爱的人本主义价值基线，跟爱没有任何本质性关联。

但中国专制主义就利用这种自阉式“孝道”，对家庭成员间的人伦之爱进行偷换，以期从这种被扭曲的伦理关系中训练奴性，进而把它投射到君臣、官民和的关系之中，以捍卫王权设定的永恒秩序。

母亲节源于希腊，人们藉此向奥林匹斯山上的众神之母赫拉致意；现代母亲节则源于一名叫做安娜贾维斯的美国女士，她力主设立纪念日来劝慰那些在战争中丧子的母亲，同时创立母亲节来表彰全球母亲的伟大成就。美国国会为此于1913年通过议案，将每年五月的第二个星期天作为法定母亲节。母亲节至此诞生并在全世界流行，成为地球上所有母亲的共同节日。

母亲节的这种世界性起源，刻画了它作为普适价值载体的基本容貌。全世界的儿女都知道，我们应在这一特殊的节日里重申母爱的伟大，学会对母亲报以更为炽热恒久的情感，学会倾听她们的教诲，尊重她们的抉择，跟她们成为最亲密的朋友，并学会在她们老去之后，照料其衰弱的身体和安慰其孤寂的灵魂。但这绝不意味着我们必须以下跪和磕头来表演各类滑稽的“孝行”。母亲珍爱并引为自豪的，不是那些磕头虫和软脚蟹，而是有尊严地站着的孩子。

落日前的凭吊

耿　立

一

辛亥百年的5月27日下午4时，到了洹水北岸的袁世凯墓。原本的路线是想到殷墟去，车行目的地的方向的路上，安阳的朋友说，袁世凯的墓就在殷墟附近，于是就和儿子先去袁世凯墓地，凭吊一下为晚清送葬的枭雄袁世凯。

儿子喜欢文史，常和我切磋晚清史实，他说袁世凯最像三国时治世之能臣乱世之枭雄的曹操，孙中山则如到处依附人的刘备。章士钊的回忆文章里有：

“当时最号激进如汪兆铭者，头脑较为清醒，彼能认为辛亥之成，出于南北形势之偶然，非革命党本身力能所致。于是总统一职，中山先生坚持不让时，兆铭公言：‘袁固多诈，孙亦无耻。’李筱垣（李书城，同盟会发起人之一。1911年11月2日起，黄兴是中华民国军政府战时总司令，他任参谋长）谓曾见汪札，确如此说。”

汪精卫是南北会谈时南方代表团的四位参赞之一，洞悉和谈过程的枝枝节节，即使到了1912年的2月3日，和议早已达成，只待溥仪下诏退位，在同日本人谈判中，孙中山坦率地说：

“倘近数日内，无足够之资金以解燃眉之急，则军队恐将解散，而革命政府亦将面临瓦解之命运……之所以断然实行汉冶萍日中合办，以取得五百万元资金者为此；此次又苦心焦虑，欲以招商局为担保，筹措一千万元借款者，亦为此。然而，虽经种种筹划，而时光荏苒，交涉迄无结果……于军队解散、革命政府崩溃之前，作为最后之手段，唯有与袁世凯缔结和议，以防天下大乱。”让出临时大总统的位子，实是孙中山的无可奈何之举。

在武昌新兵兵营偶然打响的第一枪，把气数已尽的清朝打出一个大洞的时分，以及武昌起义的过程中，我们看不到孙中山的影子，他从黄花岗的阴霾里还没有走出，还在舔舐着伤。当时他正在地球的另一端，唐德刚在《晚清七十年》中写道：孙中山那时已经贫困潦倒，正在科罗拉多州一家餐馆打工端盘子。武昌起义三天之后，孙中山才从报纸上得知这一消息，当然他也不十分激动兴奋，因为武昌起义本来就跟孙中山的同盟会没有直接关系，况且孙中山一直在两广活动，反对在长江流域进行革命。武昌暴动的发起人是共进会和文学社成员，以及武昌的一些新兵。令清朝把肠子悔青的是湖北新兵是张之洞为晚清点的豆，想延续大清的血脉，谁知收获的却是摧毁清朝的果，成了压垮清朝的最后一根稻草。

1911年11月13日，袁世凯离开北京三年重又回到权力的中心，莫理循写道：有一群安静并且秩序井然的人从火车站到他的居所，夹道欢迎他的到来。

武昌起义只是敲响了清王朝的丧钟，但真正给清王朝致命一击的却是袁世凯。12月28日，袁世凯到紫禁城觐见皇室，谈论清室优待条件的细节。《每日电讯报》驻北平记者第二天报道说：昨天袁世凯、太后和亲王们会谈。在皇宫中出现了戏剧性的辛酸场景，一些王公大臣哭道：臣罪该万死。隆裕太后再次昏迷，整个皇宫中充满悲戚。袁世凯迫使清朝退位，正是辛亥革命最重要最关键的一环。我想，如果不以意识形态划分，抛却国民党对袁世凯的妖魔化，若论推翻帝制，把帝制临门一脚送入历史苍茫的，真是舍只有1.58米小个子的袁世凯还能有谁出其左右？

天上雷声隐隐，辛亥百年到来了，袁世凯墓前萧索。在安阳，我是先寻找袁世凯归隐的旧迹洹上村不得，就到了据说距离洹上村东一里的袁林，没有香烛，没有牲醴。

展厅里有“洹上村”三个字的石刻，人说这是洹上村的旧物，而村子已经没入了历史的虚空，连黍离之悲的荒野也找不到了，在洹上村的旧址已经被现代人耸起的楼宇所占据。

看到了一领蓑衣，是袁氏当时的旧物否？我曾看到一幅当年上海的《东方杂志》上刊载的袁世凯披蓑衣、戴斗笠，悠然垂钓的黑白照片，但那两眼的如炬火的光，透出了他做渔父的不甘。1909年1月2日，二十六岁的摄政王载沣将五十岁的袁世凯解职，逐出京师送了个名号“回籍养疴”。老家是回不去了，袁世凯原籍河南项城，据说，袁世凯的母亲原是袁府的一个大脚丫头，有一手好绝活儿：会双手烙馍，烙出的馍似宣纸一般薄，味道特别好。袁世凯的父亲生来爱吃烙馍，很喜欢这个大脚丫头，后来便纳其为妾。不久，便生了袁世凯。袁世凯自幼就认为自己的福气是母亲带来的，所以一直很孝顺。母亲85岁离世那年，他亲自护棺回项城，因为他哥不容许袁世凯母亲与其父亲同葬于祖地，袁世凯大怒，以后再不回项城，而是住到了洹水边上的安阳洹上村，垂钓洹上，并自称“洹上渔翁”，袁世凯的这张照片叫做“蓑笠垂钓图”，《东方杂志》说：“袁世凯头戴斗笠，身披蓑衣，身边放着一个鱼篓，一副娱情山水、鱼樵足乐、超然物外、与世无争的样子。”这年他五十岁了，到了知天命的年龄，三千多年前的商朝宰相伊尹，也是在洹水隐居三年，然后重获商王的重用。

袁世凯自小任性放诞，一旦在洹河钓鱼，确实有点滑稽，他被摄政王开缺后，听从杨度的劝言，垂钓洹河，韬光养晦：

> 蓬头稚子学垂纶，侧坐莓苔草映身。路人借问遥招手，怕得鱼惊不应人。

于是袁世凯派人到处置办鱼篓、斗笠、蓑衣、钓竿、钓线、鱼钩、鱼漂、抄网等一应用具，凡是一个渔父要有的都要齐备。就选一个春阳和暖的日子，袁世凯戴斗笠、衣蓑衣、踏芒鞋，如出境的演员缓步走向洹水。袁世凯自小不事稼穑，锄禾砍樵、打渔撒网的农活自是外行，至于垂钓既没兴味更没耐心，“春钓滩，夏钓湾”，醉翁之意不在酒，只在山水之间耳，洹上垂钓原本就是作秀，可假事也要做的像真的一样，那才是高手，这时他写了《自题渔舟写真二首》诗：

其一

身世萧然面不愁，烟蓑雨笠一渔舟。
钓丝终日牵红蓼，好友同盟只白鸥。
投饵我非并得失，吞钩鱼却有恩仇。
回头多少中原事，老子掀须一笑休。

其二

百年心事部悠悠，壮志当年苦未愁。
野老心中负兵甲，钓翁眼底小王侯。
思量天下无磐石，叹息神州持缺瓯。
散发天涯从此去，烟蓑雨笠一渔舟。

袁世凯春日钓柳絮，夏季钓荷花，秋风时钓删繁就简，白雪皑皑时钓寒江苍茫，天地一白；蓑笠垂钓，这一相似的情景也发生在两千年前渭水边上：八十岁的姜子牙用直钩钓鱼，那用意是显豁的，那样的垂钓是没有诗意可言的；袁世凯原版克隆两千年前的太公姜子牙，也一样没有几多的诗意，他不是濮水上的泛舟者闲钓者庄子，虽然天下的水是相通的，但天下的人心却隔膜。权利对庄子来说，是不能承受的重，庄子在权利到来时候潇洒的造型是：

庄子持杆不顾。

这形象一直定格在历史的深处，而姜子牙和袁世凯却做不到对权利的不顾，他们也不顾，是不顾一切地拥抱权力，拥抱天下，而不是渭水和洹河的清且涟漪的波涛，夫子说：清斯濯缨，浊斯濯足！袁世凯在洹水可以洗军旅和仕途已跛足的何其跋涉的双脚。

读晚清史。在袁世凯墓地。青史与黄壤，心生感慨，袁世凯是历史上一个让人可佩可惋可怜的人物。

让人可佩是由于他虽懒读经书，和圣贤的子云诗曰隔膜，但也少了些条条框框的束缚，在关键的节点敢于豁出去，用热血做赌，这点袁世凯仿佛刘邦和朱元璋再世；袁世凯敢于用人，不念私仇，不限流品，不论资格，这点像曹操再世，袁世凯在顾维钧留美归来，即拔擢起用，对与自己有罅隙的张謇、梁启超，任用时不念私仇，对曹锟这原本一个布贩子的出身，却不限流品任用如常，最后曹锟竟做到了总统的位子。鲁迅在《太炎先生二三事》描述过太炎先生与袁世凯的纠葛，是很有趣的事。当时正值冬天，章太炎足蹬破棉靴，手摇折扇，扇下坠吊着一枚景泰蓝大勋章，直闯总统府。但袁世凯并没杀章太炎，只是软禁龙泉寺而已。袁世凯使起黄金来，把黄金看做土块。他建立现代化陆军，设立保定陆军学堂等军事院校，创办北京天津现代化警察部队，他办实业兴学堂，在晚清新政中，《剑桥中华民国史》说：没有一个晚清管理能在同样短暂的时间比袁世凯取得更多的改革成就。此言不虚，他在山东巡抚直隶总督兼北洋大臣位上，好评如潮。

袁世凯他做事，他改革，他意志坚定，看准目标，做起事来雷厉风行，果断斩决，一意孤行，不计后果。但他也因锋芒毕露，常常在到达顶点的时候就跌落下来。

说袁世凯可惋，是他出身中原腹地，虽是新政的中坚，但他不学，高友唐《高高轩随笔》云："南皮于万寿山附近六郎庄筑小园避暑，恒召幕僚于茅亭敲诗钟消遣。戊申八月十五日，以中秋两字鹤顶格，令每人拟十联；拟毕，小饮赏月。忽询近日有何新闻，余对有友自沪来，闻郑孝胥评论时人，颇滑稽。谓岑春萱不学无术，公有学无术，袁世凯不学有术，端方有学有术。南皮捻须笑曰：'余自问迂拙，郑谓我无术，诚然，然有学二字，则愧不敢当，不过比较岑、袁多识几个字。袁岂仅有术，直多术耳。至谓端有学有术，则未免阿其所好。学问之道无穷，谈何容易，彼不过搜罗假碑版、假字画、假铜器，谬附风雅，此乌足以言学耶。'观于此，南皮对袁、端之感情，可见一斑。"

袁世凯有术是有术，但因为不学，使他不明大势，他促成了清帝退位这场"不流血的宫廷政变"，使中国才不致陷入旷日持久的内战中，这于国于民，袁世凯都是历史的功臣。但是，中国数千年来不断改革修正的政治社会体制，仍是一只虫子，死而不僵，仍具有非凡的生命力，虽奄奄一息，但就是一口气不绝，它并不会因为革命赶走了皇帝就同时跟着殉葬而亡。

《三国演义》里说曹操势力强大的时候，孙权曾写信给曹劝他代汉称帝。曹操将孙权的信拿给大臣们看并笑骂道：“孙权这小子，是想把我放到炉火上烤啊！”从曹操的内心说他也不是不想称帝，但时也命也各种条件具备才可，要是心急就想吃热豆腐，条件不成熟便贸然行事，反而会招来杀身之祸。袁世凯不是不知阿瞒曹操的心事，在称帝这样的大事上何以如此低能如此糊涂，说白了，还是心中的贼未去耳，去山中贼易，去心中贼难，这“贼”就是我们传统发酵的小农特有的做皇帝的春梦。

唐德刚曾为袁世凯辩护曰，“袁公之不幸，是他原无做皇帝之实，却背了个做皇帝之名。‘皇帝’在近代中国政治转型史中，被认为是‘万恶之源’。一个政客，一旦背上做‘皇帝’之恶名，他就会变成过街老鼠，人人喊打而遗臭万年了。‘真小人’就不然了。真小人的表现，第一是‘率直’；第二是‘笨’。这两重德性，在政治圈内是不易生存的；纵能勉强生存，也要遗臭后世的。我国政治史上，那位‘治世之能臣，乱世之枭雄’的曹操，便是个真小人。但是‘天下无孤，不知几人称帝，几人称王’，他是有其安定汉末乱局之功勋的。可是他遭人辱骂，也是两千年不能平反”。

孔夫子说，“大德无亏，小节出入可也”，我们觉得袁世凯可惋，错就错在不明大势，错在“大德有亏”，错在晚节不保，若小节的偶误，那历史是可原谅的，但他的玩笑开得太大了，不但拿自己的名节开涮，而且还拿历史大势开涮，这就是昏。

让人怜，是袁世凯在龙床上只躺八十三天，可说事如春梦，就再换了别的床开始挺尸，落得惶惶如丧家犬，身死名裂天下笑，过把瘾就死。“绝处高楼多风雨，莫到琼楼最高层。”这是袁世凯次子袁克文所作，黄袍加身是加身了，袁世凯最终登极圆了他的中原子弟的皇帝梦，也让祖坟冒了袅袅青烟，但却在举国声讨中唾骂声中下了台，灰飞烟灭，做帝制最后看家的鬼。

辛亥前，启蒙的梁启超曾大声镗踏地激烈反对革命，梁启超认为当时国人民智未开，国体不可轻变，走君主立宪的渐进改良才是中国的首选。可惜的是，当时的颛顼的清廷和激进的党人都把这剂良药当成了春风驴耳。一俟袁项城要搞洪宪帝制的时候，尽管也是君主立宪制的名号，梁启超却再挺笔再战，率先撰文发难，帝制已是死了的制度，就好比扔进猪圈后被践踏的佛像，再也无法引起人们心目中的敬畏和服从；梁的意思很显豁，帝制一旦被打破，就如破碎的铜镜断难复原；即使勉强复原，也难再产生神圣与威严的光环。可惜心窍已迷的袁世凯还是听不懂梁启超的话。

袁世凯的可怜处是折过身来再关上门搞专制、搞独裁、搞家天下，到末了终究是落得白茫茫一片大地真干净，皇帝的梦只是大梦一场，醒转后复归虚空；而袁世凯的死，也给后来者提供了一个警示的显示屏：此路不通。从这意思说，我们的历史是应感谢袁世凯的，历史的手指指着一堆腐肉说：这就是称帝者！

二

辛亥革命进行了八十三天，巧合的是，洪宪帝制也就搞了八十三天就烟消云散了，而今袁世凯归隐的洹上村只是一个名词，并非地标，人们指点在袁世凯墓地西一里许就是曾经的洹上村，现在已是片瓦无存，就如孔尚任的《桃花扇》的套曲："俺曾见，金陵玉树莺声晓，秦淮水榭花开早，谁知道容易冰消！眼看他起朱楼，眼看他宴宾客，眼看他楼塌了。这青苔碧瓦堆，俺曾睡过风流觉，把五十年兴亡看饱。那乌衣巷，不姓王；莫愁湖，鬼夜哭；凤凰台，栖枭鸟！残山梦最真，旧境丢难掉。不信这舆图换稿，诌一套'哀江南'，放悲声唱到老。"

何等悲凉！洹上村先是被冯玉祥让兵将居所内之器具、书画、古玩等拿到当时的河南省府开封去兜售，如杂货铺子一样开张，名人书画扇面一元一个，洹上村的袁世凯旧宅开办起了"彰德高级中学"。

再是日本人来了，洹上村做了弹药库；后来的内战，这里成了国共双方军队厮杀的战场，再后来，战乱消失了，人们发现洹上村已是破败不堪，有的房屋毁于战火，而那些四合院的门窗几乎全部被人拆走。

最后洹上村的"寨墙砖半数"撑起了安阳工人文化宫，人们在有袁氏印迹的包围中载歌载舞，歌唱新生活。

袁世凯居住洹上的那段时间，和他友善的兄长袁世廉也恰解职在家，袁世凯整天陪着袁世廉，扶杖漫步，下棋聊天；或是和妻妾子女共享天伦之乐；或是与几个文人骚客，吟诗斗酒，风花雪月……和当时晚清人的娱乐喜好一样，袁世凯最喜的，就是把戏班子请到家里唱堂会，一大家子人家，把院落塞得满满当当，呷着茶，听着高亢的梆子戏。听到入迷处，袁世凯会不由自主地用河南腔大叫“中”。等到戏散了，袁世凯还会像接见演职人员一样，把戏班子的班主叫到跟前，关心几句，嘘寒问暖，拿出几封包银作为赏钱。

袁世凯是粗人，毕竟随张謇学习过几天经史子集，于是也就忙里偷闲以诗言志，在洹上，袁世凯诗兴大发，倒涂抹了不少诗，还编辑出版了诗集。昔日权重位高的袁项城，一下子转身成为蓑衣斗笠超尘脱俗吟风弄月的隐士，这样的两极变化和落差，在当时如火药桶的中国，引起了窃窃的议论。

事实上，“退隐”后的袁世凯貌似与世无争，流连于山水之间，但仍然鹰扬虎视时刻注视着天下的风云动向。在袁居室的不远处，有一个毫不起眼的小房间，便是当时宅院中最现代也最为核心的一个所在：电报处。在离开京城时，袁特意带回一个小电台，通过这个渠道，袁世凯足不出户便知天下事，身不在朝但一切震荡尽在掌握。

安阳的友人指点说：洹上村西北二里处就是小屯村，也就是闻名于世的殷墟，在袁世凯开始洹上垂钓的时候，人们开始寻找药店神秘龙骨出土的地方，但费尽辛劳还没有找到这片地方，其实那震惊天下的甲骨文的出土地就在袁世凯隐居的旁边一二里处，在袁世凯归隐的十年前，即公历1899的深秋，北京街头药店里的作为药用的龙骨被一个叫王懿荣的山东人发现了，王懿荣是当时国内顶级的古文字学者，金石学家，国子监祭酒，主持着皇家最高学府。王对古代彝器上的铭文有过深入的研究，偶然的一次熬药的时候，就看到药包里没有磨碎的“龙骨”上的古文字，那勾勾画画，如图如符的造型，就一下子惊醒了他敏感的神经，他不仅立刻收购了达仁堂里的全部“龙骨”，而且还着人四处搜集。由于王收购龙骨时出手大方，且多多益善，结果在京城内外，“龙骨”也就从一种不重要的药材变成了很贵重的文物，不少人为了钱财也纷纷到处寻找有字的甲骨龟板了。

在王懿荣之前，就有人听说河南出土过有字骨板，以为是“古简”。王懿荣见到了龙骨实物，就下意识地判断出眼前的这些所谓的有字龙骨，与《史记》中记载“闻古五帝三王发动举事必先决蓍龟”的论述有关，隐藏在历史深处的“五帝三王”史实，在中国历史上一直缺少实证，属于传说的范围，而眼前摆着的的却是那个时候先民们问天占卜用的卜辞，而且不是一片两片的吉光片羽，而是汪洋恣肆的成千上万！

占卜，即使现在还在我们身边活着，其实是人对命运的敬畏与茫然，就通过占卜来询问天意，这是中国文化的特色，特别是在初民时代，大事问小事问，像战争的胜败、族群的凶吉、农业的收成，是朝廷史官们必须隆重占卜的。先取一块整修过的龟板，刻上一句问话，例如，几天之后要和谁打仗，会赢吗？然后把龟板翻过来，在背面用一块火炭烤出裂纹，根据裂纹的走向和长短寻找答案，并把答案刻上，等到打完仗，再把结果刻上。

余秋雨先生写过一篇《问卜中华》的大气磅礴充满忧思的文字，是他对古代文化和文明在现代命运的回应，他在文章中曾发问：

> “为什么三千多年前的声声问卜，会突然涌现于十九世纪最后一个深秋？为什么在地下沉默了那么久的华夏先人，会在这个时候咣当一声掷出自己当年的问卜甲骨，而且哗啦啦地流泻出这么一大堆？
>
> “我想，一定是华夏先人强烈地感知到了，他们的后代正面临着可能导致万劫不复的危难。
>
> “他们显然有点生气，掷出甲骨提醒后代：这是多少年的家业了，怎么会让外人糟蹋成这样？
>
> “他们甚至恼怒了，掷出甲骨责斥后代：为何这么垂头丧气？至少也要问卜几次，最后探询一下凶吉！”

于是王懿荣听懂了，刘鹗听懂了，罗振玉听懂了，王国维听懂了，那些人感到中华文化的召唤，他们要做贞人，在民族危亡，自信力委顿的时候，来唤醒这个民族。十九世纪中叶到二十世纪中叶，对中国文化和中华文明来说，实在是黑暗期间冰河期。那么多的血泪，那么多的白骨流离，那么多的煎熬，那么多丧权辱国的条约，使一直自认为天朝子民的中国人大吃一惊，悲愤交加。然而，让他们最感绝望的不是自身生命危在旦夕，而是中华文明面临沦亡。生命只属一己，而文明关及祖宗。十九世纪，已让很多中国人对于维系群体生存尊严的中华文明，产生了根本的动摇。

这个时候，文化担当的王懿荣站了出来，这个时候刘鹗站了出来，罗振玉站了出来，王国维站了出来；

这个时候，康有为站了出来，梁启超站了出来，谭嗣同站了出来，孙中山站了出来，也是那个时候，不知袁世凯是否感到了肩上的使命，但只有他走到离殷墟一二里的地方来接地气来了。

我们知道1908年，一位古董商人酒后失言，使罗振玉得知了一个重要的地名：河南安阳城西北五里处，洹河边的一个村落，叫小屯，那里有甲骨出土。

于是罗振玉派弟弟到小屯去打探消息，谁知到了目的地，那场景实在令人吃惊。当地村民知道甲骨能卖大钱，成十成百的村民都像发疯般的大掘大挖。一家之内的兄弟老幼也各挖各的，互不通气，等到古董商一来，大伙成筐成箩地抬来，一片喧闹。为了争夺甲骨，村民之间还常常发生械斗。连村里的小孩子也知道在大人已经捡拾过的泥土堆里去翻找，罗振玉的弟弟一天之内就可以收购到一千多片。

罗振玉凭着到手的大量甲骨进行仔细研究，很快得出结论，小屯就是商代晚期最稳定、最长久的都城遗址殷墟所在，而甲骨卜辞就是殷王室之物，从此，一直像神话般缥缈，因而一直被史学界“疑古派”频频摇头的夏、商、周三代，开始从传说走向“信史”。

那个时候袁世凯就在离殷墟不远的洹上村，人们说，当黄昏的时候，袁世凯常步出洹上村到洹河散步，到附近的田野散步，那时不知他看到过那些挖甲骨的农民否？是否能触动他的神秘的感应，袁世凯是十分迷信的，甲骨文中有一种“贞人”，他们是商代主持占卜的史官。历史曾多次记载那些贞人因为泄露了天机，自身遭遇往往不佳。

袁世凯是中原土地上长大的子民，他的身上有浓重的宿命的色彩，传说他请了殷墟附近一个有名的瞎子，也像殷商时代的贞人一样给他算命，瞎子告诉他说，到辛亥八月节，官星就动了。果然，辛亥武昌的那声枪响就是农历八月十九，那声枪响后，果然机会来了。

武昌义旗一举，恰如登高一呼，山西、湖南等省便纷纷响应，其他各省督抚的警报也如同鹅羽煽动着翅膀般直飞朝廷，要求增派军队，以防不测。惯于吟诗作赋的摄政王载沣接到那些警报后，一下子就变得手足无措，只得慌忙召集内阁的一班大臣前来商议。

皇族内阁的人，多的是袖手谈心性的主；一到动真格的，就你看我，我观你，面面相觑，束手无策。当时的摄政王载沣本是问计于大家，看到如此场面，真是脊骨寒彻直到五腑。

打破沉默的是奕劻开始保荐一个人可以把革命党搞定，即袁世凯。

载沣听了奕劻的话后，沉默良久，嘿然不答。

奕劻说："要不用袁世凯的话，就怕大清要完了。"

三天后，奕劻的亲笔信便送到了洹上村，请袁世凯出山出任湖广总督。

曾经沧海，小小的湖广总督能有什么诱惑？袁世凯早在十年前就已经是直隶总督兼北洋大臣了，于是，袁世凯说自己"旧患足疾，迄今尚未大愈"，并以最近"交秋骤寒，又发痰喘作烧旧症，益以头眩心悸，思虑恍惚"为由，拒绝了清廷的开价。

袁世凯的理由正当且使载沣有苦说不出：当年不是你以"足疾"将我赶出京城么？那么现在就还你个足疾未大愈，报应不爽。

袁世凯是以缓拖延，但清廷不能不急，正是风云眉睫之前，摄政王载沣环顾左右，朝中无可用之人，皇族内阁里军咨大臣载涛，海军大臣载洵，自己的两个弟弟都是不谙世事，做个承平的王爷可，哪有气魄胆识手腕收拾当前的星火燎原之势？受命前去平叛的陆军大臣荫昌，虽曾留学德国，算是懂点军事，但他却从来没有指挥过军队，没经历过枪炮的对垒，战场的历练。

人说，荫昌领旨率军前往湖北时，身穿竟然是长袍马褂，脚上蹬着的是军用长靴，上半身散淡，下半身丘八行武。这时，旁边有人向他恭贺大任，荫昌眉头一皱，道："嗐！庆贺个啥，我手下一个兵都没有，朝廷让我去湖北督师作战，您说我这倒是拳打啊，还是用脚踢呀？"

荫昌真是说对了，北洋军大都是袁世凯一手带大的，荫昌是一兵一卒也说不动：统领冯国璋就不用说了，下辖第六镇的统制李纯、第二镇的第三协协统王占元、第四镇第八协协统陈光远，一个个都不肯用命，荫昌就成了光杆司令，就是这位荫昌乘火车到了河南信阳就把车停下。那里离武昌还有很远，根本没有进入湖北地界，这位大人不敢下车，而且车前车后各挂一个火车头。为什么？要南进也便当，要北退也便当。后来看到有一队人过来了，立刻：撤！有个胆大的参谋下去一看，原是一群摘棉花的妇女。

军情急如星火，载沣也只好派出袁世凯的老友、内阁协理大臣徐世昌亲往洹上村力促袁世凯出山，袁世凯当下提出了“召开国会、组织责任内阁、指挥水陆各军的兵权”等六点要求，价码不答应绝不出步出洹上村半步。

清廷无奈，只能全盘接受六点要求，袁世凯才勉勉强强地从河南彰德出发，前往湖北督师。

袁世凯出山，北洋军拼死效命，很快便攻下汉口。随后，袁世凯又返回北京，组建了一个完全听命于自己的新内阁，正当清廷盼望着袁世凯能尽快剿灭武汉的革命军时，袁世凯却突然不打了。

在袁世凯看来，当时的局势已不仅仅是局限于武汉一地的事，而是各省早成分崩离析之势；即使能剿灭了武汉，但其他省份的革命党又如何对付？何况，袁世凯心里也清楚，清廷对他并不信任，一旦渡过了这座桥，难免不兔死狗烹，自己的命运又将如何，还是未知。

此时的袁世凯已经是百炼成钢成了绕指柔，没有了慈禧太后，他绝不会轻易听从清廷使唤，对无枪无人的革命党起舞附和也不是他的意愿。他要做的，就是枪杆子里面出政权，凭借手里的枪杆子一方面利用革命军来要挟清廷，另一方面又借清廷的势力来威胁革命军，连哄带吓，既打又拉，将革命军和清廷玩弄于袍袖之间股掌之上。

袁世凯是中原深处黄土里起来的，虽不是村夫，但也知道一些乡间的事，当时袁世凯曾给他的幕僚们说过乡间拔树的故事，袁世凯说：“各位，你们知道拔树的办法吗？专用猛力去拔，是无法把树根拔出来的；过分去扭，树一定会断折。只有一个方法，就是左右摇撼不已，才能把树根的泥土松动，不必用大力就可以一拔而起。清朝是棵大树，还是两百多年的老树，要想拔这棵又大又老的树木，不是一件容易的事情。闹革命的，都是些年轻人，有力气却不懂如何拔树，闹君主立宪的人懂得拔树却没有力气，我今天忽进忽退，就是在摇撼大树，等到泥土已经松动了，大树不久也就会拔出来的。”

真是木犹如此，人何以堪，清朝这棵树，被删繁就简的秋风，不，被无数如秋风一样的身手左摇摇右摇摇，在摇撼中，最后轰然倒下，袁世凯关于树的话，虽然直白，但真是清朝的一篇《枯树赋》。清朝这棵树也是此树婆娑，生意尽矣。

在汉口被攻下之后，袁世凯就派出了亲信前往武昌与革命党人接触进行试探，但因为双方价码差异太大，谈判久拖未决，袁世凯决定再用力于军事行动，以挫败革命军的士气。随后，北洋军向汉阳发起猛攻，并很快攻下。正当前军指挥冯国璋打算乘胜将武昌一举拿下风卷残云时，袁世凯却命令暂时停战。于是，冯国璋一边给袁世凯发电报，说“武昌唾手可得、机不可失”，一边又下令继续炮击武昌，并无放弃进攻的模样。

冯国璋只懂军事不动政治，袁世凯得知后勃然火起，随后连发七道电报，严令冯国璋立刻停止进攻。为了防止冯国璋坏了自己的好事，袁世凯随后将其调回北京，委派另一亲信段祺瑞为前敌指挥。冯国璋毕竟只是个军人，他不懂得政治上的深层的权变，更不懂得他的袁世凯其实是在清廷和革命党之间进行平衡和博弈。

果不其然，袁世凯最终用高超娴熟的政治技巧，不费一兵一卒便将那些皇族亲贵包括摄政王载沣在内一并扫地出门，赶出朝廷，最后又诱迫隆裕太后在清帝退位诏书上签字，最终把清朝统治中原两百多年的皇权还给了历史。

三

公正地说，袁世凯是一个典型的机会主义的信奉者，他有才，但德不胜才，他仗义疏财，笃好交游，上自骚人侠客，下至屠沽者流，他机关算尽，你可以说他不高尚，但他很真实，要做就做真小人，有一副好肝胆。

官场有自己的潜规则，在清朝的官场，没有人不愿追逐名声和地位的，这从小说可满足个人的欲望，封妻荫子，从大说也是所谓的体恤国家为国尽忠，但是道德有了瑕疵有了亏空，也就往往会成为衡量一个人攻讦一个人的利器，人们说袁世凯是一个告密者，攻击的人自己先就在道德主义的高坡上立足，有一种所谓人格的优越感，然后以道德的评价为火器，进行一场道德的审判和扫射。

人们说袁世凯是戊戌变法中的告密者，传统的说法是谭嗣同在1898年9月18日带着光绪的两道诏书深夜密访袁世凯，说袁勤王，杀荣禄、除旧党，袁当时满口答应，称“若皇上在仆营，则诛荣禄如杀一狗耳”。未料9月20日袁一回天津，就向荣禄告知所有维新派的计划，荣禄急忙闯颐和园向慈禧告变。9月21日慈禧回宫，囚禁光绪，宣布“亲政”，捕杀“六君子”，戊戌政变成功。现在的史料研究表明，慈禧9月19日就已经回宫，“使旧说失去时间与空间的凭籍”，袁世凯的主动告密说也就立住不脚了。

我在乡村高中读书时候，在高中课本上，曾读到梁启超写的谭嗣同秘密会见袁世凯的文字，印象很深，那场面如同电影蒙太奇，谭嗣同夜访袁世凯，不是雪夜访戴的诗意，也非雪中送炭的高古，那是捕杀慈禧的一次冒险的动员，不论是谭嗣同还是袁世凯，在心里都不能不掂量这件事情的分量和后果，以光绪的名义捕杀母后，在道义上也是立不住脚的，虽然历史上不乏玄武门之变的李世民和烛影灯红宋高祖兄弟的相残，但弑母的想法，我以为懦弱的从小就被慈禧养在宫中的光绪，怕是没有这个胆量：

> 初三夕日，君（谭嗣同，下同）径造袁所寓之法华寺，直诘袁曰：君谓皇上何如人也？
>
> 袁曰：旷代之圣主也。
>
> 君曰：天津阅兵之阴谋（意即太后把光绪骗至荣禄兵营宣告废黜），君知之乎？
>
> 袁曰：固有所闻。
>
> 君乃直出密诏示之曰：今日可救我君主者，惟在足下，足下欲救则救之。又以手自抚其颈曰：苟不欲救，请至颐和园（慈禧住处）首仆而杀仆，可以得富贵也。
>
> 袁正色厉声曰：君以袁某为何如人哉？圣主乃吾辈所共事之主，仆与足下同受非常之遇，救护之责，非独足下，若有所教，仆固愿所闻也。
>
> 君曰：荣禄密谋，全在天津阅兵之举，足下及董、聂三军，皆

受荣所节制，惟挟兵力以行大事，虽然，董、聂不足道也，天下健者惟有足下。若变起，足下以一军敌彼二军，保护圣主，复大权，清君侧，肃宫廷，指挥若定，不世之业也。

袁曰：若皇上于阅兵时疾驰入仆营，传号令以诛奸贼，则仆必能从诸君之后，竭死力以补救。……若皇上在仆营，则诛杀荣禄如杀一狗耳！

袁世凯的圆滑和回答的掷地有声，不能不使人佩服，袁世凯何等的江湖历练，他对付书生气的谭嗣同是股掌之间，他知道这是一次以卵击石的买卖，胜算和成本是他首先考虑的，他心里不能不掂量，同样的一件事，而梁启超的老师康有为则是如此记载的：

初三日早，暾谷（即林旭）持密诏来，跪诵痛哭激昂，草密折谢恩并誓死救皇上，令暾谷持还缴命，并奏报于初四起程出京……筹划求上之策，袁幕府徐菊人（徐世昌）亦来，吾乃相与痛哭以感动之，徐菊人亦哭，于是大众痛哭不成声，乃嘱谭复生（谭嗣同）入袁世凯所寓，说袁勤王，率死士数百扶上登午门而杀荣禄，除旧党。袁曰："杀荣禄乃一狗耳！然吾营官皆旧人，枪弹火药皆在荣禄处，且小站去京二百余里，隔于铁路，虑不达事泄。若天津阅兵时，上驰入吾营，则可以上命诛贼臣也。"

康、梁的的文字都写到袁世凯当时的态度慷慨激昂，"杀荣禄如杀一只狗一样"。但袁世凯提出杀荣禄必须有一个重要的前提条件，就是皇上必须到自己的营中来亲自下令。

袁世凯《戊戌纪略》中是如此写他和谭嗣同会面：

（初三日晚）正在内室秉烛拟疏稿，忽闻外室有人声，阍人持名片来，称有谭军机大人有要公来见，不候传请，已下车至客堂。急索片视，用谭嗣同也。

余知其为新贵近臣，突如夜访，或有应商事件，停笔出迎。……

袁世凯随后写道：一段寒暄过后，谭嗣同先说了一通他与康有为曾怎样向皇上力荐袁世凯，但都因荣禄阻碍，使得袁世凯的晋升缓慢。之后，谭嗣同话锋一转，出示了在袁世凯看来非常可疑的光绪手谕：让袁世凯在荣禄前宣读皇上的命令后，诛杀荣禄，然后，“即封禁电局、铁路，迅速载袁某部兵入京，派一半围颐和园，一半守营，大事可定。”

予（袁自称）闻之魂飞于天外，因诘之：围颐和园欲何为？

谭云：不除此老朽（慈禧），国不能保！此事在我，公不必问。

予谓：皇太后听政三十年，迭平大难，深得人心。我之部下，常以忠义为训诫，如令以作乱，必不可行。

谭云：我雇有好汉数十人，并电湖南招集好将多人，不日可到，去此老朽，在我而已，无须用公。但要公以二事—诛荣禄，围颐和园耳！如不许我，即死在公前。公之性命在我手，我之性命也在公手，今晚必须定议，我即诣官请旨办理！

予谓：此事关系太重，断非草率所能定。今晚即杀我，亦决不能定，且你今夜请旨，上亦未必允准也。……

予见其气焰凶狠，类似疯狂，然伊为天子近臣，又未知有何来历，如明拒变脸，恐激生他变，所损必多，只好设词推宕。

对袁世凯这久经沙场和官场的人来说，在没有看到上谕之前，他绝对不会贸然出手的。袁世凯自述道：当时他强调了两点：一是杀荣禄容易，但要奉旨行事；二是立即举事不易，因为营中枪弹均为荣禄控制，必须先设法预贮弹药，然后方能依策行事。并且，在自己的新军周围，董、聂各军四五万人，淮、泗各军又有七十多营，京城内也有旗兵数万人，自己的军队只有六七千人，怎么能办成此事？对于袁世凯提出的第一条，谭嗣同回答说：20日早晨袁世凯请训时，光绪帝自然会亲自下达命令。而对袁世凯所说的第二条，谭只好表示同意，并且，认为袁世凯是“奇男子”。

9月20日这一天早晨，光绪在宫中第三次召见袁世凯。袁世凯后来在《戊戌纪略》中表明，那一次召见，袁世凯并没有得到谭嗣同所称的密谕，光绪帝也绝口不提兵变的事情。袁世凯利用了这次请训机会，大胆向光绪帝进言道：

> 古今各国，变法非易，非有内忧，即有外患，请忍耐待时，步步经理，如操之过急，必生流弊。且变法尤在得人，必须有真正明达时务老成持重如张之洞者，赞襄主持，方可仰答圣意。至新进诸臣，固不乏明达勇猛之士，但阅历太浅，办事不能缜密，倘有疏误，累及皇上，关系极重，总求十分留意，天下幸甚！臣受恩深重，不敢不冒死直谏。

袁世凯这一番话可以说确切表明了态度。在骨子里，袁世凯是看不上康有为等自命不凡的书生的，也觉察到年轻的光绪皇帝在性格、经验以及能力上的致命弱点，所以就劝光绪稳妥行事。这不能不说是袁世凯的肺腑之言和真实想法。

宫闱政变向来是一成败难料的冒险，当时的袁世凯只是一混迹官场几十年普通的汉族官员，只是仕途奔竞，并没有资格也没有资本进入高层的权力角逐。

袁世凯虽倾向维新，但当时光绪的维新诏令仅仅得到浙江巡抚陈宝箴的响应，维新派势力尚弱，还不足于图大事。

如果设身处地为袁设想，无论他是帮助“帝党”杀戮“后党”，还是帮助“后党”剿灭“帝党”，都要承担着道德与良知的折磨。毕竟他只是听到谭嗣同慷慨激昂的一面之词，而光绪帝对维新派布置的政变计划知不知情？也没有证据表明光绪帝在面见袁世凯时对他提出过参加政变的要求；脑袋如果没进水，谁都知道当时国内掌管实际最高统治权的是太后慈禧，即便光绪帝有胆量向袁世凯提出捕杀太后的请求，但任何头脑清醒的大臣都绝不会随口允诺，帮助皇帝杀戮或者囚禁母后。

这里牵扯的不仅仅是个人安危的事，而是面对的江山社稷，万一失手，那对社稷和国家神器伤害更大，那民族的伤痛更大，世事如棋，鹿死谁手？变数未知，后果孰定，更何况是谭嗣同的一次夜间的陡然造访，就能让一个人豁出身家性命以卵击石吗？

所谓的捕杀太后的密诏，本是康有为伪造的，康有为说他携有光绪皇帝9月16日通过杨锐带给他的密诏："今朕位几不保，汝可与谭嗣同、林旭、杨锐、刘光第等开妥速密筹，设法相救。"直至宣统元年八月十二日，杨锐的儿子杨应昶将密诏原文呈交都察院，人们才发现，原来密诏不是写给康有为的，而是写给杨锐等四章京的。其原文称：

> 朕岂不知中国积弱不振，至于阽危，皆由此辈所误；但必欲朕一旦痛切降旨，将旧法尽变，而尽黜此辈昏庸之人，则朕之权力实有未足。果使如此，则朕位且不保，何况其他？今朕问汝：可有何良策，俾旧法可以全变，将老谬昏庸之大臣尽行罢黜，而登进通达英勇之人，令其议政，使中国转危为安，化弱为强，而又不致有拂圣意？尔其与林旭、刘光第、谭嗣同及诸同志妥速筹商，密缮封奏，由军机大臣代递，候朕熟思，再行办理。朕实不胜十分焦急翘盼之至，特谕。

密诏反映的是光绪的激进改革理念和行动受太后掣肘时的焦虑。并非告急的密诏，"朕位不保"的前提是"将旧法尽变，尽黜昏庸之人"这一假设，皇帝是虚前席询问良策，而非授权救援行动，况光绪皇帝还要"熟思"，方案要"不致有拂圣意"，且光绪帝指名"妥速筹商"的，是四位军机章京。康有为充其量也只能列入"诸同志"之中，康有在当时的光绪皇帝心中，决非可依靠的股肱，康有为伪称密诏内容是：

> 朕唯时局艰难，非变法不足以救中国，非去守旧衰谬之大臣而用通达英勇之士，不能变法。而皇太后不以为然，朕屡次几谏，太后更怒，今朕位且不保，汝康有为、杨锐、林旭、谭嗣同、刘光第等可妥速密筹，设法相救。朕十分焦虑，不胜企盼之至。特谕。

这就面目全非了。康有为并将自己的名字加入所谓"密诏"，到处招摇和集资，更显示其行事的不择手段。

据康有为《自订年谱》中的说法，18日早上，林旭向康和谭嗣同出示了光绪的密诏，旋召梁启超、康广仁、徐致靖、徐仁铸、徐世昌同读。众人“痛哭不成声”，“经画救上之策”，“乃属谭复生入袁世凯寓所，说袁勤王，率死士数百扶上登午门而杀荣禄，除旧党。”又说袁答“杀荣禄乃一狗耳”，建议“天津阅兵时，上驰入吾营，则可以上名诛贼臣也”。这是整个戊戌变法那个时期使形势骤变的最为关键的历史谎言。

大多数研究者认为，戊戌政变并非因袁世凯主动告密而发生，但袁世凯后来的被动汇报大大加剧了政变的激烈程度。事实上，袁世凯在得到政变消息后，为了保全自己，慌忙向荣禄和盘托出了谭嗣同的密谋。慈禧太后在得知维新派想谋杀她之后，恼怒至极，于是使得原本和平的训政转变成为一场流血的政变。光绪皇帝和珍妃身边的太监也倒了大霉，被杖毙四人，另枷号十人，就连光绪也被软禁在瀛台。

其实，如果划分政变的主要责任，应该是康有为的伪造密诏要负主要的责任，而非袁世凯一人被动汇报而独担告密者的责任，康有为被人追捧而袁世凯被千夫所指。

我们后世，好像一提维新，都只说好的一面，维新者好像站在了道德的高地，其实一件事，人们既有做的自由，也有不做的自由，难道只有杀身成仁才是道德和世间唯一可以接受的结果？这样的苛求对人对事也太过严酷，戊戌变法的结局和收束，六君子的喋血固然是历史之痛历史之悲，但世人谁不希望帝后两党合力携手精诚一致，共把国家这破旧的如老牛一样的破车往富强变法的路上推呢？那时并没有几个是观望者，我们后来的读史者不能一面把廉价的颂歌递给那几位烈士的壮烈换取的殉身成仁，一面就把鄙夷白眼歹毒的诅咒送给大多数涉事官员的持重和不参与；真诚良善的愿望与手段的下作和把目的的高尚还原为手段的高尚不在同一层面，也非历史的公允，我们不应只站在受难者一边，我们应站在事实的真相一边。

四

在历史上，真正把袁世凯脸谱涂抹成白脸，像一块抹布人人唾弃，受人诟病的是袁项城当国后把龙袍披在自己膀子上的称帝。袁项城不可能成为华盛顿，我们知道，华盛顿和袁世凯的人生的底蕴和质量不在一个档次，袁世凯成长的环境是长在尊孔祭天，不知民主为方为圆的国度，让他成为顺应民主潮流的新人，无疑是高估了他满肚子里的东方粮食的发酵，东方的烧酒和西方的红葡萄酒酿制的方式不同，口感不一，主要是原材料的差异；袁世凯是历史进程中的孤独过客，是使我们民族前行必然付出的代价。击碎一个旧世界诚然不易，建设一个新世界更是犹难。

《剑桥中华民国史》有一段文字，最契吾心，作为总统的袁世凯，“虽然有个人野心，也热望贯彻他自己在中国政体应该如何组织这个问题上所持的观点，但他还不是极端利己主义者，不要求别人屈从和谄媚……他的种种过分行为，与其说是由于自我夸大引起的，还不如说是由于严格的官僚政治的观点引起的”。

不把称帝的罪都算在袁世凯一人的头上，轻飘地为历史结账，这不仅仅是在衡量袁世凯个人的质量，也是在衡量一个民族的质量，我们要追问的是，袁氏所身处的社会环境和民众都准备好了吗。我们前人留下的专制统治的印记是从娘胎里带出来的，是长在我们皮肤的某处，可能是手臂处可能是屁股处，可能是额头处，但最深的是长在血里，流淌在我们的周身，我们不能寻找为专制买单的替罪狼，我们都有狼的基因。

1775年4月19日，做为英国殖民地的北美大陆发生了一件改变世界历史进程的事件：北美民兵与英国皇家军队在列克星屯发生了战斗。以此为开端，美国人打响了反对英国统治的独立战争。5月10日，第二届大陆会议通过了对英武装斗争的宣言，同时宣布成立自己的军队大陆军。曾在英国军队中服役并取得了上校军衔的乔治·华盛顿被任命为大陆军总司令，这位英格兰移民的后裔率领着一支装备不良、缺乏训练的队伍开始了和其宗主国的血战。经过残酷的战争，北美人民最终获得了胜利，一个崭新的国家诞生了。

1781年，作为总司令的华盛顿的属下——曾任米夫林堡守备司令的刘易斯·尼古拉上校1782年5月致信华盛顿，建议建立君主制，认为“很有理由采纳国王的称号”。华盛顿在新堡司令部接信后立即叫来秘书，口授了一封措辞严厉、不留任何余地的回信：

“来信所述意见，我仔细阅读，不胜骇异。你所说的军队里有的那种思想，使我痛苦非常，自从作战以来，没有一件事令我这样受创的。我不得不表示深恶痛绝，斥之为大逆不道。目前我暂守秘密，如再有妄论，定予揭发。

“我过去所为，究竟何事使人误会，以为我会做出对国家祸害最烈之事，诚百思不得其解。如果我尚有自知之明，对于你所建议之事，谁也没有我这样感到厌恶。

“为表明心迹起见，我必须补充一句，我诚心希望军队充分受人敬爱，超乎任何一人。而且就我的能力与影响而论，亦必竭尽所能，使军队受人敬爱。是以如果你仍以国家为念，为自己、为后代，或者仍然尊敬我，则务请排除这一类谬念，勿再任其流传，有厚望焉。”

华盛顿之后美国的体制没有改变，一直到现在，两百多年的辉煌历程。袁世凯最终的选择，与其说是个人质量问题，毋宁说是千百年来形成的社会环境催促袁氏踏上专制之途。

声望如日中天的华盛顿在大功告成之后，竟然自请解甲归田。他放弃了巨大的权力，交出了大陆会议给他的总司令委任状，辞去了一切公职，在离职演说中他坚定地对部下说：“你们的总司令将永远退出历史舞台。”

功成身退，这在中国的历史上屡见不鲜，但那都是臣子下属担心君上的疑忌，为了保身，不得已而为之的。对于开国领袖华盛顿来说，这种危险根本就不存在，他的这一举动，给了世人一个惊叹。

但当随后新成立的美国陷入了混乱，美国中央政府号令不行，国家陷入了动荡，人们为实行什么样的国体与政体争斗不休。

这时许多人开始呼吁华盛顿重新出山，实行君主制，担任美国国王，实行国家集权来结束混乱。那时世界上的国家，绝大多数都是君主制：英国、俄国、法国、德国、匈牙利、中国、日本。北美大陆的移民，也大都是那些君主国家特别是英国的移民，君权神授的观点在相当多的国民心目中根深蒂固。如果华盛顿此时宣布实行君主制，是不会有多大阻力的。但他对此断然拒绝，他与富兰克林、杰斐逊等人一起主持制定了宪法草案，确立美国为联邦制的民主国家。华盛顿从来没有把公职看做是自己的私利，他在专制政权遍布世界之时，真正做到了天下为公，以自身的人格和个人的努力，促进了美国民主制度的确立，从这点说，美国人民有了华盛顿，是幸运的。

同样是开国总统，袁世凯不会也没有效仿华盛顿，扫清自己身上的封建专制残余与民众身上的封建残余，以身许国，让人民得到幸福。最后竟然糊涂到背离历史的大势，在世界民主大潮中，他竟最后横下一条心，像吃错了药，准备把皇冠从历史的垃圾堆中捡出：要当皇帝。

从这点讲，中国人是不幸的，在历史的转折关头，遇到了袁世凯，在我们历史的许多重大转折关头似乎都能看到这种专制者的影子。这种专制思维使得我们一次又一次痛觉：历史的机遇与我们每每擦肩而过，我们只有一次次的一声叹息，吐有血丝的叹息。

我们一次次看到陈胜吴广说，王侯将相宁有种乎？刘邦接着说，大丈夫生当如此也！项羽也接着说，彼可取而代之！就连孙悟空这来路不明的猴族都知道“皇帝轮流做明年到我家”。普罗大众从这些人物身上只是读出了造反，却忽视了历史背后的诡谲，那就如李劼语所言说的“缺席者对于就席者的那种嫉恨”，正是这些缺席者的这种嫉恨一次次像红眼病爆发导致的历史的惯性和所谓的革命与起义，红眼病和缺席者其终极意义只不过是朝代的更迭，把别人暖热的龙椅换上自己的屁股。

李劼说：孙中山这尊雕像的意义在于仅仅制止人们搞穿龙袍、戴皇冠、登基大典之类的复辟形式，却并不能阻挡不穿龙袍的皇帝君临中国！

我们大地上的民主梦想一次次被现实击打得粉碎，那碎末在坚冷的大地上四处飘散，就如一滴流浪的泪，老找不到一副脸庞来安置，真的如鲁迅所说“孤危自死，社会依然，四语之中，涵深哀焉”。

走出袁世凯的墓地，站在洹河边上，我倏地想到了诞生在这片土地上的《商颂》：

天命玄鸟，降而生商，宅殷土芒芒。故帝命武汤，正域彼四方。

商邑翼翼，四方之极。赫赫厥声，濯濯厥灵。寿考且宁，以保我后生。

这是初民们多么热烈的未经多少污染满怀虔敬的语言，是发自内心也是发自土地的祈祷和祝愿，商殷，受天命，拓疆土，做表率，立准则，政教赫赫，威灵盛大，只求长寿和安宁，佑护我万代子孙……

但是袁世凯虽然离殷墟这么近，他真的听到了那些占卜的所谓的贞人的声音了吗？殷墟里处处都是卜辞，余秋雨说：甲骨文和殷墟告诉后人，华夏先祖是通过一次次问卜来问鼎辉煌的。因此，辉煌原是天意，然后才是人力。

但是袁世凯没有听明白天意，只是依照自己所谓的力，这是听从一个瞎子的所谓的预言，但瞎子欺骗了他，这一次天意也抛弃他，他做了历史的乞儿，从这点上，我感觉到了人定胜天的虚妄。无听之以耳而听之以心，袁项城的耳已盲心已眩，天就在头顶，人在做，天在看。

袁世凯使清朝倾覆，功可谓大矣，而他的过，也是不可饶恕，盖棺如何论定？袁世凯让人可佩，可惋，可怜，但也让人恶让人悲，在他的墓前，没有鲜花，气压很低，我想袁项城帝制失败走投无路仰天长叹的时候，是否为自己为历史揾一把辛酸的泪呢？我却在斯地斯时，为袁世凯掬一把辛酸的泪，算是祭奠，我在心里低吟：历史曾给了你推翻专制的机会，那是对天意的顺从，但你又被专制的轮子碾在地下成为齑粉，那也是天意。

雷声隐隐，从袁世凯的墓走出，和安阳的朋友桑希君、韩传栋说，我要到殷墟去，进行完落日前的凭吊。

我催促儿子，那就快走，在落日前，在电闪雷鸣、风雨交加中，接受历史的洗涤与启示，去询问民族的天意。

回望雨中的袁世凯墓，远远的已经舍弃在身后。

我爱华盛顿

陈应松

我爱华盛顿

如果你恨它，也要去华盛顿，如果你爱它，也要去华盛顿。

这是根据一句经典台词改的。为什么要去华盛顿？原因很简单，因为它是美国首都。

对美国的言说可说是千头万绪，不好开口。过去我在长篇小说《猎人峰》里痛骂过他，在《我的邻居》里恨过他（也可以用“它”字吧？）华盛顿的冬天可说是一个风大、寒冷而又可爱的城市。傻瓜相机里照出来的镜头可放很大，因为它的天空纤尘不染，建筑仿佛全是新的，或是被水龙头冲洗过的。天空蓝得恐怖，就像是在另一个世界的空间。

它的建筑，全是古希腊式的，全是大理石的，高贵、典雅、庄重，宛如神话。人烟稀少，就像走在远远的郊野，一路开玩笑说，这不像是米国，像是黄陂（武汉的一个县）。但更像是公园。而白宫及周围的建筑群就真的叫国家公园。这个“公园”太大，太散，从一个地方到另一个地方还要跨越州界、大河。但也有一个中心，这便是在一条中轴线上的林肯纪念堂、华盛顿方尖碑、国会山的白宫。一个大国首都这么少人，真的没想到。

这个首都的设计应该说是独具匠心的。事实如此。1789年，美国联邦政府正式成立，乔治·华盛顿当选为首任总统。当国会在纽约召开第一次会议时，建都选址问题引起激烈争吵，南北两方的议员都想把首都设在本方境内。国会最后达成妥协，由总统华盛顿选定南北方的天然分界线——波托马克河畔长宽各为16公里的地区作为首都地址，并请法国工程师皮埃尔·夏尔·朗方主持首都的总体规划和设计。这个法国人为美国增色不少。

但为什么不把首都放在纽约？看来美国人有眼光，纽约如今已经是水泄不通了，跟咱们北京差不多，跟莫斯科也差不离，就是个大塞车的下场。

58万人，当然不会拥挤。中国的一个地级市也比他人多。华盛顿全称应为“华盛顿哥伦比亚特区”，所以你在说首都周围这个地方时，你必须说华盛顿DC，否则美国人不知道你要去哪里的。

波托马克河虽然穿过首都，却是野的，绝无污染，野鸭、雁鹅大群的在水里随波逐流，两岸都是植物，少有人烟。我们先去的林肯纪念堂在河之北的马里南州，白宫、国会、最高法院以及绝大多数政府机构均设在这边。对岸是弗吉尼亚州，五角大楼即美国国防部在那边。

林肯纪念堂和所有华盛顿的建筑一样，用纯白色的大理石建成。高大巍峨，我们的毛主席纪念堂可能参考了此，但没有如此威严和雄伟气势。台阶非常陡，有可能人仰马翻。台阶是57个，是他在世的年龄。36根石柱子，象征他当时领导的36州。北风如刀，爬上去只有进入一座不太亲切的神庙的感觉。林肯坐像森严不可侵犯。林肯为美国第16任总统，也是唯一的平民总统，出身低微。他领导了美国南北战争，颁布了《解放黑人奴隶宣言》，1865年4月15日晚上，林肯被南方奴隶主收买的一个暴徒刺杀，在华盛顿的福特剧院，他正陪他夫人看戏，也是唯一一次陪夫人看戏。人咋就这么倒霉！

从纪念堂往前看去，就是一个长方形湖，尽头就是华盛顿纪念碑，高169米，整个华盛顿的建筑不允许超过此。说到这座方尖碑，很有特点。虽都是白色，上下有色差。什么原因呢？1848年此碑开始建造，但1854年南北战争又停止了，1876年战争结束又重建，就有了两种颜色。此碑有190个国家运来了大理石，当时的清政府也运来了两块，上刻有福建巡抚司题词：“华盛顿，异人也。起事勇于胜广，割据雄于曹刘，既已提三尺剑，开疆万里，乃不僭位号，不传子孙，而创为推举之法，几于天下为公，乎三代之遗意。其治国崇让善俗，不尚武功，亦迥与诸国异。余尝见其画像，气貌雄毅绝伦，呜呼，可不谓人杰矣哉！米利坚合众国以为国，幅员万里，不设王侯之号，不循世袭之规，公器付之公论，创古今未有之局，一何奇也！泰西古今人物，能不以华盛顿为称首哉！”此公不仅对华盛顿了如指掌，评价还奇高。

华盛顿征战多年，从未受伤，但子弹多次打穿过他的帽子，他有一句名言：“敌人的子弹声音很悦耳。”不错！一个站得很高的人，视死如归的人，很喜欢听敌人的子弹。现在他就站得很高。

纪念堂的右边，是越战纪念墙。为华人建筑师林缨所设计，林缨是林徽因侄女，网上说她是百年美国100位最重要的人物之一。但这面墙不算什么了不得的建筑，只不过是显示了对人、对死者的尊重。就是依路的起伏将5万多战死的美军名字一一刻在了石头上。还在旁边将名册放在雨不能淋的箱体中，查档案一样可以很容易找到牺牲的名字在哪区哪块石头上，便于献花。

纪念堂的左边是韩战墙。墙上是用激光雕刻出的韩战美军的群像。而草地上是一组美军身披白色袍子的雕塑，十分新颖。有点像我们的《奇袭白虎团》中志愿军披的东西，在雪地上打仗的。韩战的纪念有创意。特别是一组雕塑，一个女兵抱着一个死去的男兵，极度悲痛，旁边一个士兵仰天长啸，很震撼，有点像俄罗斯圣彼得堡的围城纪念馆里的那组雕像。19尊雕像加上19块大理石激光雕像，加起来38，象征韩战停火线三八线。

一个国家的纪念墙，反战意味甚浓，这也难得。

杰弗逊纪念堂位于华盛顿纪念碑正南方，是1934年为纪念杰弗逊诞生200周年，由国会拨款建成的。这座纪念堂，按杰弗逊喜爱的罗马神殿式圆顶建筑风格设计，是一座高96英尺的白色大理石建筑。虽没有林肯纪念堂高大，也很壮观别致。大厅中央耸立着高近6米的杰弗逊总统立身画像。身后的石壁上，镌刻着杰弗逊生前的话：“我已经在上帝圣坛前发过誓，永远反对笼罩着人类心灵的任何形式的暴政。”《独立宣言》是由杰弗逊起草的，据说他把自己关了15天，写成此文。上称：上帝赋予人的生命权，人人都有追求自由的权力；私有财产高于一切，如果受到侵犯，可以向对方开枪，有权保卫自己的财产。这也就是为什么美国人凡21岁之后可以拥有枪支的法律依据。对付权力这头怪兽，可以用枪来推翻。当然，这一法律也有问题，校园枪击案增多，有呼声要修改宪法限制枪支。

白宫周围就是美国各部委，众多博物馆，国会图书馆、华盛顿歌剧院、国家交响乐团、肯尼迪艺术中心都是世界闻名的。建在被称为“国会山”全城最高点的白宫是华盛顿的象征，也是美国的象征。这座白得耀眼的建筑亲眼见更有魅力，是美国历届总统办公和居住的地方。只要你选上，你就得带全家住进这里。椭圆形的美国总统办公室设在白宫西厢房内。美国总统常在那个“玫瑰园”的草坪里举行欢迎贵宾的仪式。国会大厦和白宫之间有“联邦三角”建筑群，其中包括联邦政府机构以及国家美术馆、国家档案馆、泛美联盟、史密森国家博物馆和联邦储备大厦等。我还看到有美国之音总部、印美元的什么工厂，一些造型特别令人难忘的博物馆，如航天航空博物馆、印地安文化博物馆，这些都代表一个世界最发达国家的科技水平和文化水平，可不是一般的名不虚传。走近这些大楼，气派如远古的传说，有一股气势，感觉该美国牛B，人家也有本钱牛B。白宫前有几棵大树，有一个湖，已结冰，一些水鸟缩着脖子在冰上栖息。不远，一些抗议者插的抗议纸牌，很艺术地布满在草坪上，如一片魂幡。大约是抗议奥巴马的财政政策，为富人减税的政策之类。没一个人，就是那些纸牌，安安静静。

松鼠很多，在树丛间跳来跳去。在路上跑来跑去，不怵人，好玩极了。在美国，我认为最可爱的是松鼠。在宾夕法利亚大学的校园也是，在旧金山的金门公园里也是，好多好多松鼠。

美国真正的白宫是指另一处建筑，并不出名，但是美国政府的中心。它前面的广场上有露天演出，舞台搭起来了，估计是圣诞演出的。我们到达的时候离圣诞还有20天，但美国已经很有圣诞气氛了。在露天演出的草地上，有一棵巨大的圣诞树，为国家圣诞树，但不是很高大，上面有3万多盏灯。据说克林顿当政时，此灯的电费预算在国会没有通过，作为总统的克林顿只好自掏腰包，从自己的积蓄里取钱出来交电费。这真有意思，这个国家很搞笑，不就那么点电费吗。

美国的国家艺术馆，收藏甚丰，从13世纪到19世纪的欧洲艺术品很多，从殖民时期至20世纪美国的油画和雕塑作品也尽悉收藏，看不过来。我们在一张据说是美洲唯一一幅达芬奇的画前照相，可以拍摄，这在其他国家的艺术馆是不行的。

最难忘的是在航天航空博物馆，看到了自莱特兄弟开始试制的第一架飞机，到现在最先进的航天器，包括太空舱、登月舱。这一百年，航天航空技术突飞猛进，不知再过一百年天空是一幅什么景象，人类又要玩出什么新花样来？大约上金星火星是没有问题的，移民月球是没有问题的。我在那个曾上了月亮的登月舱原物前留了个影，最是有意义。里面还有大量的互动和亲身体验的项目，但我们没有时间去玩了。

一个建国才200多年的国家，有什么资格当世界的龙头老大？虽然美国政党恶斗，经济衰退，但不足以动摇它的根基。不管你是否恨它爱它，我们拿它一点办法也没有。

我恨纽约

一个恨字，很难说出口。

纽约有摩天大楼，纽约有自由女神，纽约有华尔街，纽约有世界最繁华的盛景。有人恨它，进行了精心策划，驾着飞机去撞它的大楼，当时应该是世界最高的大楼吧，竟然成了。就像是好莱坞惊险大片，是大片，也没有这般真实、可怖、壮观。莫非是地狱里的景象？莫非是世界末日？恨纽约，有时候上升到民族的自尊。这种恨的力量之强大，就是911，那种恨与天齐，实在是酣畅淋漓。只可惜多少“群众演员”是被挟持和绑架，将他们化为灰烬的手，是撒旦魔鬼的手，也是世界多少卑微者被逼得忍无可忍的手。

以我这个年纪的旁观者看，其实美国人只要退出世界许多地方，回到他自己的“天堂”，世界上的人不会恨他。他的身影，他的枪，他的坦克和军舰，为什么要在全世界出现呢？

有人说我的想法太幼稚。有人轻松地说，这世界，得要美国佬管一管。没有他们，这世界乱成一团了。

有喜欢美国的说，美国从来没占我们一寸土地，不像俄罗斯毛子，美国还帮我们抗战。美国也说，他们不是对着中国人民的，是对着……

但世界的秩序因为国家宿命，已经让美国成为了上流社会，一些国家突然成为了底层。譬如中国。中国说崛起，世界老二，别人看不看得起你！就一个两千多年前的孔子不足以征服世界。各级衙门修得比白宫还豪华，也不足以征服世界。这三十年，中国人勤扒苦做，没日没夜，积攒一点经济基础。做的活其实是在为美国人和欧洲人打工。以众多的血汗，以人海战术，以生命，去赚取外汇。钱呢？还在美国的荷包里——全被他借走了。中国现持有美国国债9000多亿美元。我看到在美国一些港口，不仅集装箱全是中国的，连码头都是中国建的。如今美国的旮旮旯旯都充斥着中国货，超市里吃的穿的用的，全是Made In China，全是中国万里迢迢送去的。然后要你的货币升值他的贬值，据说美元与人民币兑换价到1比4，美国就基本赖掉了中国的钱。也就是说白给他吃穿用了。中国人一天十几个小时在成衣厂制鞋厂干活，美国人一天十几个小时在咖啡馆公园里闲坐。美国一个人的消费是中国一百个人的消费。美国政府现在欠世界60万亿美元债务，根本就不可能还清这笔钱了，美国根本不急，为了赖账就是开动印钞机让美元疯狂贬值。

计算一下，中国的这9000亿不仅可包揽他们2010年全部军费7000多亿，还可剩余1700亿美元，他们当然想干什么就干什么。美财政部还于2008年公布中国持有的美国垃圾股票、垃圾债券达12050亿美元。中国贪官流入美国的钱更是不计其数。

纽约华尔街的金融寡头坐拥世界之利，确实是群寄生虫和毒蛇，把世界经济搞乱，什么次贷危机、金融风暴，全是美国人搞的鬼。连他们的总统奥巴马都愤怒地说华尔街金融寡头们“贪得无厌”。

我恨纽约，恨得有理。

无意间在华尔街摔了一跤。把嘴摔破了。有人说你是拜码头；有人说你喜欢抨击美国，美国要你闭嘴；有人说，不是一般人能在华尔街摔跤的。言外之意，没有个几百亿（美元）你能在华尔街摔跤！李嘉诚有没有资格？

从新泽西州进入纽约，过了一个什么“荷兰隧道”，就是曼哈顿了，就到了世贸大厦的911遗址。可一切都没什么两样，仿佛这儿什么都没发生似的。遥远的中东恐怖分子冒着必死之决心，弄出了这前无古人、后无来者的“壮举”，人类历史将怎样记载这一场景？它寓意什么？世贸大厦，主楼呈双塔形，各高412米、110层，四周均是玻璃外墙，有“世界之窗”之称。楼有108部电梯。飞机戳进去时，怎么会让一栋楼倒塌呢？恐怖分子绝没有想到。但飞机上装满了航空汽油，形成8000多度高温，钢结构瞬间全部熔化，一层层锉、锉、锉了下去……顿时灰飞烟灭。这场景将永远烙在全世界人的心中。我记得那天我在家写作，珠海的弟弟突然来电话说，哥哥你快看电视，整个美国都在起火爆炸了！听说当时访问美国的中国记者团看此景当即跳起来叫好。岂止中国人，还有多少国家的人发自肺腑地欢呼。这种欢呼简直非常卑鄙邪恶，但人心已经这样了，谁的错？

现在的911遗址上，正在建一个公园，也在建一座更高的大楼，工地上热气腾腾，尘埃落定。美国人忘了，世界上的人也忘了。还是蜂拥而至，眨眼就到了伊丽莎白港，去看自由女神像，不就是朝圣吗？

曼哈顿是一个岛。曼哈顿，曾经是美国资本主义腐朽没落的一个标志。它是世界上最繁华的岛。这个长20公里、宽4公里的岛就是纽约市金融、商业中心。伊丽莎白港正对着华尔街。华尔街不是一条街——就像唐人街也不止一条街而是一群街一样——是许多大银行、大交易所和大垄断组织聚集中心。百老汇、华尔街、帝国大厦、格林威治村、中央公园、联合国总部、大都会艺术博物馆、大都会歌剧院等名胜都集中在曼哈顿岛上，这些拥挤的，生机勃勃的房子群，就象征着资本主义。

港口有一古老的铁帆船，是为港口的标志吧？上船风大，冻得人直哆嗦，船向自由女神像驰去。可以看到正在维修的布鲁克林大桥，世界第一座悬索桥，建于1883年。连接曼哈顿和布鲁克林区。

噢，那就是自由女神像，在中国网上常被恶搞的对象，比如她被一个秦俑撩开裙裾行事。虽有点邪，但却很有创意。现在我们看到的她，就是凛然不可侵犯的自由之神，她的镇静，她的威严，她的神圣，她手拿着的《独立宣言》，她高举起的燃烧的火炬，就是在召唤，在向时空深处，向全世界的人，作英勇的召唤！这个女神是法国雕塑家奥古斯梯·巴陶第的作品，女神是根据他怀孕的老婆作模特儿，所以肚子有点腆出。另外的部分是那个设计艾菲尔铁塔的艾菲尔弄的，93米高。之所以显得高大，是因为在一个小岛上，视野开阔。这尊像是法国送给美国独立100周年的礼物。

我在船上买了两个较大的女神像，Made In China，但中国买不到，在美国买有纪念意义。给田禾送一个，他跟我一样，没什么自由，不抽烟，不喝酒，不喝茶（叶），不打牌，不应酬，旷世宅男。买个自由神是一种鼓励，一种精神鸦片吧。大盒子，又没有大袋子装，以为上岸就上车放着的，哪知上岸了却往华尔街走。要抱着这么个怀孕女神。华尔街人又多，又是照相又提大盒子，还要跟上队伍，身体的节奏乱了，正跑着，扑通一下，摔了。一条我最喜欢的牛仔裤，摔出一条大口，谢天谢地，腿却未伤。

华尔街上看了个啥？只有恨意。见了那尊象征牛市的牛雕塑，钻进裆里捏它的睾丸。它蛋疼，我嘴疼。

从华尔街到唐人街，就是两个世界，两个国家。唐人街乱糟糟的，很多的街，很多的中国字，五星红旗、青天白日旗到处都是，还有孔子像，林则徐像，于右任题词牌坊，关帝庙。全是中国人，以为回到了中国。这纵横交错的唐人街，感到中国人生存能力太厉害了。纽约有100万华人。纽约一共700多万人口。但是唐人街的破旧与华尔街的奢华相比，你根本不敢相信你所在的地方是美国，且是纽约（当然后来我看到了最好最漂亮的旧金山唐人街）。纽约竟是这样的吗？为什么不进行旧城改造？为什么不学中国搞一场你死我活的拆迁运动？从唐人街看，美国的所谓帮助他国其实是一个鬼话。美国也有他的虚弱之处，美国也自顾不暇。或者说华人社区根本是被他们遗忘的世界。

我们去了联合国总部。联合国总部不属于美国领土。它的外面，一长溜国旗，有192个国家的。这地方狭窄，不大的广场上是两个雕塑，一个是破碎的、千疮百孔的地球，一个是手枪头打上了结。寓意明了：地球完蛋了；不再战争，祈望和平。事实是：我们的地球危机重重，依然战火连绵。隔着一条街，有一些抗议示威的人，听不懂他们要抗议什么。

在联合国，一层是许多国家的照片、联合国的历史之类，还有历届秘书长照片。各个国家穷人照片最多，照片全是穷人苦中取乐的，中国的打工仔也有。很温暖的，很激励的。联合国大约就是一个义工组织吧。再就是一些商店，出售联合国纪念品的。我买了一件T恤，一个和平鸽马克杯。卖T恤的两个老太太至少70岁，这个年纪竟在联合国卖东西。我一向以为，联合国没什么作用，该听谁的，还听谁的。该独裁，还独裁，该专制，还专制。该造核武，还造核武。第五大道是纽约繁华的象征，还有百老汇。理所当然是纽约的商业中心、文化中心、购物中心和旅游中心。这里还是世界上租金最贵的地方，年租金每平方米达7.4万元人民币。它还是世界五大购物中心之一。

圣诞节一个月，各大公司都竞相推出圣诞橱窗。第五大道上各家名店的橱窗文化已闻名百年。不管怎样，不管世界多么混乱危险，也不管美国军人在伊拉克、阿富汗阵亡了多少，圣诞依然是他们最为热闹的喜庆节日。在洛克菲勒中心一带，街道上全是彩灯璀璨的圣诞树，49街有一棵巨大的圣诞树燃起了灯，因为刚下过雪，街下面一个大溜冰场人头攒动。街上更是人流汹涌，水泄不通。各种玩杂耍的、做广告的占据街头，公汽二层是敞开的，人们冒着严寒坐在上头，兴致勃勃地看着街景。华灯初上，纽约一片灯海，恍若幻景。每个店都打折30％，包括最为有名的精品百货店（Saks Fifth Avenue）。巴宝莉、Charles Nolan、Cynthia Steff、橘滋、波士，全都有折扣。托了圣诞老人的福。百老汇一带更是灯火辉煌，广告巨大。这里的广告价格是以秒来计的。中国的三九胃泰过去在这里打过广告，估计是血本无归。也不会有美国人买这种中药产品。

美国活在自己的霸气和生活里，他不太会理会别国，他不会小心谨慎，不会在意他人的感觉。我的感觉是：任何向他献媚都不会有什么回报，只会把自己弄得很贱。只有像委内瑞拉、伊朗、古巴和朝鲜，和拉登，他才会怕。美国极像是端着架子让人恶心的官员，你只有蔑视他，朝他脸上啐一口，他才把你当回事儿。当然，这要冒点风险。

我敬费城

此次到费城是参加宾夕法尼亚大学的诗歌交流。宾夕法尼亚大学在费城，她最为有名的应是学校创始人本杰明·富兰克林，还有世界上最著名的商学院沃顿商学院，与哈佛商学院排世界前两名。富兰克林是电学科学家，也是伟大的政治家。美国有两个版的100美元是他的头像。我们曾在中学时读过他的“风筝实验”的故事，一些名词如正电、负电、导电体、电池、充电、放电等就是他发明的。他还参加起草了《独立宣言》。

宾夕法尼亚大学的建筑太漂亮了，只能这么形容。但你要亲自来看，才知道“漂亮”是什么意思。书上说是由卡普和斯特沃森设计，两位建筑师融合了英国牛津大学与剑桥大学的建筑风格，在保留一些哥特式建筑古老元素的同时，创新并发展出了全新的校园哥特式建筑风格。这样说我的感受吧：她的建筑都是单独存在的。好像是多条街道——我们进入时（在38街周围），更多童话般的建筑矗立在我们面前，感到一种连续冲击。一栋一栋的，就叫梦幻组合吧，就叫世界建筑奇观吧。我的母校武汉大学我们老认为她是中国最美的大学，还有吹牛是世界最美大学，在宾夕法尼亚这样的大学面前，确不算什么。怎么说？国内大学建筑，不管武大厦大，清华北大，都是小儿科，甚至有点寒碜。贝聿铭、梁思成、林徽因这些华人建筑大师，都毕业于这所大学。我想，学建筑的，只要在这里熏陶几年，他的思维，他的设计理念，一定会成为世界一流，这是没有问题的。

当然校园里的环境也好，到处是金色的树，到处是咖啡馆，到处是古老的阅览室，到处是松鼠。

咖啡馆很多，我们的活动就是在校园里的一个咖啡馆举行的。中美诗学学会副会长伯恩斯坦先生恭候我们。他是美国语言派诗歌的代表诗人。其他的诗人都是校内的教授或者年轻老师。

宾夕法尼亚大学有着很强大的诗歌传统，比如中国所熟悉的诗人艾兹拉·庞德就毕业于该校，林徽因也是有名的诗人。

这次中美诗人的诗已经互译，印成了册子。互相朗诵。在西方，朗诵自己和别人的作品是一种很常见的交流形式。我的是一首《农民》："你故意营造一个荒寂又遥远的村庄/让我忧伤和无望的怀想/你故意让院墙坍塌，道路泥泞/让微弱的灯，点在黑暗深处/农耕时代的幸存者，像民歌。/依然为我们提供食物、大豆和烈酒/和泥土的气息/（泥土若没有人翻动/谁再会怀念它呢？）/庄稼和家园的看守人，衣衫陈旧/用汗水取暖/在田垄和阡陌的铁链里挣扎/像他们的祖先一样/对付野兽、荒草、干旱和洪水。像祖先一样/在阳光下暴晒，眼里满是哀求和诅咒/时间已经过去几千年（甚至更长）/谷穗的形状没有改变/犁和耕牛的形状也没有改变/牛温驯的时候，就像他们/只能打动微小的自己/望着田野，抽着烟/一次次在心里同庄稼说话/这些喃喃自语的人/唯有与雨水呼应/这些枭首鹄面的人/被飞速的现实一次次遗弃/就像自己的院落/成为时光的战场/他们会牢记祖先的遗训：/每一年，即使饥饿/也会留下种子"。

我用中文朗诵，对方用英文朗诵。效果确实不同，我对英文基本是白痴，但感觉美国人也可以理解中国诗人对农民的那份感情。然后我又朗诵了格里高里·江尼康的《多年以后》：“有一棵树，他记得，/树枝上/很多房间/被树叶掩藏。/如果他找到这棵树，或许很快，/他得从树下向上呼唤/呼唤树上的人放下一架梯子来。/他想，他知道是谁住在那里，/都是他过去的情人，/甚至还有他久未见面的妻子，/一个幸福的大家庭。/他已离家多久？/他又能走进沙漠多远？/如果不穿鞋，不戴帽。/现在他看见远处/闪烁的绿色，他听见/树叶里的水声。/‘亲爱的’，他柔声呢喃，/将手置于树干。/然而树却猛烈摇晃。/就在他的四周，小鸟们/从树上纷纷落下，/唱着跑调的歌。”

这首诗大约是语言派诗歌的一个标本吧。有点不知所云。但这首还算是好的。我看到伯恩斯坦的诗集，几乎让人犯晕。与其说是诗，不如说是呓语。所谓语言诗，如评论家所说：语言大于诗。它泛滥着似乎是无穷无尽的语言、词句、东拉西扯，但就是缺乏诗的元素——诗的情愫、诗的韵味、诗的结构，诗的激情更没有。固然它是反抗权威、官方、资本和秩序，通过颠覆话语霸权来解构世俗社会。想法总是好的，所以有人说伯恩斯坦与其说是诗人，还不如说是诗歌理论家，他更擅长的是理论思维，而缺乏诗歌写作的灵性。诚如他宣称：“我一直感兴趣的是诗歌的破碎、错乱、不对称、不和谐的结构，也就是我说的言语声律障碍，即运用破损声音的作诗法。”破碎总不是作品，只是一种语言的拼图。解构语言，还要重建一种语言。对语言诗派，有一句很有趣的黑色幽默评论：“诗死在了语言里。”

还是说《多年以后》这首诗吧，它可能表现了生活的一种悖论，但却不够。我们苦心经营的生活，却被我们遗忘和抛弃了。有一种荒唐的悲剧因素。我不敢恭维这种流派，这只是教授们的一种消遣罢。这种先锋，面目可疑，竟然进入了美国主流诗歌。我喜欢惠特曼和金斯堡，语言派说与他们有直接关系，我认为这是一厢情愿。当然，我最喜欢的是美国的自白派。比方我引用过的安妮·塞克斯顿的，西尔维亚·普拉斯的，罗伯特·洛威尔的。

他们的诗也给我们一种启示，反抗政治的霸权和秩序是重要的，文学就是应该这样，标新立异也很重要，反叛是文学新生的标志。但实践与理论的差距不可不正视，一种流派更需要有力的创作来支撑。但我很佩服这些美国教授们，写诗总比光做学问可爱。这次交流非常愉快，主人对我们的接待很热情，朗诵诗，吃喝，联欢，参观校园……

徜徉在校园里，看到最老的建筑学院的图书馆里，学生们在静静读书，有一种高贵古老的气息弥漫着。学生们有各种肤色。在这里读书太好了。

费城没有多少高楼大厦，但老建筑很多，保存得非常好，这里做过美国十年首都。城市的发育很成熟。每个城市都有这种感觉。而我们的城市还在草创时期。高楼正在崛起，但也满目疮痍，尘土飞扬。还有拆迁的血泪与黑暗。

我们去参观美国的自由广场，也就是100美元背面上的地方。因为这里有他们国家的象征：自由钟。

就是一口破钟，可对于美国是何等重要，它在美国的知名度仅次于自由女神。自由钟是美国自由精神的代表，是美国人的骄傲。它参与了美国建国初期历史上最重要的事件：第一次宣读《独立宣言》，敲它，合众国宪法通过，敲它，华盛顿的逝世，当然要敲它。就是这口小小的钟，宣告了美国的自由和独立。

在国家独立历史公园的中心草坪上，并专门为其制作了玻璃大房子，加以保存。玻璃房子里，循环放着一个小纪实电影，这口钟到美国各地展出，那种人山人海欢迎的场面，有点像我们的“文革”，有点像迎佛指舍利的景象。

这口钟上刻着的铭文是《圣经》中《旧约·利未记》的一句话：“向世界所有的人们宣告自由。”了解美国历史的就知道，自由与独立曾是美国人最为渴望的。所以许多诗人在此钟诞生后写了许多诗歌颂它。其中有一句是：“敲响那口神圣的钟吧，直到所有奴隶都获得自由。”这句诗像广告贴在玻璃房子大厅里，对来参观的各国人都是一种怂恿和鼓舞。

钟已经出现了深深的裂痕（是在一百七十多年前华盛顿生日时被两个小孩敲破的，他们有何资格敲？），可已经成为了美国人的图腾。现在，自由钟只是一个象征，凝聚美国的是此钟的精神，是他们形成已久的价值观。但奇怪的是，在那个与钟不远的图片展上，竟有一幅巨大的达赖像，还做着胜利的手势。达赖不配，美国人另有企图。

其实，去费城是一个很远的路程，我们驱车经过了弗吉尼亚州、华盛顿特区、德拉瓦州、宾夕法尼亚州。几个小时的车程没有看到一座高山，全是平原，美国土地肥沃，全部机械化，一个人可轻松种2000亩地，他成为粮食出口大国就不稀奇了。在费城，以及整个中西部（不是纽约、华盛顿、加州那些地方），一栋两层楼带庭院加两个车库的房子，这两年只要6-7万美金，也就40万人民币的样子。算去算来，如今全世界，中国的房子最贵，已超过东京的数倍。而中国人的工资却是美国人的十分之一，物价还比美国高许多。比如说中国制造的纺织品，便宜得直笑。一条名牌牛仔裤，也就十几美金。网上说，甭说中国人，用美国工资也买不起中国的房子。诗人田禾说他在北京的一套280平米的房子已经标价到870万了，也就是说，他在北京的一套，可买美国中西部的20套两层楼别墅。不过，与杭州西湖边每平米12万元的房价比，北京又是小巫见大巫了。田禾这一套如在西湖，是3000-4000万。更可以在美国买100套别墅！呜呼，信不信由你。

我晕拉斯维加斯

新泽西州的自由机场要坐5个小时的飞机，且要越过三个时区才能到达沙漠赌城拉斯维加斯。自由机场过去叫纽瓦克机场。这里对中国人并不陌生。一是当年9·11事件恐怖分子的三架飞机，就是从这里起飞去纽约，遭此重创，改为自由机场；二是2010年一对华人学生情侣，女的从加州来新泽西看男友，走时已安检，男的依依不舍，竟从一个栏杆钻进去，与女友热吻。但机场监控发现一个人提着东西进入安检后的候机室。要想经受过9·11后的此机场，那还非同小可？马上所有飞机停飞，机场瘫痪6个小时，一万多安检过的人重新安检。而此兄完全不知，早驾车回家睡觉去了。但各地监控把此人锁定，把他从梦中抓起来，只罚款500美金。其实，他这一钻，机场损失近亿。老兄躲过一劫。因为美国的法律只能罚500美元了事。

我们一到达拉斯维加斯机场，赌博的气息就扑面而来！机场里全是百家乐之类的机器，许多人在那里赌。我真怕有人因为赌兴奋了而误机。

赌城不就是赌博吗？且慢。这个赌博城可不是一般的赌城，是世界上最豪华的赌城，是聚集了天下财富的赌城。沙漠什么也没有，只有想法儿聚集世上富人的钱。于是在这片内华达州赭红色的沙漠里，神奇地矗起了一座漂亮得可在全世界排前几名的新城。这里的每一栋建筑都是艺术杰作，世界的建筑大师都想把自己的作品建在拉斯维加斯。这些时尚超美的建筑，冲抵了人们对赌博的厌恶。建筑栋栋令人震惊，想象力尤其丰富大胆，色彩尤其艳丽，有绿色的，有紫色的。而这些中有的是童话城堡群、埃及金字塔、艾菲尔铁塔、威尼斯水城之类，这些全是赌场，巨大的赌场，巨大到你想象不到的地步。这些赌场都有一个名称：主题赌场。

拉斯维加斯属内华达州，内华达是西班牙语雪山的意思，拉斯维加斯也是西语，是放牧的草地的意思。当年这儿是墨西哥的领土，包括新墨西哥州、亚利桑那州等，都是西班牙的殖民地。说是有一天，一队商旅寻找水源，发现了此地有水草和水，于是定居下来，才有了拉斯维加斯。这里多墨西哥人的后裔，许多人长相是美洲人，戴牛仔帽，非常潇洒，非常有异国情调（美国的异国情调）。美国有7个州为墨西哥人的土地。美国人也曾是侵略者。

在中国，黄赌毒是连在一起的，但拉斯维加斯很奇怪，没有黑社会，也没有公开合法的妓院。黑社会退出拉斯维加斯已很久，这是政府操作的结果。当年赌场老板发现，妓院老板赚的钱比他们还多，就联合起来，将妓院撵出了拉市。但现在暗娼也不少，电话预约，报纸上也登有很多，包括当地华人报纸。还有大巴、出租车和街头一些报箱里，许多小册子，都是明码标价的妓女广告。

你进入拉市的主街最先看到的就是金字塔赌场，完全仿照埃及金字塔，但是是一个酒店赌场。顺便说一句，凡赌场就是酒店，酒店就是赌场，就是休闲娱乐中心，就是购物中心。赌场有多大呢？大到超出你的思维；奢华到什么程度？奢华到极致。资本给人豪气，资本给人想象力，资本创造现代文明。这里汇聚了天下的财富和智慧。“金字塔”内部，尖顶周围，全是房间，就像蜂巢，或像燕子窝，住在上面是悬着的，如住悬崖上一样，可要勇气。惊叹的是建筑师的想象力和大胆。向下俯瞰，就是赌场。外面当然是狮身人面像。

拉撒赌场粗粗看了一下，有什么花神、酒神之类的主题区。在任何赌场都有主题区，将不怎么光彩的赌博弄得很文化，很高雅，很文明，很惊艳，是拉斯维加斯的一大特色。米高美大酒店以好莱坞、南美洲风格、卡萨布兰卡及沙漠绿洲等为主题。金殿赌场饭店则是巨大的火山爆发，还有热带波里尼西亚丛林，热带植物景观、瀑布、沼泽。入夜后每15分钟就喷一次火山，蔚为大观。还有巴黎酒店、百乐吉饭店、蒙地卡罗、比尔赌场、奥舒亚赌场、哈拉斯赌场酒店、火鹤酒店（或称弗朗明哥酒店）、以海盗为主题的金银岛酒店、曼德勒海湾赌场度假村等等。

我们还去了百乐门大赌场，一派热火朝天的局面。又去了威尼斯人大赌场酒店。这基本不是赌场了，是一个旅游的去处，是一个人造的远离欧洲的威尼斯，是人间奇观。在一楼，有世界级的交际舞比赛，事实上拉斯维加斯不仅仅是赌场，还是世界最繁忙的会展中心和文化中心。当然如你不赌博，这里也是游玩的好去处。老人小孩男人女人都能找得到乐趣。在里面，有世界应有尽有的奢侈品商店，也有艺人。威尼斯著名的钟塔、叹息桥、运河、圣马可广场都在这里惟妙惟肖地复制出来了。在三楼，就是运河，屋顶是天空，白云飘飘，你无法想象是在室内，还有那运河，还有那船，还有那唱歌的男女。而圣马可广场上（其实也是在室内），吃喝玩乐的，玩杂技的，热闹非凡。唉，资本创造的奇迹。威尼斯人赌场酒店是拉斯维加斯最奢华的酒店。

我们住在百利（Bally's）酒店，当然也是一家大赌场。百利酒店位于拉斯维加斯大道中心，多年前尼古拉斯·凯奇主演的电影《拉斯维加斯的蜜月》就是在这个酒店内拍摄的。它一楼的赌场有67000平方英尺，老虎机森林密不透风。跟这里的任何赌场一样，是没有任何窗户和时钟的，就是让你赌得昏天黑地，不分日夜，就是让你赌得裤子都输掉，身无分文而归。岂止这样，酒店总台里面也没有时钟，这是拉斯维加斯一大特色，一大阴险的特色。而且，一过半夜12点，空调通风口会输入氧气，哈哈，人顿时神清气爽，通宵达旦。一边赌，还可一边看表演。这里面有一个歌厅，你可以与歌手或乐队的音乐一起起舞，人人疯狂。还可看免费的不间断的脱衣舞表演秀。在这里面的人，有许多是老头老太太，跳舞，赌博，他们好快活好开放啊，西方的老人绝对是幸福的。

我们晚上去街上看夜景，看了世界最大的喷泉，那个壮观，让人震撼。还看了逼真的海盗表演，整个拉斯维加斯在疯狂享乐，而这时候，中国人或许在血汗工厂里加班加点。我的感觉是，美国活了，世界其他国家就没法活了。

百利虽然是星级酒店，但里面设施一般。据说是故意而为。不能让你住得很舒适，因为他要的是你到赌场“送钱”。许多人行李一放下，就直奔赌场，房间根本没人住。我睡了一觉，想起来还是去赌场转了转，也不知道是出于什么心理，也不知道拉斯维加斯有何魔法，估计是手痒了。果然，赌场依然热闹，人满为患，笙歌美酒加金钱。小试了几把，当然美金白送给美国鬼子了。什么“百利”，是他们的利。这里主要是玩21点、百家乐、老虎机、骰子，还有轮盘赌等。押注从15美金到5000美金不等，也有VIP室专门为你一人准备的，可下几万美金一注。而当年伤痕文学的主将卢新华据说沦落到就在这儿发牌。发牌（当庄家的）果然有中国人，笑眯眯的邪恶的眼睛，怎么也玩不过他们，这些助纣为虐的混蛋。早晨起来下去看，依然满当当的人还在赌。永远的不眠夜！俺服了你，拉斯维加斯，令人发晕的亢奋和腐朽和美丽和神奇的城市。

好莱坞很好

洛杉矶的好莱坞，美国文化的输出地，无可阻挡，每当他的大片出来时，全世界几乎同时放映。中国如此抵制美国文化，还是只进好莱坞大片。俺也搞不懂。可能一部大片，会拯救一个奄奄一息的电影院吧。其实，我认为小国的电影更好看，更有朴素真实感人的艺术魅力。我不喜美国大片，一个写作者，我更看重的是角落里的生活，最僻静处的声音和眼神，一些连上帝都看不到的地方的场景。这些在第三世界的电影中能找到。

好莱坞上世纪20年代最为风光，1923年，来自芝加哥的地产商买下了如今好莱坞这片山地，准备搞地产开发，想取个名字打在山上做广告，想到了自己在芝加哥的庄园叫好莱坞，于是有了此名。电影发明后，因为加州有名的阳光，而当时拍摄全是用自然光，加州耀眼的阳光成为了电影人的首选，且这里一年四季阳光明媚，少雨，于是电影拍摄向洛杉矶转移。

虽是冬天，但这里的阳光依然很艳，早晨起来，阳光明亮得不行，街头所有的植物都绿得发亮，还有一些热带的花卉，非常独特好看。早起就可穿T恤。而此时的纽约大雪纷飞。上了街，满街的人都是T恤短裤加拖鞋，加上一些热带植物在太平洋的风中摇曳，这情调就出来了。

市中心最繁华的大道叫明星大道，就是好莱坞大道，两边的人行道上镶嵌有铜的五角星和人名，有2000多个，中国人一说有3个，李小龙、成龙和一个上世纪三十年代的演员；一说还有李连杰、周润发、吴宇森什么的。创意总是好的，但街道有点陈旧，那些名字在地上任万人践踏，也不是很吉利的事。我看到一条狗在一个明星名字上拉尿，而且许多星破碎了。街道的所有商店都是与好莱坞电影有关的，各种商品都是电影的配套产品。各种T恤、小金人像、各种电影人物玩偶、马克杯等等。

街头还有一些扮成明星的人，你与他们合影，一个一美金。我与“卓别林”照了一张。还有蜘蛛侠、梦露什么的，很多。还有扮成动物的明星。

我们去了奥斯卡颁奖大厅，红地毯已经撤掉，但的确很气派。每次颁奖典礼，总是几十个国家实况转播，中国也加入了这个队伍。每个演员都想在这里走上一遭，那也只是演员的梦想而已罢。电影演员的粉丝还是多，这里蜡像馆正在为一个我们不熟悉而美国人熟悉的漂亮女演员造蜡像，举行一个仪式，各种摄像器材都搬出来了，就像在拍摄一部大片，人山人海，进行交通管制，还不能拍照（其实你拍了他又不敢删），你还可以到马路对面去拍。那个场面很狂热。就在这里，许多世界级明星的手模也在地上，竟然也是一景。商业炒作想想也蛮无聊的。

走在洛杉矶的大街，强烈感受到洛杉矶把电影业发展到了极致，拉斯维加斯把赌博业发展到了极致，都成为了旅游。以洛杉矶为例，一年有200亿的收入，而电影业就达90—100个亿。

我们去好莱坞，一个梦幻世界。好莱坞电影中的各种场景比比皆是，Shrek PrincessFiona（那个怪物）、Donkey（驴）正在一个小屋里伸出大脑袋摇头晃脑同人说话，极尽搞笑，Sponge Bob（海绵宝宝）、Curious George（《乔治历险记》中的那个家伙）、The Simpsons等等。这就是不到百年的好莱坞创造的伟大经典文化符号，已经成为美国文化或者西方文化的标志。

好莱坞就是一个游乐园。但其实最早发端就是各种摄影棚。我们后来的西部影视城、横店影视城就是学的他们的，但气派上不如人家，好像很低端。

环球影城里有各种动物演员与演员们联袂演出，有《终结者2》的3D电影，有《蓝调兄弟》，有《水世界》，等等。按他们的说法：参观这座著名影城，“为获得终极好莱坞电影体验做好准备”，走进电影幕后探索好莱坞电影的拍摄场地，体验以史蒂芬·斯皮尔格个人创意建造的好莱坞历史上最大的电影布景街道扩建，舒适地坐在内置有最先进的高清显示器的有轨电车内，沉浸在完整丰富的外景场地体验之中，赶往经典电影及热播电视剧的世界，包括《大白鲨》、《精神病人》以及重磅连续剧《绝望主妇》等。

让你的心跳加速，求生的本能空前增强——身高35英尺的霸王恐龙和号称世界第八大奇迹的金刚之间正在展开一场殊死搏斗。

我们第一场就是看的彼得·杰克逊创作的金刚360度3D电影，6个人坐一个舱室，进入虚幻的太空世界，金刚森林、各种巨兽，人们在太空遨游，惊险得每个人大叫不已，有心脏病高血压的可能承受不了。但也不必害怕，你就在自己的座位起伏颠簸，闭上眼睛一切都没事了。这个国内有看过，不过人家的是原汁原味而已。当然，人家的也体积超大，其构思神奇，画面有大气魄，大想象。

坐上有轨电车，绕好莱坞一周，这是重头戏，等待的人很多。上了车，开动后，就进入好莱坞世界的神奇了，上车前还必须戴上特制眼镜，也是3D的。我们的电车逶迤进入到拍摄各种电影的街道，欧洲19世纪的街道，20世纪的街道，美洲的，非洲的，更古老时代的，现代的，乡村的，小镇的。最贫穷巴黎穷人区的也有。一路上看到拍摄的各种道具，有大猩猩在路边，又遭遇到汽车爆炸的场面，还有一些恐龙吐水，湿你一身。

在一个很偏僻的“乡村”，突然电闪雷鸣，雨水下来，屋檐开始滴着雨线，人仿佛置身于欧洲19世纪的某个乡村的雨中。突然，从山坡上洪水滚滚而来，所有的东西瞬间冲毁歪斜，湮没在山洪中……这般真实凶猛，未曾见过。

接着，电车进入一个模拟的地铁，也是20世纪初的地铁吧，非常真实，各种细节告诉我如此。突然地震了！天崩地裂！地面上的小汽车、大巴从裂缝处砸下，各种电线短路，火花闪闪。汽车砸向地铁车厢，接着洪水灌入地铁，将一切淹没摧毁。太逼真了！

那些我们已知和不知的电影场景的重现，让人大开眼界。与那些经典的好莱坞电影离得这么近，如鲜花盛开的村庄，花真得不能再真，还有汽车爆炸、大白鲨与人的惊心动魄的搏斗，就发生在眼前。特技处理的效果实在很绝。每到一地，关于某场景的电影就会出现，表示是在此拍摄的。

最让人震惊的是一个拍摄空难电影的现场，估计是《劫后余生》，更加巨大逼真，可说是超巨大，这个场景花了多少钱多少智慧！中国人是没这个毅力和恒心及敬业精神弄出来的。一架波音飞机断裂成几截，散落在电车路两边，坠落时可能砸中了汽车，产生了爆炸和火灾，汽车在燃烧。机尾、机翼、舱室，每一个断裂处的真实，每一个座椅，每一个散落的物件，估计细节要有10万种或者100万种或者1000万种。什么都要考虑到。就是一个真实的灾难现场，噩梦重现。你不得不服，没有偷工减料，没有投机取巧，估计也没什么穿帮之类的笑柄吧。这样的电影道具拍出的电影，自然会征服世人的。不糊弄自己，就是不糊弄别人。

再进入一个隧道，要戴上眼镜了。许多史前怪兽向我们的车发动了攻击，血盆大口与巨齿撕扯我们的电车，将我们的电车像抻面条一样的乱捣，所有人发出尖叫，恐怖真实。但始终不明白是怎么回事。

这一趟约半小时的行程，让人天上地下，史前史后，如在幻景中游历，也是一次历险。等车停下，回到原地，人还没反应过来。说白了，就是一个“细”字，一个“真”字，一个“大”字。看过之后，感觉他们的文化是拼命做出来的，凭硬本事进入他国的，入侵或者取代你，理所当然，谁叫你不努力。美国人做当代文化有一股别人没有的精神。我们跟他们比，就像无所事事不求上进的懒鬼。活该人家牛逼！就像一句乡土老话：辛苦换得快活吃。这句话说的是美国人。至少是美国的电影人。

而后的《未来水世界》表演则是更令人叹为观止的节目。首先道具的制作可用壮观来形容。整个是铁皮、锈蚀的机器等。心想这种东西我们也做得出来，比这豪华和现代的不费吹灰之力。但细看，一切都是那么精心。就是20世纪初西方工业化时代的一个遗址，钢铁废物，破碎的趸船和汽艇、机动船，古老的吊车，还有画着骷髅的化学储藏罐，等等。

大致故事为：未来景象，工业时代结束了，地球变暖了，两极冰川融化了，各大洲淹没在滚滚波涛之下。勇敢的女主角Helen发现了仅有的几块陆地之一，想要同其他幸存者在岛上共同居住，可问题是，杀人恶魔Deacon和他的邪恶烟民盘算着占有这块陆地，但它并不会涉及无辜的Waterworld民众。Mariner和Helen击败这群杀手，并开始岛上新生活的唯一机会。这场演出就是一部真实壮观的好莱坞大片，有故事，有细节，枪炮、飞机都用上了——有一架老式飞机竟从天而降，从外飞进来，落入水中。场面巨大，想象奇特，演员表演惊险投入，甚至许多特技都是好莱坞式的震撼，如一片火海，如两船相撞，如飞机的飞越，水上摩托的飞越，惊心动魄。每天这么向全世界慕名而来的游客不间断演出，如果不是世界级的精品，能抗得住吗？

此大型表演，源于1995年推出的由kevin Costner主演的经典电影《未来水世界》。但是简化版的真人真景秀。这种气魄，没有足够的底气和力量不消试得。拜人家为师也没什么丢脸的。

旧金山说金门大桥

旧金山过去叫三番市。在电影中这个城市是黑道火并、打打杀杀的险恶之地，特别是华人的黑道。因为这个城市是中国人最早到达美洲的码头。80万人口中，华人就有20万，主要是广东人。19世纪修建旧金山铁路时，大量华人来到这里。这个城市浸透了华人的血泪。天使岛是中国人来此的第一站，先要在岛上关几个月才能上岸。谓之审查身份。

现在这一切都过去了，这个城市黑道已无踪迹，唐人街干干净净，比纽约的唐人街不知要好多少倍，看得舒服，估计也住得舒服。这个地方本来就是世界宜居的5个城市之一，房价是全美最高的，一般美国的平均房价一栋带车库的别墅是15万美金，这里要80万。算起来是5倍。之所以宜居，除了黑人少外（黑人少治安就好），就是它的气候。旧金山是美国“早穿棉袄午穿纱”的城市，没有冬天也没有夏天，是一个没有空调的城市，年平均气温11—17度。我们在最寒冷的季节到达这里，也是10多度。刚下过雨，稍有凉意。据说马克·吐温非常喜欢旧金山，在这里住过10年，他有句话是：“我经历过最寒冷的冬天，它在旧金山的夏天。”

旧金山的海湾实在太漂亮了，但这里是不可游泳的地方，主要是水温太低，常年只有4度。金门大桥是这个海湾最吸引人的。但它臭名远扬，被称为自杀大桥。

旧金山最有名的还是让世界改变了生活方式的硅谷。什么英特尔公司、甲骨文公司、雅虎、惠普。这里还有世界上最有名的制药公司，如辉瑞、拜尔。这里的人还破译了人类基因，克隆出了第一个人（用自身细胞产生的）。以后人类可以不用男女交媾，自己克隆一个自己。但这很可怕。

旧金山有名的东西太多，比如斯坦福大学，比如加州大学伯克利分校、旧金山分校。旧金山分校只有医学，却拿过36个诺贝尔医学奖。斯坦福大学可能还不止这个数。一个分校，只有一个专业。

旧金山有名的还有一个金门公园，还有一条花街。花街可能是世界一奇。而花街周围全是那种陡坡街道，有多少条？数不清。可能当初建街时，都在这山坡上，一铲子铲下来，45度的山坡也成街了。这么陡的街，在重庆也没有，重庆是山坡，但不是直开的，是横着建的。于是街与街成上下。这两边的房子建得也恐怖，车却从上往下开，给人的感觉是要竖过来，如玩杂技。停车的，斜着停，好像要翻过来。如是胆小的人，根本不敢在此开车。花街就在最上面，到了山的顶端。这街可能太陡，设计者把街又弄成了盘山公路，弯弯曲曲，车从花街下来，盘旋而下，也如俯冲，开这样的车要车好，技术好，胆大。旧金山人看来习以为常了。这盘旋的陡坡两边又种上了巨大的绣球花，冬天依然盛开。我只是想，这两边街道上的人是怎么生活的？怎么出行？如是老人，一步不稳，不会一直翻到路的尽头，怕也有几百米。好在旧金山不下雪，不会结冰。但若是下雨也够受的。肯定有因为车失控而冲下路底的。

旧金山还有一座跟金门大桥同样古老的海湾大桥，但因为人们觉得在此桥上自杀没意思，不时尚，不浪漫，海湾大桥就被忽略了。

还是说金门大桥。别的不说，说自杀。这大桥是世界第一座悬索桥，1933年动工建设，设计师是约瑟夫·斯特劳斯，被誉为近代桥梁工程的一项奇迹。钢塔耸立在大桥南北两侧，高342米，相当于一座70层高的建筑物。塔的顶端用两根直径各为92.7厘米、重2.45万吨的钢缆相连。钢塔之间的大桥跨度达1280米，为世界所建大桥中罕见的单孔长跨距大吊桥之一。桥面距水面近70米（有说60，有说72的）。现在当然不算什么了，这是约80年前的事。通车的1938年，斯特劳斯这位老兄竟从自己设计的桥上跳下去了。原来，他为自己设计了一个自杀的跳台。据说他患上了严重的抑郁症。这可好了，从此以后，全世界的人纷纷仿效，紧随其后，有宣称——就是发了宣言要自杀有名有姓后来真死成了的达2800多人，无名的自杀者更是不计其数。

据说桥太高，在没入水之前，人就已经死了——这只是一说，入水后，鲨鱼就将其吞食掉，凡是入水后的人，往往尸骨无存。但也有人活着回来的，在网上我看过的一部纪录片《金门大桥》中就有此讲述。

这座红色的大桥在我的记忆中，总是像在云端一样，但当我们真实地靠近它时，发现并不是如电影电视中看见的高大，仿佛建在一个无底深渊之上的，至少不是走在云端里的那种感觉。那些趋之若鹜的自杀者，也可能在电影电视看后出现了我一样的感觉——认为这样在云端里的自杀有很刺激的诱惑，就像踏入梦中，而不是走向地狱。

第一天我们去看金门大桥时，逢雨，我们又没带雨具，只好远远地看着那个大桥笼罩在朦胧的雨雾中。

第二天，我们去往纳帕山谷的葡萄酒庄参观，正好要经过金门大桥，而且这天阳光明媚，是看大桥的好时机。进入引桥，两边的树林深邃，浓雾扑面而来，阴风惨惨。感到阴气太重，难怪这桥成了自杀之桥。人在此，有一种鬼魅氛围，很容易自杀。没有这种亲临的体验，你无法理解这座普通的桥为什么会成为自杀者的“天堂”。

这大桥为什么多雾，总是在雾里？因为它两边是山，是一个海峡口，雾是顺着海面进来的，并且凝滞在此，终年不散，所以雾很浓很低。我们开车到大桥另一头，却没有一点雾，怪哉！可以清晰地看到桥下不远的海岬，可以看到那个“魔鬼岛”（就是这个不吉利的名字！）。

金门大桥总是壮观，红色的巨龙，显出一种古老的气势。还可以看到与它同年建造的海湾大桥。我坐在那里，吹着海风，欣赏着这一半在阳光中，一半在浓雾里的大桥，似乎没有什么异样。就是一座桥而已，桥上车流滚滚，人们正常生活。可80年来，这座桥害死了多少人啊。我们去的这年，已死30多人。前一年，是39人。这事儿为什么会出现在美国？是否有更深的原因？不得而知。

为防止在桥上投海自杀，桥上其实游弋着许多安全人员，不分昼夜值班巡逻，并且应用现代化设备——闭路电视，实行“自杀监视”。可是，防不胜防，自杀队伍依然前仆后继。

有人分析原因说，在这儿自杀，你可以得到其他地方得不到的绚丽的死亡。这儿是死亡圣殿，只要跳了，你就是献给死亡的神圣燔祭。有关于在金门大桥下面加装网兜，防止自杀的方案，但这个巨大的工程论证了几十年，一直没有付诸实施。可能美国是个自由的国家，允许美丽浪漫的自杀也应视作是一种个人选择的自由。选择生和选择死其实是一样的道理。你没有权力阻止一个人漂亮地结束生命。

还是说说前面提到的那部记录分析金门大桥自杀的片子《金门大桥》吧。导演埃瑞克·斯帝尔及其摄制组为了探究金门大桥为什么让自杀者青睐，在2004年全年利用白天的时间，分别在金门大桥的两端进行拍摄，记录下了这一年超过20起死亡事件（此外还阻止了好几起）。他们同时还录音采访了当事人的朋友、家人和目击者，痛心地讲述细节和详情，是如何与意志消沉、药物滥用和精神疾病进行斗争的。

在武汉，长江上大桥多，也常传来跳桥自杀的报道，而分析原因，几乎与美国结束生命的原因一样：丢了工作，失恋，爱人的背叛，精神病，抑郁，孤独，还有更奇怪是：“很容易”，来这里很容易。一个被采访的救过来的女性说，她每年都会从外地来这儿，太容易了。还有的尝试着死亡，“就像求职和选择读一所大学”。还有一种是：大桥的暗示。据说有人走到这里，没有任何先兆，走着走着，就突然越过桥去往下跳。一个父亲，先丢下自己的孩子，自己也跳了下去。暗示的力量太大。只能说是魔鬼的蛊惑。因为魔鬼岛就在前面嘛！

影片记录的自杀的瞬间真的惊心动魄，让人难以置信。我印象最深的有一个年轻人讲述他的自杀经历。原因我忘了。他说他在大桥上满脸淌着泪水（伤心），可是桥上那么多骑车的、游玩的人，没一个发现他的悲伤。没一个人劝劝他，问问他。有一个讲德语的女人还要他帮拍张照片。他说，当时她根本没在意或者看到我脸上滚滚而下的泪水，因为她玩得太高兴了。他还真帮那个女人拍了张照片，并且说：“祝你玩得愉快。”

这个德国游客难道在拍照的时候也没看一下前面的拍照人脸上的泪水吗？且是“滚滚的”。唉，这个世界怎么啦？不太在意别人的一切，冷漠。而每个人内心里的无法说出的悲伤、失败感、绝望，真的无人能助吗？

每个人都有生命黯淡的时刻，情绪低落的时候，谁来救救他们？影片中唱的：“在这最黑暗的时刻，一张坚强的脸将要崩溃。”没有人抚慰一个行将绝望的人，自我拯救又太难，崩溃就在眼前，而且这种崩溃和浪漫搅在一起，冲淡了悲剧性，让人充满一种热望。瞬间也许就是永恒……

海鸥凄厉的叫声，诡谲的雾气啊，在说些什么呢？一座通向云端的桥，它没有最后，只有幻景。所谓结束，是一个扩展得越来越大的世界，云雾飘飘……

最残酷的是影片拍到的一个长发男人在那儿长久地徘徊（摄像的人为什么不通过警察制止他？），我们看到了他内心的挣扎。这位仁兄是个失业者，但是过了几天，一个公司的通知来了，他可以去上班了，正是他很喜欢的一个职位。但他已经离开了这个世界。正如他的一个朋友哭着说的：他对我是一个很大的伤害。是的，死也是一种对他人的伤害，对活着的人，对亲人，对好友。

“失去你之后，我度日如年。没有你陪我缠绵。伤痛不会过去，我该怎么办？”在万家灯火燃起来的时候，这哀伤的、怀念的歌响起，回荡在璀璨如梦的金门大桥上，回荡在金门海峡，回荡在城市的上空。人们，要珍惜。结束绝望也许很容易，从绝望中爬起来很难也不难，你后退一步，你煞住那个意念，从去的路上原路返回……

纳帕山谷的酒庄

美国加州纳帕山谷的葡萄酒闻名世界，丝毫不比法国波尔多地区的差。这里的酿酒史不过百年，为什么能产这么好的酒？一是它的葡萄品种为赤霞珠，二是这里的气候非常适合种葡萄。纳帕地区雾气弥漫，雾水为葡萄最好的水分。葡萄怕水，所以种在山坡上，但山坡土地非常肥沃，山下又有大片湿地，湿润的空气使这里的葡萄种植保持了高品质。

本人对酒素无兴趣，也见过见了酒丢了魂的酒鬼们。大凡当官的，都能喝酒，且能闹酒，而且总是处于亢奋状态。本人基本是冷眼生活，似乎这世界的一切令我亢奋不起来。苏轼的那句话“静故瞭群动”，不是说我，也肯定不会指那些话痨官员吧。据说好的葡萄酒能品出芥末味、油菜花味、苹果味、李子味。品出什么味来都没我的份。就算你品出了当皇帝的味，咱也不好这一口，任他们醉去。

“听听土地在说什么，它们值得人们去倾听。”这是很牛的酿酒师们走近纳帕山谷时说的。他们有他们的事儿，跟种植户们，根据土壤结构、根茎、无形系选择以及计算机分析的微型气候条件来选择葡萄品种或与酿酒有关的事情。我倒是很喜欢这句话，听听美国的土地在说些什么，感受一下美国的田园生活。的确，土地值得我们去倾听。

从29号公路去往纳帕山谷，这就是加州阳光明媚的乡村。我说乡村，不说农村。因为“农村”这两个字，我们的反应是无序、混乱、垃圾遍地、鸡狗乱飞。这乡村不是我们的农村。没有荒山，山坡上有奶牛在吃草，也有黑色的加州肉用牛。加州牛肉在中国的酒店是卖高价的，点一盘几百上千。再就是葡萄园。乡村没见到一个在地里劳动的人，没有破败的房舍，人家很少，有好的别墅。听说这里的别墅比旧金山还贵，因为纳帕山区非常符合加州富人的口味，住这里，空气好，还终年飘散着酒香，随便走几步，就有酒喝。这里没有村庄，只有酒庄，大约这个山谷有500个酒庄。

葡萄的种植是十分规范化的，犹如流水线工厂。一行行，一排排，间距一样，高矮一样（便于采摘）。因此每年要两次剪枝。而葡萄要培植10年才符合酿酒条件。但在中国，我知道的荆州的葡萄种植，10年必须砍掉更换新品种。

纳帕山谷其实没有大山，甚至没有什么大片的森林，都是一些小山丘，没种葡萄的地方就是牧草，这跟欧洲一样。但它的房子很有特色，那些建于19世纪的漂亮房屋，竟然完整保存着，路边的一些小旅店也是19世纪留下来的欧洲宫廷风格的老屋。老屋是多么好的东西，老屋才适合酒庄。酒是越存越香，屋是越老越美。

这些老屋的主人，过去是农民，现在是农场主，因而不是像我们农村一堆堆的房子，比城里人还多。这些酒庄很远才占一个山头，走很远也没有人家。所以这里已没有了农民一说。到了葡萄成熟的季节，请的都是从墨西哥来的农民收割采摘，人工便宜。墨西哥人采摘飞快，一个人一天可以采摘几亩。

我们前往的是一个叫Viansa的酒庄。主人是意大利移民。进入庄园，看到的是花园而非乡村。各种花草在修建得很特别的花坛中盛开。路边的果树结满了紫色的浆果，是橄榄树。葡萄园的葡萄全收割完了，叶子基本落了，树下碧草如茵，依然有观赏性。可以想见九十月份来此品尝葡萄和新酿葡萄酒的景象。

庄园有古老的拱门，有雕塑，其中一尊野猪的铜雕非常好。这才是山区的东西。而我们一些深山景区的雕塑却很现代，不知道当地野兽是最有特色的景观。酒庄前后有许多露天品酒的桌椅，有很大很长的棚子，里面有简单的桌椅，棚壁上有花在缠绕开放。这里就是九十月间品尝新酒的地方，相当于我们的农家乐吧。但是，酒庄好像不开伙，没有我们的烟熏火燎，似乎不会赚钱。去的人很多，却没有吃的（顶多只有面包。噢，看到了外面烤面包的大炉子），只有喝的。中国人讲究“怪酒不怪菜”，也罢，喝两盅吧。干喝也不是味儿，总得来点儿花生米，来两碟凉菜。这么好的赤霞珠，一瓶也不便宜，最少的20美金，贵的，刷干你的卡！

这个酒庄跟任何酒庄一样，只卖自己酿造的酒，且有自己的商标。还卖些与酒有关的纪念品，小件摆设如盘子，如石头画、小幅油画、T恤、造酒的器皿等。还可以免费品尝各种酒。酒鬼们东尝一口，西尝一口，走出来，脸上基本有了红晕，比较中看，再观风景。风景这边独好。可以指点江山。

在酒庄下面，是山谷的一大片肥沃的黑土，至少数千上万亩，一直延伸到很远的山脚。而那片山脉，流溢着纯色白云，雀鹰在天空翱翔。这景色真的是少有的，这静谧的、辽阔的山谷，是属于酒和哲人的。有一点天堂的感觉。有一点回到古代的感觉。

就是我们叩访的这个酒庄，拍摄过电视剧《鹰冠庄园》，还有电影《恋恋酒乡》。这里真是美国农村的缩影，混乱和辛勤劳作的历史已经结束了。村庄重新回归大自然的宁静和优雅，甚至是高贵。

春秋的老实人和天真汉

李敬泽

写了本小书《小春秋》，人家就说：这是讲经典、讲历史。我一听汗都下来了，小子安敢！把汗擦了，我又觉得，为何不敢？有句俗话：一瓶子不满，半瓶子晃荡。如果满了，还晃荡什么？国学大师是不会跑到电视上去讲的，讲也不好看，收视率肯定低，偏是村夫子野秀才才要晃荡，豆棚瓜架夜行船，网络电视畅销书，大家听个热闹而已。

村夫子讲经典、讲历史，大家爱听，那是因为“对景儿”，古为今用，用古人的智慧教我们成功，教我们做一个聪明人。我们的老祖宗有那么多的生存技巧，那么多的权谋，那么多克敌制胜的法宝，我们要学，而且要用。一部历史，在村夫子野秀才们看来，就是强者生存弱者活该的自然史，这是历史观，也是人生观，用这样的眼睛看历史，那就是一个兵以诈立的大战场。对历史的看法其实都是从我们对自身生活的看法出发的，大家唯恐自己是那个弱的傻的，都希望自己聪明一点，再聪明一点，孜孜不倦地学习，向古人学，向历史学。

但是话又说回来了，我倒是觉得我们其实不必那么焦虑，在聪明的道路上，我们已经一骑绝尘，把古人远远地甩在了后边。今天这一屋子人，每一个都是聪明人，古人见到我们这么多聪明人也会吓得跑回古代去，所以，我担心的倒是另一件事，就是聪明过头了怎么办？太聪明了聪明反被聪明所误怎么办？我们现在讲经典，讲历史，好像不大讲这件事。我亦村夫子，不过是个傻的村夫子，《小春秋》讲来讲去，讲的是向古人学天真、学老实。所以，听者寡应者寡，那也是活该。

什么叫聪明呢？庄子曾经讲过，说早先世上是一团混沌，就像一个面团一样在那儿放着，当然是不聪明。后来也不知是谁，在这儿凿了两个孔，有眼睛了，明了，再凿两个，有耳朵了，聪了。还不够，还要再继续凿，那么人就变得七窍玲珑，聪明无比了。

但问题是，如果我们觉得还不够，还要再凿，我们还要天天听百家讲坛，天天学权谋学诡道，我们浑身上下就全是窟窿了，固然很通风很凉快，但如果是一间屋子它就要塌，如果是个鸡蛋它就得散了黄儿，人呢？凿过了会怎么样？人的聪明还是要有自然的和社会的限度，人有两只眼，只能看到这样的世界，如果我们有苍蝇一样的复眼，那么我们都得得美尼尔综合征，如果有狗一样的鼻子，我们也受不了，这就是自然限度；社会限度呢？一群太聪明的人在一起生活，那是不是很痛苦很麻烦？

和聪明相对，有一个词叫“天真”，我们说“天真未凿”，就是没凿那么多的孔。后来我们长大了，天天凿孔，不天真了。什么叫老实呢？就是一团面疙瘩，实心的，那叫老实。现在我要说哪位朋友很天真，很老实，他心里一定很拧巴，寤寐思服，辗转反侧，我怎么就老实了？凭什么我就天真了？他会觉得很失败很有危机感，闻鸡起舞，去打眼儿凿窟窿，练聪明功。“天真”和“老实”，在我们的生活中不是被充分肯定的价值，老实人和天真汉成了“珍稀动物”。

老实人和天真汉到哪儿去找呢？在生活中，挂出招贤榜也未必有人揭，我们常说“人心不古”，说的也是现在的人太聪明，那么要找人心“古”的，也只好到古代去找。唐宋元明清，一路看下来，越往后聪明人越多，老实人也上不了史书了。再往前找，老实人、天真汉渐多，找到春秋，那就是遍地老实人了。虽然当时的孔夫子还是不满意，还是觉得世人聪明过头，他老人家一口气找到尧舜禹上去，但现在看，春秋已经是很老实了，当然也很天真很暴力。

谈起中国历史，秦汉、三国两晋南北朝、唐宋元明清，我们都有很清晰的概念，有很清晰的想象图景，“普天之下，莫非王土，率土之滨，莫非王臣”，“天下大势，分久必合，合久必分”，等等。但是对于春秋，这些概念和图景都不大用得上。我读《春秋·左传》，先后买了两套。第一套买了，其中一本丢在飞机上了，只好再买一套，接着读。读了两遍，我还是觉得眼前一片云雾，很乱，人也多，国也多，那些人名也很怪。从西周到春秋，中国史的实际状况和教科书里讲的其实很不一样。一帮子人，其实也没多少人，几万人吧，从陕西打过来，占领河南，然后哥们儿兄弟拿着张地图开始分，你分到苏州去，后来就是吴王，你分到临淄去，就是齐公……但是那个地其实还不是你的，怎么办呢？给你三千人带着就去了，反正那个时候华夏大地地广人稀，找片野地，圈起来建起一座城，这就叫做“国”。“国”什么意思？就是城的意思。城里面的人是外来户，叫国人，手里掌握着武器，既是先进文化的代表，也是先进生产力的代表。城外面有人没人呢？有人，都是当地的土著，叫野人，我估计大多是渔猎、游牧部落。在这片大地上，华夏文明撒出很多点去，然后由点到面，逐步扩展融合，这个局面和我们后来的历史格局不一样，所以后人觉得乱，不容易想象。在那样一个草莽初创的世界里，行动着的都是一些老实的人和天真的人。什么叫老实的人和天真的人呢？就是没凿出那么多贼心眼，坦坦荡荡，强悍高大。春秋的时候，即使是坏人、不大靠谱的人和后来的坏人也是不一样的，坏也坏得老实天真。

比如《小春秋》里写到过，当时的郑国，有个大臣叫子公，此人有一个特异功能，便是后来常说的“食指大动”，他的手指比鼻子还灵，隔壁有好吃的，食指立时狂跳。那天他举着个自动狂舞的食指一路找过去，果不其然，他的国王郑灵公正炖着一锅王八汤。正常情况下，郑灵公给他尝一口罢了，偏偏郑灵公是个吃独食的，就让他那么站着。子公先生眼巴巴站了一会儿，又等了一会儿，实在受不了了，扑上去把食指伸到锅里，也不怕烫，蘸了一点汤，就往嘴里放！

子公知道惹了祸，叼着食指扭头就跑。郑灵公大怒，传令，抓回来，砍了！大概是国王的侍卫行动迟缓，那子公跑着跑着一想，与其被他砍了，倒不如先把他砍了。又赶紧扭头回来，一刀杀了郑灵公，坐在那儿把这一锅汤全喝了。

我想了想，唐宋元明清，大概都没有这样的事，何至于天真到这个程度呢？何至于就忍不住那一馋呢？这不是比领导夹菜你转桌更傻吗？但是这等傻事春秋的人干得出来。春秋的人就是这样的直接、暴烈，他们一点不压抑，很孩子气，他们的欲望和性情马上就要宣泄出来。

春秋英雄头一个是伍子胥。这样的英雄，后来在中国再也没有。我们看一看他的一生，就知道这个人是多么的彻底和暴烈。楚平王杀了他的父亲，这要到了明代和清代，那些儒生们，皇上把你爹杀了，如果不杀你的话，你就只剩下感激涕零、叩头谢恩了。伍子胥，不谢恩，拍马就跑。跑到昭关，一夜白了头。这是什么样的愤怒，什么样的仇恨！然后到了吴国，从吴国带着兵把楚国灭掉，把死了的楚平王从坟里拉出来，鞭尸。这时候有聪明人劝他了，兄弟啊，做事不要太绝，差不多就得了，得饶人处且饶人啊。伍子胥说，我就是不饶，我这个人做事就是要做到底。这样的人是注定倒霉的，所以后来被吴王杀了。临刑之前，伍子胥对刽子手说，你们把我的两个眼抠下来，挂到吴国都城的城门上。干什么呢？我要看着吴国灭亡。这样的气概，我们翻翻《二十四史》，后来很少。

所以我常常觉得，我们的春秋有点类似于希腊的荷马时代。那是我们的巨人和诸神的时代，你能感到大地上行走的都是一些巨人、庞然大物、猛兽。没有那么多的小聪明，没有那么多心机，他们强大、奔放，勇猛。这个世界上的猛兽，都是老实的和天真的。

这样一个春秋时代非常有魅力，用马克思的话说，那是永不复返的人类童年。但是话又说回来了，我也认为，这个世界上到处都是庞大的孩子这也很可怕，动不动就发脾气，为一点鸡毛蒜皮就打得天翻地覆，长此以往，这世界也不成一个世界。

所以，春秋的时候，就出了一个最大的老实人、最大的天真汉，就是我们的孔子，出来一个老师教育孩子们。孔子一生都是一个失败者，他一生都是一个不得志的人，很有意思的是，我们现在讲孔子、讲《论语》，把《论语》讲成了一个成功学。学《论语》，学什么呢？就是学上进、学成功。但在世俗、功利的意义上，孔老夫子本人可是一辈子不成功，他难道不知道在这世上应该怎么混才能混得好吗？他太知道，但是他说，这世上还有比混得好更重要的事，他说除了生存下去、混得好、活得畅快，我们还要讲“仁义礼智信”，我们还要追求一些无法用是否成功来衡量的价值。老夫子念叨了一辈子，没有人听，不成我就写《春秋》，我把你们那些鸡飞狗跳的烂事都记下来，发到“网上”去，我看你们羞不羞！孔子做春秋，乱臣贼子惧。看你们惧不惧！实际上我看人家也不惧。

这样一个天真的人、老实的人，他给我们的民族和我们的文明留下了一些至关重要的遗产。《小春秋》里写到了孔子一生中，我觉得最令人感动、值得我们中国人永远铭记的一幕，就是吴国去打陈国，楚国救陈国，两个大国在这儿打得一塌糊涂，陈蔡之间就困住了孔子，这叫陈蔡之厄，绝粮七日，七天没有饭吃，只能清水煮野菜。这样的时刻，连孔子最忠诚的学生，像子贡、子路，都动摇了，孔老夫子却饿着肚子在屋里弹琴，两个人发牢骚：“杀夫子者无罪，藉夫子者不禁，夫子弦歌鼓舞，未尝绝音，盖君子无所丑也若此乎？”话说得很难听了：现在人家杀你白杀，抢你白抢，你还在这儿弹琴唱歌，难道君子就这么没心没肺吗？

那个时刻，所有人的感觉都是“如此可谓穷矣”，混到了山穷水尽，但孔子凛然道：“君子达于道之谓达，穷于道之谓穷。今丘也拘仁义之道，以遭乱世之患，其所也，何穷之谓？故内省而不改于道，临难而不失其德。大寒既至，霜雪既降，吾是以知松柏之茂也。……”

什么意思呢？世上除了成功，除了赚钱、发财、升官、娶小老婆，除了这些之外，还有一些事是重要的、更重要的。孔子认为坚持他的真理是重要的，即使是在最穷愁的时候，最弱的时候，最难的时候，他也认为有一些价值是值得坚守的，坦然坚守。

我把那一天、孔子说这些话的时刻称为“中国精神的关键时刻”，在那之前，华夏大地上的人们是不这么看问题的，直到现在，我们是不是这么看问题，也很成疑问。但是孔子为我们确立了这么一个精神高度，用子贡的话说，就是“天之高、地之下”。孔子不是不知道世间的泥泞，不是不知道生活残酷，他的一生都在承受势利和庸俗的挤迫，但是，他依然绝对相信有一种正当的生活，他把它叫做“道”，这样一个人如果活在现在，活在我们身边，我们会怎么说他呢？我想，我们会说，他是个天真的人、老实的人。当然，这是夸赞还是嘲笑，就要看说话者的语气和表情了。

在春秋时代，既有像伍子胥那样的、身体上和性情上的巨人，也有孔子这样精神上的巨人，他们都是“庞然大物”，他们老实和天真。我们这些机巧机灵聪明的人们，也许应该回到春秋去看看，回到我们这个民族的童年去看看。

从公元前几百年到公元前后，雅斯贝尔斯称之为“轴心时代”。因为就在这几百年间，在世界各地，有了孔子、老子、庄子、孟子，有了苏格拉底，有了释迦牟尼，有了耶稣。现在我们也认为我们的时代是轴心，因为我们有了互联网，但没有互联网人类也已经存续了那么长时间，但如果没有这个伟大的“轴心时代”，没有现在看来如此天真和老实的这些伟大天才，人类的精神导师们，他们之后的这两千年我们是怎么混下来的，我觉得真是无法想象。

这些导师们教给人们的其实就是一个“弱”和一个“静”。经常有人以“力”的尺度衡量历史，他们会说，你看看，为什么北宋老是打败仗，为什么南宋晚明那么窝囊，可见有文化是没用的，还是要变成狼。可他们就不想想，那些强大的、战场上成功的敌人，而今安在哉！伟大的、持续成功的文明，一定是不仅有强的、动的向度，还有弱的、静的向度，一个人也同样如此，否则就会亢奋折腾把自已搞垮。所以我这个村夫子，提着胆子谈谈经典、历史，你要问我和人家有什么不同？在下是没出息的，我从经典和历史中是要努力看出弱和静来。道家说“以柔弱胜刚强”，这个话我觉得就不是“小聪明”，是“大智慧”。

但是“大智慧”也是知难行更难，我们都知道“以柔弱胜刚强”，但是在生活当中我们就是做不到，我们还得刚强，我们还得见的收不住火。前几天有个朋友跟我说，开着车被人剐了，“下去我就给了他俩嘴巴”，我说你真爷们，那位开一什么车？开三轮车。我说你这车上就你一个人啊？四个呢。我说好汉一条啊，你真是以刚强胜柔弱。道家的智慧涉及对世界本质、生活本质的认识，放在日常经验里人们常常觉得奢侈不合用。但即使就我们每一个人来说，我们弱的时候，我们静的时候，回头想一想，那真的可能是我们人生中最美好，最丰富，最值得我们记忆、回味和留恋的时候。

前几天有记者问，这个《小春秋》写的是什么啊？是不是写的历史？我说我写的是历史，但是别人可能比较喜欢谈论历史中的白天，白天的时候人们在闹腾，在行动，在上进，在勾心斗角，反正白天很忙。但是我想写一写历史中的夜晚，夜晚是什么时候？是一个人静下来，面对自己内心的时候，是静下来看月光如水的时候。这本书第一篇谈的是《关雎》，那是中华民族文学的第一篇，“关关雎鸠，在河之洲”，那是晚上的事，夜里在遥远的河中之洲上，有两只鸟在叫，一只叫一声“关”，另一只又叫了一声“关”，关关雎鸠。如果是白天鸟叫就听不见了，就是在这样静夜里，声声入耳，于是发生了中国人有史以来的第一次失眠，我们的主人公睡不着了，想起了那位美好的女子……

我想这样细腻丰富的情感恐怕也只有在夜晚，只有在寂静中才能够被感受到。当然我们现在夜晚也不寂静了，夜晚来临大家也不闲了，也折腾，我们处心积虑地要把夜晚白天化，我们处心积虑地不要让自己静下来，因为人静下来，就会感到弱和柔软。一个男子辗转反侧睡不着，不管他在白天多么强大，但是在此刻是弱的，他也是个老实人、天真汉，他不掩饰自己的弱，他没觉得心虚不好意思，他对人性和自身的看法都是坦然和朴素的。所以，面对这个无名的古人，我们应该想一想，我们真的要把那静和弱全都取消掉吗？把这种静和弱都取消掉以后，这样的生活是不是还值得过？这样的生活是不是真的那么好？

关于人的随想

汪惠仁

人是能够被难住的

这是一个杰出的思考练习题，它的目的是证明上帝不是万能的。我们所得到的最聪明、最简洁——当然现在已经广为传诵——的答案，是这么一句设问：上帝能够造出一块自己也举不起的石头吗？

这的确是一个了不起的答案，它让所有企图誓死保卫上帝的人都尴尬不已。因为，当你回答能够时，这块石头却重得让上帝举不起来；当你回答不能够时，上帝更显得不是万能的。这种智慧，让所有的回答者都陷入了非此即彼的困境。

往往就是这样，一个经历了几千年的信仰体系，它是人类灵与肉激烈搏斗而换来的成果，现在它却被一句简单的提问甚至是调侃弄得不知所措，在所有拥戴它的人眼里，它被问得哑口无言，它被逼到了墙角；拥戴它的人虽然满眼泪花，却爱莫能助。

所幸的是，上帝自己并没有出面回答这个问题：上帝没有发表电视讲话，也没有发表社论，甚至连小道消息都没给人间提供过。上帝至多知道有这么回事，也许上帝看见了含泪的子民痛苦的思考问题，但上帝决不会依赖子民们的成果而存在，因为上帝知道，子民们不过都是人，他们的智力都非常有限。

这都是人间的故事，上帝并不想插足；教堂在不断减少，做礼拜的仪式也多少有些敷衍，但上帝也并不介意。上帝向来认为，人的事情最好由人去管；人的提问最好也由人去回答，虽然问题关涉到他自己。

但现在，我们只能假设这是一个超出人间智慧的提问，为了求得答案，我们通过各种关系把上帝请到了人间。上帝回答问题的地点，当然在人间发生了激烈的争夺，因为这是一个举世瞩目的场景，届时将有一个历史上覆盖面最广的电视直播，广告收入更是史无前例，况且上帝早已表示他将分文不取。最后的直播权被中国的一家电视台购得，地点就设在壮阔的天安门广场。

上帝显然很满意这个地点；虽然他知道中国并非颂扬他最多的国度，但他认为这仍是一个善意四处流淌令他兴奋的地方。上帝用中国的方式向观众致意，之后登上高台开始答题。

上帝沉默不语，他亲手制造了一个足有20公斤重的石头，并轻松抓举过顶。台下大乱，观众很不满意，他们强烈要求上帝举更重的石头，上帝当然没有拒绝，他又成功举起了21公斤的石头。观众当然仍不满意，上帝当然都不会拒绝；就这样，观众不满意一次，上帝就加1公斤。

上帝一直在举石头，一直在回答那个提问。就这样，第一批观众连续观看了80年左右，纷纷死去，不过他们的遗嘱要求子孙们接着观看。子孙们在80年之后也死去了，他们的遗嘱同样要求后代接着观看。

上帝一直在举石头，从不喝一滴水，也不吃一粒饭，但他丝毫不显疲惫；观众们却一代代老去，一代代死去。

是的，上帝就这样回答这个提问，他不会开口说话，他只是应人们要求沉默不语地举石头。上帝给了我们答案，我们却读不懂。

是的，原本的那个提问能难住举重冠军，能难住马戏团的猴子，能难住人，却难不住上帝。

人是可以被利用的

X生活在7000年以前，在部落中是一个令人讨厌的男性。X不愿参加任何集体劳动，他像现代的许多游手好闲的青年一样，他喜欢篝火晚会，在晚会中他是唯一有着不良企图的人，他爱在姑娘面前做些下流动作，为此，他曾屡次遭到部落常委的批评。巫师认为，X的灵魂已被恶魔玷污，必须做法驱邪。

巫师选择了一个最美好的天气，把X带到一个被现代人开发成旅游胜地的地方，这儿有峭壁和流泉。来的时候，巫师已带足了颜料和画图工具，按照以往的惯例，做法时，巫师总要画点儿什么。

X在巫师指定的地方坐下，闭上眼睛，巫师开始做法，所有巫师都一样，无非是把环境弄得乌烟瘴气，说一些谁也听不懂的声音。接着巫师拿着绘画工具，蘸足了颜料，准备给X一个新的面容，巫师的意思是，这样恶魔就再也认不出X了，而X也可以重新做人了。

但就在此时，X忽然站了起来，迅速封住了巫师的颈项，大声骂道，去你妈的，骂着就把巫师扔进了山谷。X转过身来，拿过巫师的绘画工具，在旁边的岩壁上乱涂乱抹了一阵，画得非常糟糕，只能隐隐约约看出是女性的乳房和生殖器。X拍拍手，满意地看着自己的作品，恶声恶气的说，我就喜欢这个。

X逃往另一个部落，甚至做了可耻的叛徒，在一段时间里，X是原来部落的生动的反面教材。十年之后，X死了，原来部落对他的责骂也变得越来越少。又过了十年，X原来所在的部落在一场争夺草场的冲突中彻底毁灭了。这个部落没有留下任何东西，除了X在岩壁上留下的绘画之外。

尔后，一次地震险些毁掉了X的绘画，当时这块岩石随着地壳的颤动正欲向谷底翻落下去，幸好对面山岩上的一个巨石刚好把它在空中截住，它比以前变得险峻多了，涂抹在上面的X的绘画就变得更加不可思议。

二十世纪五十年代，有两个在学术路途上已经绝望的人，在各自的家人的陪同下来到了这个山谷，此行，他们没有别的目的，只是为了排解苦闷。

没错，X的绘画让这两个绝望的人喜出望外，他们整整拍了十盒胶卷，其中的一个叹息这儿交通不便，要不他会把这块石头搬回去。自然，他们很快回去把文章赶了出来，相关的学刊推波助澜，一时间人文学科的研究因此而掀起了一个高潮。那两个人也分别组织起了各自的学派，互相攻击，甚至有几次险些对簿公堂。他们俩的日子都过得不错，他们都有在日内瓦购买别墅的想法。

是的，X已经死了7000年了，他的尸体的有机质已被花草吸取，骨头也许再也找不到，也许在博物馆正在接受参观。现在X什么也不知道，他不知道后来的人们因为他的“黄色”绘画而争吵，而发财。一个古老的X死了，我们是当代的X，总有一天，我们也许会像X那样，成为后人的把柄和借口。

女人：诗与秘密

很早我就酷爱写作。我一直认为，写作标志着我脱离了低级趣味，标志着我有益于人民。于是，我最多的幻想是，将来的某一天深夜，在我自己的小屋里，我在台灯下为人民写作，而我的妻子就在离我不远的沙发上编织。在我的幻想中，她也是一个脱离了低级趣味的人。她深知我的责任，她珍惜我的身体。午夜时分，她会停止编织并提醒我注意休息。写作正进入状态，我哪肯罢休，最为重要的，在那个和平的深夜，我仿佛听见了人民在一天劳作后整齐均匀的鼾声，这声音令我心潮澎湃；此时，我的妻子便不再勉强我，并为我续上热茶一杯，而她，又重新回到沙发上，接着编织。

我的幻想大概从苏轼、袁枚那里借来，又加进了些左翼革命文学的影子。令我吃惊的是，与我结婚的，真是这么一位脱离了低级趣味的女人。“她的体质是弱的，也并不美丽。”婚后，我们居无定所，两年之内，搬了四回家。搬家的时候，她对我的书和读书笔记总是格外留意，分类捆扎，上车下车时总不忘提醒搬运的伙计。

不过，她不会编织，她也曾学过几回，但都没能学成。记得一个大雪纷飞的日子，她坚持要为我织一条围脖，雪的光芒照耀着她，她摆弄着织针与彩线。

“苦吗？”我问。

“有一些，但很自由。”她说。

自然，那条围脖织得并不成功，她没有控制好针脚。但这松散歪斜的针脚却给我带来了一个平静闲适的冬日。用完小菜暖粥，妻子睡了。雪在下，我们租住的小屋是雪野中的雀巢，妻子在这个雪花细细编织的冬日雀巢中安睡。

我们从哪里来？我们来自女人；我们来干什么？我们来和女人生活。蒙田严肃地告诉我们：倘若要我们选出人类社会最必需和最有用的行为，那应该是结婚。

苏格拉底毕竟觉悟得早，他说，不娶妻，总要后悔的。

婚前我有很多幻想，婚后我的幻想更多。这倒不是说我已移情别恋，我和妻子目前正有计划按步骤地发展、提升我们的感情。我的意思是，从女人那里，我知道了更多。从表面上看，女人引领我们走进的多是幽微的情境，但这幽微系着大世界和大道理，正如原子结构暗示着星系结构，又如春季后宫深处的某句戏话而带来了王权的更替。

世人爱说女人满脑子是直觉。是的，直觉通向诗和秘密，女人天生就活在诗与秘密中。男人是派生之物，他们远离诗与秘密，只知道冲杀、搏斗，他们是些大人气的孩子。

我们看不到女人生活的背面，因为女人的背面隐藏着伟大的神性。我们遇到了困难，向神求助，神便派女人来解决问题。比方说，在那个大雪天，正是妻子那诗意的安睡，才打消了我对生活的全部焦虑。比方说，在战乱之末，女人们用灶火映红的面庞告诉人们，这战争结束了，男人们，你们恢复日常的话题吧，于是船夫谈风向，农夫谈耕牛，牧人谈羊群。

我们从女人那里学会了太多，但女人并没有另设课堂，一切都悄悄发生在生活中。

这人间多亏有女人。

人是要感叹时光的

太阳照耀着人们的住所，住所的阴影部分吸引了人们大部分的注意力，人们用早些时候就发明的长度单位去测量这些阴影，于是一种先前并不存在的观念被发明出来，那就是时光。

住所阴影的重复，诞生了时光。有了时光，人们就开始了关于时光的焦虑。故时光是一种情绪，一种在重复的生活中的焦虑情绪。在物理学上时光并没有真正属于自身的单位，时光是通过一个比喻来表达的：距离/速度。再显然不过了，时光本来是无法表达的，人们只能用空间来打比方。

本来，空间就是迫使人焦虑的东西，用空间来表达时光，这等于人们用一种焦虑表达另一种焦虑。故时光没有发明以前，人也许只拥有一种焦虑，时光发明以后，人便拥有了全部焦虑。

时光是一种观念，祖先发明并培植了它。有了时光，人才会苍老。苍老是观念所致。人是观念的奴隶。

中国人的心境为何如此苍老？因为中国人在漫长的时光中一直在重复地活着：百姓在重复着欢呼。五四革命以来，中国人的观念却发生了重大的变化，人们开始害怕重复。“敢教日月换新天”是中国人发下的宏愿。广大农民在宣传画上看到了以冒烟的烟囱为象征的工厂，还看到了插秧机和收割机。他们急切地等待着机械化的到来。他们以为，机械化果真到来，便有更多的时间来生育、吸烟和在树阴下开玩笑。这些纯朴的像耕牛一样的农民，被告知在二十世纪七十年代末将迎来农业机械化，基层的宣传干部已在他们的住房上刷上了那些猩红的标语。

一九七九年底，机械化没有到来。一九八三年，机械化没有到来。今天，快下班了，机械化还没有到来。

多年以来，我一直以为感叹时光只是少数人的权力，这正如盘算着家庭生计的母亲，最有权力说那些苦难和艰辛。孔老夫子可以在水边说，逝者如斯夫；毛泽东可以说，三十八年过去，弹指一挥间。像我这么一个人，少年时代甚至都没能成功地加入少年先锋队，则没有权力也没有必要感叹时光。

但所有这些想法，到今天为止，它将不再支配我。今天是个晴朗的日子，我花了一整天来感叹时光。想想也是，我也是人，人都曾经许下过更新生活的诺言。

面容研究

草　白

一

如果不借助工具，我们将看不见自己的脸。一个人不知道自己的模样，这是不是有点恐怖？可这种顾虑显然是多余的。很早以前，我们就在水边照影。只是水的洁净恍惚，使人对自己的面容依然缺少清醒的认识。直到后来，镜子和照相术的发明才稍稍缓解了这种焦虑。可是，它们的作用依然值得怀疑。博尔赫斯就讨厌镜子，认为镜子和生殖行为一样，让人口增加，而它所复制的那个人绝不是自己。照相术似乎也好不到哪里去，罗丹也说照相说谎。

人最大的好奇便是对自身的好奇。古希腊美男子名叫水仙的就因为太迷恋水中的面容，才落水而死。据研究，每个人心里都植着一株水仙。我们日常离不开的东西中就有镜子。每日，我们在镜子前梳妆打扮，镜子让我们准确无误地找到自己，把口红涂在恰当的位置上，让耳垂环佩叮当。

可是，我们有多少时间在镜子里打量自己的脸，仅仅是脸。长久地注视会让我们心生疑虑，这张脸是自己的吗，这个人与我有什么关系，博尔赫斯的困惑就会成为普通人心头的纠结。

我想每一个内心柔弱的人都会躲闪镜子，在短暂的注视、获得对面容的大致印象后，就会逃离它，再也不想靠近，似乎那是个深渊，逐步逼近会暴露赤裸的内心。只有那些足够自信和自恋的人才会如此审视自己。这样的人具有诗人气质，他们往往会在文字中解剖自己，在世人面前打开自己，使之像一瓣瓣透明的橘瓤，比如卢梭。对面容和内心都有顽强探究勇气的人让人着迷。

数学家哈代或许是另一类人，相反的例子。他一生只照过五次快照。他的房间不能有任何能照得见人的玻璃，他住进旅馆的第一件事就是用毛巾把所有的镜子都罩起来，连剃须用的镜子也不容忍。这是何苦呢。这种行为对一个容貌已彻底毁坏的人来说，倒也合情理，可是这个严谨的数学家，甚至可称得上英俊呢。这一定是个曾经对镜子特别痴迷的人。物极必反。他想要抵制的只是内心的矛盾和紧张。这张镜子中的脸，让他想到了什么？

二

我们想起一个人，最直接想到的是那张脸。我们离开一个人，离开的也是那张脸。一个死去多年的人，他的脸依然鲜艳。而一个失散多年的人，记忆中还是少年。

我们在路上遇见一个人，首先遇见的是他的面容，其次才注意他的发型、装扮、举止，一个人的面容上蕴藏了哪些信息？某次运动时无意的擦伤，节食或精神变故导致的瘦削，纵欲或熬夜带来的双目倦怠、精神萎靡，阅历和智慧的增长所展现的沧桑前额，或是少年气概桀骜不驯，所有这些都浮现在一张脸上，地图似的脸，迎面扑来，不问而知。古人有凭面容起卦法，面容愁苦、神色凄凉者多为薄命，耳朵厚垂，额头宽阔者大都生性乐观，为福相面容。所谓面由心生，相面的也只是按图索骥而已。

一个人的面容是先天生好的。很奇怪，这世界上没有一张脸是相同的，就是孪生子，也有差别，就像自然界的叶子。但脸和树叶都会随环境和遭遇而改变。少年的美或许是惊艳的，但只称得上漂亮，只有过了成年，甚至到了色衰的中老年，才可称得上美。

这种美除了有姣好的面容作底子，更重要的是表情和气度在起作用。一个人的表情能改变容颜，特别是日积月累的表情，具有滴水穿石的效果。你看那些老年夫妻，经过多年饮食和趣味的磨合，表情越来越趋雷同，一颦一笑都相仿。我曾看见一个宠物店的店主，他竟长着一张他所亲近的动物的脸———一张狗脸，越看越像，越长越像。

一张令人难忘的脸上是有一种称之为气度的东西。气度之于面容，并不总是那么玄乎，最著名的例子是曹操捉刀，一代枭雄对自己的面容如此不满，可他的气度远远覆盖了容貌的庸常。我们的生活中也不乏这样的人物。通常的情况是一群人愿意围着一个人转，在这个人的四周有股气场，像磁铁吸附着铁屑似的吸引着芸芸众生。

脸是综合因素，它是一个人的标志，为什么电视里情感倾诉类节目中的女人要戴面具，蒙面大盗也用遮盖面容的方式来行窃，他们只是不想暴露自己，他们蒙住的是脸，而不是肩膀、手或别的身体部位，脸才是作为人存在的一切。证件照就是一张突出了的人脸，剔除多余的装扮，脸只是脸，便于做了坏事后通缉，考试时用来验明正身，面容的确认就是身份的确认。

可在这个时代新鲜出炉的写真集、婚纱照中，我们见到了一张张美丽却失去个性的脸，新娘也在批量生长，如此相似。每个时期都有自己的代表面容，知青一概黝黑、粗壮，扎两条辫子，穿花格子衬衣，笑容是羞涩、扭捏的。民国女子胡蝶和阮玲玉们的面容，烫发，修眉，粉嫩，娇艳。个体的面容很容易淹没在时代的背景里，只有出类拔萃者才能脱颖而出，引导潮流，成为某个时期人体面容的典型代表。

三

有这么一群人，他们有自己的脸，也有自己的身份。可他们以扮演别人或根本不存在的人为职业，他们是演员。做一个演员是有难度的，不仅仅要长着一张被演者的脸，更要有他的表情和心灵。让一个纯真的人来扮演荡妇，把一个卑微的人扶上国王的宝座，这种难度是自找的。可在一些著名的影视剧里，我们似乎看见了部分历史人物的复活，演员和人物的脸合而为一，心气也合而为一，甚至一演成谶的例子也不鲜见。他们一生陷于一个角色里出不来，庄周和蝴蝶的身份纠缠，在他们是命运的纠缠。

特型演员似乎只为历史上出现过的大人物而存在，他们一辈子只演一个人，演一个家喻户晓的人物，那个人的事迹曾被写进历史教科书里，面容见于那个年代的老照片。特型演员似乎是伟人的借尸还魂，面容有了，一切都会源源不断而来，演得多了，便具有了历史人物的神采。

今后，日益发达的化妆术可以实现面容的部分整改，特型演员在“像”的问题上将越来越没有问题，准确的面容有助于他对角色的演绎，容貌是一切的基础，在这之上加上神采、风度、手势，才能接近原型人物的本真。

这是一张奇怪的脸，瞬间的改变都有可能失之毫厘，谬以千里。一个天生龅牙的人，有一天忽然整牙成功了，整张脸却彻底变了样。动的只是牙齿，改变的却是整个面容。推之于其他，眉毛的粗细、唇线的虚实，都可能改变面容之于他人的观感。由此可见，脸真正是精妙的仪器，一点也动不得。动了就不是你了，你在这个世界的形象已经毁坏，陌生的你已然诞生。

杜尚给著名的“蒙娜丽莎”加了两撇小胡子，这不仅仅是面容的改造，而且成了美学史上对艺术观念的颠覆了。刷的一声，蒙娜丽莎成了男人。绘画上的变性手术竟这么容易。

四

美人的脸是符合黄金分割率的脸，它和自然中的松果、向日葵、雪花一起符合这个美而神秘的常数。但完全符合黄金分割率的人体及脸毕竟太少，人群中的少数者无意间达到了美的极致。众生的脸只是一个标签，起区别的作用，脸是显而易见的，既然灵魂那么高深莫测。在我们每日的活动中，有许多内容就是为了修整这张脸而设置。男人刮胡子，女人描眉，我们毫不自知地对自己的面容进行着一次次改写，一次次挽留。我们以为自己千辛万苦的行为能挽回当初的面容，哪怕能延缓衰老的速度，可是，毁坏来得太快，镜子中的脸像被罩上了面具，越来越厚，越来越硬，直到与当初的面容毫无关联，皮肤松弛，黑斑浮现，皱纹密布，眼神倦怠，宛如沙丘在一夜之间塌陷，衰老来得迅疾而诡异，还在马不停蹄。

生理上的衰老是在可接受范围内，还有一种人生的变故不在人体所能承受的范围内，它能严重地毁坏面容。伍子胥过韶关，一夜之间白了头，并不是历史的诳语。现实生活中，中年丧子的寡妇、老来无依的夫妻及遭遇变故的青春少妇，他们的脸在瞬间被悲伤所毁。面容黯淡，神情无彩，前后判若两人，骤然而至的变故无法被消化，留在了脸上，让悲伤可以被看见。

疾病也在改变人脸。内脏的损坏印在脸颊上，表现在脸色、神态、五官、斑痔等方面。望、闻、问、切，首先是望，老中医用智慧的老眼在面庞上捕捉着疾病的蛛丝马迹。在中医里，脸色不佳便意味着可能含有暗疾。排除脏腑的实质性损害，有许多草药是能治疗面容憔悴的，枸杞子可用来补气血、养容颜，地黄可治未老先衰，那些药草试图改变容颜，殊不知，只有时间才是最好的化妆师。

通常情况下，人对自己的面容是无可奈何的。这既是对时光流逝的敬畏，也是安于现实的一种。有人想到了整容，把自己的老脸换掉，换一张生机勃勃的新脸。这个过程是痛苦的，但效果很明显，至少局部来看美不胜收。换了一张脸也就换了一个人，原先的符号都消失了，一切需要重新确认。原先爱着你的那个人，他无法适应你的新脸，因为他无法确定这就是你，除了脸，人类身上具备特性的东西实在太少了，即使相爱的人也所知甚少。

怎么办，脸已经改变，那是当初那个人吗？爱情夭折在变脸上，尽管那是一张更艳丽的面容。这时候，爱情与更美丽的面容无关，只与当初的面容有关。

这是金基德的电影《时间》中人物的宿命，男人为了报复女友轻率的整容，自己也走进了整容院，两个人，两张不同的脸在熙攘的人群中就此谁也找不到谁。

五

有没有一个人或一本书细致地记录过一个人从出生到死亡的面容改变，这一定是惊心动魄的。刚出生的婴孩，皮肤干巴、紧缩，五官是扭曲的，渐渐地，面容变得疏朗，有了微笑，增加了别的表情，越来越好看，到了青春期，面容之美达到了顶峰，随后，便开始走下坡路，化妆品和整容术掺和进来也改变不了这种趋势，多笑者多皱纹，面部表情丰富者比一张平静如水的脸衰老起来要快。

如果有人的容颜是倒着来的，一生下来是老人的脸，然后才渐渐回到中年的脸，少年的脸，婴儿的脸，在他思想越成熟的时候，面容变得幼稚，他在生活中找不到与他容貌相匹配的人，即使越活越年轻，他还是充满伤感。电影《返老还童》中的本杰明·巴顿的一生就是如此，与时间背道而驰，以一个老人的枯槁之身降于人世，最终以婴儿之态话别人间。面容的变化在本杰明·巴顿这里是另一种焦虑，他的身体是特殊的，是时间之河里的逆水而上者，有别人不能领悟的面容困惑。

杜拉斯在《情人》里似乎怀着追求小说中情节发展的兴趣去观察“我”那衰老了的面容。这种记录似乎有效地对抗了时间的行进速度，至少在心理上赢得了主动权，一个人大可不必为此骇怕，人生各种事项都会按部就班地来。衰老也是如此，总是可以把握，有规律可循的。似乎喊一声，就能慢下来。

活人的面容即使衰老，到底还是新鲜的，还能有变化，并不骇人，一个人死了，仅仅是一两天的时间，他的面容就毁坏得不成样子，像一个腐烂的水果，面色完全变了，并且有了气味。可是自己是不知道的，死去的人也不希望别人看见。入殓师见证了一个人死后彻底枯败的脸庞，又把他细细描摹，直到成为一张恬静而庄重的脸。这是他们在尘世最后的脸。

这张脸确确乎乎是我们在这个世上存在过的有力证据。

六

面具是脸的升华。戴上面具，我们成为国王、喇嘛、神灵、鬼怪、猎人、巫师，我们可以成为任何我们想要成为的人物，在这一刻，我们的面容隐去，我们的身份出现幻变，我们的心灵像蝴蝶在丛林里飞。

在某个夜晚的化装舞会上，我们戴着面具，如风一般穿梭在夜色和人群中，我们的脸是面具的脸，是未知而神秘的脸，流动性的，没有特征，抽象的，绚丽的，浮于人脸之上，就像云朵在人群头顶飘过，除了天地，没有人会记住它。

面具是安全的，它代替人脸裸露在灰尘中，被其他的面具凝望、注视，它有蝴蝶的花纹，云彩的飘逸，流水的清澈，它是夜晚的表情，是时间深处的镜子。

有一个女孩，她的职业是面具师，经常有死者的亲人来找她，恳求她给死人做面具，还他们一张在人世的脸，那些死去的脸大都面目全非，因为车祸、疾病或毁人面容的事故，总之，这些来找她的人都非常需要面具，需要一张想象中的美丽的脸。面具师尽量满足了他们的要求，但也有让他们失望的时候。还原一张死人的脸，不仅需要技术，还要有情感，可是她以前不认识他们，等看到的时候，他们已经死了。这个面具师最出色的作品都是为死人做的，她认为一张死去的脸比较容易把握，它的表情只在回忆之中，这让她有足够的创作空间。

面具师是小说中的人物。研究面具上的面容似乎也只是小说家的职业。让面具摆脱象征，成为我们的另一张脸，把面具做得更精美些或更张牙舞爪些，让我们可以戴着它上路，这便是另一个我们，一个更加虚幻或更加真实的人物，走在真实的阳光和空气里，走在午夜梦寐般的人群中，面若桃花，光彩照人。

偏 见

徐则臣

盐不荒心慌

东边出事了。9.0级的地震刚结束，海啸跟上来，“2012”般的滔天巨浪如大兵压境，把日本弄得一团糟。祸不单行，我们的邻邦还没来的及从地震和海啸的噩梦里回过神，福岛的恶魔又现身了，核电站冒完热气就开始爆炸。核危机取代地震，在日本上空迅速全球化。因为辐射物质可以随风飘散，风到哪它就跟到哪，可能影响整个世界。于是这几天我们前所未有地关注春天的风，谢天谢地，它正朝东南走。

尽管风向背对我们，大家还是不放心。两天前收到一条短信，说核辐射开始了，雨天别出门，万不得已，出门务必护住脖子，小心甲状腺；昨天又有一条，建议补碘囤盐。我真没太当回事，但凡风吹草动，从来传闻不断，要么谣言，要么妖言。今天与朋友聊天，说起辐射和碘盐，方知好几个省市已经闹了盐荒。我就顺手给家里打了个电话，我妈说，消息已经晚啦，昨天晚上就已经脱销，十块钱一斤你也买不到，还是粗盐。我又给岳母打电话，正好家里盐用光了，岳父赶紧下楼买。兜了一大圈，把周围几个店铺和超市全跑完了，两手空空地回来，一袋也没买到。超市现在排了一长串的队，等着买酱油，据说还限购。售货员说，待会儿酱油卖光了，就只能买咸菜疙瘩了。到下午，我打电话回去确认，岳母说，还是没买着，去了趟菜市场，海带也涨价了。前天还五块钱一斤，现在变十块，老板傲慢地说，今天不买，明天就二十了。

真是荒唐。没盐了买酱油，没酱油了就买咸菜疙瘩；因为海带含碘，马上也奇货可居。很像“非典”时候，听说熏醋管用，超市里遭劫了似的，转眼醋就光了；听说板蓝根有效，所有的药店板蓝根脱销；后来传说抽烟可以预防这种诡异的肺病，不抽烟的开始叼上了，咬了无数次牙跺过无数次脚才戒掉的立马开戒。我不明白的是，咱们就不能淡定点儿？如果说在我家乡，因为靠黄海，眼神好点儿的能望到日本，担心受核污染慌乱一下，还说得过去；在北京，此来关山万千重，至于着急成这样？好像世界末日已然来了。脱销的脱销，涨价的涨价，且不说大灾大难是否“如在眼前”，就是真堵到跟前，咱们也不至于乱得如此失去章法吧。

看电视新闻，最近这东西真是个乌鸦，张嘴就没有好消息，但有些报道还是能够温暖一下人心。比如日本的灾民乘车，就算大难如此，也照样排好队秩序井然地上车，过灾难的生活也过得从容不失风度；比如，没听到多少打砸抢、哄抬物价、趁火打劫的违法乱纪事。正是在这个中午，我的小说日文翻译，家住东京的日本人，给我打来电话，关于她面临核危机的日常生活，她说，一如往常，顺其自然。她女儿在距离福岛一百二十公里的地方生活，也一如往常，顺其自然。她平静地说出“顺其自然”这四个汉字，让我动容。我不知道如果我们大难当前，会是什么模样。反正我不乐观。以我在北京的生活经验，只要稍微落几个雨点，整个城市立马就乱，喇叭齐鸣，汽车开始抢道，行人开始闯红灯，你在街边站半小时都未必能打到车，而在平常，空车一辆辆从你身边跑过。我们就是能在最短的时间内把自己藏到安全的地方，争先恐后，迫不及待。原因何在？素质？这样宏大的词汇容易招惹是非，也许解释起来也未必十分恰切，但可以肯定，绝不是因为中国人都是急性子。

照此看，一天之内碘盐脱销，也不算奇迹。毕竟这回传说的不是几滴雨，而是死神般无迹可寻的核辐射。但我还是想，最形而下的，只要稍微克制一下，不让自己那么容易脑热，集体主义的笑话还是可以少闹一点儿的。自己吓唬自己很辛苦，有失体统更辛苦。专家说了，碘并非防辐射的妙方，我们的食盐主要来自内陆矿盐，而不是海水；此外，盐吃多了，小心齁出毛病来。

小博物馆之歌

在国内旅行几乎有了固定的程式，无非是到一个地方看看好景，吃吃好饭；高雅点的，听听戏，拜访几个名人；皆立此存照，然后打道回府，把吃的、看的、玩的与人津津乐道。到国外大抵也如此，不过常要多出一道：逛各种博物馆。很难想象到了巴黎不去趟卢浮宫，也很难相信在纽约转了几天想不起进大都会艺术博物馆，到了阿姆斯特丹不要看看荷兰国立博物馆；就算附庸风雅一下也得去转一圈。我没跟过国外的旅行团，不太清楚游玩的细则，但据说如果没有特殊要求，博物馆多半要列为项目之一。理由非常简单：了解一个国家和城市，看一遍生活和艺术的老物件比多么舌绽莲花的导游解说都直观和有效。

这么简单的理由无须解释。即便从最功利的角度看，花一张门票钱就把人家几百上千年的好东西饱览一遍，无论如何也是笔一本万利的好买卖，何况有些博物馆连门票都免了。反正这买卖我喜欢做，到哪去先查该地博物馆的地址和开放时间，看完了再干别的。大都市的看，小城市的也看，最后连几十号人的小镇上的博物馆也看了。多少次看下来，反倒觉得那些声名显赫的大博物馆没啥可说的，它们的藏品举世皆知，人人都能如数家珍；倒是那些不起眼的小馆子，看起来别有风味，你想象不到的老古董正经八百地摆在那里。因为地方小，因为生活琐碎，历史在这样的小博物馆里变得如此家常和亲切，仿佛另有一个微观的历史学存活在这里。

某年秋，天降冷雨，我去美国中部的一个小镇上看稀奇。镇上居住着欧洲某地过来的移民，子孙依然保持着先民的古风，讲环保，坚决抵制工业化，能手工的绝不机械，他们喂马、劈柴，种植粮食和蔬菜，吃不了的拿出来在集市上卖，连同他们自制的手工艺品，他们把能见到的工业化的边角料都转化成艺术。那天我在集市上看到成堆的粮食、南瓜，和铁丝、钢片做成的小小的飞禽走兽。他们在雨中弹吉他唱歌。镇子很小，还不如中国一个像样的村子大，我在集市中间一扭头，看见一个博物馆。三间屋大，暖气充足，我完全是抱着取暖的形而下目的钻了进去。在当时，那是有生以来我见过的最小博物馆，我想充分地暖和过来，不得不把每件藏品都看得很仔细。这三间房子完全纠正了我的宏大的“博物馆想象”。

这里和国家无关，和民族无关，和全球化更没关系，只和本镇的历史有关。从第一批来此定居的欧洲移民开始，他们的衣着、食物、生产工具、生活用品，他们的风俗、秩序，他们的照片，一百多年前的烟斗、挖耳勺、餐叉和打猎穿的露了脚指头的皮靴子，本镇的第一台印报机，镇上名门望族的详细家谱，并配以每一代人的画像和照片，本镇的发明家、画家、学问家及其作品，历次战争中本镇的烈士、英雄和照片，最古老的顶针和戒指，等等。分门别类。

我从没见过如此琐碎、细小、脱离宏大叙事的博物馆。我们想象中的博物馆首先要“博”，地方要大，存的东西也得大，要事关天下苍生，要关乎宇宙洪荒，否则都拿不出手，难为情。但这个小镇博物馆就胆敢堂皇地把一切“旧”东西摆出来——这就是我们的历史，我们这小镇多少年来就是这么一针一线地过来的。经过的就是历史，这是我们之“所从来”。我在盯着某张照片旁边的说明看，一个当地人过来，问我是否需要帮助，他对这里所有掌故都门儿清。他很自信，对我翘着大拇指。我没麻烦他，我知道他一定什么都知道。

几年后，我在故乡和朋友聊天，想起了这个人。我对他肃然起敬，这是个有“出处”的人。当时我和朋友说到故乡的物产和历史，我突然蒙了，我对故乡竟然知之如此之少，很多地方经不起别人的追问和推敲。即便有所涉猎的，也不过囫囵其大概，离深入和理解相距遥远。和那个人比，我在故乡成了一个没有“出处”的人。我离开故乡，飘在外面的世界上，从此也就断了和故乡连着的根。反过来说，我就是生老于故乡，就一定能成为有“出处”的人？未必，更大的可能是，我是个生活在故乡的“异乡人”。我很难像那个人一样翘起自信的大拇指——我们的历史风流云散，被日常生活消磨殆尽；我们没有什么博物馆，哪怕一间屋大的地方。

事实上，这几年我断断续续看了很多国外的小博物馆，小城市里的，小镇上的。东西未必有多好，有多古旧和微言大义，尤其像美国这样历史短少的国家，不少小镇仅有几十年历史，但他们愿意辟出一块地方，隆重地收藏、纪念和展示出来。几十年也是历史，几十年也得保存好来路和出处。

有一回和故乡主管文化的领导吃饭，我在饭桌无数次提到小博物馆，我想他肯定已经被我搞烦了，他一再说，再考虑考虑，再考虑考虑。事实很可能永远被“考虑”。因为“咱们泱泱大国，历史长得能让洋鬼子背过气去，弄间屋装那百十年的小玩意儿，谁好意思？犯不上”。

不想当大师的士兵不是好运动员

伦敦奥运会开始了，漫山遍野都在谈奥运。话题逐渐集中：前几天在比较伦敦碗的开幕式如何胜过鸟巢的；这几天开始说金牌，批唯金牌是举之急功近利，然后得出疑问：为什么到了场上非要拿金牌呢？英国大主教彼得的名言“奥运会重要的不是胜利，而是参与”成了最热门的论据，顾拜旦也曾隆重引用过。大主教说得非常好，顾拜旦引得也当其时当其事，质疑和批判“金牌意识形态”也极其的正确，这都是人文地谈奥运该有的样子。不过，我不是很能理解的是，很多人用清高和鄙弃的懒洋洋语气去说金牌，好像金牌是个不洁的东西，一谈就俗。好像运动员们大老远跑伦敦，要干的就是在赛场上晃荡一圈，若是伸手去够金牌，层次就低了。

——固然，要死要活去争那金牌，的确表情会很不好看，但是，假若一个运动员，去奥运赛场不为了争金牌，那他千里迢迢去干什么呢？

据我的理解，运动员要做的事情就是把他所从事的那项运动做好，尽其能力，做到最好，如果他的确是一个真正的运动员的话。这个尽力和做到最好，不仅是关上门修炼自己，还要一群人聚到一起，如切如磋，如琢如磨，把该项运动提升到更高远的层次。作为竞技体育，金牌不仅意味着个人所能获取的荣誉，还意味了，该项运动所达到的程度。你要扬长避短，你要博采众长，你要在竞争里激发能量、提升能力，你的完善和增广，也将是这项事业的完善和增广。一个人得了金牌，一个得到金牌的人被历史遗忘，一个新的金牌得主诞生；如此反复，一项体育运动在覆盖和刷新中层楼更上，人类的潜能被最大限度地激发，人类在寻找和接近自己的极限的路上又前进了一步。金牌是漫长道路上的一个个台阶。这个金牌是一种体育精神的物质外化，如果你的确敬业，如果你的确希望自己和这项事业更快更高更强，你的手伸向金牌，在我看来，这个动作就是最纯正、最深沉的职业道德和敬业精神。

我好像从未听说过，哪个伟大的运动员曾以鄙夷和不屑的口气谈论过金牌；就像我从未听说过，哪位伟大的作家瞧不上大师的称谓。原因无他，只在于伟大的运动员深解金牌之于竞技体育的意义，而那些伟大的作家，更清楚大师所包含的文学奥秘。好运动员就该获得好成绩，就像好作家就该写出好作品一样。如此，再回头看这句，“不想当将军的士兵不是好士兵”，大概就不觉得那么扎眼了。

而在我们的当下，谈金牌和谈大师，要么被指为“恶俗”，要么被冠以“装逼”：谈金牌，说明你急功近利；谈大师，呵呵，还正大庄严，酱油瓶子装醋，就你那小样儿！

也许事实正是如此，我们已经习惯于在任何涉及名利的问题上，都从恶俗的名利角度去仔细端详，忘了该事业的初衷，也把真正的职业精神丢到了一边。是我们真的怀疑名利之后的职业精神是否存在，还是我们根本就失掉了穿越名利去正视和还原一种职业精神的能力？当我们冷嘲热讽、愤世嫉俗时，清高地以为自己站在名利的小心思之外时，其实心眼儿早歪了：我们不在之外，我们比谁陷在其中都深。

“不等人”的新人之书

科技在进步，主要是人类的点子多了，一种随着时光飞逝、字迹也跟着消失的书出现了。打开它，如果你不能在六十天内看完，那么对不起，你必须跟这本书说再见。此书过去只出现在神话、传说和侦探故事中，现在摆进了我们的书店里。阿根廷独立出版人埃特纳发明了这种“不等人的书”，他用一种新型的墨水，阳光照进书页，空气抚摸文字，魔法开始显灵，字迹开始变淡、变淡、变淡，如同一声叹息，直到两个月满还原成白纸。

这个创意挺刺激人，书有了保质期，你的占有者身份面临质疑和颠覆；我要是这样的一本书，我会很开心，别以为拿到手就天下太平了，时间不等人。长久以来，我们的确练就了一套晃晃悠悠、拖拖拉拉、漫不经心的阅读功夫，一本书看上两年的大有人在；反正书在手边，什么时候都能看，最后就什么时候都没看。然后又凭空生出藏诸名山、传之后人的虚妄自信，好像言之成文即可行之久远了。埃特纳提醒我们，靠不住啦，文字也是长腿的，你们得深刻反省一下自己的惰性和行动能力了。

当然，阿根廷人的初衷不在于发动一场出版和阅读革命，他持的是一颗小小的焦虑和谦卑之心。他只想让这本书里汇集的拉丁美洲的文学新人能在最短的时间内被大家关注，短到在他们被遗忘之前，短到执文学权杖者和别的出版人足以充分地看见他们，让他们在接下来的第二本书里延续微弱的文学生命——鉴于文学新人的出头之难，处女作中潜藏的文学生命的确太过微弱：它的印数不会多，市场不会大，关注的人极为有限，时刻面临被无数新的出版物覆盖、灭顶和再也露不出水面的可能。阿根廷人的担忧十分正确，如果他们的第一本书不能在短期内被关注，就很难有机会出版第二本，文学之路可能就此画了句号。

作家在起步之初有时候就这么脆弱，他可以沉默着写，但他扛不住写作之外的世界对他报以更大的沉默。如果他的第一拳就打到棉花乃至空气上，他通常怀疑的不是棉花和空气，而是自己的手。

一定有人说，文学是长跑，好书经得起一读再读，今天不读明天读了，今年不读明年读了，照样能看出好来。一点儿都没错，所以好文学应该写在纸上而不是水里。只是我担心，等哪天你看出某前新人的好来时，他已经用打到棉花和空气上的“原罪之手”改握了锤子，成了资深的铁匠——除了铁锤和火钳，这世上再没有什么东西更适合这只手了，包括一支笔。

一定也有人会说，文学是长跑，成大事者，必要劳其筋骨、饿其体肤、空乏其身，增益其所不能，区区的两年沉默都扛不住，说明他不配干这个活儿。逻辑也成立。这逻辑放之四海而皆准，不论职业，不论人种。可是，有多少人能严格按照“理论”和“逻辑”过日子？

不过话说回来，靠赶着消失来要挟别人读，的确也不像是发现天才和大师的好路子，倒像个促销的噱头。鼓励是必要的，但一着急也可能变味儿。新人往往管不住自己，出版人沉稳了，他可能会比你还淡定；出版人上火了，他就有可能比你还猴急，心定不下来，浮躁得只想往天上飞。我把这事说给一位功成名就的作家老兄听，他用比阿根廷人慢得多的语调回答我：

“慢慢来，作家的成长要悠着点儿；只有打了鸡血的疯子，没有打了鸡血的大师。”

也很在理。

“那么你呢？”他用的完全是问前文学新人的口气问我，“实话实说。”

我纠正他，现在我依然是文学新人。如果是我的书，做三五百本来蒸发，我很乐意，如此具有严肃的游戏精神的创意，不试一下可惜了，没准还能撞上几个伯乐；你还能眼看着它变成无字天书，如同另一种虚构，必定是别一样的体验。但是你要让我把所有的书都弄成这样，假以时日让它们变回白纸，那感觉可能会很像刚写完的小说没赶上存盘，生生被切了电源，再打开时，电脑和我脑都一片凶险的空白，那就杯具了。作为一个写作者，我希望更多的人看见我的文字；但同时我也更希望，每次打开自己的书，所有的文字都在。

——文字整整齐齐地排列在那里，沉实，坚定，它们给我的信心和内心的安妥，胜过最终化为空无的著作等身，以及所有的荣誉。

文学是另外一种方程式

前些时候有股风潮，对当代文学进行重估，一派“唱衰”，一派“唱盛”，都吵到了报纸的娱乐版上。文学在边缘了多年以后，又回光返照地热闹一回，让很多人感怀不已。现在尘埃落定，都喊累了，我回头去想当初看过的一系列文章和报道，好像除了“衰”和“盛”这非此即彼的宏大结论，并没有回忆起更多的。法官很多，嗓门很大，都以文学最高人民法院的终审架势落下了小槌子。但是，激动人心的裁判被从娱乐版面上撤出来后，当代文学还是当代文学，今年的文学和去年的、前年的、大前年的，没有任何的不一样。作为一个从业七年的编辑，我依然觉得干的是过去任何一个年份里的活儿，只是今年又重复地把它做了第七遍。盛衰之争，争完了就完了，没看见文学有什么反应，起码没有在文学内部引起真诚、持久、深入的反思。

作为一个写作者，我是希望能从盛衰之间看出点什么来的。比如，如何之“盛”，如何之“衰”；比如，如果“衰”，那我们该如何奔赴通往“盛”的大道上。我没看到。和很多热心观众一样，在无数轰轰烈烈的大事情里，我们又一次成了打酱油的。

有半年时间，我在微博上游荡，打开电脑就要见缝插针地上去看一眼。我“关注”了很多文学中人，各种消息就马不停蹄地从四面八方赶过来。刚开始挺激动，满大街都是码字的，吾道不孤啊。看多了觉得不对，形势全都一片大好，每个人表扬和自我表扬起来都不管不顾，“大师”、“杰作”、“空前绝后”、“第一人”、“最啥啥”，慷慨激昂。尤其到了年终，各种排行榜热乎乎出炉，牛鬼蛇神都前排就座。其中不乏被我退过的稿子，至于该稿质量，此话题适合私下谈；但现在，它是“年度最佳”。如此豪华的赞誉，让我产生了大词的眩晕。我认真学习了这些报喜信和表扬稿，发现有个共同点，即，多提供结论，少附加理由。满眼的杰作和大师，就是没人告诉你他们究竟伟大在哪里。是因为微博的一百四十个字盛不下其伟大的理由，还是因为他们登上神坛理所当然，任何解释都属多余？

当然也有差的，那多半就是“年度最臭狗屎”；或者对某一作品不满，必定殃及作者，开始质疑此人江湖上的虚名，然后一堆转载和评论，大家齐心掘他的祖坟。此类批评多施与他人，罕见自我批评。

“盛衰之争”的战神们很专业，微博上盖棺论定的大仙很民间，庙堂之高和江湖之远，都习惯了奔着结果去谈文学，上来就得给文学盖戳，姿态昂扬，修辞壮观，可我们还是找不到一条可行的路，一点点一步步实实在在地把文学弄好和弄得更好。你要不深入其中，你真会以为我们的文学长势喜人，相当热闹；真应了那句话：中国之大，十三亿人，自己跟自己玩也足以自得其乐。

——可是，文学面对的终究不只是十三亿人。关起门来，那些宏大的断语糊弄一下自己也许还好使，用它们来出口，可能有麻烦。我知道很多人对中国文学充满信心，理由至少有两个：一，大国崛起，全世界都不得不转过脸来看中国，鸡犬跟着升上天，文学在世界上也必将越来越有话份儿；其二，中国的变化翻天覆地，我们生活在荒诞的翻滚过山车上，有取之不尽的原材料——中国的作家有福了。

两个理由都正当。前者可以参看近几年中国文学的翻译输出。去年几家英国出版社来中国，物色合适的作家作品去翻译出版。在此之前他们大多一本中国文学都没出过，但现在，他们说，谁也没法忽略中国。后一个理由，欧洲的作家证实了这一点。前年在爱荷华大学参加国际写作计划，几个欧洲作家向我表示羡慕：中国作家都没必要虚构，在生活身上随便裁一截就是好故事，哪像他们，欧洲成熟饱和的中产阶级社会，生活多少年不变，世界相当于静止不动，找个好故事得把脑袋想大好几圈。不能说他们没道理，尽管更多的中国作家宁愿过上找个好故事也得把头想大的日子。

现在的问题是，有了这两个理由，中国文学的“世界”之路就康庄了？我看未必。

某日与国外某版权代理人聊文学，向他推荐两个国内挺有名的作家，他拒绝代理。这两人的小说他都看过。一个他觉得其作品中的人物缺少尊严，他不能忍受一个作家无视和剥夺人物的尊严。即使一个人被踩到了生活的最底下，即使他糜烂、十恶不赦，卑微者也应该有卑微者的尊严，恶棍也应该有恶棍的尊严；作家的任务之一就是以艺术的方式为活着和死去的人找到必要的尊严。另一个作家他觉得其作品的底色“不洁”。这不洁源于作家对人物的冷漠和对龌龊的把玩。该代理不是个道德论者，也没有精神洁癖。他声称自己只是个生意人，但希望代理的作家内心足够宽阔、博大和深厚，起码在写作的时候是这样；因为作家内心和格局的大小直接决定他能赚多少钱。他可以代理一个恶棍作家，但不会代理一个恶的作品，那东西拿出去没人要看。所谓的“恶的作品”，我们知道指的是什么。

也许把这个问题置换成影视更能说明问题。前些天网上热议某国内大片。实话实说，在“妓女代女学生赴死”这一情节被强调出来之前，我也没往心里去。但我得承认，这种质疑成立，你也无法用“事实如此”来为自己开脱，这不是纪录片。我们还得承认，之所以在之前没能及时意识到，因为这种生命的等级观念深入我们的骨髓，是集体无意识，一不留心它就跳出来。但你不能因为它是集体无意识，就疏于防范和检点：它是我们灵魂里的盲点和小；而你是一个艺术家，你在从事与灵魂有关的事业，你推脱不掉。其后我看了同期的另外两部电影，对此会心尤甚：的确存在更“正确”、更好的电影。这两部电影是，斯皮尔伯格导演的《战马》和伊朗的小成本制作《西敏与奈德：一次别离》。

至于中国多故事，别人不羡慕我们自己也清楚。有识之士一直怒其不争，我们的发展风驰电掣，我们的变化沧海桑田，我们的时代波澜壮阔，我们的故事无边无际，我们的作家哪里去了？我不负责任地回答一下：我们的作家写故事去了。

就是因为故事太多，作家被坑了。故事的丰足惯坏了我们。小说要故事，故事俯拾皆是、唾手可得，不为故事发愁，慢慢地让我们也懒得为小说发愁，惯性演变成习焉不察的本能，由此我断定，大多数作家的小说观事实上已经简化成：小说就是故事——找到一个好故事，就等于写出了一个好小说。所以，我们看到大多数作家都在追着故事写，忘了小说不仅仅是故事，而是故事背后那个巨大的阴影。但故事的好坏、离奇与否还是成了很多作家判断小说的标准。所以，关于小说，我们往往张嘴就是故事的时间跨度、人物的数量、情节的起伏、性格的复杂程度等这些外在的指标，反倒把更深重的问题忽略了：我为什么要讲这个故事？它跟我有关系吗？

编辑多年，读了无数为了讲故事而讲故事的小说。从第一页开始，我就知道这小说跟作者没关系，无关他的焦虑、疼痛和疑难，人物在他的身体之外活，也在他的身体之外死。萨拉马戈说：每一个小说都要解决我的一个问题。而我们的故事铺天盖地，我们来不及有问题。

基于此，我倒希望看到这样一幅文学的图景：大神们放下质检的槌子和印章，多解决问题，少谈些主义；大仙们兜住板砖和口水，忠直诚恳，说清楚你为什么喜欢了，为什么又不喜欢了；而作家，最好回到内心去，把门打开到最大，查问出自己。标题看上去的确很热闹，但繁荣不了文学。文学是另外一种方程式，重要的是求解的过程，而不是算出结果。

世界和平与葫芦丝

汉字很奇怪，你问天下是否太平时，我觉得这问题与我息息相关；你若问世界是否和平，我觉得它离我很远；好像天下比世界小，好像天下围在你身边而世界必定远隔重洋。基于对汉字的偏狭理解和日常生活中的错觉，在谈论我们的生活是否面临动荡和威胁时，我会给出两个不同的答案：天下太平，因为我的生活目前比较安稳；而千里万里之外的世界，和平正在经受考验，反动和杀戮每天进行。谈论后者，我常常觉得“世界”在另外一个世界，我从各种新闻报道中得知，那里打起来了，那里也打起来了，那里还要继续打下去；作为“和平”对立面的“打”字，于我大多时候只是一条讯息，看完就完了。对很多人来说，现世安稳，每天在日常生活的忙碌里奔波，别人的战争与和平其实就会变得很抽象；死亡抽象，伤痛抽象，数字和毁灭也抽象，因为我们无暇他顾，因为我们不在现场，因为我们没有切肤之痛。说句“政治”十分不正确的大实话，如果不看新闻，这两年忙起来我都想不起“世界和平”这回事。

但是这两年，我祖父总把“世界和平”挂在嘴上，动辄跟我谈国际形势，提醒我哪里“不安全”，哪里又“紧张”了。祖父久居乡野，此生去过最远的地方是省城南京，离家一千里地。那时候他还年轻，是个教书先生，长江大桥尚未建成，他坐轮渡登上六朝金粉之地。现在祖父年逾九十，活动范围以家为中心，方圆五公里以内，到镇为止，因为没什么事需要到比镇上更远的地方去办。祖父每天看电视新闻，世界上哪个角落稍有风吹草动，他就知道。因为我在北京，他连北京的天气状况也能报得出来。

这几年出国比较多，出门前我会跟祖父告个别。他就在电话里说，最近中美关系紧张，一定要去吗？前天又有恐怖分子劫机，飞机能不能不坐？欧洲经济危机很严重，社会不太稳定，晚上别一个人往外跑。叙利亚又打了，会不会影响你去的国家？如此等等。我就宽慰祖父，我只往安全的地方跑，去谈文学，又不是打仗。祖父说，今天这里枪响了，明天那里冒烟了，哪还有能睡得着觉的地方。

世道如此，还能怎么办？我劝不了。

祖父叹口气，这世界是乱了。

祖父教书之前被抓过壮丁，让他拿枪去杀人。那时候国共内战，日本鬼子也骑着高头大马在我家乡乱转，因为认得几个字，祖父被委以一个小头头的职务。可他杀鸡都下不了手，哪是拿枪的人，扔了家伙跑庄稼地里躲起来了，天黑前不敢从高粱秸捆里露出头。这事后来成了祖父的罪证之一，“文革”时被戴上白纸糊的高帽子游街。批斗和游街也是祖父不能承受之重，四海翻腾云水怒，五洲震荡风雷激，轰轰烈烈的事他都扛不住，一头从二楼上扎下来。还好命没丢掉。此后他被从学校里揪出来，成了猪倌，每天和几十头猪打交道。

七十岁以后，祖父很少再提过去，他开始关注“世界”。孙子辈的已经开始在外面跑，出门念大学，工作，在不同的城市成家立业，出国；他希望能为我们这一代人想象出一个安稳、宁和的环境——只能是想象，因为世界每天动荡，就没有消停的时候；他无论如何也使不上劲儿。尽管他不提过去，但过去肯定一直都在，那个时间里有他对“和平”最切身的体认。也因为这个体认，他会本能地将风吹草动的当下“世界”与他的过去迅速建立起联系，世界于祖父而言比我近得多，就在眼前，任何有悖人道、涉嫌恐惧与杀戮之事都让他警醒和惊惧。他都要在出门前提醒我。

若干年前，父亲跟我说，祖父的二胡拉得很好。我很震惊，长这么大我从没见过祖父碰过二胡，一次都没有。我问祖父，祖父说，忘了，不会拉了。一晃又多年，祖父依然不碰二胡。不知何故。

有一天和朋友聊天，如果从战场归来，你最想干的一个职业是什么？我把自己硬塞进战争与和平的大问题里。仔细想了，还是想不出。回家时坐车横穿北京，看见车窗外一个卖葫芦丝的男人在路边走，脖子和肩膀上挂满自制的葫芦丝、笛子和箫。他走得缓慢，低头吹着《月光下的凤尾竹》。那男人的形象低调谦卑，而曲音欣悦祥和，给我一种劫后澄明之感。人和曲子突然让我与“世界”有了联系，似乎想象里的视野也开阔到了地球的另一边，“和平”一词有了确切的含义。有答案了，我给朋友发了条短信：

游走街巷，卖葫芦丝。

2020年给朋友的一封信（外二篇）

张颐武

××大兄：

近好，我有幸从2012年穿越到今天给你写这封信。已经很久不写长信了，这种形式似乎早就过时了，只是为了专门表达自己，才想起用这个老派的形式。

人们都说过去是今天的影子，其实今天又何尝不是过去的影子。过去和今天永远有扯不清、剪不断理还乱的关系。我们现在生活的2020年其实就是2012年的投影而已。阳光之下遍地是新事，但阳光之下也并无新事。其实这个年头和那个年头，当然有迅速的变化，让人感慨的起伏，但其实普通人的日子还是要一天天地过。到了什么时候，都还会有高兴和不快，恋爱和失恋，得意与失落，这些基本的人生要素都不会缺少，社会怎么变化，这些其实都不会变换。今天和我们八年前谈论的一切当然大有区别了，科技在大变，互联网在变化，我们的生活有了巨变，但人性其实和几千年前没多少变化，这么看的话，我们的生活也未必就和八年前有天壤之别。人不能相信太浪漫的事，也不能相信太悲观的事情，八年前有人告诉我许多故事，今天这些故事有的是现实，但有的根本不靠谱。就和三十年前有人告诉我们的一样，那些其实早就是历史的讽刺了。

看看八年前的一切，有些就是浮云，但有些东西留了下来。今天从北京的家里向外望去，一切又变了，门口的大商厦由于网购的发展关门了，电视台已经有网络公司参股了，电视剧开始变为网络剧了。电视已经变成了网络的一部分，就像当年的农业突然被工业吸纳进去一样。QQ和奇虎今天已经在世界上变成了大家都用的软件的供应商，网络改变了我们的生活，我们手里拿着的那件像我们器官的东西还叫手机，但它当然是一切的终端。至于华为和中兴就不用我们多说什么了。过去北京周边的廊坊、固安这些地方已经变得格外繁荣，大家都开始搬到这些地方，你已经住在廊坊了。其实中国的面貌真正在这些年里的改变是三四线城市繁荣了，已经看不出哪里是大城市了。全球情况也在变化，中文也很普及了，这些都是变化，现在到西方留学的都是要学关于西方的文化、社会、价值观和哲学等专业的人了，这其实是个有趣的变化。葡萄酒还在中国蛮流行的，但白酒已经变成了世界各地酒宴的一部分。我们其实就是世界，现在没人关心你出国还是在国内了。过去我们看着是小孩的80后、90后已经成了社会的栋梁，而00后的第一届大学生已经毕业了，正要在职场上开始人生的新旅程。他们的观念开始影响和冲击我们了。新一代开始对于“计划生育”这个词感到陌生，已经有几年听不到它了。中产阶层开始越来越有了自己的影响力，对于自身的权利的伸张已经越来越明显了。这些零零碎碎的小趋势其实正是世界的大趋势。

但现在许多苦恼仍然在，没有计划生育，但生育的意愿还在下降；有了基本的保障，但人们的苦恼还是很多很多；我们可能比八年前挣得多，比八年前安定些，但我们的焦虑和不满足的感觉依然存在，完成不足的苦恼还在，但比八年前好点儿了。现在轮到00后感到苦恼了。旧的苦恼少了，新的苦恼就多，旧的问题解决了，新的问题就来了，这其实没有什么可说的。我觉得两个大趋势会从八年前延续到今天，一是中等收入者的不断壮大，二是年轻人的影响力越来越大。

但有些不变的东西其实会让一些人失望，他们在八年前预测过什么什么熬不到今天的，但其实熬住了，这是由于多数人其实并不希望一个社会瓦解，也不希望已经获得的一切和已经到来的机会就此丧失，尽管现实不尽如人意，但总还在不断向前，而且起码不比别的国家坏。在别人暮气沉沉的时候，其实我们还有兴致继续下去，而且还能做得可以。没有发现需要另起炉灶的理由，这就够了，够让一些人失望了，但他们不失望就会有更多另外的普通人失望，因为这些人不想承担不可预测的一切，他们需要有确定性，有触摸得到的现实感，而不是各种五颜六色但空洞的乌托邦。不可能出现那种在一些人认为是美梦，但另一些人觉得是噩梦的情况。中国的社会可变的很多，也真变了许多，但我没有看出今天会有那种想象中被一些人视为美梦成真，或被另外一些人觉得灾难降临的时刻。变化都是一点一滴的，各种人在经历了长时间的磨练和考验之后都会调整自己的目标。他的目标未必都是错的，但太急切，太一厢情愿，无论如何是办不成事情的。广场上的激情早就远了，但必须要有不断的、连续性的、积少成多的改变。这些改变其实是必然的，没有人不需要、不欢迎这样的改变，但这改变不可能让我们的日常生活垮掉也是同样必然的。我们从一种解放的激情梦想，回到了每一个具体的生活的改善和调整之中，我们会痛恨、批判那些不合理的事情，但这并不意味着我们就此要毁掉自己的生活或让自己的社会沉沦到一个贫弱无力的状况。这个代价真正明智的人不会付，尽管他们要求的理想很高，但这理想总得和历史的趋势和理智的判断相合。满足一些人的往这边，就会让另一些人坚决不答应，但满足另一些人往那边，也会让另一些人不答应。他们之间拉锯式的较劲没有止息，但他们都不会最后变成主流，而只是多元的众声喧哗的一个部分。许多人在发言，包括最激烈的人，但其实没有人愿意为了某些虚幻的肥皂泡毁掉自己的真实的生活。把话说透，生活往往要作出的选择并不是好和更好，而是首先是保住不更坏，然后慢慢努力做到让事情更好。沉默的大多数在这样的状况下会起作用。

其实中国和世界都很简单，就是这样的小趋势决定了大趋势，我们每个人最终的世俗理性一定超过浪漫幻想，因为我们经历得太多太多，已经有许多人在给我们上课，从俄罗斯到中东，这些课都很有启发性，这启发不浪漫，很现实，也很有用，让大家轻易忘记都不现实。其实世界上的事有些时候就这么明明白白，让谁输掉一切去赌一场没谱的局，大家都不敢，因为其实我们没必要上赌桌，就靠我们自己的一点一滴的努力，一点一滴的奋斗，一点一滴的改进，一切已经早就不是旧观了。不浪漫，但会实际有用的一切会更加起作用。不要求一种根本的解决，而是在过程中不断地试错和调整，不断地选择和实验，不断通过各种不同力量的博弈而达到一种新的状态。我觉得中国人已经足够聪明了，这就是走向未来的力量。不会听忽悠，不会浮在表面，这就会让社会好得多。

对了，马上就是诺奖季，让我们猜一猜，谁是今年的获奖者？不仅仅是文学奖，而且还有所有的奖项都要猜猜。

昨夜星辰

每个星期四早晨，我和妻子要上第一节课，所以非常早就要到驹场。这时来上课的老师非常少，我们总是和一位卷发的日本人老师劈面相遇。他面容严肃，不苟言笑但仪态优雅。他在别的学校任教，在我们这里担任非常勤老师。我们总是相对点点头，就各自忙自己的事情了。这种相遇多了，也就有了印象。一次，他在我们的教研室贴了一个招贴，是由他带队到中国进行“京剧之旅”的预告。我和妻子还私下议论，这个人原来非常喜欢京剧，妻子还从他的风度和表情中猜度他会喜欢京剧的旦角戏。我们对于他的印象就更深了。

但前几天突然听到他出了车祸故去的消息，听说他开的车和一辆大卡车相撞，就再也没有起来。星期四我们去学校，再也没有看到他了。有几位老师和他是同学，当然会参与丧事。我们和他仅仅是点头之交，自然不能谬托知己，他的生活世界和我们也截然不同，仅仅只有这每个星期四早晨的相遇，好像两条平行的线偶尔有了一个交点。但这距离如此之近的死亡还是让我们难过。一个每周相遇的人突然就消失了，我和妻子都感到生命的无助和脆弱。过去读郑逸梅的小品，读到过有关车祸造成死亡的记述，有“市虎杀人”一说，当时觉得将汽车称为“市虎”是非常风雅的名目，但对于死亡却没有什么特别的感受。因为他所写的人物和我们毫不相干。但现在我似乎能够体会郑逸梅的感慨了。他写的那个人和他的关系大概和我们与那位老师的关系相似，所以有所触动。我想，死亡在这样的时候显得非常真切，没有什么回旋的余地，就在我们的旁边。这种死亡和“人必有一死”的终极思考其实并不一样。当然，像拉康的心理学其实就强调，人无非就是在不断趋赴死亡的囚徒。但这种趋赴却是有自我意识的，如同病死或者无可逃避的死亡，像慷慨就义或者被判死刑之类。毛主席曾经思考人的死亡有“重于泰山”，有“轻如鸿毛”，这是中国人人都知道的说法，但那还是可测的死亡。像最近的在JR车站救人的韩国人李秀贤，可谓“重如泰山”，像中国的腐败分子之类，就“轻如鸿毛”。但这样不可思议的车祸，“泰山”“鸿毛”都无从谈起，它没有任何理由，没有任何逻辑，没有任何可以琢磨的线索，它们最好地凸显了生命本身的无能为力。它们好像没有根据，但其实可能显示了生命的本质。我们自己认为自己的一切有一些可以确定的东西，其实未必正确。我们偶然来到世界上，又偶然地结束生命。生命本身就是一个偶然，这样偶然的死亡可能正是生命的必然所在。

其实，我们见证的死亡会有许多，每个人都可以讲出许多这样的经验。我还记得我上中学的时候，在我所在的北京第十九中学，一天中午，我们几个同学吃完午饭正在学校的大门前聊天，一辆旁边的北京第三运输公司的拖斗大卡车正要开进大门。突然，后拖斗在转身时撞到了大门的柱子，柱子倒下来，当时就有两个小孩压在了下面。我们跑过去，看到了那惨不忍睹的一幕，还有司机那张惨白的脸。两个人当然当场就死了，他们都是我们的老师的孩子。那时是我第一次那么近地面对死亡，我所感到的恐惧和茫然今天也不知如何描述。当时还被来调查的警察叫住问了我们情况。我们叙述的未必完整，但那种惊怵的感觉，却不会忘记。两个我们在学校院子里常见的孩子，竟然在几乎一秒钟之内和我们天人永隔，不能不让人感到生命的无常。其实死亡离我们自己也非常近，生命的这种没有方向、没有道理的选择其实随时可能被我们自己遇到。这件事让作为一个少年的我开始懂得敬畏一些不可思议的东西。这种敬畏不是信仰，但只是一种无奈的领悟。

还有一次是我研究生毕业之后的事，那时我留校任教，担任一个班的班主任。第二年，一个学生自己在青龙桥附近的水中游泳，但那里接近一座大坝，水流非常急。他不小心卷入激流，被卷在大坝之中，当时就死了。我们负责给他办理丧事，大家都觉得非常难过。一些学生还非常气愤，似乎有抱怨学校管理不力的意味。那时侯是学生非常活跃的时期，对于一切问题都有要反思和追问的斗志。但事情发生时正是假期，学校也负不了什么责任。但学生们在遗体告别时还是打出了一个“还我××”的横幅。但这又有什么用呢？人是无缘无故地死掉了。愤怒也最终没有什么依托。青春的生命的死亡也就是一种无奈。他的家长的痛苦其实说不出来。一个儿子好端端考上名牌大学，就这样死了，的确是情何以堪。但其实学生们难过了几天之后，生活仍然按原来的轨道继续下去。死亡不会触动得太久，因为我们最后都要经历这一切。但这种偶然仍然无法让人轻松。

其实，这些偶然死者可能是昨夜星辰，曾经闪亮过一下就无缘无故地熄灭了。我们自己的生命也这样脆弱，也最终有熄灭的一天。但那无缘无故的一切仍然会让我们看到生命的真切隐喻。

温州：对一个城市的想象

我与一个城市

温州与我有什么联系?

它是我的父亲的家乡，我的伯父一家的生息之地，一个遥远的南方城市。在我的家中，温州是我所听不懂的方言，是几位时常来往的亲戚，是父亲参加的校友会和那些老同学，是街上那些时时遇到的裁缝和老板，我能够听出他们讲的是温州话，却无法听懂意思。它对于我仅仅是一个模糊迷离的想象，一些零散破碎的有关亲戚命运的记忆。这是一片我从未踏上过的土地，但它和我却有一些无法摆脱的联系，这些联系既好像非常真实，又似乎非常虚幻。一切都非常陌生，却又似乎相当熟悉。温州的生活对于一个像我这样的人来说，是一个难解的谜。它既包含那些我常常辨识不清的特殊的食品，也包含“永嘉学派”这样的特别的传统，也包括“温州模式”这样的新的发展的可能性。我所感兴趣的是温州的特殊的地域文化，它一直吸引着我。我无法提供对于这种文化的详尽而可信的阐释，而只能写下我对于这种文化的想象而已。这种想象的根据无非是一个与这种文化有一种若有若无的情感的联系。不过，想象也并非虚幻之物，它喻示了一种情感、一种寄托、一种期望，正是有了这一切，这篇文章才会有它存在的价值。我丝毫无意于概括温州的文化特性，而只是对一座城市表达我的敬意和热爱。因为它既属于我的祖先和父亲，也属于中国。

我想从一件小事引出这篇文章。我和父亲有一次在北京的一个电子市场购买一些针式打印机的色带，他极偶然地在一个摊位上听到了一句温州乡音，我父亲也立刻用温州话回应了上去，父亲和小老板都很激动，两个人隔着柜台，用我完全听不懂的一种语言痛痛快快地聊了起来。站在一旁的我，看着父亲突然变得热切的神情、听着父亲已经有些不太娴熟的温州话，突然间有了一种感悟，与我朝夕相处、无分你我的父亲，在他的内心深处原来还有这样一段我不曾了解的经历、有这样一种我完全陌生的语言。在没有我的日子里，父亲是怎样一个人，过着一种怎样的生活？而这一切，身为他的儿子的我，却是永远也不可能真切地去感受了。于我而言，这当然是一份遗憾，更多的却是一份好奇，父亲的故乡温州是怎样的？从我在远离温州的北京城出生的那一天起，因为父亲的缘故，我与温州之间便有了一根亲切的连线，无论我是否踏上过这块土地，无论我对它的语言多么的陌生，这根连线都永远不会割断。

实践型文化

温州的文化特征是在它的历史传统的影响之下形成的。温州的文化传统的特点在于专注实用，乃是一种实践型的思维方式。它关切实践，关切经世致用，不作空洞的玄学讨论，不发迂阔的议论。温州的思想历来强调直面当下，强调在一个特定的历史时期有所作为。这种特殊的地域文化传统一直是直接影响温州人的心理状态的重要因素。在浙江经济、社会、文化全面兴盛的宋朝，这种注重实践的话语就成了温州文化的主流。对实践的执着成了温州人价值观的基础。北宋“永嘉九先生”的代表人物周行己倡导的“知之则必用”、“用之则必尽”的观念，正是这样的传统的一个例证。周行己的思想对于南宋“永嘉学派”有很大的影响。而南宋的“永嘉学派”更是所谓“事功学”的代表。它的代表人物如叶适、薛季宣、陈傅良等等都力倡“事功”。黄宗羲在概括“永嘉学派”的特点时认为：“永嘉之学，教人就事上理会，步步着实，言之必使可行，足以开物成务。”正是点到了问题的关键。叶适的“以物为本”的思想可以说是“永嘉学派”观念的精髓。叶适认为“道不可须臾离物”，就把“物”上升为一种本体性的概念。叶适指出：“善为国者，务实而不务虚。”而他有关务实的观念具有一定的“重商主义”的色彩。这其实为温州人商业意识的发展提供了可能性。温州的思想家往往又是身体力行的实干家。因此，这种实践型文化发展了一种世俗关怀，关切俗世人生的欢乐和痛苦，对于世间万物保持持续的兴趣。它构成了温州人的基本的价值选择。朱熹这位所谓宋代的大儒曾经尖刻地挖苦“永嘉学派”：“比如泰山之高，它不敢登，见个小土堆子便上去，只是小。”其实，按黄仁宇先生的见解，以朱熹为代表的“理学”“狭义的强调君子与小人之分，抹煞个人的私利观，却替以后专制皇权加强统制的基础，其影响所及，达几百年。今日中国之民法未尽展开，仍有以道德观念代替法律的趋向，也不能与宋儒无关”。可见，朱熹的泰山虽高，但却阻碍了人间的发展；“永嘉学派”的“土堆子”固然不大，却是对普通人的真切的关怀。

这种实践型的文化不仅仅是一种观念，而且更多地表现在对温州的文化想象之中。一种世俗关怀弥漫在温州文化之中。如南戏的发展就是一个极为典型的例子，而“永嘉四灵”的诗也是如此。南戏无疑是植根于市民文化之中的艺术，它的表达方式和价值观念都有市民文化的世俗性的特点。它有一种来自平民百姓的世俗的趣味。它是在市镇之中崛起的，也是商业文化发展的结果。它的天地正是在市民之中。而“四灵”的诗其天地也在日常生活之中，他们反对“江西诗派”大量用典的风格，而是注意白描，在平凡中发现诗意。如有名的赵师秀的诗：

黄梅时节家家雨，
青草池塘处处蛙。
有约不来过夜半，
闲敲棋子落灯花。

这里的诗意正是来自日常生活，它给予我们的是一个场景，一个极为平易却非常感人的人生片段。这正是温州的意境。它不是孤绝超越的思考，而是世间普通人所面对的情感，微雨、蛙声和灯下寂寞的人，这是世俗的，却充溢着诗意。它并不宏伟，却很奇妙。

温州的实践型文化恰恰与它的商业氛围有关。在南宋时温州就是发达的海外贸易的港口。“其货纤靡，其人多贾”，是当时人对于温州的描述。商船往来于亚洲各地，为温州带来了活力和生机。温州人在世界各地的发展是不是和这最早的交流有关呢？但无论如何，这种通商的历程毕竟打开了温州人的眼界，告诉他们一个广阔天地的存在。温州人的精神世界正是由此在早期的商品和市场中成长的。这种文化特征似乎也是温州在近二十年中急剧发展的精神源头之一。温州人的这种经营的能力在条件具备时会发挥得淋漓尽致。

坚韧与刻苦

在今天的许多外地人眼中，温州人是坚韧而刻苦的。他们往往背井离乡，在困难的环境中经营一些小本生意，如裁缝、制鞋以及自产自销各类小商品，在北京南郊有一个颇具规模的“浙江村”，来自温州的生意人占了大多数，我的一位朋友王春光先生曾对此做过专门研究。由于浙江村的环境不尽如人意，一时间争议很大，可无论怎样，温州人的坚韧和刻苦的经营，仍给人们留下了深刻的印象。但温州的实践是在商业氛围中发展的，所以，温州人的坚韧和刻苦决不仅仅是农业文化的刻板，而是渗入了精明和机敏。温州人的认真中仍然有让人感到有趣的聪明。而近二十年来温州的发展以及财富的积累已经变成了中国发展的一个缩影。这发展的冲击力改变了每一个温州人的命运。

我想用我的伯父做一个例子。记得在1986年，一位温州亲戚来到了我们北京的家中，向我们讲述了伯父的故事。“文革”结束后，已经50岁的伯父终于得到了平反，回到了温州老家，面对着一家老小，如何养家糊口、开始新的生活是最急迫的事。在刚刚回到温州的前三个月中，伯父什么工也没做，而是在温州城里最繁华的大街上来来回回逛了个够，和那些店主、生意人们搭讪着闲聊，了解些生意经，同时他发现在这条商业街上，独独没有个卖铁钉、螺丝的小五金店。伯父东挪西借，凑足了一笔本钱，带着全家人开了这么一家小店。据这位亲戚讲，伯父做生意是很辛苦、很卖力的，大家起早贪黑，出外进货，为了省些本钱，五十多岁的伯父经常自己背着沉重的铁制品从工厂走回店里。其间，为了多挣些钱扩大生意，伯父的女儿、女婿又去了上海，在路边摆了一个卖三黄鸡的小摊。现在的伯父，已经把自己一手创立起来的几家制鞋厂、五金厂交给了孩子们，在温州安度晚年了。每当想到伯父一家的创业故事，我就不由得感慨万端。伯父和父亲生长在同一个家庭，却因为人生中某些不可预知的因素，走上了完全不同的生活道路，伯父做生意的艰辛，是埋头于书斋中的父亲难于真切感受的，而父亲为自己那一字一句的语言学研究所耗沥的心血也是伯父难以想象的。如果说他们有什么共同之处，那便是温州人身上的坚韧和刻苦。我想，在80年代响遍全国的“温州模式”就是由千千万万个像伯父一家这样的温州人造就的，也许从理论家笔下写出的这个词，会让人们感到有些高深、有些遥远，但只要想想我们身边生活着的温州人，想想他们提供的种种生活必需品和方便之处，便会觉得，“温州模式”原来是这么简单、这么亲切，温州的财富便是这样积少成多、集腋成裘地积聚起来的。正是依靠着这些普通人的努力，温州的实践型文化终于在今天发扬光大。

在我准备开始写这篇文章时，父亲特意找出了温州一中北京校友会的通讯月刊供我参考。在这几本铅印的小册子中，我看到了许多温州人的生活故事，也发现这所浙江名校的确是桃李满天下，仅在北京的校友中，就有院士、大学教授、高级工程师、考古学家、著名作家等各界精英，这些温州校友有一个共同的经历，都是少小离家，外出求学，在他们治学的过程中，也深刻体现着温州人坚韧和勤勉的精神。但同时我也发现，真正让温州名扬天下的近二十年的财富积累和这些学人自身关系甚小，在他们彼此的通信中，更多的是为温州亲友的富裕生活而欣慰、为故乡温州的繁荣而骄傲。翻看着这些小册子时，我脑海中常常出现十几年前伯父一家含辛茹苦做生意的情境，当然现在的他们已经不用那么辛苦了，但我今天仍能经常见到的许多温州生意人还是那般艰苦地劳作着，奋力地售卖着。那些散落在全球的温州籍知识分子与那些在本地创造着的人们之间好像相距很远。发展具有的巨大冲击力似乎尚未引起更多的关切。但我希望两者之间在共同的家乡认同之外建立一种真正的联系。

面对全球化和“知识经济”的挑战

目前的世界正面临着许多新的挑战，无论是亚洲的金融风暴，还是俄罗斯持续的社会危机，还是处于急剧发展中的IT产业和Internet网都为我们提出了新的课题。对于温州来说，它的来自自身传统的实践型文化和近年来的发展也面临挑战。如何在跨世纪的时刻为温州创造新的可能性是一个无可回避的问题。在这里，如何在温州已经具有的民营资本的基础上，创造“知识经济”的生长点，发现新的“知识英雄”，似乎应该是我们关注的焦点。正是比尔·盖茨或者王选这样的人将高科技和产业结合，才使得财富的创造有了新的形式。美国近年来的奇迹般的经济繁荣，即所谓“新经济”的基础正是IT业的成长。温州的实践型文化和坚韧与刻苦的精神实际上也有自身的局限。它的格局和眼光常常比较狭小，受到经验的制约，朱熹嘲笑的“土堆子”的说法当然无理，但换一个角度，却也点到了问题。温州人凝聚力很强，即使远走他乡，同乡人之间的“社群”仍然异常紧密。这有互相帮助的好处，却也往往限制了其发展及创造性。我们往往只是看到了温州在小商品方面独占鳌头，却很少听说它在高科技方面的产业的成就，我们知道温州有许多经商致富的英雄，也知道有许多温州籍的知识界名人，却很少听说在温州的将知识与产业结合的“知识英雄”。如何使得一种全球化的眼光进入今日温州人的视野，在“知识经济”的发展中再次领先一步，是我们共同的新课题。这当然需要散居全球的温州籍知识精英以及温州所需要的全球各地的人才与温州人一起努力。它一方面是对温州文化的“实践”特征进行创造性的转化，另一方面，需要对于当下的敏锐的认识。温州需要新的创业者，他们有前辈的孜孜以求的坚韧与刻苦，有商业的头脑，但更具有“知识经济”的思考方式和全球化的眼光。他们才会在近二十年来积累的财富的基础上创造新的辉煌。温州需要新的产业，它会延续发展的一些特色，但会有全新的格局和全球竞争的能力。温州人会再度用自己在过去二十年中表现的能力让世界震惊。我想，我一定会在那个名为www.wenzhou.org的网页上看到这一切。这会使我和温州之间的情感更为真实。

我们期待温州的新的未来。它的未来是我们共同的中国的未来的不可或缺的一部分。

图书在版编目（CIP）数据

立场 /《百花洲》杂志社编著. -- 南昌 : 百花洲文艺出版社, 2013.8
（中文之美书系）
ISBN 978-7-5500-0746-8

Ⅰ. ①立… Ⅱ. ①百… Ⅲ. ①随笔－作品集－中国－当代 Ⅳ. ①I267.1

中国版本图书馆CIP数据核字(2013)第239993号

立场

《百花洲》杂志社　选编

出 版 人　姚雪雪
责任编辑　胡青松
美术编辑　赵　霞
制　　作　张诗思
出版发行　百花洲文艺出版社
社　　址　南昌市红谷滩世贸路898号博能中心A座9楼
邮　　编　330038
经　　销　全国新华书店
印　　刷　江西千叶彩印有限公司
开　　本　720mm×1000mm　1/16　印张　18.25
版　　次　2013年12月第1版第1次印刷
字　　数　300千字
书　　号　ISBN 978-7-5500-0746-8
定　　价　31.00元

赣版权登字　05-2013-290

邮购联系　0791-86894736
网　　址　http://www.bhzwy.com